文学で考える〈仕事〉の百年

飯田祐子
日高佳紀
日比嘉高
…編

翰林書房

はじめに

私たち個人が社会の中の何者かであるということは、どの〈仕事〉に就くかということとしばしば深く結びつけて考えられてきました。〈仕事〉は、人のアイデンティティをつくり、社会の枠組みをつくり、時代をつくりだしてきたのです。

こうした〈仕事〉の姿を、文学作品はそれぞれの時代ごとに興味深い角度からとらえています。この本は、文学の言葉に描かれた〈仕事〉の諸相を考察することを通じて、人のあり方を読み、社会の仕組みを読み、そして各々の時代における価値の体系を読んでみようという意図のもとに編集されています。収録された各短篇小説の描く〈仕事〉はさまざまですが、いずれも人、社会、時代をあざやかに浮き彫りにする優れた作品です。

各作品は、おおむね時代順に配列し、三つのパートに分けました。

「I 〈仕事〉の近代」では、明治から大正中期までの作品を通して、近代的な社会の仕組みが成立して行く中で、仕事と人間の関係がどのように変化してきたかを考察します。国家の成立と人格のあり方の関係に目を向け、働く「個人」の誕生を振り返り、また資本主義社会の成立によって生まれた会社や学校といった場と〈仕事〉の関係を考えます。

「II 広がりと変容」には、大正中期から第二次大戦直後までの作品を収めました。近代日本の展開を多様な局面において考察することをねらいとし、モダニズム、プロレタリア運動、植民地主義、軍国主義など、あわただしい時代の変容の中で、どのようにして人々は働き、生きたのか。文学の表象を通して探ります。

「III 〈仕事〉とは何か」では、戦後から現在にいたるまでを見つめます。いずれも、〈仕事〉とは何か、〈働く〉とはどういうことかと問い返す視点を含んだ作品です。社会的な承認と、個人的な生の自己認識のそれぞれにおいて、仕事はどのような意味を持つものなのか、現在の仕事をめぐる社会状況を視野に入れつつ、あらためて問い直したいと思います。

作品はすべて全文を収録し、簡単な作家紹介・作品解説と、作品を読み解くための視点・参考文献、全体のテーマに関するコラムを付しました。

文学は、人の生の具体的な現場を、ときに生々しく、またときに先鋭に抽象化して表現してきました。作品のディテールに踏み込み、それが書かれた時代や社会、そしてそこで生きた人のありようを理解し受けとめていくことは、私たちが生きている〈いま・ここ〉を知ることにつながります。私たち自身のアイデンティティの由来を探り、これからを見通していく足場をどのようにつくり出していくか、文学を通して考えていきたいと思います。

編　者

付記　本文中に差別的表現が含まれる箇所があるが、作品の歴史性を尊重するためそのままとした。なお、ルビは適宜省略・増補し、漢字は新字体、仮名遣いは原文通りとした。

文学で考える 〈仕事〉の百年　もくじ

I　〈仕事〉の近代

泉鏡花

海城発電

一

「自分も実は白状をしやうと思つたです。」

と汚《よご》れ垢着《あかつ》きたる制服を絡《まと》へる一名の赤十字社の看護員は静《しづか》に左右を顧《かへり》みたり。

渠《かれ》は清国の富豪柳氏《りうし》の家なる、奥まりたる一室に夥多《あまた》の人《にん》数《ず》に取囲まれつゝ、椅子に懸《かゝ》りて卓《つくゑ》に向《むか》へり。

渠を囲みたるは皆軍夫《みなぐんぷ》なり。

其《その》十数名《すめい》の軍夫の中に一人逞《にんたく》ましき漢《をのこ》あり、屹《き》と彼《か》の看護員に向ひ居《を》れり。これ百人長《ひやくにんちやう》なり。海野《うんの》と謂《い》ふ。海野は年配三十八九、骨太《ほねぶと》なる手足飽くまで肥へて、身の丈もまた群を抜けり。

今看護員の謂出《いひい》だせる、其言《そのことば》を聴くと斉《ひと》しく、

「何！白状をしやうと思つたか。いや、実際味方の内情を、あの、敵に打明け様《やう》としたんか。君。」

謂《い》ふ言《ことば》やゝあらかりき。

看護員は何気《なにげ》なく、

「左様《さう》です。撲《ぶ》つな、蹴《け》るな、貴下《あなた》酷《ひど》いことをするぢやあゝりませんか。三日も飯を喰はさないで眼も眩《くら》むで居るものを、赤条々《はだか》にして木の枝へ釣《つる》し上げてな、銃の台尻で以て撲《なぐ》るです。ま、何《ど》うでしやう。余り拷問が厳しいので、自分もつひ苦しくつて堪《たま》りませんから、すつかり白状をして、早く其《その》苦痛を助《たすか》りたいと思ひました。けれども、軍隊のことに就いては、何《なん》にも知つちやあ居ないので、赤十字の方ならば悉《くは》しいから、病院のことなんぞ、悉《くは》しく謂《い》つて聞かして遣《や》つたです。が、其様《そん》なことは役に立たない。軍隊の様子を白状しろつて、益々《ますく》酷く苛《さいな》むです。実に苦しくつて堪《たま》らなかつたですけれども、知らないのが真実《ほんとう》だから謂《い》へません。で、とう〳〵聞かさないでしまひましたが、いや、実に弱つたです。困りましたな、何《ど》うも支那人《しなじん》の野蛮なのにやあ。何しろ、まるでもつて赤十字なるものゝ組織を解《かい》さないで、自分等《ら》を何《なに》がなし、戦闘員と同一《おんなじ》に心得てるです。仕方がありませんな。」

と恰《あだか》も親友に対して身の上談話《ばなし》をなすが如《ごと》く、渠《かれ》は平気に物語れり。

然《しか》るに海野はこれを聞きて、不心服《ふしんぷく》なる色ありき。

「ぢやあ何《なん》だな、知つてれば味方の内情を、残らず饒舌《しやべ》ツちまう処だつたな。」

看護員は軽く答へたり。

「いかにも。拷問が酷《ひど》かつたです。」

百人長は憤然《むつ》として、

「何《なん》だ、其《それ》でも生命《いのち》があるでないか、譬《たと》ひ肉が爛《ただ》れやうが、さ、皮が裂けやうがだ、呼吸《いき》があつたくらゐの拷問なら大抵《たいてい》知れたもんでないか。それに、苟《いやしく》も神州男児《しんしうだんじ》で、殊に戦地にある御互《おたがひ》だ。何《ど》んなことがあらうとも、謂《い》ふまじきことを、何、撲《なぐ》られた位《くらゐ》で痛いと謂《い》ふて、味方の内情を白状しやうとする腰抜《こしぬけ》が何処《どこ》に在《あ》るか。勿論、白状はしなかつたさ。白状はしなかつたに違無《ちがひな》いが、自分で、知つてれば謂《い》はうと謂《い》ふのが、既に我が同胞《どうばう》の心で無い、敵に内通も同一《おんなじ》だ。」

と謂《い》ひつゝ海野は一歩を進めて、更に看護員を一睨《げい》せり。

看護員は落着《おちつき》済《す》まして、

「いや、自分は何も敵に捕へられた時、軍隊の事情を謂《い》つては不可《いけ》ぬ、拷問を堅忍《けんにん》して、秘密を守れと謂《い》ふ、訓令を請けた事も無く、それを誓つた覚《おぼえ》も無いです。また全く左様《さう》でしやう、袖に赤十字の着いたものを、戦闘員と同一取扱《おんなじとりあつかひ》をしやうとは、自分はじめ、恐らく貴下方《あなたがた》にしても思懸《おもひがけ》はしないでせう。」

「戦地だい、べらぼうめ。何を！呑気なことを謂《い》やがんでい。」

軍夫の一人《にん》つか〱と立懸《たちかゝ》りぬ。百人長は応揚に左手《ゆんで》を広げて遮りつゝ、

「待て、えゝ、屁でもない喧嘩と違うぞ。裁判だ。罪が極《きま》つてから罰することだ。騒ぐない。噪々《さう〲》しい。」

軍夫は黙して退きぬ。ぶつ〱口小言《くちこゞと》謂《い》ひつゝありし、他の多くの軍夫等《ら》も、鳴《なり》を留《とゞ》めて静まりぬ。されど尽《こと〲》く不穏の色あり。眼光鋭く、意気《いき》激しく、いづれも拳《こぶし》に力を籠めつゝ、知らず〱肱《ひぢ》を張りて、強ひて沈静を装ひたる、一室にこの人数《にんず》を容れて、燈火の光冷《ひやゝ》かに、殺気を籠めて風寒く、満洲の天地初夜過ぎたり。

二

時に海野は面《おもて》を正し、警《いまし》むるが如き口気《くちぶり》以て、

「おい、其《それ》では済むまい。よしむば、吾々同胞《どうばう》が、君に白状をしろと謂《い》つたからツて、日本人《につぽんじん》だ。むざ〱饒舌《しやべ》ると謂《い》ふ法はあるまいぢや無いか、骨が砂利にならうとまゝよ。其《それ》をさう易々と、知つてれば白状したものをなんのツて、面と向つて吾々に謂《い》はれた道理《ぎり》か。え？何《ど》うだ。謂《い》はれた義理《ぎり》では無からうで無いか。」

看護員は身を斜めにして、椅子に片手を投懸《なげか》けつゝ、手にせる鉛筆を弄《もてあそ》びて、

「いや。しかし大きに左様《さう》かも知れません。」

と片頬《かたほ》を見せて横を向きぬ。

海野は睜《みは》りたる眼《まなこ》を以て、避《さ》けし看護員の面《おもて》を追ひたり。

「何《なん》だ、左様《さう》かも知れません？これ、無責任の言語を吐いちやあ不可《いかん》ぞ。」

またじりゝと詰寄りぬ。看護員は稍《やゝ》俯向《うつむ》きつ。手なる鉛筆の尖《さき》を嘗《な》めて、筒服《ズボン》の膝に落書《らくがき》しながら、

「無責任？　左様《さう》ですか。」

渠《かれ》は少しも逆らはず、はた意に介せる状《さま》も無し。

百人長は大《おほい》に急《せ》きて、

「唯《たゞ》（左様《さう》ですか）では済まん。様子に寄つてはこれ、屹《きつ》と吾々に心得がある。しつかり性根を据へて返答せないか。」

「何様《どん》な心得があるのです。」

看護員は顔を上げて、屹《きつ》と海野に眼を合せぬ。

「一体、自分が通行をして居る処を、何か待伏《まちぶせ》でもなすつた様でしたな。貴下方大勢《あなたがたおほぜい》で、自分を担ぐやうにして、此家《こゝ》へ引込むだは何《ど》ういふわけです。」

海野は今この反問に張合《はりあひ》を得たりけむ、肩を揺《ゆす》りて気競《きほ》ひ懸《かゝ》れり。

「うむ、聞きたいことがあるからだ。心得はある。心得はあるが、先づ聞くことを聞いてからのことゝしやう。」

「は、それでは何か誰ぞの吩附《いひつけ》でゞもあるのですか。」

海野は傲然として、

「誰が人に頼まれるもんか。吾《おれ》の了簡で吾《おれ》が聞くんだ。」

看護員はそと其《その》耳を傾けたり。

「ぢやあ貴下方《あなたがた》に、他《ひと》を尋問する権利があるので？」

百人長は面《おもて》を赤うし、

「囀《さへづ》るない！」

と一声《ひとこゑ》高く、頭がちに一呵《か》しつ。驚破《すわ》と謂《い》はゞ飛蒐《とびかゝ》らむず、気勢《きほひ》激しき軍夫等を一わたりずらりと見渡し、其《その》眼を看護員に睨返《ねめかへ》して、

「権利は無いが、腕力じや！」

「え、腕力？」

看護員は犇々《ひしく》と其《その》身を擁せる浅黄《あさぎ》の半被股引《はつぴもゝひき》の、雨風《あめかぜ》に色褪せたる、譬へば囚徒《しうと》の幽霊の如き、数個《すか》の物体を眴《みま》はして、秀でたる眉を顰《ひそ》めつ。

「解りました。で、其《その》お聞きにならうと謂《い》ふのは？」

「知れてる！先刻《さつき》から謂《い》ふ通りだ。何故《なぜ》、君には国家と謂《い》ふ観念が無いのか。痛いめを見るがつらいから、敵に白状をしやうと思ふ。其《その》精神が解らない。（いや、左様《さう》かも知れません）なんざ、無責任極《きは》まるでないか。そんなぬらくらじや了見せんぞ、しつかりと返答しろ。」

咄々《とつく》迫る百人長は太き仕込杖《しこみづゑ》を手にしたり。

「それで何《ど》う謂《い》へば無責任にならないです？」

「自分で其《その》罪を償ふのだ。」

「それでは何《ど》うして償ひましやう。」

「敵状を謂《い》へ！敵状を。」

と海野は少しく色解《いろとけ》てどかと身重《みおも》げに椅子に凭《よ》れり。

「聞けば、君が、不思議に敵陣から帰つて来て、係りの将校が、君の捕虜になつて居た間の経歴に就いて、尋問があつた時、特に敵情を語れと謂《い》ふ、命令があつたそうだが、何《ど》ういふものか君は、知らない、存じませんの一点張《てんばり》で押通《おつとほ》して、つまりそれなりで済むだと謂《い》ふが。え、君、二月《ふたつき》も敵陣に居て、敵兵の看護をしたと謂《い》ふでないか。それで、懇篤《こんとく》で、親切で、大層奴等《たいそうやつら》のために尽力をしたさうで、敵将が君を帰す

時、感謝状を送つたさうだ。その位信任をされて居《を》れば、種《いろ》々内幕も聞いたらう、また、たゞ見たばかりでも大概《たいがい》は知れさうなもんだ。知つてゝ謂《い》はないのは何《ど》ういふ訳だ。余《あんま》り愛国心がないではないか。」

「いえ、全く、聞いたのは呻吟声《うめきごゑ》ばかりで、見たのは繃帯《ほうたい》ばかりです。」

三

「何、繃帯と呻吟声《うめきごゑ》、其他《そのた》は見も聞きもしないんだ？可加減《いゝかげん》なことを謂《い》へ。」

海野は苛立つ胸を押へて、務めて平和を保つに似たり。

看護員は実際其衷情《そのちうじやう》を語るなるべし、聊《いさゝか》も飾気《かざりけ》無く、

「全く、知らないです。謂《い》つて利益になることなら、何秘《かく》すものですか。また些少《ちつと》も秘《かく》さねばならない必要も見出さないです。」

百人長は訝かし気に、

「して見ると、何か、全然《まるで》無神経で、敵の事情を探らうとはしなかつたな。」

「別に聞いて見やうとも思はないでした。」

と看護員は手を其額《そのひたひ》に加へたり。

海野は仕込杖《しこみづゑ》以て床《ゆか》をつゝき、足踏《あしぶみ》して口惜《くちを》しげに、

「無神経極まるじやあ無いか。敵情を探るためには斥候や、探偵が苦心に苦心を重ねてからに、命がけで目的を達しやうとして、十に八九は失敗《しくじ》るのだ。それに最も安全な、最も便利な地位にあつて、まるでうつちやツて、や、聞かうとも思はない。無、無神経極まるなあ。」

と吐息して慨然《がいぜん》たり。看護員は頸《うなじ》を撫でゝ打傾《うちかたむ》き、

「なるほど、左様《さう》でした。閑《ひま》だとそんな処まで気が着いたんでしやうけれども、何《なん》しろ病傷兵の方にばかり気を取られたので、ぬかつたです。些少《ちつと》も準備が整はないで、手当が行届かないもんですから随分《ずゐぶん》繁忙を極めたです。五分と休む間《ひま》もない位《くらゐ》で、夜《よ》の目も合はさないで尽力したです。けれども、器具も、薬品も不完全なので、満足に看護も出来ず、見殺《みごろし》にしたのが多いのですもの、敵情を探るなんて、なか〳〵何《ど》うして其《そ》処々《こどころ》まで、手が廻るものですか。」

と未だ謂《い》ひも果《はて》ざるに、

「何《なん》だ、何《なん》だ、何《なん》だ。」

海野は獅子吼《しゝぼえ》をなして、突立《つッた》ちぬ。

「そりや、何《なん》の話だ、誰に対する何奴《どいつ》の言《ことば》だ。」

と嚙着《かみつ》かむずる語勢なりき。

看護員は現在おのが身の如何《いか》に危険なる断崖の端に臨みつゝあるかを、心着《こゝろづ》かざるものゝ如く、無心——否寧《いなむし》ろ無邪気——の体《てい》にて、

「すべてこれが事実であるのです。」

「何《なん》だ、事実！むゝ、味方のためには眼も耳も吝《をし》むで、問はず、聞かず、敵のためには粉骨砕身をして、夜《よ》の目も合はさない、呼吸《いき》もつかないで働いた、其《それ》が事実であるか！いや、感心だ、恐れ入つた。其位《そのくらゐ》でなければ敵から感状を頂戴す

る訳にはゆかんな。道理《もつとも》だ。」

　と謂懸《いひか》けて、夢見る如き対手《あひて》の顔を、海野はじつと瞻《みまも》りつゝ、嘲《あざ》み笑ひて、声太く、

「うむ、得難《えがた》い豪傑だ。日本《につぽん》の名誉であらう。敵から感謝状を送られたのは、恐らく君を措《お》いて外《ほか》にはあるまい。君も名誉と思ふであらうな。えらい！実にえらい！国の光だ。日本《にほん》の花だ。吾々もあやかりたい。君、その大事《だいじ》の、いや、御秘《ごひ》蔵《ざう》のものではあらうが、何《ど》うぞ一番《ひとつ》、其《その》感謝状を拝まして貰いたいな。」

　と口は和らかにものいへども、胸に満《みち》たる不快の念は、包むにあまりて音《ね》に出《い》でぬ。

　看護員は異議もなく、

「確《たし》かありましたツけ、お待ちなさい。」

　手にせる鉛筆を納《をさむ》るとゝもに、衣兜《かくし》の裡《うち》をさぐりつゝ、

「あ、ありました。」

　と一通の書を取出《とりいだ》して、

「なか〳〵字体がうまいです。」

　無雑作に差出《さしいだ》して、海野の手に渡しながら、

「裂いちやあ不可《いけ》ません。」

「いや、謹《つゝし》むで、拝見する。」

　海野は故《ことさ》らに感謝状を押戴《おしいたゞ》き、書面を見る事久《ことひさ》しかりしが、やがてさら〳〵と繰広《くりひろ》げて、両手に高く差翳《さしかざ》しつ。声を殺し、鳴《なり》を静め、片唾《かたづ》を飲みて群りたる、多数の軍夫に掲げ示して、

「こいつを見い。貴様達は何《なん》と思ふ、礼手紙《れいてがみ》だ。可《い》ゝか、支那人《※チャン〳〵》から礼をいつて寄越《よこ》した文《ふみ》だぞ。人間は正直だ。わけもなく天窓《あたま》を下げて、お辞義をする者は無い。殊に敵だ、吾々の敵たる支那人《チャン〳〵》だ。支那人《チャン〳〵》が礼をいつて捕虜《とりこ》を帰して寄越《よこ》したのは、よく〳〵のことだと思へ！」

　いふことば半ばにして海野はまた感謝状を取直《とりなほ》し、ぐるりと押廻《おしまは》して後背《うしろ》なる一団の軍夫に示せし時、戸口に丈長《たけたか》き人物あり。頭巾黒く、外套黒く、面《おもて》を蔽ひ、身躰《からだ》を包みて、長靴を穿《うが》ちたるが、纔《わづか》に頭《かうべ》を動かして、屹《きつ》と其《その》感謝状に眼を注ぎつ。濃《こまや》かなる一脉《みやく》の煙は渠の唇辺《くちびる》を籠めて渦巻きつゝ葉巻の薫高《かをりたか》かりけり。

四

　百人長は向直《むきなほ》りて其言《そのことば》を続けたり。

「何《なん》と思ふ。意気地もなく捕虜《とりこ》になつて、生命《いのち》が惜《をし》さに降参して、味方のことはうつちやつてな、支那人《チャン〳〵》の介抱をした。其《その》また尽力といふものが、一通りならないのだ。此《この》中にも書いてある、宛然《まるで》何《なん》だ、親か、兄弟にでも対するやうに、恐ろしく親切を尽して遣つてな、其《それ》で生命《いのち》を助かつて、阿容々々《おめ〳〵》と帰つて来て、剰《あまつさ》へ此《この》感状を戴《いたゞ》いた。何《ど》うだ、えらいでないか貴様達なら何《なん》とする？」

　と未《いま》だ謂《い》ひもはてざるに、満堂《まんだう》忽《たちま》ち黙《もく》を破りて、哄《どつ》と諸《もろ》

※支那人《チャン〳〵》…「チャン〳〵」は中国人に対する蔑称。

声《ごゑ》をぞ立てたりける、喧轟《けんがう》名状すべからず。国賊逆徒、売国奴、殺せ、撲《なぐ》れと、衆口《しうこう》一斉熱罵《せいねつば》恫喝《どうかつ》を極めたる、思ひ〱の叫声《けうせい》は、雑音意味も無き響《ひゞき》となりて、騒然としてかまびすしく、あはや身の上ぞと見る眼危《めあやふ》き、唯単身《たゞみひとつ》なる看護員は、冷々然《れいくぜん》として椅子に倨《よ》りつ。あたりを見たる眼配《まくばり》は、深夜時計の輾《きし》る時、病室に患者を護りて、油断せざるに異ならざりき。看護員に迫害を加ふべき軍夫等の意気は絶頂に達しながら、百人長の手を掉《ふ》りて頻《しき》りに一同を鎮むるにぞ、其命《そのめい》なきに前《さき》だちて決して毒手《どくしゆ》を下さゞるべく、予《かね》て警《いまし》むる処やありけん、地踏鞴《ぢだんだ》踏《ふ》みてたけり立つをも、夥間《なかま》同志が抑制して、拳《こぶし》を押へ、腕を扼《やく》して、野分《のわけ》は無事に吹去りぬ。海野は感謝状を巻き戻し、卓子《ていぶる》の上に押遣《おしや》りて、

「それでは返す。しかしこの感謝状のために、血のある奴等が如彼《あんな》に騒ぐ。殺せの、撲《なぐ》れのと謂《い》ふ気組《きぐみ》だ。うむ、矢張《やつぱり》取つて置くか。引裂《ひつさ》いて踏むだら何《ど》うだ。さうすりや些少《ちつと》あ念ばらしにもなつて、いくらか彼奴《あいつ》らが合点《がつてん》しやう。さうでないと、彼《あれ》でも御国《みくに》のためには、生命《いのち》も惜まない徒《てあひ》だから、何《ど》んなことをしやうも知れない。よく思案して請取《うけと》るんだ、可《いゝ》か。」

耳にしながら看護員は、事もなげに手に取りて、海野が言《ことば》の途切れざるに、敵より得たる感謝状は早くも衣兜《かくし》に納まりぬ。

「取つたな。」と叫びたる、海野の声の普通《たゞ》ならざるに、看護員は怪《あやし》む如く、

「不可《いけ》ないですか。」

「良心に問へ！」

「やましいことは些少《ちつと》もないです。」

いと潔く謂放《いひはな》ちぬ。其《その》面貌の無邪気なる、其謂《そのい》ふことの淡泊なる、要するに看護員は、他《た》の誘惑に動かされて、胸中其《その》是非に迷ふが如き、さる心弱《こゝろよわ》きものにはあらず、何等か固き信仰ありて、譬《たと》ひ其《その》信仰の迷へるにもせよ、断々乎《だん〱こ》一種他《しゆた》の力の如何ともし難きものありて存《そん》せるならむ。

海野は其答《そのこたへ》を聞く毎《ごと》に、呆れもし、怒りもし、苛立ちもしたりけるが、真個天真《しんこてんしん》なる状《さま》見えて言《ことば》を飾るとは思はれざるにぞ、これ実に白痴者《はくちしや》なるかを疑ひつゝ、一応試《こゝろみ》に愛国の何《なん》たるかを教え見むとや、少しく色を和《やはら》げる、重きものいひの渋勝《しぶりがち》にも、

「やましいことがないでもあるまい。考へて見るが可《いゝ》。第一敵のために虜《とりこ》にされると謂《い》ふがあるか。抵抗してかなはなかつたら、何故《なぜ》切腹をしなかつた。苟《いやしく》も神州男児《しんしうだんじ》だ、腸《はらわた》を擱み出して、敵のしやツ面《つら》へたゝきつけて遣るべき処だ。其《それ》も可《いゝ》、時と場合で捕はれないにも限らんが、撲《なぐ》られて痛いからつて、平気で味方の内情を白状しやうとは、呆れ果た腰抜《こしぬけ》だ。其上《それに》まだ親切に支那人《チャン〱》の看護をしてな、高慢らしく尽力をした吹聴もないもんだ。のみならず、一旦恥辱を蒙つて、吾々同胞《どうばう》の面汚《つらよごし》をして居ながら、洒亜《しあ》つくで帰つて来て、感状を頂きは何《なん》といふ心得だ。せめて土産に敵情でも探つて来れば、まだ言訳《いひわけ》もあるんだが、刻苦して探つても敵の用心が厳しく

つて、残念ながら分らなかつたといふならまだも恕《じよ》すべきであるに、先に将校に検《しら》べられた時も、前刻吾《さつきおれ》が聞いた時も、いひやうもあらうものを、敵情なんざ聞かうとも、見やうとも思はなかつたは、実に驚く。然《しか》も敵兵の介抱が急がしいので、其様《そんな》ことあ考へてる隙《ひま》もなかつたなんぞと、憶面もなく謂《い》ふ如《ごと》きに至つては言語同断と謂《い》はざるを得ん。国賊だ、売国奴だ、疑つて見た日にやあ、敵に内通をして、我軍の探偵に来たのかも知れない、と言はれた処で仕方がないぞ。」

五

「然《さ》もなければ、あの野蛮な、残酷な敵がさう易々《やす〳〵》捕虜《とりこ》を返す法はない。然《しか》しそれには証拠がない、強《しひ》て敵に内通をしたとは謂《い》はん、が、既に国民の国民たる精神の無い奴を、其《その》まゝにして見遁《みのが》しては、我軍《わがぐん》の元気の消長に関するから、屹《きつ》と改悟の点を認むるか、さもなくば相当の制裁を加へなければならん。勿論軍律を犯したと謂《い》ふでもないから、将校方《がた》は何《なん》の沙汰をもせられなかつたのであらう。けれどもが、吾々父母妻子をうつちやつて、御国《みくに》のために尽さうと謂《い》ふ愛国の志士が承知せん。此室《このしつ》に居るものは、皆な君の所置振《ぶり》に慊焉《けんえん》たらざるものがあるから、将校方は黙許なされても、其《そ》様《ん》な国賊は、屹《きつ》と談じて、懲戒を加ゆるために、おの〳〵決する処があるぞ。可《いゝ》か。其《その》悪むべき感謝状を、斯《か》う謂《い》つた上でも、裂いて棄てんか。やつぱり疚《や》ましいことはないが、些少《ちよつと》も良心が咎めないか、それが聞きたい。ぬらくらの返事をしちやあ不可《いかん》ぞ。」

看護員は傾聴して、深く其言《そのことば》を味ひつゝ、黙然として身動きだもせず、良《やゝ》猶予《ためら》ひて言《ものい》はざりき。

こなたはしたり顔に附入《つけい》りぬ。

「屹《きつ》と責任のある返答を、此室《こゝ》に居る皆《みんな》に聞かしてもらはう。」

謂《い》ひつゝ左右を眴《みまは》したり。

軍夫の一人《にん》は叫び出《いだ》せり。「先生。」

渠等《かれら》は親方といはざりき。海野は老壮士《※らうさうし》なればなり。

「先生、はやくしておくむなせえ。いざこざは面倒でさ。」

「撲《なぐ》つちまへ！」と呼ばゝるものあり。

「隊長、おい、魂《たましひ》を据へて返答しろよ。へむ、何《ど》うするか見やあがれ。」

「腰抜め、口イきくが最後だぞ。」

と口々にまたひしめきつ。四五名の足のばた〳〵〳〵と床板を踏鳴らす音ぞ聞こえたる。

看護員は、海野がいはゆる腕力の今ははや其身《その》に加へらるべきを解したらむ。然《さ》れども渠は聊《いさゝか》も心に疚ましきことなかりけむ、胸苦しき気振《けぶり》もなく、静《しづか》に海野に打向ひて、

「些少《ちつと》も良心に恥ぢないです。」

※壮士…定職を持たないで、他人の依頼によって談判・脅迫などをする人。自由民権運動の活動家や選挙運動などの政党に雇われた用心棒や運動員なども指す。

軽く答へて自若たりき。

「何、恥ぢない。」

と謂返《いひかへ》して海野は眼《まなこ》を瞶《みは》りたり。

「もう一度、屹《きつ》とやましい処はないか。」

看護員は微笑《ほゝゑ》みながら、

「繰返すに及びません。」

其《その》信仰や極めて確乎《かくこ》たるものにてありしなり。海野は熱《ねつ》し詰《つ》めて拳《こぶし》を握りつ。容易《たやす》くはものも得《え》いはで唯《たゞ》、唯《たゞ》、渠を睨まへ詰めぬ。

時に看護員は従容《しようよう》、

「戦闘員とは違ひます、自分をお責めなさるんなら、赤十字社の看護員として、そしておはなしが願ひたいです。」

謂《い》ひ懸《か》けて片頬《かたほ》笑《ゑ》みつ。

「敵の内情を探るには、たしか軍事探偵といふのがある筈です。一体戦闘力のないものは敵に抵抗する力がないので、遁《に》げられれば遁《に》げるんですが、行《や》り損《そこ》なへばつかまるです。自分の職務上病傷兵を救護するには、敵だの、味方だの、日本だの、清国だのといふ、左様《さやう》な名称も区別も無いです。唯《たゞ》病傷兵のあるばかりで、其他《そのた》には何《なん》にもないです。丁度自分が捕虜《とりこ》になつて、敵陣に居ました間に、幸ひ依頼をうけましたから、敵の病兵を預りました。出来《でき》得《う》る限り尽力をして、好結果を得ませんと、赤十字の名折《なをれ》になる。いや名折《なをれ》は構はないでもつまり職務の落度となるのです。しかしさつきもいひます通り、我軍と違つて実に可哀想だと思ひます。気の毒なくらゐ万事が不整頓で、とても手が届かないので、やゝともすれば見殺しです。でもそれでは済まないので、大変に苦労をして、やう〳〵赤十字の看護員といふ躰面だけは保つことが出来ました。感謝状は先《ま》づ其《その》しるしといつていゝやうなもので、これを国への土産にすると、全国の社員は皆満足に思ふです。既に自分の職務さへ、辛うじて務めたほどのものが、何《なん》の余裕があつて、敵情を探るなんて、探偵や、斥候の職分が兼ねられます。またよしんば兼ねることが出来るにしても、其《それ》は余計なお世話であるです。今貴下《あなた》にお談《はな》し申すことも、お検《しら》べになつて将校方《がた》にいつたことも、全くこれにちがひはないのでこのほかにいふことは知らないです。毀誉褒貶は仕方がない、逆賊でも国賊でも、それは何《なん》でもかまはないです。唯《たゞ》看護員でさへあれば可《いゝ》。しかし看護員たる躰面を失つたとでもいふことなら、弁解も致します、罪にも服します、責任も荷《にな》ふです。けれども愛国心が何《ど》うであるの、敵愾心が何《ど》うであるのと、左様《さやう》なことには関係しません。自分は赤十字の看護員です。」

と淀みなく陳《の》べたりける。看護員の其言語には、更に抑揚と頓挫《とんざ》なかりき。

六

見る〳〵百人長は色激《いろげき》して、砕けよとばかり仕込杖《しこみづゑ》を握り詰めしが、思ふこと乱麻《らんま》胸を衝きて、反駁の緒《いとぐち》を発見《みいだ》し得ず、小鼻と、髯《ひげ》のみ動かして、しらけ返りて見えたりける。時に

一人《にん》の軍夫あり、

「畜生、好《すき》なことを謂《い》つてやがらあ。」

声高《こはだか》に叫びざま、足疾《あしばや》に進出《すゝみいで》て、看護員の傍《かたへ》に接し、其《その》面《おもて》を覗きつゝ、

「おい、隊長、色男の隊長、何《ど》うだ。へむ、しらばくれはよしてくれ。其悪済《そのわるす》ましが気に喰はねえんだい。赤十字社とか看護員とかツて、べらんめい、漢語なんかつかいやあがつて、何《なん》でえ、躰《てい》よく言抜《いひぬ》けやうとしたつて駄目だぜ。おいらア皆《みん》な知《しつ》てるぞ、間抜《まねけ》めい。へむ畜生、支那《チャン》の捕虜《とりこ》になるやうぢやあとても日本《にほん》で色の出来ねえ奴だ。唐人の※阿魔《あま》なんぞに惚れられやあがつて、この合《あひ》の子《こ》め、手前《てめへ》、何《なん》だとか、彼《か》だとかいふけれどな、※南京《なんきん》に惚れられたもんだから、其《それ》で支那《チャン》の介抱をしたり、贔負《ひゐき》をしたりして、内幕を知つてゝもいはねえんぢやあ無《ね》えか。かう、おいらの口は浄玻璃《じやうはり》だぜ。おいらあ初中《しよつちう》知つてるんだ。おい皆《みんな》聞かつし、初手《しよて》はな、支那人《チャン〳〵》の金満《きんまん》が流丸《ながれだま》を喰《くら》つて路傍《みちばた》に僵《たふ》れて居たのを、中隊長様が可愛想だつてえんで、お手当をなすつてよ、此奴《こいつ》に其《その》家まで送らしてお遣んなすつたのがはじまりだ。するとお前《めへ》其《その》支那人《チャン》を介抱して送り届けて帰りしなに、支那人《チャン》の兵隊が押《おし》込《こ》むだらう。面《めん》くらいやアがつてつかまる処をな、金満の奴《やつこ》さん恩儀《おんぎ》を思つて、無性に難有《ありがた》がつてる処だから、きわどい処を押隠《おしかく》して、やう〳〵人目を忍ばしたが、大勢押込《おしこ》むで居るもんだから、秘《かく》しきれねえでとう〴〵奥の奥の奥ウの処の、女《むすめ》の部屋へ秘《かく》したのよ。ね、隠《かく》れて五日ばかり対向《さしむか》ひで居るあひだに、何《なん》でも其女《そのむすめ》が惚れたんだ。無茶におツこちたと思ひねえ。五日目に支那《チャン》の兵が退《ひ》いてく時つかめえられてしよびかれた。何《なん》でも其《その》日のこつた。おいら五六人で宿営地へ急ぐ途中、酷《ひど》く吹雪《ふゞ》く日で眼も口もあかねへ雪ン中に打倒《ぶつたふ》れの、半分埋まつて、ひきつけて居た婦人《をんな》があつたい。謂《い》つて見りや支那人《チャン》の片割《かたわれ》ではあるけれど、婦人《をんな》だから、ねえ、おい、構《かま》ふめえと思つて焚火であつためて遣ると活返《いきけえ》つた李花、てえ女《むすめ》で、此奴《こいつ》がエテよ。別離苦《わかれ》に一目《ひとめ》てえんで唯一人《たつたひとり》駈《かけ》出《だ》してさ、吹雪僵《ふゞきだふれ》になつたんだとよ。そりや後《あと》で分《わか》つたが、其《そ》ン時《とき》あ、おいらツちが負《おぶ》つて家《うち》まで届けて遣つた。其因縁《そのいんえん》でおいら一寸々々《ちよい〳〵》父親《おやぢ》の何《なん》とかてえ支那《チャン》の家《うち》へ出入《でいり》をするから、悉《くわ》しいことを知つてるんだ。女《むすめ》はな、ものずきじやあねえか、この野郎が恋しいとつて、それつきり床着《とこづ》いてよ、何《ど》うだい、此頃《このごろ》じやもう湯も、水も通らねえツさ。父親《おやぢ》なんざ気を揉んで銃創《てつぱうきず》もまだすつかりよくならねえのに、此奴《こいつ》の音信《たより》を聞かうとつて、旅団本部へ日参だ。だからもう皆《みんな》がうす〳〵知つてるぜ。つい隊長様なんぞのお耳へ入つて、御存じだから、おい奴《やつこ》さむ。お前《めえ》お検《しらべ》の時も其《その》お談話《はなし》をなすつたらう。ほんによ、お前《めえ》がそんねえな腰抜《こしぬけ》たあ知らねえから、勿体《もつてえ》ねえ、隊長様までが、あゝ、可哀想だ、其女《そのむすめ》の父親とか眼を懸けて遣《つか》はせとおつしやらあ、恐しい冥伽《めうが》だぜ。お前《めえ》

※阿魔…女性に対する蔑称。

※南京…中国人の別称。

そんなことも思はねえで、べん〳〵と支那兵《チヤン〳〵》の介抱をして、お礼をもらつて、恥かしくもなく、のんこのしやあで、唯今《たゞいま》帰つて来《き》は何《ど》ういふ了見だ。はじめに可哀想だと思つたほど、憎くてならねえ。支那《チヤン》の探偵《いぬ》になるやうな奴《やつ》あ大和魂《やまとだましひ》を知らねえ奴だ、大和魂《やまとだましひ》を知らねえ奴あ日本人《につぽんじん》のなかまじやあねえぞ、日本人《につぽんじん》のなかまでなけりや支那人《チヤン》も同一《おんなじ》だ。どてツ腹《ばら》あ蹴破《けやぶ》つて、このわたを引《ひき》ずり出して、嚙潰《かみつぶ》して吐出《はきだ》すんだい！」

「其処《そこ》だ！」と海野は一喝して、はたと卓子《ていぶる》を一打《ひとうち》せり。恁《かゝ》りし間他《あひだた》の軍夫は、屢々《しば〳〵》同情の意を表《へう》して、舌者《ぜつしや》の声を打消すばかり、熱罵《ねつば》を極《きは》めて威嚇《ゐくわく》しつ。

楚歌《そか》一身に聚《あつま》りて集合せる腕力の次第に迫るにも関はらず眉宇《びう》一点の懸念なく、いと晴々《はれ〴〵》しき面色《おもゝち》にて、渠は春昼寂《せき》たる時、無聊《むれう》に堪えざるものゝ如く、片膝《かたひざ》を片膝に其《その》片膝を、また片膝に、交《かは》る〴〵投懸けては、其都度《そのつど》靴音を立つるのみ。胸中おのづから閑《かん》ある如し。

蓋《けだ》し赤十字社の元素たる、博愛のいかなるものなるかを信ずること、渠の如きにあらざるよりは、到底これ保ち得難き度量ならずや。

「其処《そこ》だ。」と今卓子《いまていぶる》を打てる百人長は大《おほい》に決する処ありけむ、屹《きつ》と看護員に立向ひて、

「無神経でも、おい、先刻《さつき》からこの軍夫の謂《い》ふたことは多少耳へ入つたらうな。何《ど》うだ、衆目の見る処、貴様は国体のいかむを解さない非義《ひぎ》、劣等、怯奴《けふど》である、国賊である、破廉恥、無気力の人外《にんぐわい》である。皆《みんな》が貴様を以て日本人《につぽんじん》たる資格の無いものと断定したが、何《ど》うだ。其《それ》でも良心に恥ぢないか。」

「恥ぢないです。」と看護員は声に応じて答へたり。百人長は頷きぬ。

「可《よし》、改《あらた》めて謂《い》へ、名を聞かう。」

「名ですか、神崎愛三郎《かんざきあいさぶらう》。」

七

「うむ、それでは神崎、現在居る、此処《こゝ》は一体何処《どこ》だと思ふか。」

海野は太《いた》くあらたまりてさもものありげに問懸《とひか》けたり。問はれて室内を眴《みまは》しながら、

「左様《さやう》、何処《どこ》か見覚えて居るやうな気持もするです。」

「うむ分《わか》るまい。其《それ》が分《わか》つて居さへすりや、口広《くちびろ》いことは謂《い》へないわけだ。」

顔に苔むしたる髯を撫でつゝ、立ちはだかりたる身の丈《たけ》豊かに神崎を瞰《み》下《お》ろしたり。

「此処《こゝ》は、柳が家だ。貴様に惚れて居る李花の家だぞ。」

今経歴を語りたりし軍夫と眼と眼を見合はして二人はニタリと微笑《ほゝゑ》めり。

神崎は夢の裡《うち》なる面色《おもゝち》にてうつとりと其眼《そのまなこ》を睜《みは》りぬ。

「ぼんやりするない。柳が住居《すまゐ》だ。女《むすめ》の家だぞ。聞くことがありや何処《どこ》でも聞かれるが、故《わざ》と此処《こゝ》ん処へ引張つて来たの

には、何か吾々に思ふ処がなければならない。其位《そのくらゐ》なことは、いくら無神経な男でも分《わか》るだらう。家族は皆追出《みんなおひだ》してしまつて、李花は吾々の手の内のものだ。それだけ予め断つて置く、可《いゝ》か。

さ、斯《か》う断つた上でも、矢張り看護員は看護員で、看護員だけのことをさへすれば可《いゝ》、寧ろ他《ほか》のことは為《し》ない方が当前《あたりまへ》だ。敵情を探るのは探偵の係で、戦《たゝかひ》にあたるものは戦闘員に限る、いふて見れば、敵愾心を起《おこ》すのは常業のない閑人《ひまじん》で、進《すゝん》で国家に尽すのは好事家《ものずき》がすることだ。人は自分のすべきことをさへすれば可《いゝ》、吾々が貴様を責めるのも、勿論のこと、ひまだからだ、と煎じ詰めた処さういふのだな。」

神埼は猶予《ため》らはで、

「左様《さやう》、自分は看護員です。」

この冷かなる答を得て百人長は決意の色あり。

「しつかり聞かう、職務外のことは、何《なん》にもせんか！」

「出来ないです。余裕があれば綿繖糸《※めんざんし》を造るです。」

応答はこれにて決せり。

百人長はいふこと尽きぬ。

海野は悲痛の声を挙げて、

「駄目だ。殺しても何《なん》にもならない。可《よし》、いま一《ひと》ツの手段を取らう。権《ごん》！吉《きち》！熊《くま》！一件《けん》だ。」

声に応じて三名の壮佼《わかもの》は群《ぐん》を脱して、戸口に向へり。時に出口の板戸を背にして、木像の如く突立《つゝた》ちたるまゝ両手を衣兜《かくし》にぬくめつゝ、身動きもせで煙草をのみたる彼《か》の真黒なる人物は、靴音高く歩《ほ》を転じて、渠等《かれ》を室外に出《いだ》しやりたり。三人は走り行《ゆ》きぬ。走り行《ゆ》きたる三人《みたり》の軍夫は、二人《にん》左右より両手を取り、一人後《にんうしろ》より背《せな》を推《お》して、端麗《たんれい》多く世に類《るゐ》なき一個《こ》清国の婦人の年少《としわか》なるを、荒《あら》けなく引立《ひつた》て来《きた》りて、海野の傍《かたへ》に推据《おしす》へたる、李花は病床にあれりしなる、同じ我家《わがや》の内ながら、渠《かれ》は深窓に養はれて、浮世の風は知らざる身の、爾《しか》く此室《このしつ》に出《い》でたるも恐《おそ》らく其《その》日が最初《はじめて》ならむ、長き病に俤《おもかげやつ》窶れて、寝衣《しんい》の姿なよ〳〵しく、簪《かんざし》の花も萎《しぼ》みたる流罪《るざい》の天女《てんによ》憐むべし。

「国賊！」

と呼懸《よびか》けつ。百人長は猿臂《えんび》を伸ばして美しき犠牲《いけにへ》の、白き頸《うなじ》を掻摑《かいつか》み、其面《そのおもて》をば仰《の》けざまに神崎の顔に押向《おしむ》けぬ。

李花は猛獣に手を取られ、毒蛇に膚《はだ》を絡《まと》はれて、恐怖の念もあらざるまで、遊魂半《いうこんなか》ば天に朝《てう》して、夢現の境《きやう》にさまよひながらも、神崎を一目《ひとめ》見るより、やせたる頰《ほゝ》をさとあかめつ。またゝきもせで見詰めたりしが、俄《にはか》に総《そう》の身《み》を震はして、「あ。」と一声血《ひとこゑち》を絞《しぼ》れる、不意の叫声《けうせい》に驚きて、思はず軍夫が放《はな》てる手に、身を支えたる力を失して後居《しりゐ》にはたと僵《たふ》れたり。

看護員は我《われ》にもあらで衝《つ》と其《その》椅子より座を立ちぬ。

百人長は毛脛《けずね》をかゝげて、李花の腹部《ふくぶ》を無手《むず》と踏《ふ》まへ、ぢ

※綿繖糸…綿布の糸をほぐしたもの。薬液に浸して傷口に用いた。

ろりと此方《こなた》を流眄《しりめ》に懸《か》けたり。

「何《ど》うだ。これでも、これでも、職務外のことをせねばならない必要を感ぜんか。」

同時に軍夫の一団はばら〳〵と立懸《たちかゝ》りて、李花の手足《てあし》を圧《おし》伏《ふ》せぬ。

「国賊！　これで何《ど》うだ。」

海野はみづから手を下《お》ろして、李花が寝衣《しんい》の袴《はかま》の裾《すそ》をびりゝとばかり裂《つんざ》けり。

八

時《とき》に彼《か》の黒衣《こくい》長身の人物は、ハタと煙管《きせる》を取落《とりおと》しつ、其方《そなた》を見向ける頭巾の裡《うち》に一双《さう》の眼《まなこ》爛々《らん〳〵》たりき。

あはれ、看護員はいかにせしぞ。

面《おもて》の色は変へたれども、胸中《きようちう》無量《むりやう》の絶痛《ぜつゝう》は、少しも挙動に露《あら》はさで、渠《かれ》はなほよく静《せい》を保ち、徐《おもむ》ろに其筒服《そのヅボン》を払ひ、頭髪のやゝのびて、白き額《ひたひ》に垂れたるを、左手《ゆんで》にやをら掻上《かきあ》げつゝ、卓《つくゑ》の上に差置きたる帽《ぼう》を片手に取ると斉《ひと》しく、粛然と身を起して、

「諸君。」

とばかり言ひすてつ。

海野と軍夫と、軍夫と、軍夫と、軍夫の隙《ひま》より、真白《まつしろ》く細き手の指の、のびつ、屈《かゞ》みつ、洩れたるを、纔《わづか》に一《ひと》目《め》見たるのみ。靴音軽く歩《ほ》を移《うつ》して、其《その》まゝ李花に辞し去りたり。恁《かく》て五分時《ふんじ》を経《へ》たりし後《のち》は、失望したる愛国の志士と、及び其《その》腕力と、皆疾《みなと》く室《しつ》を立去《たちさ》りて、暗澹《あんたん》たる孤灯《ことう》の影に、李花のなきがらぞ蒼《あを》かりける。此時《このとき》までも目を放たで直立したりし黒衣《こくい》の人は、濶歩《くわつぽ》坐中《ざちう》に動《ゆる》ぎ出《いで》て、灯火を仰ぎ李花に俯《ふ》して、厳然として椅子に凭《よ》り、卓子《ていぶる》に片肱《かたひぢ》附きて、眼光《がんくわう》一閃《せん》鉛筆の尖《さき》を透し見つ。電信用紙にサラ〳〵と、

月　日　海城発《※かいじやうはつ》

予《よ》は目撃せり。

日本軍《にほんぐん》の中には赤十字の義務を完《まつたう》して、敵より感謝状を送られたる国賊あり。然《しか》れどもまた敵愾心のために清国《てきこく》の病婦《びやうふ》を捉《とら》へて、犯《をか》し辱《はづか》しめたる愛国の軍夫あり。委細はあとより。

じよん、べるとん

英国ロンドン府　アワリー、テレグラフ社編輯行《へんしふゆき》

（『鏡花全集』別巻　岩波書店　一九七六・三）

※海城…遼東湾の北東に位置する。日清戦争で日本軍に占領された。

泉《いずみ》鏡花《きょうか》　1873—1939

本名、鏡太郎。石川県金沢市に生まれ育つ。父は金工で、鏡花の小説のモデルにもなっている。また幼少期に死別した母からは草双紙の絵解きを受けており、こうした「草双紙的世界」や母への想い、さらには故郷・金沢への感懐などはその後の小説の重要なモチーフともなっている。小説家を志して上京し、尾崎紅葉の門下生となる。硯友社グループの一員として活躍し、一八九二年「冠弥左衛門」を『日出新聞』に連載しデビューした後、「夜行巡査」「外科室」などを次々と発表。観念小説の代表的な書き手とされる。ただし、初期の鏡花作品には紅葉の筆が入れられているものも多い。また同時期には日清戦争を題材とした小説「予備兵」**「海城発電」**なども執筆している。日露戦争後、自然主義文学が文壇の主流となった一時期、不遇な時代を過ごすが、しかしその間も発表活動を続けており、「歌行燈」や「夜叉ヶ池」、「由縁の女」など明治・大正・昭和にわたって多数の傑作を残している。特に、幻想性の強い独特の作風は後の作家達にも大きな影響を及ぼしており、三島由紀夫や水上瀧太郎なども絶賛し愛読した。日本近代幻想文学の礎を築いた作家といえる。一九三九年九月七日、死去。

唯看護員でさへあれば可

「海城発電」は一八九六年一月、雑誌『太陽』に発表された。この作品は、一九四〇年の岩波版『泉鏡花全集』編纂の際に、反戦的なものと捉えられ収録されなかったという経緯を持ち、しばしば「反戦小説」として捉えられてきた。しかし、この作品では単なる「反戦小説」として片付けることができない、近代社会をめぐる様々な問題が、今なお色褪せることなく提示されている。

小説の題材は、作品発表時の数年前に開始された日清戦争にとっている。この戦争が、「野蛮」を「文明」が征伐するという大義名分のもと行われたものであることは有名であるが、この時、福澤諭吉や内村鑑三ら知識人も賛意を表明するなど、国内は異様な熱気に包まれていた。まさに日本が着々と「近代国家」の制度を整備し、欧米諸国の仲間入りを果たそうとしつつあった時期といってよい。

作品内では、たびたび「職務」という言葉が出てくる。ここで登場する「職」が、先述した状況下の中で新たに再編されたものであることは注意すべきであろう。軍夫や赤十字の看護員といった新しい「職」はどのような意図や目的を持って制度化されたものなのか。「職務」とは誰が何のために果たす義務として要請されていたのか。そうした歴史性について調査し考察することは、作品を読み解くための重要な手掛かりとなるだろう。作品内における神崎と軍夫・海野との対立構図の意味や、神崎の唱える「博愛」の内実、「支那人」の女性が犠牲にされた意味なども、「職」の有する歴史性に注目することで明瞭になってくる。

　また、この作品の下敷きとなったテクストとして日清戦争時の戦況報道記事が指摘されている。こうした先行テクストや、他の戦争報道記事をはじめ、日清戦争を同じく題材とした鏡花の小説「予備兵」や「凱旋祭」、他作家達の日清戦争を題材とした同時期の小説などを取り上げ、軍夫や看護員、また「日本人」、「支那人」、「英国人」といった表象を分析し相違点に目を配ることも、この作品の特異性を考える上では重要となってくる。さらに、作品の特異性を考える上では、「非戦闘員」と題されたこの小説の草稿に注目し、大幅な改変や抹消部分を検討することも興味深い。また「夜行巡査」や「義血侠血」などの「職務」に忠実な人間を描いた、他の鏡花の小説と比較することも有効であろう。

　この他、作品の構造についても考えてみたい。話の大部分は神崎と海野とのやりとりから成立しているが、末尾に終始傍観者であった英国通信員の電信文が提示されて物語が終わるという形式をとっている。この形式が意味するものは何か。「外科室」や「夜行巡査」などで、鏡花が森田思軒の翻訳物の文体の影響を受け、末尾に語り手の呼びかけ的表現を使っていたことを考えれば、ここであえて、語り手が直接問題を投げかける形式を取らずに電信文を提示したことの意味は大きいといえよう。

「海城発電」は、日清戦争時の日本社会が抱えていた問題を重層的に盛り込んだ作品であるといえる。自らの存在を「看護員」としてのみ意味づけようとした神崎の姿は、果たして今の私たちの眼にはどのように映るであろうか。神崎の「唯看護員でさへあれば可。」という言葉の背後には、「公私」の領域をめぐる問題をはじめ、日本が近代国家として歩み出す際に抱え持ってしまった〈歪み〉を仄見ることができる。

視点1　**当時における軍夫や看護員について調査し、海野と神崎との対立構図について考察する。**

視点2　**登場人物達の性別及び彼らの属する「国」に注目し、彼らの関係性を考察した上で、作品末尾の電文の意味を明らかにする。**

視点3　**日清戦争時の報道記事や同時期の日清戦争を題材とした小説と比較し、「海城発電」の特異性について考える。**

〈参考文献〉 吉田昌志「泉鏡花「海城発電」成立考」（『青山語文』一九九三・三）、酒井敏「軍夫・「文明戦争」の暗部―文学テクストからの照明」（『日本文学』一九九六・一一）、菅聡子「日清戦争という〈表象〉――葉・鏡花のまなざしをめぐって」（『叙説II』二〇〇四・八）、松田顕子「〈反戦小説〉の根底―泉鏡花「海城発電」とナショナリズム」（『日本近代文学』二〇〇七・五）

（西川貴子）

樋口一葉　にごりえ

（一）

おい木村さん信《しん》さん寄つてお出《いで》よ、お寄りといつたら寄つても宜《い》いではないか、又《また》素通りで二葉やへ行《ゆ》く気だらう、押かけて行《ゆ》つて引ずつて来るからさう思ひな、ほんとにお湯《ぶう》なら帰りに吃度《きつと》よつてお呉れよ、嘘《うそ》つ吐《つ》きだから何を言ふか知れやしないと店先に立つて馴染らしき突《つッ》かけ下駄の男をとらへて小言《こごと》をいふやうな物の言ひぶり、腹も立たずか言訳《いひわけ》しながら後刻《のち》に後刻《のち》にと行過《ゆきすぎ》るあとを、一寸舌打《ちよつとしたうち》しながら見送つて後《のち》にも無いもんだ来る気もない癖に、本当に女房もちに成つては仕方がないねと店に向つて閾《しきい》をまたぎながら一人言《ひとりごと》をいへば、高《たか》ちやん大分御述懐《だいぶごじつくわい》だね、何もそんなに案じるにも及ぶまい焼棒杭《やけぼつくい》と何《なに》とやら、又よりの戻る事もあるよ、心配しないで呪《まじなひ》でもして待つが宜《い》いさと慰《なぐ》さめるやうな朋輩《ほうばい》の口振《くちぶり》、力《りき》ちやんと違つて私《わた》しには技倆《うで》が無いからね、一人でも逃しては残念さ、私《わた》しのやうな運の悪るい者には呪《まじなひ》も何も聞きはしない、今夜も又※木戸番《きどばん》か、何《なん》たら事だ面白くもないと肝癪《かんしやく》まぎれに店前《みせさき》へ腰をかけて駒下駄のうしろでとん〳〵と土間を蹴るは二十の上を七つか十か引眉毛《ひきまゆげ》に作り生際《はへぎは》、白粉《おしろい》べつたりとつけて唇《くちびる》は人喰ふ犬の如く、かくては紅《べに》も厭《い》やらしき物なり、お力《りき》と呼ばれたるは中肉の背恰好《せいかつかう》すらりつとして洗ひ髪の大嶋田《おほしまだ》に新わらのさわやかさ、頸《ゑり》もと計《ばかり》の白粉《おしろい》も栄《は》えなく見ゆる天然の色白をこれみよがしに乳《ち》のあたりまで胸くつろげて、烟草《たばこ》すぱ〳〵長烟管《ながぎせる》に立膝《たてひざ》の無沙法《ぶさはう》さも咎める人のなきこそよけれ、思ひ切つたる大形《おほがた》の裕衣《ゆかた》に引《ひつ》かけ帯は黒繻子《くろじゆす》と何やらのまがひ物、緋《ひ》の平《ひら》ぐけが背の処《ところ》に見えて言はずと知れし此《この》あたりの姉《あね》さま風《ふう》なり、お高《たか》といへるは洋銀《ようぎん》の簪《かんざし》で天神がへしの髷の下を掻きながら思ひ出したやうに力ちやん先刻《さつき》の手紙お出しかといふ、はあと気のない返事をして、どうで来るのでは無いけれど、あれもお愛想《あいさう》さと笑つて居るに、大底《たいてい》におしよ巻紙《まきがみ》二《ふた》※尋《ひろ》も書いて二枚切手《ぎつて》の大封《おほふう》じがお愛想で出来る物かな、そして彼《あ》の人は※赤坂以来《から》の馴染《なじみ》ではないか、少しやそつとの紛雑《いざ》があろうとも縁切《ゑんぎ》れになつて溜《たま》る物か、お前の出かた一つで何《ど》うでもなるに、ちつ

※木戸番…ここでは、店の戸口でいつまでも客引きをしなければならない状態のこと。
※尋…両手を左右にひろげた時の両手先の間の長さ。
※赤坂…赤坂にあった花柳界のこと。

とは精《せい》を出して取止めるやうに心がけたら宜《よ》かろ、あんまり冥利《めうり》がよくあるまいと言へば御親切に有《あり》がたう、御異見《ごゐけん》は承り置まして私はどうも彼《あ》んな奴は虫が好かないから、無き縁とあきらめて下さいと人事《ひとごと》のやうにいへば、あきれたものだのと笑つてお前などは其我《わが》まゝが通るから豪勢さ、此身《このみ》になつては仕方がないと団扇《うちは》を取つて足元をあふぎながら、昔しは花よの言ひなし可笑《をか》しく、表を通る男を見かけて寄つておいでと夕ぐれの店先にぎはひぬ。

店は二間《けん》間口の二階作り、軒には御神燈《ごしんとう》さげて盛《も》り塩《じほ》景気よく、空壜《あきびん》か何か知らず、銘酒あまた棚の上にならべて帳場《ちようば》めきたる処もみゆ、勝手元《かつてもと》には七輪を煽《あほ》ぐ音折々《をり〳〵》に騒がしく、女主《あるじ》が手づから寄せ鍋茶椀むし位《ぐらい》はなるも道理《ことわり》、表にかゝげし看板を見れば子細らしく御料理《おんりようり》とぞしたゝめける、さりとて仕出し頼みに行《ゆき》たらば何《なに》とかいふらん、俄《にはか》に今日《こんにち》品切れもをかしかるべく、女ならぬお客様は手前店《てまへみせ》へお出かけを願ひまするとも言ふにかたからん、世は御方便《ごはうべん》や商売がらを心得て口取り焼肴《やきざかな》とあつらへに来る田舎ものもあらざりき、お力といふは此家《このや》の※一枚看板、年は随《ずい》一若けれども客を呼ぶに妙ありて、さのみは愛想《あいさう》の嬉しがらせを言ふやうにもなく我《わが》まゝ至極の身の振舞《ふるまい》、少し容貌《きりよう》の自慢かと思へば小面《こづら》が憎くいと蔭口《かげぐち》いふ朋輩《ほうばい》もありけれど、交際《つきあつ》ては存《ぞん》の外《ほか》やさしい処があつて女ながらも離れともない心持《こゝろもち》がする、あゝ心とて仕方のないもの面《おも》ざしが何処《どこ》となく冴へて見へるは彼《あ》の子の本性が現はれるのであらう、誰《たれ》しも新開《しんかい》へ這入《はい》るほどの者で菊の井のお力を知らぬはあるまじ、菊の井のお力か、お力の菊の井か、さても近来まれの拾ひもの、あの娘《こ》のお蔭《かげ》で新開の光りが添《そ》はつた、抱《かゝ》へ主《ぬし》は神棚へさゝげて置いても宜《い》いとて軒並《のきなら》びの羨《うら》やみ種《ぐさ》になりぬ。

お高は往来《ゆきゝ》の人のなきを見て、力ちやんお前の事だから何があつたからとて気にしても居《ゐ》まいけれど、私は身につまされて源《げん》さんの事が思はれる、夫《それ》は今の身分に落ぶれては根つから宜《い》いお客ではないけれども思ひ合ふたからには仕方がない、年が違《ちが》をが子があろがさ、ねへ左様《さう》ではないか、お内儀《かみ》さんがあるといつて別れられる物かね、構《かま》ふ事はない呼出してお遣り、私《わた》しのなぞといつたら野郎が根《ね》から心替《こゝろがは》りがして顔を見てさへ逃げ出すのだから仕方がない、どうで諦《あきら》め物で別口へかゝるのだがお前のは夫《そ》れとは違ふ、了簡一つでは今のお内儀《かみ》さんに※三下《くだ》り半《はん》をも遣《や》られるのだけれど、お前は気位《きぐらゐ》が高いから源さんと一処《ひとつ》にならうとは思ふまい、夫《それ》だもの猶の事呼《よ》ぶ分《ぶん》に子細があるものか、手紙をお書き今に三河《みかわ》やの御用聞きが来るだろうから彼《あ》の子僧《こぞう》に使ひやさんを為《さ》せるが宜《い》い、何《なん》の人お嬢様ではあるまいし御遠慮計申《ばかりまをし》てなる物かな、お前は思ひ切りが宜《よ》すぎるからいけない兎《と》も角《かく》手紙をやつて御覧、源さんも可愛さうだわなと言ひながらお力を

※一枚看板…一番人気。

※三下り半…離縁状。

見れば烟管《きせる》掃除に余念のなきか俯向《うつむき》たるまゝ物いはず。

やがて雁首《がんくび》を奇麗に拭いて一服すつてポンとはたき、又すいつけてお高に渡しながら気をつけてお呉れ店先で言はれると人聞きが悪いではないか、菊の井のお力は土方《どかた》の手伝ひを情夫《まぶ》に持つなどゝ考違《かんちが》へをされてもならない、夫《それ》は昔しの夢がたりさ、何《なん》の今は忘れて仕舞《しまつ》て源とも七とも思ひ出されぬ、もう其《その》話しは止め〳〵といひながら立あがる時表《おもて》を通る兵《へ》※児帯《こおび》の一むれ、これ石川さん村岡さんお力の店をお忘れなされたかと呼べば、いや相変らず豪傑の声がゝり、素通りもなるまいとてずつと這入《はい》るに、忽《たちま》ち廊下にばた〳〵といふ足おと、姉《ねへ》さんお銚子と声をかければ、お肴《さかな》は何をと答ふ、三味《さみ》の音景気《ねけいき》よく聞えて乱舞の足音これよりぞ聞え初《そめ》ぬ。

《二》

さる雨の日のつれ〴〵に表を通る山高帽子《やまだかぼうし》の三十男《をとこ》、あれなりと捉《と》らずんば此降《このふ》りに客の足とまるまじとお力かけ出して袂《たもと》にすがり、何《ど》うでも遣《や》りませぬと駄々をこねれば、容《きり》貌《よう》よき身の一徳《とく》、例になき子細らしきお客を呼入れて二階の六畳に三味線《さみせん》なしのしめやかなる物語、年を問はれて名を問はれて其《その》次は親もとの調べ、士族かといへば夫《そ》れは言はれませぬといふ、平民かと問へば何《ど》うござんしようかと答ふ、そんなら華族と笑ひながら聞くに、まあ左様《さう》おもふて居《ゐ》て下され、お華族の姫様《ひいさま》が手づからのお酌、かたじけなく御受《おう》けなされとて波々《なみく》とつぐに、さりとは無左法《ぶさはう》な置《おき》つぎといふが有《あ》る物《もの》か、夫《そ》れは小笠原か、何流《なにりう》ぞといふに、お力流《りきりう》とて菊の井一家《か》の左法《さはう》、畳に酒のまする流気《りうぎ》もあれば、大平《おほひら》の蓋であほらする流気もあり、いやなお人にはお酌をせぬといふが大詰めの極《きま》りでござんすとて臆したるさまもなきに、客はいよ〳〵面白がりて履歴をはなして聞かせよ定めて凄《すさ》まじい物語があるに相違なし、唯の娘あがりとは思はれぬ何《ど》うだとあるに、御覧なさりませ未《ま》だ鬢《びん》の間《あいだ》に角も生《は》へませず、其《その》やうに甲羅は経《へ》ませぬとてころ〳〵と笑ふを、左様《さう》ぬけてはいけぬ、真実の処を話して聞かせよ、素性が言へずは目的でもいへとて責める、むづかしうござんすね、いふたら貴君《あなた》びつくりなさりましよ天下を望む大伴の黒主《くろぬし》とは私が事とていよ〳〵笑ふに、これは何《ど》うもならぬ其《その》やうに茶利《ちやり》ばかり言はで少し真《し》実《ん》の処を聞かしてくれ、いかに朝夕《てうせき》を嘘の中に送るからとてちつとは誠《まこと》も交《まじ》る筈、良人《おつと》はあつたか、それとも親故《ゆゑ》かと真《しん》に成つて聞かれるにお力かなしく成りて、私だとて人間でござんすほどに少しは心にしみる事もありまする、親は早くになくなつて今は真実《ほん》の手と足ばかり、此様《こん》な者なれど女房に持たうといふて下さるも無いではなけれど未《ま》だ良人《おつと》をば持ませぬ、何《ど》うで下品に育ちました身なれば此様《こん》な事して終るのでござんしよと投出したやうな詞《ことば》に無量《むりよう》の感があふれてあだなる姿の浮気らしきに似ず一節《ふし》さむろう様子のみゆるに、何も下品に育つたからとて良人《おつと》の持てぬ事はあるまい、殊にお

※兵児帯の…兵児帯風俗の、という意で、ここでは書生のこと。

前のやうな別品《べつぴん》さむではあり、一足《そく》とびに玉《たま》の輿《こし》にも乗れさうなもの、夫《そ》れとも其《その》やうな奥様あつかひ虫が好《す》かで矢張り※伝法肌《でんぽうはだ》の※三尺帯《じゃくおび》が気に入るかなと問へば、どうで其処《そこ》らが落《おち》でござりましよ、此方《こちら》で思ふやうなは先様《さきさま》が嫌なり、来いといつて下さるお人の気に入るもなし、浮気のやうに思《おぼ》召《しめし》ましようが其日《そのひ》送りでござんすといふ、いや左様《さう》は言はさぬ相手のない事はあるまい、今店先で誰《た》れやらがよろしく言ふたと他の女が言伝《ことづて》たでは無いか、いづれ面白い事があらう何《なん》とだといふに、あゝ貴君《あなた》もいたり穿索《せんさく》なさります、馴染《なじみ》はざら一面、手紙のやりとりは反古《ほご》の取《とり》かへツこ、書けと仰《おつ》しやれば※起証《きせう》でも誓紙《せいし》でもお好《この》み次第さし上ませう、女夫《めをと》やくそくなどと言つても此方《こち》で破るよりは先方様《さきさま》の性根なし、主人もちなら主人が怕《こわ》く親もちなら親の言ひなり、振向ひて見てくれねば此方《こちら》も追ひかけて袖《そで》を捉《と》らへるに及ばず、夫《それ》なら廃《よ》せとて夫《そ》れ限《ぎ》りに成りまする、相手はいくらもあれども一生を頼む人が無いのでござんすとて寄る辺《べ》なげなる風情、もう此様《こん》な話しは廃《よ》しにして陽気にお遊びなさりまし、私は何も沈んだ事は大嫌ひ、さわいでさわいで騒ぎぬかうと思ひますとて手を扣《たゝ》いて朋輩《ほうばい》を呼べば力ちやん大分《だいぶ》おしめやかだね

※伝法肌…いきで威勢のいい男性。
※三尺帯…長さ三尺（一尺は約三〇センチ）の帯のことで、ここではその風俗を持つ職人のこと。
※起証…起請誓紙。愛情の誓いとして、男女の間で取り交わされるもの。

と三十女《おんな》の厚化粧が来るに、おい此娘《このこ》の可愛《かあい》い人は何《なん》といふ名だと突然《だしぬけ》に問はれて、はあ私はまだお名前を承りませんでしたといふ、嘘をいふと盆が来るに焔魔様《えんまさま》へお参《まい》りが出来まいぞと笑へば、夫《そ》れだとつて貴君《あなた》今日お目にかゝつたばかりでは御坐《ござ》りませんか、今改めて伺ひに出やうとして居《ゐ》ましたといふ、夫《そ》れは何《なん》の事だ、貴君《あなた》のお名をさと揚げられて、馬鹿〳〵お力が怒るぞと大景気《おほけいき》、無駄ばなしの取りやりに調子づいて旦那のお商売を当《あて》て見ませうかとお高がいふ、何分《なにぶん》願ひますと手のひらを差出せば、いゑ夫《それ》には及びませぬ人相で見まするとて如何にも落つきたる顔つき、よせ〳〵じつと眺められて棚おろしでも始まつては溜らぬ、斯《か》う見えても僕は官員だといふ、嘘を仰《おつ》しやれ日曜のほかに遊んであるく官員様があります物か、力ちやんまあ何でいらつしやらうといふ、化物《ばけもの》ではいらつしやらないよと鼻の先で言つて分つた人に御褒賞《ごほうび》だと懐中《ふところ》から紙入《かみい》れを出《いだ》せば、お力笑ひながら高ちやん失礼をいつてはならない此《この》お方は御大身《ごたいしん》の御華族様おしのびあるきの御遊興《ごゆうきよう》さ、何《なん》の商売などがおありなさらう、そんなのでは無いと言ひながら蒲団の上に乗せて置きし紙入《かみい》れを取《とり》あげて、お相方《あいかた》の※高尾にこれをばお預けなされまし、みなの者に祝義《しうぎ》でも遣《つか》はしませうとて答へも聞かずずん〳〵と引出《ひきいだ》すを、客は柱に寄《より》かゝつて眺めながら小言《こごと》もいはず、諸事《しよじ》おまかせ申すと寛大の人なり。

※高尾…江戸吉原遊郭で引き継がれた名妓の名。

お高はあきれて力ちゃん大底《たいてい》におしよといへども、何宜《い》いのさ、これはお前にこれは姉《ねへ》さんに、大きいので帳場の払ひを取つて残りは一同《みんな》にやつても宜《い》いと仰《おつ》しやる、お礼を申《まをし》て頂いてお出《い》でと蒔散《まきち》らせば、これを此娘《このこ》の十八番《ばん》に馴れたる事とて左《さ》のみは遠慮もいふては居ず、旦那よろしいのでございますかと駄目を押して、有がたうございますと掻《か》きさらつて行くうしろ姿、十九にしては更《ふ》けてるねと旦那どの笑ひ出すに、人の悪るい事を仰しやるとてお力は起《た》つて障子を明け、手摺りに寄つて頭痛をたゝくに、お前はどうする金は欲しくないかと問はれて、私は別にほしい物がござんした、此品《これ》さへ頂けば何よりと帯の間から客の名刺をとり出して頂くまねをすれば、何時《いつ》の間《ま》に引出《ひきだ》した、お取《とり》かへには写真をくれとねだる、此次《このつぎ》の土曜日に来て下されば御一処《ごいつしよ》にうつしませうとて帰りかゝる客を左《さ》のみは止《と》めもせず、うしろに廻りて羽織をきせながら、今日は失礼を致しました、亦《また》のお出《いで》を待《まち》ますといふ、おい程《ほど》の宜《い》い事をいふまいぞ、※空誓文《そらせいもん》は御免《ごめん》だと笑ひながらさつ〳〵と立つて階段《はしご》を下《お》りるに、お力帽子を手にして後《うしろ》から追ひすがり、嘘《うそ》か誠《まこと》か九十九夜《よ》の辛棒《しんばう》をなさりませ、菊の井のお力は鋳型に入つた女でござんせぬ、又形《またなり》のかはる事もありまするといふ、旦那お帰りと聞《きい》て朋輩《ほうばい》の女、帳場の女主《あるじ》もかけ出《だ》して唯今《たゞいま》は有がたうと同音《どうおん》の御礼《おれい》、頼んで置いた車が来《き》しとて此処《こゝ》からして乗り出せば、家中《うちぢう》表《おもて》へ送り出してお出《いで》を待《まち》まするの愛想、御祝義《ごしうぎ》の余光《ひかり》としられて、後《あと》には力ちゃん大明神様これにも有がたうの御礼山々。

《二》

客は結城朝之助《ゆふきとものすけ》とて、自《みづか》ら道楽ものとは名のれども実体《じつてい》なる処折々に見えて身は無職業妻子なし、遊ぶに屈強なる年頃なればにや是《こ》れを初めに一週には二三度の通《かよ》ひ路《ぢ》、お力も何《ど》処《こ》となく懐かしく思ふかして三日見えねば文《ふみ》をやるほどの様子を、朋輩《ほうばい》の女子《おんな》ども岡焼《おかやき》ながら弄《から》かひては、力ちゃんお楽しみであらうね、男振《おとこぶり》はよし気前はよし、今にあの方は出世をなさるに相違ない、其時《そのとき》はお前の事を奥様とでもいふのであらうに今つから少し気をつけて足を出したり湯呑《ゆのみ》であほるだけは廃《や》めにおし人がらが悪いやねと言ふもあり、源さんが聞《きい》たら何《ど》うだらう気違ひになるかも知れないとて冷評《ひやかす》もあり、あゝ馬車にのつて来る時都合が悪るいから※道普請《みちぶしん》からして貰いたいね、こんな溝板《どぶいた》のがたつく様な店先へ夫《それ》こそ人がらが悪くて横づけにもされないではないか、お前方《まへがた》も最《も》う少しお行義《ぎようぎ》を直《なほ》してお給仕に出られるやう心がけてお呉れとずば〳〵といふに、ヱヽ憎くらしい其《その》ものいひを少し直さずは奥様らしく聞へまい、結城さんが来たら思ふさまいふて、小《こ》言《ごと》をいはせて見せようとて朝之助の顔を見るより此様《こん》な事を申《まをし》て居《ゐ》まする、何《ど》うしても私共《わたしども》の手にのらぬやんちやなれ

※空誓文…守るつもりのない約束。

※道普請…道路工事。

ば貴君《あなた》から叱つて下され、第一湯呑《ゆのみ》で呑《の》むは毒でござりましよと告口《つげぐち》するに、結城は真面目になりてお力酒だけは少しひかへろとの厳命、あゝ貴君《あなた》のやうにもないお力が無理にも商売して居《ゐ》られるは此力《このちから》と思《おぼ》し召《め》さぬか、私に酒気《さかけ》が離れたら坐敷は※三昧《まい》堂《どう》のやうに成りませう、ちつと察して下されといふに成程〳〵とて結城は二言《ごん》といはざりき。

　或る夜《よ》の月に下坐敷《したざしき》へは何処《どこ》やらの工場《こうば》の一連《むれ》、丼《どんぶり》たゝいて甚九《じんく》かつぽれの大騒ぎに大方《おほかた》の女子《おなご》は寄集《よりあつ》まつて、例の二階の小坐敷には結城とお力の二人限《ふたりぎ》りなり、朝之助は寝ころんで愉快らしく話しを仕かけるを、お力はうるさゝうに生《なま》返事をして何やらん考へて居《ゐ》る様子、どうかしたか、又頭痛でもはじまつたかと聞かれて、何《なに》頭痛も何もしませぬけれど頻《しきり》に持病が起つたのですといふ、お前の持病は肝癪《かんしやく》か、いゝゑ、※血《ち》の道《みち》か、いゝゑ、夫《それ》では何《なん》だと聞かれて、何《ど》うも言ふ事は出来ませぬ、でも他の人ではなし僕ではないか何《ど》んな事でも言ふて宜《よ》さそうなもの、まあ何《なん》の病気だといふに、病気ではござんせぬ、唯《たゞ》こんな風《ふう》になつて此様《こん》な事を思ふのですといふ、困つた人だな種々《いろ〳〵》秘密があると見える、お父《とつ》さんはと聞けば言はれませぬといふ、お母《つか》さんはと問へば夫《そ》れも同じく、これまでの履歴はといふに貴君《あなた》には言はれぬといふ、まあ嘘でも宜《い》いさよしんば作り言《ごと》にしろ、かういふ身の不幸《ふしあはせ》だとか大底《たいてい》の女《ひと》はいはねばならぬ、しかも一度や二度あふのではなし其位《そのくらゐ》の事を発表しても子細はなからう、よし口に出して言はなからうともお前に思ふ事がある位めくら按摩《あんま》に探《さ》ぐらせても知れた事、聞かずとも知れて居《ゐ》るが、夫《そ》れをば聞くのだ、どつち道同じ事だから持病といふのを先きに聞きたいといふ、およしなさいまし、お聞きになつても詰《つま》らぬ事でござんすとてお力は更に取《とり》あはず。

　折《おり》から下坐敷《したざしき》より杯盤《はいばん》を運びきし女の何やらお力に耳打《みゝうち》して兎《と》も角《かく》も下までお出《いで》よといふ、いや行《ゆ》き度《たく》ないからよしてお呉れ、今夜はお客が大変に酔ひましたからお目にかゝつたとてお話しも出来ませぬと断つておくれ、あゝ困つた人だねと眉を寄せるに、お前それでも宜《い》いのかへ、はあ宜《い》いのさとて膝の上で撥《ばち》を弄《もてあそ》べば、女は不思議さうに立つてゆくを客は聞すまして笑ひながら御遠慮には及ばない、逢つて来たら宜《よ》からう、何もそんなに体裁には及ばぬではないか、可愛《かわい》い人を素戻《すもど》しもひどからう、追ひかけて逢ふが宜《い》い、何《なん》なら此処へでも呼び給へ、片隅へ寄つて話しの邪魔はすまいからといふに、串談《じようだん》はぬきにして結城さん貴君《あなた》に隠くしたとて仕方がないから申ますが町内で少しは巾《はゞ》もあつた蒲団《ふとん》やの源七《げんしち》といふ人、久しい馴染《なじみ》でござんしたけれど今は見るかげもなく貧乏して八百屋の裏の小さな家《うち》にまい〳〵つぶろの様になつて居《ゐ》まする、女房《にようぼ》もあり子供もあり、私がやうな者に逢ひに来る歳《とし》ではなけれど、縁があるか未だに折ふし何《なん》の彼《か》のといつて、今も下坐敷《したざしき》へ来たのでござんせう、何も今さら突出《つきだ》す

※三昧堂…念仏修行をするお堂。
※血の道…婦人病。

といふ訳ではないけれど逢つては色々《いろ〳〵》面倒な事もあり、寄らず障《さわ》らず帰した方が好《い》いのでござんす、恨まれるは覚悟の前《まへ》、鬼だとも蛇《じや》だとも思ふがようござりますとて、撥《ばち》を畳《たゝみ》に少し延びあがりて表《おもて》を見おろせば、何《なん》と姿が見えるかと嬲《なぶ》る、あゝ最《も》う帰つたと見えますとて茫然《ぼん》として居《ゐ》るに、持病といふのは夫《そ》れかと切込《きりこ》まれて、まあ其様《そん》な処でござんせう、お医者様でも草津の湯でもと薄淋《うすさび》しく笑つて居《ゐ》るに、御本尊を拝みたいな俳優《やくしや》で行《い》つたら誰《た》れの処だといへば、見たら吃驚《びつくり》でござりませう色の黒い背の高い不動さまの名代《めうだい》といふ、では心意気《こゝろいき》かと問はれて、此様《こん》な店で※身上《しんしやう》はたくほどの人、人の好《い》いばかり取得《とりえ》とては皆無でござんす、面白くも可笑《をか》しくも何《なん》ともない人といふに、夫《そ》れにお前は何《ど》うして逆上《のぼ》せた、これは聞き処《どころ》と客は起《おき》かへる、大方逆上性《おほかたのぼせせう》なのでござんせう、貴君《あなた》の事をも此頃は夢に見ない夜《よ》はござんせぬ、奥様のお出来なされた処を見たり、ぴつたりと御出《おいで》のとまつた処を見たり、まだ〳〵一層《もつと》かなしい夢を見て枕紙《まくらがみ》がびつしよりに成つた事もござんす、高ちやんなぞは夜《よ》る寝るからとても枕を取るよりはやく鼾《いびき》の声たかく、宜《い》い心持《こゝろもち》らしいが何《ど》んなに浦山《うらやま》しうござんせう、私はどんな疲れた時でも床《とこ》へ這入《はい》ると目が冴へて夫《それ》は夫《それ》は色々の事を思ひます、貴君《あなた》は私に思ふ事があるだらうと察して居《ゐ》て下さるから嬉しいけれど、よもや私が何をおもふか夫《そ》れこそはお分りに成りますまい、考へた

※身上はたく…財産を使い果たすこと。

とて仕方がない故《ゆゑ》人前ばかりの大陽気《おほようき》、菊の井のお力は行《ゆき》ぬけの締《しま》りなしだ、苦労といふ事はしるまいと言ふお客様もござります、ほんに因果とでもいふものか私が身位《みくらい》かなしい者はあるまいと思ひますとて潸然《さめ〴〵》とするに、珍《めづ》らしい事陰気《いんき》のはなしを聞かせられる、慰《なぐさ》めたいにも本末《もとすゑ》をしらぬから方《はう》がつかぬ、夢に見てくれるほど実《じつ》があらば奥様にしてくれろ位《ぐらい》いひそうな物だに根《ね》つからお声がゝりも無いは何《ど》ういふ物だ、古風に出るが袖《そで》ふり合ふもさ、こんな商売を嫌だと思ふなら遠慮なく打明けばなしを為《す》るが宜《い》い、僕は又お前のやうな気では寧《いつそ》気楽だとかいふ考へで浮いて渡る事かと思つたに、夫《そ》れでは何か理屈があつて止むを得ずといふ次第か、苦しからずは承りたい物だといふに、貴君《あなた》には聞いて頂かうと此《この》間《あひだ》から思ひました、だけれども今夜はいけませぬ、何故《なぜ》〳〵、何故《なぜ》でもいけませぬ、私は我《わが》まゝ故《ゆゑ》、申《まをす》まいと思ふ時は何《ど》うしても嫌やでござんすとて、ついと立つて椽《えん》がはへ出《いづ》るに、雲なき空の月かげ涼しく、見おろす町にからころと駒下駄《こまげた》の音さして行《ゆき》かふ人のかげ分明《あきらか》なり、結城さんと呼ぶに、何《なん》だとて傍《そば》へゆけば、まあ此処《こゝ》へお座りなさいと手を取りて、あの※水菓子屋《みづぐわしや》で桃を買ふ子がござんしよ、可愛《かわい》らしき四つ計《ばかり》の、彼子《あれ》が先刻《さつき》の人のでござんす、あの小さな子心《こゞゝろ》にもよく〳〵憎《に》くいと思ふと見えて私の事をば鬼々《おに〳〵》といひまする、まあ其様《そん》な悪者に見えまするかとて、空を見あげてホツと息をつく

※水菓子屋…果物屋。

さま、堪《こら》へかねたる様子は五音《いん》の調子にあらはれぬ。

《四》

同じ新開《しんかい》の町はづれに八百屋と髪結床《かみゆひどこ》が庇合《ひあはひ》のやうな細露《ほそろ》路《ぢ》、雨が降る日は傘もさゝれぬ窮屈さに、足もととては処々《ところ〴〵》に溝板《どぶいた》の落し穴あやふげなるを中にして、両側に立てたる※棟《むね》割長屋《わりながや》、突当りの芥溜《ごみため》わきに※九尺《しやく》二間《けん》の上《あが》り框《がまち》朽《く》ちて、雨戸はいつも不用心のたてつけ、流石《さすが》に一方口《ばうぐち》にはあらで山の手の仕合《しやわせ》は三尺斗《じやくばかり》の椽《ゑん》の先に草ぼう〳〵の空地面《あきぢめん》、それが端《はじ》を少し囲つて青紫蘇《あをぢそ》、ゑぞ菊《ぎく》、隠元豆《いんげんまめ》の蔓《つる》などを竹のあら垣に搦《から》ませたるがお力が処縁《しよゑん》の源七が家なり、女房はお初《はつ》といひて二十八か九にもなるべし、貧《ひん》にやつれたれば七つも年の多く見えて、お歯黒《はぐろ》はまだらに生《は》へ次第の眉毛みるかげもなく、洗ひざらしの鳴海《なるみ》の裕衣を前と後《うしろ》を切りかへて膝のあたりは目立ぬやうに小針《こばり》のつぎ当《あて》、狭帯《せまおび》きりゝと締めて※蟬《せみ》表《おもて》の内職、盆前《ぼんまへ》よりかけて暑さの時分をこれが時よと大汗になりての勉強せはしなく、揃へたる籐《とう》を天井から釣下《つりさ》げて、しばしの手数《てすう》も省かんとて数のあがるを楽しみに脇目もふらぬ様あはれなり。もう日が暮れたに太吉《たきち》は何故《なぜ》かへつて来ぬ、源さんも又何処《どこ》を歩いて居《ゐ》るかしらんとて仕事を片づけて一服吸《すい》つけ、苦労らしく目をぱちつかせて、更に土瓶《どびん》の下を穿《ほぢ》くり、蚊いぶし火鉢に火を取《とり》分《わ》けて三尺の椽《ゑん》に持出《もちいだ》し、拾ひ集めの杉の葉を冠《かぶ》せてふう〳〵と吹立《ふきたつ》れば、ふす〳〵と烟《けぶり》たちのぼりて軒場《のきば》にのがれる蚊の声凄《すさ》まじゝ、太吉はがた〳〵と溝板《どぶいた》の音をさせて母《かゝ》さん今戻つた、お父《とつ》さんも連れて来たよと門口《かどぐち》から呼立《よびたつ》るに、大層おそいではないかお寺の山へでも行《ゆき》はしないかと何《ど》の位案《くらいあん》じたらう、早くお這入《はいり》といふに太吉を先に立てゝ源七は元気なくぬつと上《あが》る、おやお前さんお帰りか、今日は何《ど》んなに暑かつたでせう、定めて帰りが早からうと思うて行水を沸かして置ました、ざつと汗を流したら何《ど》うでござんす、太吉もお湯《ぶう》に這入《はいり》なといへば、あいと言つて帯を解く、お待《まち》お待《まち》、今加減《かげん》を見てやるとて流しもとに盥《たらい》を据へて釜の湯を汲出《くみいだ》し、かき廻して手拭を入れて、さあお前さん此《この》子をもいれて遣つて下され、何をぐたりと為《し》てお出《いで》なさる、暑さにでも障りはしませぬか、さうでなければ一杯あびて、さつぱりに成つて御膳《ごぜん》あがれ、太吉が待つて居《ゐ》ますからといふに、おゝ左様《さう》だと思ひ出したやうに帯を解いて流しへ下りれば、そゞろに昔しの我身《わがみ》が思はれて九尺《しやく》二間《けん》の台処《だいどころ》で行水つかふとは夢にも思はぬもの、ましてや土方《どかた》の手伝ひして車の跡押《あとおし》にと親は生《うみ》つけても下さるまじ、あゝ詰らぬ夢を見たばかりにと、ぢつと身にしみて湯もつかはねば、父《とつ》ちやん脊中《せなか》洗つてお呉れと太吉は無心に催促する、お前さん蚊が喰ひますから早々《さつく》とお上《あが》りなされと妻も気をつくるに、おいおいと返事しながら太吉にも遣《つか》はせ我《わ》れも浴びて、

※棟割長屋…一棟の長屋を壁で仕切った、最も粗末な長屋。
※九尺二間…間口九尺（二・七メートル）、奥行き二間（三・六メートル）で、六畳一間にあたる。
※蟬表…駒下駄に張る籐製の表。

上にあがれば洗ひ晒《ざら》せしさば〱の裕衣《ゆかた》を出して、お着かへなさいましと言ふ、帯まきつけて風の透《す》く処へゆけば、妻は能代《のしろ》の膳《ぜん》のはげかゝりて足はよろめく古物《ふるもの》に、お前の好きな冷奴にしましたとて小丼《こどんぶり》に豆腐を浮かせて青紫蘇《あをぢそ》の香《か》たかく持出《もちだ》せば、太吉は何時《いつ》しか台より飯櫃《めしびつ》取《とり》おろして、よつちよいよつちよいと担《かつ》ぎ出《だ》す、坊主は我《お》れが傍《そば》に来いとて頭《つむり》を撫でつゝ箸を取るに、心は何を思ふとなけれど舌に覚えの無くて咽《のど》の穴はれたる如く、もう止めにするとて茶椀を置けば、其様《そん》な事があります物か、力業《ちからわざ》をする人が三膳《ぜん》の御飯《ごはん》のたべられぬと言ふ事はなし、気合ひでも悪うござんすか、夫《そ》れとも酷く疲れてかと問ふ、いや何処《どこ》も何《なん》とも無いやうなれど唯たべる気にならぬといふに、妻は悲しさうな目をしてお前さん又《また》例のが起りましたらう、夫《それ》は菊の井の鉢肴《はちざかな》は甘《うま》くもありましたらうけれど、今の身分で思ひ出した処が何《なん》となりまする、先《さき》は売物買物お金さへ出来たら昔しのやうに可愛《かわい》がつても呉れませう、表を通つて見ても知れる、白粉《おしろい》つけて美《い》い衣類《きもの》きて迷ふて来る人を誰れかれなしに丸めるが彼《あ》の人達が商売、あゝ我《お》れが貧乏に成つたから搆《かま》いつけて呉れぬなと思へば何《なん》の事なく済ましよう、恨みにでも思ふだけがお前さんが未練でござんす、裏町《うらまち》の酒屋の若い者知つてお出《いで》なさらう、二葉《ふたば》やのお角《かく》に心《しん》から落込《おちこ》んで、※かけ先《さき》を残らず使ひ込み、夫《そ》れを埋めやうとて雷神虎《らいじんとら》が※盆蓙《ぼんござ》の端《はし》についたが身の詰《つま》り、次第に悪るい事が染みて終《しま》ひには土蔵やぶりまでしたさうな、当時《いま》男は監獄入りして※もつそう飯《めし》たべて居《ゐ》やうけれど、相手のお角は平気なもの、おもしろ可笑《をか》しく世を渡るに咎める人なく美事《みごと》繁昌して居《ゐ》まする、あれを思ふに商売人の一徳、だまされたは此方《こちら》の罪、考へたとて始まる事ではごさんせぬ、夫《それ》よりは気を取直して稼業に精を出して少しの元手も拵《こしら》へるやうに心がけて下され、お前に弱られては私も此子《このこ》も何《ど》うする事もならで、夫《それ》こそ路頭に迷はねば成りませぬ、男らしく思ひ切る時あきらめてお金さへ出来ようならお力はおろか※小紫《こむらさき》でも揚巻《あげまき》でも別荘こしらへて囲《かこ》うたら宜《よ》うござりましよう、最《も》うそんな考へ事は止めにして機嫌よく御膳《ごぜん》あがつて下され、坊主までが陰気らしう沈んで仕舞《しまい》ましたといふに、みれば茶椀と箸を其処《そこ》に置いて父と母との顔をば見くらべて何とは知らず気になる様子、こんな可愛《かわひ》い者さへあるに、あのやうな狸の忘れられぬは何《なん》の因果かと胸の中《なか》かき廻されるやうなるに、我《わ》れながら未練ものめと叱りつけて、いや我《お》れだとて其様《そのやう》に何時《いつ》までも馬鹿では居《ゐ》ぬ、お力などゝ名計《なばかり》もいつて呉れるな、いはれると以前《もと》の不出来《ふでか》しを考へ出していよ〱顔があげられぬ、何《なん》の此身《このみ》になつて今更何をおもふ物か、食《めし》がくへぬとても夫《そ》れは身体《からだ》の加減であらう、何も格別案じてくれるには及ばぬ故《ゆゑ》小僧も十分《ぶん》にやつて呉れとて、ころり

※かけ先…ここでは、掛け売りで商品を納めた得意先から集金した代金。
※盆蓙…賭場のこと。
※もつそう飯…監獄で囚人が食べる盛り切りの飯。
※小紫でも揚巻でも…いずれも江戸吉原遊郭の名妓。

と横になつて胸のあたりをはた〳〵と打《うち》あふぐ、蚊遣《かやり》の烟《けむり》にむせばぬまでも思ひにもえて身の暑げなり。

（五）

誰《た》れ白鬼《しろおに》とは名をつけし、無間地獄《むげんぢごく》のそこはかとなく景色づくり、何処《どこ》にからくりのあるとも見えねど、逆《さか》さ落しの血の池、借金の針の山に追ひのぼすも手の物ときくに、寄つてお出《い》でよと甘へる声も蛇くふ雉子《きゞす》と恐ろしくなりぬ、さりとも胎内十月《たいないとつき》の同じ事して、母の乳房《ちぶさ》にすがりし頃は手打〳〵あわゝの可愛げに、紙幣《さつ》と菓子との二つ取《ど》りにはおこしをお呉れと手を出したる物なれば、今の稼業に誠《まこと》はなくとも百人の中の一人に真《しん》からの涙をこぼして、聞いておくれ染物《そめもの》やの辰《たつ》さんが事を、昨日も川田《かはだ》やが店でおちやつぴいのお六めと悪戯《ふざけ》まわして、見たくもない往来へまで担《かつ》ぎ出《だ》して打ちつ打たれつ、あんな浮いた了簡で末が遂《と》げられやうか、まあ幾歳《いくつ》だとおもふ三十は一昨年《おとゝし》、宜《い》い加減《かげん》に家《うち》でも拵《こしら》へる仕覚《しがく》をしてお呉れと逢ふ度に異見《ゐけん》をするが、其時《そのとき》限りおい〳〵と空返《そらへん》事《じ》して根つから気にも止めては呉れぬ、父《とつ》さんは年をとつて、母《はゝ》さんと言ふは目の悪るい人だから心配をさせないやうに早く締《しま》つてくれゝば宜《い》いが、私はこれでも彼《あ》の人の半纏《はんてん》をば洗濯して、股引《もゝひき》のほころびでも縫つて見たいと思つて居《ゐ》るに、彼《あ》んな浮いた心では何時《いつ》引取つて呉れるだらう、考へるとつく〴〵奉公が嫌やになつてお客を呼ぶに張合《はりあい》もない、あゝくさ〳〵するとて常は人をも欺《だま》す口で人の愁《つ》らきを恨みの言葉、頭痛を押へて思案に暮れるもあり、あゝ今日は盆の十六日だ、お焔魔様《えんまさま》へのお参りに連れ立つて通る子供達の奇麗な着物きて小遣《こづか》ひもらつて嬉しさうな顔してゆくは、定めて定めて二人揃つて甲斐性のある親をば持つて居《ゐ》るのであろ、私が息子の与太郎《よたらう》は今日の休みに御主人から暇が出て何処《どこ》へ行《ゆ》つて何《ど》んな事して遊ばうとも定めし人が羨《うらや》しかろ、父《とゝ》さんは呑《のみ》ぬけ、いまだに宿とても定まるまじく、母は此様《こん》な身になつて恥かしい紅白粉《べにおしろい》、よし居処《ゐどころ》が分つたとて彼《あ》の子は逢ひに来ても呉れまじ、去年向島《むかふじま》の花見の時女房づくりして丸髷《まるまげ》に結つて朋輩《ほうばい》と共に遊びあるきしに土手の茶屋であの子に逢つて、これ〳〵と声をかけしにさへ私の若く成《なり》しに呆れて、お母《つか》さんでござりますかと驚きし様子、ましてや此大島田《このおほしまだ》に折《をり》ふしは時好《じこう》の花簪《はなかんざし》さしひらめかしてお客を捉《と》らへて串談《じようだん》いふ処を聞かば子心《こゞころ》には悲しくも思ふべし、去年あひたる時今は駒形《こまかた》の蠟燭《ろうそく》やに奉公して居《ゐ》まする、私は何《ど》んな愁《つ》らき事ありとも必らず辛抱しとげて一人前の男になり、父《とゝ》さんをもお前をも今に楽をばお為《さ》せ申《まをし》ます、何《ど》うぞ夫《そ》れまで何《なん》なりと堅気《かたぎ》の事をして一人で世渡りをして居《ゐ》て下され、人の女房にだけはならずに居《ゐ》て下されと異見《ゐけん》を言はれしが、悲しきは女子《をなご》の身の寸燐《まつち》の箱はりして一人口過《ぐちすぐ》しがたく、さりとて人の台処《だいどころ》を這ふも柔弱《にうじやく》の身体《からだ》なれば勤めがたくて、同じ憂《う》き中《なか》にも身の楽なれば、此様《こん》な事して日を送る、夢さら浮いた心では無けれど言甲斐《いひがひ》のないお袋と彼《あ》の子は定めし爪《つま》はじきするであらう、常は何《なん》とも思はぬ島田《しまだ》が今日斗《ばかり》は恥かしいと夕ぐれの鏡の前に涕《なみだ》ぐむもあるべし、菊の井のお力とても悪魔の生れ替《がは》りにはあるまじ、さる子細あればこそ此処《こゝ》の流れに落こんで嘘のありたけ串談《じやうだん》に其日《そのひ》を送つて、情《なさけ》は吉野紙《よしのがみ》の薄物《うすもの》に、蛍の光ぴつかりとする斗《ばかり》、人の涕《なみだ》は百年も我《が》まんして、我《われ》ゆゑ死ぬる人のありとも御愁傷さまと脇を向くつらさ他処《よそ》目《め》も養ひつらめ、さりとも折ふしは悲しき事恐ろしき事胸にたゝまつて、泣くにも人目を恥《はぢ》れば二階座敷の床の間に身を投ふして忍び音《ね》の憂《う》き涕《なみだ》、これをば友朋輩《ともほうばい》にも洩《も》らさじと包むに根生《こんぜう》のしつかりした、気のつよい子といふ者はあれど、障《さわ》れば絶ゆる蛛《くも》の糸のはかない処を知る人はなかりき、七月十六日の夜《よ》は何処《どこ》の店にも客人入込《きやくじんいりこ》みて都々《どゝ》一端歌《いつはうた》の景気よく、菊の井の下座敷《したざしき》にはお店者《たなもの》五六人寄集《よりあつ》まりて調子の外《はづ》れし紀伊の国、自《じ》まんも恐ろしき胴間声《どうまごゑ》に霞《かすみ》の衣衣紋坂《ころもゑもんざか》と気取るもあり、力ちやんは何《ど》うした心意気を聞かせないか、やつた〱と責められるに、お名《な》はさゝねど此坐《このざ》の中《なか》にと普《ついツ》通《とほり》の嬉しがらせを言つて、やんや〱と喜ばれる中《なか》から、我《わが》恋《こひ》は細谷川《ほそだにがは》の丸木橋わたるにや怕《こわ》し渡らねばと謳《うた》ひかけしが、何をか思ひ出したやうにあゝ私は一寸無礼《ちよツとしつれい》をします、御免なさいよとて三味線《さみせん》を置いて立つに、何処《どこ》へゆく何処《どこ》へゆく、逃げてはならないと坐中《ざちう》の騒《ざわ》ぐに照《てー》ちやん高《たか》さん少し頼むよ、直《じ》き帰るからとてずつと廊下へ急ぎ足に出《いで》しが、何をも見かへらず店口《みせぐち》から下駄を履いて筋向《すぢむか》ふの横町《よこちやう》の闇へ姿をかくしぬ。

お力は一散《さん》に家を出て、行《ゆ》かれる物なら此《この》まゝに唐天竺《からてんぢく》の果《はて》までも行《い》つて仕舞《しまい》たい、あゝ嫌だ嫌だ嫌だ、何《ど》うしたなら人の声も聞えない物の音もしない、静かな、静かな、自分の心も何もぼうつとして物思ひのない処へ行《ゆ》かれるであらう、つまらぬ、くだらぬ、面白くない、情《なさけ》ない悲しい心細い中《なか》に、何時《いつ》まで私は止められて居《ゐ》るのかしら、これが一生か、一生がこれか、あゝ嫌だ〱と道端の立木へ夢中に寄《より》かゝつて暫《しば》時《らく》そこに立どまれば、渡るにや怕《こわ》し渡らねばと自分の謳《うた》ひし声を其《その》まゝ何処《どこ》ともなく響《ひゞ》いて来るに、仕方がない矢張《やつぱ》り私も丸木橋をば渡らずはなるまい、父《とゝ》さんも踏《ふみ》かへして落てお仕舞《しまい》なされ、祖父《おぢい》さんも同じ事であつたといふ、何《ど》うで幾代《いくだい》もの恨みを背負《せお》て出た私なれば為《す》る丈《だけ》の事はしなければ死んでも死なれぬのであらう、情《なさけ》ないとても誰《た》れも哀れと思ふてくれる人はあるまじく、悲しいと言へば商売がらを嫌ふかと一ト口《くち》に言はれて仕舞《しまう》、ゑゝ何《ど》うなりとも勝手になれ、勝手になれ、私には以上考へたとて私の身の行《ゆ》き方は分らぬなれば、分らぬなりに菊の井のお力を通してゆかう、人情しらず義理しらずか其様《そん》な事も思ふまい、思ふたとて何《ど》うなる物ぞ、此様《こん》な身で此様《こん》な業体《げうてい》で、此様《こん》な宿世《すくせ》で、何《ど》うしたからとて人並《ひとな》みでは無いに相違なければ、人並の事を考へて苦労する丈間違《だけまちが》ひであろ、あゝ陰気らしい何《なん》だとて此様《こん》な処に立つて居《ゐ》るのか、何《なに》しに此様《こん》な処《とこ》へ出て来たのか、馬鹿らしい気違《きちがひ》じみた、我身《わがみ》ながら分らぬ、もう〱皈《かへ》りませうとて横町の闇をば出《で》はなれて夜店の並ぶにぎやかなる小路《こうぢ》を気まぎらしにとぶら〱歩るけば、行《ゆき》かよふ人の顔小さく〱擦《す》れ違ふ人の顔さへも遥《はるか》とほくに見るやう思はれて、我が踏む土のみ一丈も上にあがり居《ゐ》る如く、がや〳〵といふ声は聞《きこ》ゆれど井《ゐ》の底に物を落したる如き響きに聞《きゝ》なされて、人の声は、人の声、我《わ》が考へは考へと別々に成りて、更に何事にも気のまぎれる物なく、人立《ひとだち》おびたゞしき夫婦《めをと》あらそひの軒先などを過ぐるとも、唯我《わ》れのみは広野《ひろの》の原の冬枯れを行《ゆ》くやうに、心に止まる物もなく、気にかゝる景色にも覚えぬは、我《わ》れながら酷《ひど》く逆上《のぼせ》て人心《ひとごゝろ》のないのにと覚束《おぼつか》なく、気が狂ひはせぬかと立どまる途端、お力何処《どこ》へ行くとて肩を打つ人あり。

〈六〉

十六日は必らず待《まち》ますする来て下されと言ひしをも何も忘れて、今まで思ひ出しもせざりし結城の朝之助に不図出合《ふとであひ》て、あれと驚きし顔つきの例に似合ぬ狼狽《あわて》かたがをかしきとて、から〳〵と男の笑ふに少し恥かしく、考へ事をして歩いて居《ゐ》たれば不意《ふゐ》のやうに惶《あは》てゝ仕舞《しまい》ました、よく今夜は来て下《くだ》さりましたと言へば、あれほど約束をして待てくれぬは不心中《ふしんぢう》とせめられるに、何《なん》なりと仰《おつ》しやれ、言訳は後《のち》にしまするとて手を取りて引けば弥次馬《やじうま》がうるさいと気をつける、何《ど》うなり勝手に言はせませう、此方《こちら》は此方《こちら》と人中《ひとなか》を分けて伴《ともな》ひぬ。

下座敷《したざしき》はいまだに客の騒ぎはげしく、お力の中座《ちうざ》をしたるに不興《ぶきよう》して喧《やかま》しかりし折から、店口《みせぐち》にておやお皈《かへ》りかの声を聞くより、客を置《おき》ざりに中座《ちうざ》するといふ法があるか、皈《かへ》つたらば此処《こゝ》へ来い、顔を見ねば承知せぬぞと威張たてるを聞流《きゝなが》しに二階の座敷へ結城を連れあげて、今夜も頭痛がするので御酒《ごしゅ》の相手は出来ませぬ、大勢の中に居《ゐ》れば御酒《ごしゅ》の香に酔ふて夢中になるも知れませぬから、少し休んで其後《そののち》は知らず、今は御免なさりませと断りを言ふてやるに、夫《そ》れで宜《い》いのか、怒りはしないか、やかましくなれば面倒であらうと結城が心づけるを、何《なん》のお店《たな》ものゝ白瓜《しろうり》が何《ど》んな事を仕出《しいだ》しませう、怒るなら怒れでござんすとて小女《こをんな》に言ひつけてお銚子の支度《したく》、来るをば待《まち》かねて結城さん今夜は私に少し面白くない事があつて気が変つて居《ゐ》まするほどに其気《そのき》で附合《つきあつ》て居《ゐ》て下され、御《ご》酒《しゅ》を思ひ切つて呑みまするから止めて下さるな、酔ふたらば介抱して下されといふに、君が酔つたを未だに見た事がない、気が晴れるほど呑むは宜《い》いが、又《また》頭痛がはじまりはせぬか、何が其様《そん》なに逆鱗《げきりん》にふれた事がある、僕らに言つては悪るい事かと問はれるに、いゝゑ貴君《あなた》には聞《きい》て頂きたいのでござんす、酔ふと申《まをし》ますから驚いてはいけませぬと嫣然《につこり》として、大湯呑《おほゆのみ》を取《とり》よせて二三杯は息をもつかざりき。

常には左《さ》のみに心も留《と》まらざりし結城の風采《やうす》の今宵は何となく尋常《なみ》ならず思はれて、肩巾《かたはゞ》のありて背のいかにも高き処より、落《おち》ついて物をいふ重《おも》やかなる口振《くちぶ》り、目つきの凄《すご》くて人を射るやうなるも威厳の備はれるかと嬉しく、濃き髪の毛を短かく刈《かり》あげて頸足《ゑりあし》のくつきりとせしなど今更のやうに眺《ながめ》られ、何をうつとりして居《ゐ》ると問はれて、貴君《あなた》のお顔を見て居《ゐ》ますのさと言へば、此奴《こやつ》めがと睨《にら》みつけられて、おゝ怕《こわ》いお方と笑つて居《ゐ》るに、串談《じやうだん》はのけ、今夜は様子が唯でない聞《きい》たら怒るか知らぬが何か事件があつたかととふ、何しに降《ふ》つて湧いた事もなければ、人との紛雑《いざ》などはよし有《あ》つたにしろ夫《そ》れは常の事、気にもかゝらねば何しに物を思ひませう、私の時より気まぐれを起すは人のするので無くて皆《みな》心がらの浅ましい訳がござんす、私は此《こん》様な賤《いや》しい身の上、貴君《あなた》は立派なお方様《かたさま》、思ふ事は反対《うらはら》にお聞きになつても汲んで下さるか下さらぬか其処《そこ》ほどは知らねど、よし笑ひ物になつても私は貴君《あなた》に笑ふて頂《いたゞ》き度《たく》、今夜は残らず言ひまする、まあ何から申さう胸がもめて口が利《き》かれぬとて又もや大湯呑《おほゆのみ》に呑む事さかんなり。

何より先に私が身の自堕落を承知して居《ゐ》て下され、もとより箱入りの生娘《きむすめ》ならねば少しは察しても居《ゐ》て下さろうが、口《くち》奇麗《ぎれい》な事はいひますとも此《この》あたりの人に泥の中の蓮《はす》とやら、悪業《わるさ》に染まらぬ女子《おなご》があらば、繁昌どころか見に来る人もあるまじ、貴君《あなた》は別物《べつもの》、私が処へ来る人とても大抵《たいてい》はそれと思《おぼ》しめせ、これでも折《おり》ふしは世間さま並の事を思ふて恥かしい事つらい事情《なさけ》ない事とも思はれるも寧《いつそ》九尺《しやく》二間《けん》でも極《き》まつた良人《おつと》といふに添《そ》うて身を固めようと考へる事もござんすけれど、夫《そ》れが私は出来ませぬ、夫《そ》れかと言つて来るほどのお人に無愛想もなりがたく、可愛《かわい》いの、いとしいの、見初《みそめ》ましたのと出鱈目のお世辞《せぢ》をも言はねばならず、数の中には真《ま》にうけて此様《こん》な厄種《やくざ》を女房《にようぼ》にと言ふて下さる方もある、持たれたら嬉しいか、添《そ》うたら本望か、夫《そ》れが私は分りませぬ、そもく〳〵の最初《はじめ》から私は貴君《あなた》が好きで好きで、一日お目にかゝらねば恋しいほどなれど、奥様にと言ふて下されたら何《ど》うでござんしよか、持たれるは嫌なり他処《よそ》ながらは慕《した》はしゝ、一ト口に言はれたら浮気者でござんせう、あゝ此《こん》様な浮気者には誰《た》れがしたと思召《おぼしめす》、三代伝はつての出来《でき》そこね、親父《おやぢ》が一生もかなしい事でござんしたとてほろりとするに、其親父《そのおやぢ》さむはと問ひかけられて、親父《おやぢ》は職人、祖父《ぢゞい》は※四角《しかく》な字をば読んだ人でござんす、つまりは私のやうな気違《きちが》ひで、世に益《ゑき》のない反古紙《ほごがみ》をこしらへしに、版をばお上《かみ》から止められたとやら、ゆるされぬとかにて断食して死んださうに御座んす、十六の年から思ふ事があつて、生《うま》れも賤《いや》しい身であつたれど一念に修業して六十にあまるまで仕出来《しでか》したる事なく、終《おはり》は人の物笑ひに今では名を知る人もなしとて父が常住歎《ぢやうぢうなげ》いたを子供の頃より聞知《きゝし》つて居《お》りました。私の父といふは三つの歳《とし》に椽《ゑん》から落て片足あやしき風《ふう》になりたれば人中《ひとなか》に立《たち》まじるも嫌やとて居職《いしよく》に飾《かざり》の金物《かなもの》をこしらへましたれど、気位たかくて人愛《じんあい》のなければ贔負《ひいき》にしてくれる人もなく、あゝ私が覚えて七つの年の冬でござんした、寒中《かんちう》親子三人ながら古裕衣《ふるゆかた》で、父は寒いも知らぬか柱に寄つて細工物の工夫をこらすに、母は欠けた※一つ竈《べッつい》に破《わ》れ鍋かけて私に去《さ》る物を買ひに行《ゆ》けといふ、味噌こし下げて端《はし》たのお銭《あし》を手に握つて米屋の門《かど》まで

※四角な字…漢字・漢文・漢籍。
※一つ竈…炊き口が一つしかない竈のことで、粗末な暮らしを表している。

は嬉しく駆けつけたれど、帰りには寒さの身にしみて手も足も亀《かじ》かみたれば五六軒隔《へだ》てし溝板《どぶいた》の上の氷にすべり、足溜《あしだま》りなく転《こ》ける機会《はずみ》に手の物を取落《とりおと》して、一枚はづれし溝板《どぶいた》のひまよりざら〳〵と翻《こぼ》れ入れば、下は行水《ゆくみづ》きたなき溝泥《どぶどろ》なり、幾度《いくたび》も覗いては見たれど是れをば何《なん》として拾はれませう、其《その》時《とき》私は七つであつたれど家《うち》の内《うち》の様子、父母《ちゝはゝ》の心をも知れてあるにお米は途中で落しましたと空《から》の味噌こしさげて家《うち》には帰られず、立《たつ》てしばらく泣いて居《ゐ》たれど何《ど》うしたと問ふて呉れる人もなく、聞いたからとて買てやらうと言ふ人は猶更《なほさら》なし、あの時近処《ときゝんじよ》に川なり池なりあらうなら私は定《さだめ》し身を投げて仕舞《しま》ひましたろ、話しは誠《まこと》の百分一、私は其頃《そのころ》から気が狂つたのでござんす、皈《かへ》りの遅きを母の親案《おやあん》じて尋《たづ》ねに来てくれたをば時機《しほ》に家《うち》へは戻つたれど、母も物いはず父親《てゝおや》も無言に、誰《た》れ一人私をば叱る物もなく、家《うち》の内森《うちしん》として折々《おり〳〵》溜息《ためいき》の声のもれるに私は身を切られるより情《なさけ》なく、今日は一日断食にせうと父の一言《こと》いひ出すまでは忍んで息をつくやうで御《ご》座《ざ》んした。

いひさしてお力《りき》は溢れ出《いづ》る涙の止《と》め難《がた》ければ紅《くれな》ひの手巾《はんけち》かほに押当《おしあて》て其端《そのはし》を喰ひしめつゝ物いはぬ事小半時《ことこはんとき》、坐《ざ》には物の音もなく酒の香《か》したひて寄りくる蚊のうなり声のみ高く聞えぬ。

顔をあげし時は頬《ほう》に涙の痕《あと》はみゆれども淋しげの笑みをさへ寄せて、私は其様《そのやう》な貧乏人の娘、気違《きちが》ひは親ゆづりで折《おり》ふし起るのでござります、今夜も此様《こん》な分らぬ事いひ出して嘸《さぞ》貴君《あなた》御迷惑で御座《ござ》んしてしよ、もう話しはやめまする、御機嫌に障《さわ》つたらばゆるして下され、誰《た》れか呼んで陽気にしませうかと問へば、いや遠慮は無沙汰《ぶさた》、その父親《てゝおや》は早くに死《な》くなつてか、はあ母《かゝ》さんが肺結核《はいけつかく》といふを煩《わづら》つて死《なく》なりましてから一週忌《しうき》の来《こ》ぬほどに跡《あと》を追ひました、今居《いまを》りましても未《ま》だ五十、親なれば褒めるでは無けれど細工は誠《まこと》に名人と言ふても宜《よ》い人で御座《ござ》んした、なれども名人だとて上手だとて私等《わたしら》が家《うち》のやうに生《うま》れついたは何《な》にもなる事は出来ないので御座《ござ》んせう、我身《わがみ》の上にも知られまするとて物思《ものおも》はしき風情《ふぜい》、お前は出世を望むなと突然《だしぬけ》に朝之助に言はれて、ゑツと驚きし様子に見えしが、私等《わたしら》が身にて望んだ処が味噌こしが落《おち》、何《なん》の玉《たま》の輿《こし》までは思ひがけませぬといふ、嘘をいふは人に依《よ》る始めから何も見知《みし》つて居《ゐ》るに隠すは野暮の沙汰《さた》ではないか、思ひ切つてやれ〳〵とあるに、あれ其《その》やうなけしかけ詞《ことば》はよして下され、何《ど》うで此様《こん》な身でござんするにと打《うち》しほれて又もの言はず。

今宵《こよひ》もいたく更《ふ》けぬ、下坐敷《したざしき》の人はいつか帰りて表《おもて》の雨戸《あまど》をたてると言ふに、朝之助おどろきて帰り支度《じたく》するを、お力は何《ど》うでも泊らするといふ、いつしか下駄《げた》をも蔵《かく》させたれば、足を取られて幽霊《ゆうれい》ならぬ身の戸のすき間より出《いづ》る事もなるまじとて今宵《こよひ》は此処《こゝ》に泊る事となりぬ、雨戸を鎖《とざ》す音一しきり賑《にぎ》はしく、後《のち》には透きもる燈火《ともしび》のかげも消えて、唯軒下を行《ゆき》かよふ夜行《やこう》の巡査の靴音のみ高かりき。

《七》

思ひ出したとて今更に何《ど》うなる物ぞ、忘れて仕舞《しま》へ諦めて仕舞《しま》へと思案は極《き》めながら、去年の盆には揃ひの浴衣をこしらへて二人一処《しょ》に※蔵前《くらまえ》へ参詣したる事なんど思ふともなく胸へうかびて、盆に入《い》りては仕事に出《いづ》る張《はり》もなく、お前さん夫《そ》れではならぬぞへと諫《いさ》め立てる女房の詞《ことば》も耳うるさく、エヽ何も言ふな黙つて居《ゐ》ろとて横になるを、黙つて居《ゐ》ては此日《このひ》が過《すぐ》されませぬ、身体《からだ》が悪るくば薬も呑むがよし、御医者にかゝるも仕方がなけれど、お前の病ひは夫《そ》れではなしに気さへ持直《もちなほ》せば何処《どこ》に悪い処があろう、少しは正気に成つて勉強をして下されといふ、いつでも同じ事は耳にたこが出来て気の薬にはならぬ、酒でも買《かつ》て来てくれ気まぎれに呑んで見やうと言ふ、お前さん其《その》お酒が買へるほどなら嫌やとお言ひなさるを無理に仕事に出て下されとは頼みませぬ、私が内職とて朝から夜《よ》にかけて十五銭が関《せき》の山《やま》、親子三人口《ぐち》おも湯《ゆ》も満足には呑まれぬ中で酒を買へとは能《よ》く能《よ》くお前無茶助《むちやすけ》になりなさんした、お盆だといふに昨日らも小僧《こぞう》には白玉《しらたま》一つこしらへても喰《た》べさせず、お精霊《しょうれう》さまのお店《たな》かざりも拵《こしら》へくれねば御燈明《おとうめう》一つで御先祖様へお詫びを申《まをし》て居《ゐ》るも誰《た》が仕業《しわざ》だとお思ひなさる、お前が阿房《あほう》を尽してお力づらめに釣られたから起つた事、いふては悪るけれどお前は親不孝子不孝、少しは彼《あ》の子の行末をも思ふて真人間《まにんげん》になつて下され、御酒《ごしゆ》を呑《のん》で気を晴らすは一時《とき》、真《しん》から改心して下さらねば心元《こゝろもと》なく思はれますとて女房打《うち》なげくに、返事はなくて吐息《といき》折々《おり〳〵》に太く身動きもせず仰向《あほのき》ふしたる心根《こゝろね》の愁《つら》さ、其身《そのみ》になつてもお力が事の忘れられぬか、十年つれそふて子供まで儲《もう》けし我《わ》れに心かぎりの辛苦《くろう》をさせて、子には襤褸《ぼろ》を下げさせ家とては二畳一間の此《こ》様な犬小屋、世間一体《たい》から馬鹿にされて別物《べつもの》にされて、よしや春秋《はるあき》の彼岸が来ればとて、隣近処《となりきんじょ》に牡丹《ぼた》もち団子と配り歩く中を、源七が家へは遣《や》らぬが能《よ》い、返礼《へんれい》が気の毒なとて、心切かは知らねど十軒長屋《けんながや》の一軒は除け物、男は外出《そとで》がちなればいさゝか心に懸《かゝ》るまじけれど女心《をんなごゝろ》には遣《や》る瀬のなきほど切なく悲しく、おのづと肩身せばまりて朝《てう》夕《せき》の挨拶も人の目色《めいろ》を見るやうなる情《なさけ》なき思ひもするを、其《そ》れをば思はで我《わ》が情婦《こひ》の上ばかりを思ひつゞけ、無情《つれな》き人の心の底が夫《そ》れほどまでに恋しいか、昼も夢に見て独言《ひとりごと》にいふ情《なさけ》なさ、女房の事も子の事も忘れはてゝお力一人に命をも遣《や》る心か、浅ましい口惜《くちを》しい愁《つ》らい人と思ふに中々《なか〳〵》言葉は出《いで》ずして恨みの露《つゆ》を目の中《うち》にふくみぬ。

物《もの》いはねば狭《せま》き家の内《うち》も何《なん》となくうら淋しく、くれゆく空のたど〳〵しきに裏屋《うらや》はまして薄暗く、燈火《あかり》をつけて蚊遣《かや》りふすべて、お初は心細く戸《と》の外をながむれば、いそ〳〵と帰り来る太吉郎《たきちらう》の姿、何《なに》やらん大袋《おほぶくろ》を両手に抱《かゝ》へて母《かゝ》さん母《かゝ》さんこれを貰つて来たと莞爾《にっこ》として駆け込むに、見れば新開《しんかい》の日《ひ》の出《で》やがかすていら、おや此《こ》様な好《い》いお菓子を誰《だ》れに貰

※蔵前…浅草区蔵前にあった閻魔堂のこと。

つて来た、よくお礼を言つたかと問へば、あゝ能《よ》くお辞儀をして貰つて来た、これは菊の井の鬼姉《おにねへ》さんが呉れたのと言ふ、母は顔色をかへて図太い奴めが是れほどの淵に投げ込んで未《ま》だいぢめ方が足りぬと思ふか、現在の子を使ひに父《とゝ》さんの心を動かしに遣《よこ》し居《お》る、何《なん》といふて遣《よこ》したと言へば、表通りの賑《にぎ》やかな処に遊んで居《ゐ》たらば何処《どこ》のか伯父《おぢ》さんと一処《いつしよ》に来て、菓子を買つてやるから一処《いつしよ》にお出《いで》といつて、我《おい》らは入《い》らぬと言つたけれど抱いて行《ゆ》つて買つて呉れた、喰《た》べては悪るいかへと流石《さすが》に母の心を斗《はか》りかね、顔をのぞいて猶予《ゆうよ》するに、あゝ年がゆかぬとて何《なん》たら訳の分らぬ子ぞ、あの姉《ねへ》さんは鬼ではないか、父《とゝ》さんを怠惰者《なまけもの》にした鬼ではないか、お前の衣《べ》類《ゞ》のなくなつたも、お前の家《うち》のなくなつたも皆あの鬼めがした仕事、喰《くら》ひついても飽き足らぬ悪魔にお菓子を貰つた喰《た》べても能《い》いかと聞くだけが情《なさけ》ない、汚《きたな》い穢《むさ》い此《こん》様な菓子、家《うち》へ置くのも腹がたつ、捨《すて》て仕舞《しまい》な、捨《すて》てお仕舞《しまい》、お前は惜しくて捨てられないか、馬鹿野郎めと罵《のゝし》りながら袋をつかんで裏の空地へ投出《なげいだ》せば、紙は破れて転《まろ》び出る菓子の、竹のあら垣《がき》打《うち》こえて溝《どぶ》の中にも落込《おちこ》むめり、源七はむくりと起きてお初と一声大きくいふに何か御用かよ、尻目《しりめ》にかけて振むかふともせぬ横顔を睨んで、能《い》い加減に人を馬鹿にしろ、黙つて居《ゐ》れば能《い》い事にして悪口雑言《あくこうざうごん》は何《なん》の事だ、知人《しつたひと》なら菓子位《ぐらい》子供にくれるに不思議もなく、貰ふたとて何が悪るい、馬鹿野郎呼《よば》はりは太吉をかこつけに我《を》れへの当《あて》こすり、子に向つて父親《てゝおや》の讒訴《ざんそ》をいふ女房気質《かたぎ》を誰《た》れが教へた、お力が鬼なら手《て》前《まへ》は魔王《まわう》、商売人のだましは知れて居《ゐ》れど、妻たる身の不貞《ふて》腐《くさ》れをいふて済むと思ふか、土方《どかた》をせうが車を引かうが亭主は亭主の権《けん》がある、気に入らぬ奴を家《うち》には置かぬ、何処《どこ》へなりとも出てゆけ、出てゆけ、面白《おもしろ》くもない女郎《めらう》めと叱りつけられて、夫《そ》れはお前《まへ》無理だ、邪推が過《すぎ》る、何しにお前に当《あて》つけよう、この子が余《あんま》り分らぬと、お力の仕方が憎くらしさに思ひあまつて言つた事を、とツこ※に取つて出てゆけとまでは惨《むご》う御座《ござ》んす、家《うち》の為《ため》をおもへばこそ気に入らぬ事を言ひもする、家《うち》を出るほどなら此《こん》様な貧乏世帯《しよたい》の苦労をば忍んでは居《ゐ》ませぬと泣くに貧乏世帯《しよたい》に飽きがきたなら勝手に何処《どこ》なり行つて貰はう、手前《てまへ》が居《ゐ》ぬからとて乞食《こじき》にもなるまじく太吉が手足の延《の》ばされぬ事はなし、明けても暮れても我《お》れが店《たな》おろしかお力への妬《ねた》み、つくづく聞き飽きてもう厭《い》やに成つた、貴様が出ずば何《どち》ら道同《みちおな》じ事をしくもない九尺《しやく》二間《けん》、我《お》れが小僧を連れて出やう、さうならば十分に我鳴り立る都合もよからう、さあ貴様《きさま》が行《ゆ》くか、我《お》れが出ようかと烈しく言はれて、お前はそんなら真実《ほんとう》に私を離縁する心かへ、知れた事よと例《いつも》の源七にはあらざりき。

お初は口惜《くや》しく悲しく情《なさけ》なく、口も利《き》かれぬほど込上《こみあぐ》る涕《なみだ》を呑込《のみこ》んで、これは私が悪う御座《ござ》んした、堪忍《かんにん》をして下され、お力が親切で志《こゝろざ》して呉れたものを捨《すて》て仕舞つたは重々《ぢうく》悪う御座いました、成程《なるほど》お力を鬼といふたから私は魔王で御座《ござ》んせ

※とツこ…言いがかりの種。

う、モウいひませぬ、モウいひませぬ、決してお力の事につきて此後《このご》とやかく言ひませず、蔭《かげ》の噂しますまい故《ゆゑ》離縁だけは堪忍《かんにん》して下され、改めて言ふまでは無けれど私には親もなし兄弟もなし、差配《さはい》の伯父《おぢ》さんを仲人《なかうど》なり里《さと》なりに立てゝ来た者なれば、離縁されての行《ゆ》き処《どころ》とてはありませぬ、何《ど》うぞ堪忍して置いて下され、私は憎くかろうと此子《このこ》に免《めん》じて置いて下され、謝りますとて手を突いて泣けども、イヤ何《ど》うしても置かれぬとて其後《そのご》は物言《ものい》はず壁に向ひてお初が言葉は耳に入らぬ体《てい》、これほど邪慳《じやけん》の人ではなかりしをと女房あきれて、女に魂《たましい》を奪はるれば是れほどまでも浅ましくなる物か、女房が歎きは更なり、遂ひには可愛《かわゆ》き子をも餓《う》へ死《じに》させるかも知れぬ人、今詫《わ》びたからとて甲斐《かひ》はなしと覚悟《かくご》して、太吉、太吉と傍《そば》へ呼んで、お前は父《とゝ》さんの傍《そば》と母《かゝ》さんと何処《どちら》が好《い》い、言ふて見ろと言はれて、我《おい》らはお父《とつ》さんは嫌い、何にも買つて呉れない物と真正直《まつしようぢき》をいふに、そんなら母《かゝ》さんの行《ゆ》く処へ何処《どこ》へも一処《しよ》に行《ゆ》く気かへ、あゝ行《ゆ》くともとて何《なん》とも思はぬ様子に、お前さんお聞きか、太吉は私につくといひまする、男の子なればお前も欲しからうけれど此子《このこ》はお前の手には置かれぬ、何処《どこ》までも私が貰つて連れて行きます、よう御座《ござ》んすか貰ひまするといふに、勝手にしろ、子も何も入らぬ、連れて行《ゆ》き度《たく》ば何処《どこ》へでも連れて行《ゆ》け、家《うち》も道具も何も入らぬ、何《ど》うなりともしろとて寐転びしまゝ振向んともせぬに、何《なん》の家《うち》も道具も無い癖に勝手にしろもないもの、これから身《み》一つになつて仕《し》たいまゝの道楽《だうらく》なり何《なん》なりお尽《つく》しなされ、最《も》ういくら此子《このこ》を欲しいと言つても返す事では御座《ござ》んせぬぞ、返しはしませぬぞと念を押して、押入れ探ぐつて何やらの小風呂《こぶろ》敷取出《しきとりいだ》し、これは此子《このこ》の寐間着《ねまき》の袷《あはせ》、はらがけと三尺《じやく》だけ貰つて行《ゆき》まする、御酒《ごしゆ》の上といふでもなければ、醒《さ》めての思《し》案《あん》もありますまいけれど、よく考へて見て下され、たとへ何《ど》のやうな貧苦《ひんく》の中でも二人双《そろ》つて育てる子は長者《ちやうじや》の暮しといひまする、別れゝば片親、何につけても不憫《ふびん》なは此子《このこ》とお思ひなさらぬか、あゝ腸《はらはた》が腐《くさつ》た人は子の可愛《かあい》さも分りはすまい、もうお別れ申ますと風呂敷《ふろしき》さげて表へ出《いづ》れば、早くゆけ〳〵とて呼かへしては呉れざりし。

《八》

※魂祭《たまゝつ》り過ぎて幾日《いくじつ》、まだ盆提燈《ぼんぢようちん》のかげ薄淋《うすさび》しき頃、新開《しんかい》の町を出《いで》し棺《くわん》二つあり、一つは駕《かご》にて一つはさし担《かつ》ぎにて、駕《かご》は菊の井の隠居処《いんきよじよ》よりしのびやかに出《いで》ぬ、大路《おほぢ》に見る人のひそめくを聞けば、彼《あ》の子もとんだ運のわるい詰らぬ奴に見込れて可愛《かあい》さうな事をしたといへば、イヤあれは得心《とくしん》づくだと言ひまする。あの日の夕暮、お寺の山で二人立ばなしをして居《ゐ》たといふ確かな証人《しようにん》もござります、女も逆上《のぼせ》て居《ゐ》た男の事なれば義理にせまつて遣《や》つたので御座《ござ》ろといふもあり、何《なん》のあの阿魔《あま》が義理はりを知らうぞ湯屋《ゆや》の帰りに男に逢ふたれば、流石《さすが》に振《ふり》はなして逃る事もならず、一処《しよ》に歩いて話し

※魂祭り…盂蘭盆会。

はしても居《ゐ》たらうなれど、切られたは後袈裟《うしろげさ》、頬先《ほうさき》のかすり疵《きず》、頸筋《くびすぢ》の突疵《つききず》など色々《いろ〳〵》あれども、たしかに逃げる処を遣《や》られたに相違《そうい》ない、引かへて男は美事《みごと》な切腹《せつぷく》、蒲団《ふとん》やの時代から左《さ》のみの男と思はなんだがあれこそは死花《しにばな》、ゑらさうに見えたといふ、何にしろ菊の井は大損《おほぞん》であらう、彼《か》の子には結構《けつこう》な旦那《だんな》がついた筈《はづ》、取《とり》にがしては残念であらうと人の愁《うれ》ひを串談《じようだん》に思ふものもあり、諸説《しよせつ》みだれて取止《とりと》めたる事なけれど、恨《うらみ》は長し人魂《ひとだま》か何かしらず筋《すぢ》を引く光り物のお寺の山といふ小高《こだか》き処より、折《おり》ふし飛べるを見し者ありと伝へぬ

《終》

（『樋口一葉全集』第二巻　筑摩書房　一九七四・九）

樋口一葉《ひぐちいちよう》　1872—1896

本名、奈津（なつ・夏子）。東京府第二大区一小区（現・東京都千代田区）に生まれる。兄と父の相次いだ死をうけ、女戸主として一家の生計を支えるために、東京朝日新聞小説記者の半井桃水の指導のもとで小説を描きはじめる。一八九二年三月、桃水主宰の『武蔵野』に第一作「闇桜」を発表。その後『文学界』などに作品を発表するが、経済的に困窮したため、下谷龍泉寺町で荒物屋を営む。吉原遊郭に隣接したこの地での体験は「たけくらべ」執筆に通じた。その後、銘酒屋の立ち並ぶ本郷区丸山福山町に移住。一八九四年一二月の「大つごもり」発表以降、のちに〈奇跡の一四ヶ月〉と評される執筆期を迎え、「たけくらべ」**「にごりえ」**「十三夜」「わかれ道」を次々と発表した。『めさまし草』誌上の「三人冗語」で、森鷗外、幸田露伴、斎藤緑雨に「たけくらべ」が絶賛されたことによって、作家としての評価が定まった。一八九六年一一月二三日、肺結核のため二四歳で死去。翌年には全集が編まれ、さらに一九一二年には生前に書かれた「日記」が収録された全集が刊行されるなど、死後もなお高い話題性と評価を保った。その影響力は、特に後続の女性作家にとって、乗り越えるべきハードルともいえるほどのものであった。

分らぬなりに菊の井のお力を通してゆかう

「にごりえ」は一八九五年九月に、『文芸倶楽部』に発表された。「たけくらべ」が、近代的システムのもとで再編・管理された公娼の地である吉原を舞台としたのに対して、「にごりえ」は、公娼制度の陰画として登場した私娼たちの姿を捉えている。

近代に入ってから、買売春は、国家による徹底した制度化を受けて再編成された。欧州の公娼制度をモデルとした管理統制が目指されたのだ。娼婦たちの解放をうたった一八七二年の「娼婦解放令」の実態が、近代公娼制度の始まりであったことはよく知られている。以降、娼婦たちの自由意志による営業であるといった欺瞞のもとに娼妓制度は整備され、鑑札料の上納、検黴の義務などの制度化がすすめられた。この時、公権力の管理下で行われる売春のみが合法であるという公娼制度が確立され、それは戦後まで続くこととなった。

一方、お力たち「酌婦」は、銘酒を棚にならべ、「御料理」という看板を掲げた「銘酒屋」で働いているが、その〈仕事〉は「酌をする」という字義通りのものではない。制度の外に位置する私娼として、性を売ることを生業《なりわい》としているのだ。当時「曖昧屋」とも呼ばれていた「銘酒屋」の「酌婦」という〈仕事〉は、芸妓でも遊女でも娼妓でもなく、しかし、そのいずれでもあるという、多義性の中に置かれていた。

吉原におけるお歯黒どぶのような明確な境界線を持たない

新開地の「銘酒屋」は、日常性と地続きに存在していた。その地に暮らす他の女性たちの日常も、その境界が容易に無効化されてしまうことが暗示されている。ここに、女性の〈仕事〉として「内職」が描かれていることに留意すべきであろう。それは例えば、源七の妻・お初の姿を通して描かれている。お初の「蟬表の内職」は、「朝から夜にかけて十五銭が関の山」という程度の収入しかもたらさない。源七の働きなしには「路頭に迷はねば」ならないと語っていたお初の行く末は、お力らの姿へと接続されるだろう。女性が〈仕事〉を得るということ自体の困難さが浮かびあがってくるのだ。

「酌婦」という〈仕事〉そのものに象徴されるように、「にごりえ」は多義的な解釈にひらかれた物語である。その一つの要因は、語りの構造の特徴に求められる。酌婦をはじめ、新開地に暮らす人々の、語られるままの声が示されているのだ。それぞれが発する情報の質や内容は多様である。混在する多数の声は、重層的な物語世界を構築し、また、それぞれの情報を相対化するような関係にあった。

お力に付随する謎もまた、多様な解釈を喚起するものであろう。秘められた「本性」や「思ふ事」の存在は冒頭から示されているが、その内容は空白のまま置かれる。物語終盤になってその内実は、結城への告白というかたちで表わされる。だが、「出世を望むな」という結城の言葉のもとに、お力は再び沈黙の淵へと戻り、謎は謎のままに残された。

「玉の輿までは思ひがけませぬ」という、結城の言葉に対するお力の返答が示しているように、当時、女性の「出世」の道は「玉の輿」のみに開かれていた。しかし、お力自身が語るその来歴に留意した時、祖父、父という男性の系譜に自らを連ねた上での「思ふ事」を、「玉の輿」に乗るという女性特有の出世欲と捉えてすますことはできない。「奥様」になることを望まず、辛いながらも「菊の井のお力を通してゆかう」というお力の姿からは、「菊の井のお力」であることによって実現されていた、ある種の可能性の存在も見えてくるはずだ。〈仕事〉とは何を可能にするのか。そうしたことに気づくためには、お力の、そして、物語中に示された女性たちの苦悩の声に、注意深く耳を澄まさなくてはならない。

視点1　同時代の女性の仕事を調べ、その上で物語に描かれた〈仕事〉を捉え直してみる。

視点2　物語の中に存在する複数の人物の声に着目し、それぞれの情報の質や機能について考察する。

視点3　「菊の井のお力を通してゆかう」という思いや、来歴に注目し、お力の「思ふ事」の内実を解釈してみる。

〈参考文献〉関礼子『語る女たちの時代―一葉と明治女性表現』（新曜社、一九九七）、菅聡子『時代と女と樋口一葉』（日本放送出版協会、一九九九）、北田幸恵『書く女たち―江戸から明治のメディア・文学・ジェンダーを読む』（學藝書林、二〇〇七）

（笹尾佳代）

正宗白鳥　塵埃

「原稿出切《できり》」と二面の編輯者《へんしふしや》は叫んで、両手を伸し息を吐《つ》き、やがてゆらり〳〵と、ストーブの側《そば》へ寄つた。炎々たる火焔《くわえん》の悪どく暑くるしいストーブを煙草の煙で取り捲いて、破れ椅子に座してゐるもの、外套《ぐわいたう》のまゝで立つてゐるもの、議会の問題や情夫殺しの消息、明日の雑報の情報の註釈説明批評で賑《にぎは》つてゐる。

「築島君、その女は美人かね。」編輯の岸上が一座の中へ割り込んで問ひを発した。

「実際いゝ女ですよ、青ざめて沈んでる所は可憐です。僕はあんな女になら殺されても遺憾なしですね、裁判官たるもの宜《よろ》しく刑一等を減ずべしだ。」三面の外勤築島は、煤《すす》けた顔に愛嬌笑ひをして、表情的に云ふ。

「そんなのろい男は、殺されたくても、女の方で御免蒙《かうむ》るさ。」

「先づ何であらうと、僕は天命を保つて、充分に面白い日を送りたい、いくら色男になつても、出刃庖丁でずばりとやられちや駄目だからね。」硬派の大沢が立ちかゝつた。

「安心し玉へ、見渡したところ、一座中那麼《そんな》心配のありさうな人はないから、まあお互ひに銀座のほこりを毎日吸つて、ほこりの中《うち》の黴菌《ばいきん》に生血が吸はれつちまふまで生きてるんさ。つまり天寿を保つ者は済《な》し崩《くづ》しに枯れて行くんだよ、しかしね、稚《わか》い木が嵐に折られてるのを見ると、多少風情があるが、虫に喰はれた枯木を見ると浅間《あさま》しくなる。世間にはこんな枯《こ》木《ぼく》的人間が到る処にあるぢやないか。」

「岸上流《きしがみりう》の哲学か。」と大沢は時計を見て、縁の剝《は》げた山高を被り、「どりや枯木伯大枝《こぼくはくおほえだ》の駄法螺《だぼら》を聞きに行かうか。」と、戸口へ行つた。

「枯木でも風が当りや鳴るんだ、大枝なんか、つまり悲鳴を揚げてるんさ。」

　一座はそれ〴〵自分の席へ帰つて、編輯局は暫《しば》らく静かになつた。予は北側の机で、窓硝子《ガラス》の壊れから吹き込む鋭い風に、背筋を揉《も》まれながら、小野道吉君と差向ひで、校正に従事して、局外から編輯の光景を窺《うかが》つてゐる。南米遠征の企ての破れてより、何か有望の事業に取りかゝる迄の糊口《ここう》のためにと、或る人の周旋でこの社の校正掛《がかり》となつたのだが、何時の間にやら、もう三ケ月になつた。こんな下らない仕事を男子が勤めてゐて溜るものかと思ひながら、詮方《せんかた》なさの一日逃れで、撼天動地《かんてんどうち》の抱負を胸裏に潜め、鉄唖鈴《てつあれい》で鍛へた手に禿筆《ちびふで》を握つて、死灰の文字をほじくつてゐるのだ。で、校正刷の堆積が一先づ片付くと、予は机に肱をついて、外《よそ》ながら外交記者の壮語沢山の太平楽に耳を傾け、あの人達は、毎日内閣や議会に出入し、天下の名士と席を同うして語り、酒汲かはして懇談する身でありながら、何故立身栄達の道を開かず、ストーヴで炙《あぶ》つた食パンを喰らつて、鬢髪《びんぱつ》徒《いたづ》らに白線を加ふるに至つたのであらう。明けて二十六となるべき予は、社中最も年少の組であつて、今こそ破れ布子《ぬのこ》で髪蓬々《ばう〳〵》としてゐるが、明年を思ひ明後年を考へれば、想像の糸は己れを中心に、幾百の豊かなる絵画や小説を織り出す。艶麗《えんれい》な景も浮べば、勇壮な潮《うしほ》も湧く。今二三日で四十歳になる、五十歳になると云ひながら、腰弁の身を哀れとも感ぜず、無駄話に笑ひ興じてゐる彼《か》の人々の気が知れぬ。予は若《も》しも四十幾歳まで、この籐椅子の網が尻ですり切れるまで、この渦巻く編輯局の塵埃《じんあい》を吸はねばならぬと、天命の定《きま》つてゐるとすれば、未練はない。今日此処で舌を噛んで死んで見せる。食パンの味《あぢは》ひは一度で沢山だ、三百六十五日昼の弁当にして味ふ必要はあるまい、自分の一生が食パンだとすれば、二三年経験すれば足《た》つてゐる、何も五十迄も六十迄も食パン生涯を続けるにも及ぶまい。

　かく思ひながら小野君を見ると、小野君は雁首《がんくび》のへこんだ真鍮《しんちゆう》の煙管《きせる》で臭い煙草を吸ひながら、社内の騒ぎの耳に入らぬやうに、ぼんやり窓を眺めてゐる。まだ染々《しみじみ》話もせぬが、頭が胡麻塩《ごまじほ》になるまで三十幾年この社に勤労してゐるので、この社創立以来社で育ち社で老いた三人の一人であるさうだ。

「どうです、小野さん、今夜はかねての約束を実行して、何処かで一杯やらうぢやありませんか。」

　と予は小声で云つた。今日は月給日なれば、どうせ一杯やらずにはゐられぬので、一人よりは二人の方が興が多いから、仲間に引き込まうとした。小野君はにやり〳〵笑つて、暫らく考へてゐたが、「さうですねえ、一度だけお突き合ひしませうか、何処か安値《あんちよく》な所で。」と、やうやく同意らしい返事をする。

　やがて編輯員は一人減り二人減り、六時になると、夜勤の津崎が懐手で、のそり〳〵と入つて来て、肥満な呑気な顔を電気の光にさらし、けたゝましく嚏《くさみ》をして「畜生、風を引きさうだぞ。」といひながら、袂《たもと》から瓶詰《びんづめ》を出して、「今夜は一人で忘年会だ、給仕、鯣《するめ》でも買つて来て呉れ。」

「又電報を間違へて睨《にら》まれんやうにし玉へ。」と、岸上は帰り仕度で二版の大刷を見ながら云つた。

「なあに勤める所は屹度《きつと》勤めるさ、これでもね、雪が降らうが、風が吹かうが、子《ね》の刻《こく》までは関所を預つて、勤労無二の僕だからこそ、忝《かたじけ》なくも年末賞与大枚十円を頂戴したんぢやないか、為《な》すべき者は忠義だね。」と笑ひながらいつたが、急に悄気《しよげ》て、「しかしね、岸上君、今歳は僕もつく〴〵歳晩の感を起したよ。」

「さうか、君の感慨なら、先づ冷酒《ひやざけ》の飲むべからざる所以《ゆゑん》か、前借の慎むべき所以ぐらゐだらう。」

「いや僕は真面目に感じたのだ、もう夜勤も二年だが、得た所は、体量が一貫目ばかり衰へて、近眼が数度を加へた位だ。実は今日昼寝から起きて考へたね。十両の恩賜は有難いが、今歳《ことし》になつて、風邪《ふうじゃ》に罹《かか》ること七度、下痢をすること三度だよ。何のことはない、肉を殺《そ》ぎ血を絞《しぼ》つた結果だと思へば、あの僅かの金に恨みがある。」

「でも君は肥つてるから、自分で自分の身を食つても食ひ出がすらあ、はゝゝゝ。」

岸上は靴の音高く階子段《はしごだん》を駈け下つた。津崎は今日は珍しく、不平を並べたい風で、校正の席へ来て、皺《しわ》くちやの大刷をのばし、目を顰《しか》めて点検せる小野君の側へ立ち、

「小野さん、もう四五日しかありませんね。」

「さうですねえ、又一つ歳を取りますよ。」

「小野さんは月日を超脱してるから羨ましい、僕も去年までは自分の歳を忘れてゐたんだが、この暮は妙に気になる。」

津崎といふ男、常に給仕を相手に、シヤツ一枚になつて相撲を取り、或ひは冷酒を煽《あふ》つて都々一《どどいつ》を唄つたりするので、社中第一の気楽者と思つてゐたのに、今夜は魔がさしたやうに哀れつぽいことをいふのを、予は不思議がつてゐた。

「なあに、歳を取るのが気になる間《うち》が結構でさあ。」

小野君は気のない調子であつたが、役目を済ますと、予を促して、早速社を退いて、銀座の賑やかな通りへ出た。星は氷のやうに燦《きら》めいて、風はなくとも、皮膚の隙間《すきま》に触れる空気は針のやうだが、街上は暮の忙しさを集めて活気に満ちてゐる。で、小野君が垢染《あかじ》みた襟巻に首を埋めて、元気なくしよんぼりと立つてゐるのは、如何にも見すぼらしく、場所違ひの気味がする。予は福神漬を買つて、「何処へ行かう。」と聞いたが、小野君は頻《しき》りに「安値《あんちよく》の所」を繰り返すのみである。予は京橋附近で飲食したことはないので、牛屋《ぎうや》へでも一寸《ちよつと》気臆《きおく》れがして入りかねる。いつそお馴染の本郷にしようと、電車に乗つた。予は菊坂の豆腐屋の二階を貸りて自炊して、電車で通つてゐるが、小野君は小石川諏訪町から徒歩《かち》で京橋へ行くので、嵐か大雪でゞもなければ、嘗《かつ》てこの文明の恩沢に浴したことはないのである。

本郷三丁目の停留場から一丁計《ばかり》して、色の褪せた紺暖簾《こんのれん》に「蛇の目鮨《ずし》」と白く染め出した家がある。狭くはあり、奇麗でもないが、予が自炊の面倒な時に駆け込む、筋向ひの縄《なは》暖簾に比べれば、畳に座るだけでも勝つてゐる。殊に此処のみは、滅多に学生の犯さないのが有難い。本郷一面西洋料理といひ、ビヤホールといひ、大学や高等学校の学生が、月末に郵便局から引き出した金で、贅《ぜい》をやる所のみだが、此処は暖簾の汚れてるお蔭か、お客は大抵予等と同類で、塵埃《ほこり》の中から捜し出した金を使ふのだ。

予は火鉢を真中に、小野君と差向ひで座つて、独断で、かき卵、ヌタ、甘煮《うまに》などを命じた。小野君は乾からびた手の甲を火鉢の上でこすつてゐるが、食パン生涯の結果か、顔に汁《しる》気《け》がなく、目はどんよりして、何処を見てゐるのか分らない。

「僕にはまだ分りませんが、新聞の仕事も思つた程いゝもの

でもありませんね。」と、予は黙つてゐるのも、気が詰まるから、強いて話の緒《いとぐち》を開いた。

「さうですとも、何をやつてもねえ。」と、小野君も言ひ訳丈《だけ》の返事をして、気乗りがしない。又二人は黙つてゐる。外は車の掛け声、下駄の音、威勢よく叫ぶ声、非常の騒ぎであるが、小野君は社にゐると同じく、四面の騒ぎは耳に入らぬやうで、煙草すら吸はない。神経は無くなつたのであらうか、感覚は消滅したのであらうか。これではパンとビフテキと、酒と茶との区別もないんであらう。二十年も座らされたきり、一つ所にぢつとしてゐるのも無理はない。生れて以来、蓆《むしろ》は厭《い》やだ、絹蒲団に座りたいと、仮染《かりそめ》にも思つたことはないと見える。

「でも貴下《あなた》はよく長く社に辛抱してゐますね。」

「へゝゝ、まあ仕方がありませんのさ。」

女中が霜脹《しもぶく》れの手で、膳を突き付けるやうに並べて、銚子からは湯気が立つてゐる。予が満々《なみなみ》とついだのを、小野君は一口に呑み干したが、流石《さすが》にこれにまで無神経ではないと見え、急に人相が変つて来る。二杯三杯と、予もいゝ気持になつたが、小野君は木彫の像に魂の入つたやうに、筋肉がゆるやかに動き出した。

「貴下は随分いけるやうですね。」

「まあ好きな方ですよ、矢張り酒といふ奴あ味《うま》いもんだ。」と、余瀝《よれき》を舐《な》めて、畳の上に置いた杯《さかづき》を眺め、背を丸くしてぐつたりしてゐる。

「そりや結構だ、私なぞは酒がそんなに味いつていふ訳ぢやないんだが、独り身で、外に楽みもないから、仕方なしに呑むんです。」

「しかし仕方なしにでも呑める方が、呑みたくても呑めんよりは結構でさあ、はゝゝ、いや全く貴下の境遇が羨ましい。」

「僕が羨ましいつて云ふんですか。」

「私は悪い癖があつてね、酒を飲むと、若い人が羨ましくなつたり、自分の身が哀れつぽくなつて仕様がないんですよ。平生《ふだん》は何の気なしに聞いたり見たりしたことが、急にむら〳〵と思ひ出されるんでしてな。」

「さうですか、ぢや一つその思ひ出した所を承《うけたまは》りたいもんだ。」

予はこの木像が何を思つてるかと、一方ならず面白くなつて、矢鱈《やたら》にお酌をした。

「なあに、私達の思つてることはね、皆んな下らないことでさあ。よく原稿にある文句だが、碌々として老ゆるつていふのは先づ私達の事でせう、一体碌々といふ文字は、先生方はどんな意味で遣つてるんか知りませんがね、私は「碌々」の中にはいろんなつらい思ひが打ち込まれてるんだと、独り定《ぎ》めにしてるんです。碌々として老ゆるつて、決して呑気にぼんやりして老ゆるんぢやない。」と、ぐたりと垂れてる首を振つたが、急に反り身になつて、「はゝゝゝゝ、まあ人間は若い間《うち》〳〵、さ、差し上げませう。」と、声も艶を持つて、今迄の小野君の喉から出たとは思へない。

「貴下は馬鹿に長くお勤めなすつたんだから、新聞生活はよく御存じでせう、これで精勤すれば有望なものですかね。」

「さあ、それですよ。全体世の中に職務を忠実に尽してりや、それで自然に立身するつていふことはあるんですかね。」

「無論あるでせう、又さうなくちやならん訳だ、僕はまだ世間の経験に乏しいけれど、よく雑誌なんかの成功談に出てるぢやありませんか。」

「はゝゝ、雑誌や新聞に虚言《うそ》がないもんならばねえ、いや活字の誤植よりや、書く人が腹の中の誤植を正す方がいゝんさ。」

「何しろ校正掛は張り合ひのない仕事だ、僕も早くどうかしなくちや。」

「さ、私も昔は度々さう思ひましたがね、思つてる間《うち》に、ずん〴〵月日は立つてしまふ、しかしまだどうかしようと思つてる間は頼もしいが、私達はどうかなるだらうで日を送るんですよ。」

「だが、その方が気楽でいゝかも知れん。」

「まあね、始めの間《うち》は波の中でばちや〳〵やつてまさあ。それが次第に大きな波が幾度も〳〵押かぶせて来りや、どうせ叶《かな》はないから勝手にしろと、流され放題に目を瞑《つぶ》るやうになります。社でも随分波が立つたんですが、私達のやうに抜き手の切れない者は、其の度毎にぎよつとして、手足が萎《いぢ》けて了《しま》ふ。萎けた揚句が碌々として老ゆるんですよ。」

窪んだ目縁《まぶち》が、ほんのりと紅くなつて、眠つてゐた目も燦《きら》めく。

それから暫らくは無言で、肴《さかな》をつゝき杯を干してゐた。紺暖簾が寒い風にゆらめいては、隙間から人影が絶えずちらつく。室内《うち》には自分等の外に、片隅に外套《ぐわいたう》を着て鳥打帽を被つたまゝ、風呂敷包を側に置いて、忙しさうに飯を食つてる男があつたが、箸を置くと、直ぐに勘定を済ませて、目をぎよろつかせ、あたふたと出て行つた。

予は勢ひのよい血汐が全身に漲《みなぎ》つて圧へ切れぬやうで、所もかまはず、「王 郎 酒 酣《わうらうさけたけなはにして》」を歌ふ。小野君はくづれかかつた膝に両手をくの字なりについて、謡曲《うたひ》を低い声で謡《うた》ふ。節まはしが黒人《くろうと》ぶつてる。

「貴下は謡曲を稽古したんですか。」と、予は驚いた。

「四五年前に一寸《ちよつと》やつたことがありますよ。」

「綽 々《しやくしやく》として余裕ありですね、貴下にそんな風流の嗜《たしな》みがあらうとは予想外だ。」

「なあに風流だなんて、そんな気楽な量見で始めたんぢやないんですよ。私にやね、津崎君のやうに、大びらで不平を言ふ元気はなし、さうかつて、外《ほか》の人のいやなことは自分にもいやだし、どうかして鬱憤を晴らして、苦労を忘れようと思つてね、会計の竹山君の後へ喰ひ付いて、素人謡曲の組へ入つたんですよ。長屋で謡曲なんて、佐野常世の成れの果てか、一寸洒落《しやれ》てまさあね、はゝゝゝ。」

「ぢやあお能も見にお出でゞせうね。」

「どう致して、お能拝見どころの騒ぎですか、まあ聞いて下さい。」と小野君は居住ひを直して、「素人組の連中は、今月は梅若《うめわか》、来月は宝生《ほうしやう》と、見て廻つて色んな批評があります。私はそんな真似は出来ないから、まあ「能楽」つていふ雑誌を社から貰つて、それを読むのがせめてもの慰めだつたんでさあ、所が其の雑誌さへ社に没収されることになつて、私の手には落ちぬやうになつたんです。それが社の規則だから仕方がない、社の方ぢや屑屋《くづや》へ売つても、一銭か二銭だらうが、私に取つちや、大変の楽みで、月々心待ちにしたんですがね、朝《あした》に一城を奪はれ、夕《ゆふべ》に一国を奪はる、拙《まづ》い譬《たとへ》だが、弱い者はます〳〵権力を剝《はが》れてしまふんだ。そこで私あ、すつかり断念しました、謡曲も止めて、夕食でも済むと茶でも呑んで、ころりと横になつて、天井の蜘蛛の巣でも見てるんです。」

　平生《ふだん》表情の欠けてる小野君の顔も、憂色を帯びて来る。

「だつて雑誌一冊位、訳を云へば呉れんこともないでせう。」

「いや、それを主張する丈の元気があればいゝんですがね、何時かも、物価は高くなる、子供は殖える、困り切つた揚句、五重の塔から飛び下りる気になつて、増給を願ひ出たんです、すると、今ので不服ならお止めになつても差支へはないと厳命が下るんです。丸で雷に打たれた気でさあ、つまり私のやうな無能な者は、社でも必要でなければ、世間にだつて不用な者だ。生きてられる丈が有難いお慈悲だと思ひ返してるんですよ。」

　へゝゝゝと悽《すご》く笑つて、「や、斯《か》うしちやゐられない、小供に春着の一枚も造つてやらないで、親爺が酒なんか飲んでもゐられまい、さ、帰りませう。」と、よろ〳〵と立ちかゝつた。

　予は勘定を引き受けて、外へ出た。小野君は「済みませんなあ。」を数十度もいつて、予に分れてとぼ〳〵と小石川の方へ行く。予は暫《しば》らくその後ろ姿を見送つたが、小野君は荷車にぶつゝかつて、頻《しき》りに詫びをしてゐた。

　その翌日、出社すると、小野君は元の石地蔵で、何処を風が吹いてるかと、冷然としてゐる。築島や大沢は相変らず、パンを噛つて気焔を吐いてゐる。予も又一日を校正に過さねばならぬ。己れには将来があると、心で慰めながら。

（『正宗白鳥全集』第一巻　福武書店　一九八三・四）

正宗白鳥《まさむねはくちょう》　1879―1962

岡山県和気郡穂浪村（現在の備前市穂浪）に生まれる。本名忠夫。幼い頃から江戸時代の草双紙・読本に親しみ、のちに民友社の『国民之友』の影響を強く受けた。一八九六年に上京し、東京専門学校（のちの早稲田大学）に入学。一八九七年、植村正久によって洗礼を受けた（四年後に離教）。在学中の一九〇一年から『読売新聞』に、文学・芸術に関する批評を発表。卒業後は早稲田大学出版部に入り、文芸時評の執筆などにあたった。一九〇三年、読売新聞社に入社、美術・文芸などの記事を担当。小説家としての活動は一九〇四年の「寂寞」から。「**塵埃**」で注目を集め、その後「何処へ」、「徒労」「微光」、「入江のほとり」などを発表した。社会の風潮や世俗的な常識への冷笑を厭世・倦怠の底にただよわせる独特の作風が、同時代読者の共感を得て、明治末から大正にかけて自然主義文学の中心的な作家として活躍した。一九二六年から「文芸時評」を『中央公論』に連載。以後、文芸・演劇などの評論を数多く執筆するようになる。評論の代表作に、「文壇的自叙伝」、「作家論」、「自然主義文学盛衰史」、「内村鑑三」などがある。一九六二年一〇月二八日に死去。葬儀は、日本基督教会柏木教会で植村環牧師の司式で執り行われた。

己れには将来があると、心で慰めながら

「仕事」を〈自己実現〉の手段と捉える考え方は、現在ごく一般的な認識になっている。ただし、理想とする職を得ることと、こうありたいと願う〈自己〉の形成とを直接結びつける思考は、必ずしも自明のものとはいえない。近代以前の人々は、身分階層的にも空間的にも生まれた場所（血縁や地縁）に包み込まれていたし、そもそも、働くことそれ自体、人々が相互に依存しあっている共同体のネットワークの中でしかるべき役を果たし、そのことを通じて生命を維持・再生産させることにほかならなかった。自己の身体や能力を資本として活用し、自分ひとりの欲望を最大限充足させようとする思考そのものが、近代市場社会に特有のものなのである。

　四民平等・学制などの制度の導入、『学問のすゝめ』などが喚起した立身出世ブーム、官僚の任用制度の整備。これらの過程を経て、メリトクラシー（メリト＝能力ある人による統治と支配が確立する社会）が成立するのは、明治二〇年代から三〇年代にかけてのことである。職に就くことと自我充足とが直結する思考、すなわち主人公「予」のような心性は、こうした時代背景の中で生起してくるのである（一九〇二年には、『成功』という名の雑誌が、また、一九〇八年には、海外における「有利事業有望職業」を紹介する雑誌『殖民世界』が、ともに成功雑誌社から刊行されている）。「南米遠征の企ての破れてより、何か有望の事業に取かゝる迄の糊口の

ために」校正係になった「予」は、外交記者たちの「壮語沢山の太平楽」に耳を傾けながら、「何故立身栄達の道を開こうとしないのかと、侮蔑の混じった疑問を抱く。目下の彼には、「何か有望の事業」へ自己の将来の可能性を賭けることのみが自我充足のための手段であり目的でもあるのだ。

　ところで、ひと口に「仕事」といっても、それは見る角度によって複数の像を見せるはずである。「仕事」を外側から見る者にとって（就職活動中の者にとって）それは、〈自己実現〉のための達成目標であり手段である。ただし、入社後の彼らは発見するだろう。「仕事」は、社会の側から与えられる「配分」でもあることを。つまりこういうことだ。人はより理想に近い地位を求めて競争する。社会はその中から、それぞれの地位にふさわしい者を一定の基準に基づいて選び出す。メリトクラシーとは人が「選抜」を受け、相応の「配分」を受け取るシステムなのである。「予」が蔑視する編集員たち、そして、同じ校正係の小野道吉が体現しているのは、まさにこの「配分」の結果であり、同時にそれは「予」の数年後の自己像であるかもしれない。折しも日露戦後のこの頃は、立身出世の可能性が急激に狭まり、青年たちに倦怠や諦念が蔓延した時期でもある。この晩「予」は小野を誘い、互いの身の上を語り合ったわけだが、「仕事」を自己実現の手段・目的とは考えない〈他者〉との対話の中で、「予」は何かを発見したのだろうか。彼は、この気焔を明日もまた吐くことができるのか。結末の「己れには将来があると、心で慰めながら」をどう読むのかが、解釈の鍵となりそうである。

　「塵埃」は、一九〇七年二月に発表された。本作を収め好評を得た短編小説集『紅塵』（彩雲閣、一九〇七）の「序」で白鳥は、収録作品について「世の中のことは何もかもつまらなくなつてしまつたが、兎《と》に角生存はしたい、生存するには何か仕事をしなくてはならぬ。（略）茲《ここ》に集めた短篇小説はその詮方《せんかた》なく書いたものゝ一部である」と記している。

視点1　**主人公「予」が、新聞社編集局の中で感じている周囲との違和感はどのような性質のものなのか、他者を観察する「予」の視線に着目しながら分析する。**

視点2　**小野道吉との対話を経た「予」が、その前後でどのような心境の変化を得たのか、またその変化のきっかけは何だったか、考察する。**

視点3　**働くことが自己実現の手段だとしたら、「碌々として老いる」生き方は、人生の失敗を意味してしまうのだろうか。小野道吉の生き方を参考にして考えてみる。**

〈参考文献〉瓜生清「「塵埃」論―塵労生活と「予」の形象をめぐって」（『語文研究』一九八二・六）、山本芳明「「空想ニ煩悶」する青年―「独立心」・「何処へ」を軸として　正宗白鳥ノート1」（『学習院大学文学部研究年報』一九八七・三）、大本泉「正宗白鳥『塵埃』論―給与生活者の悲哀」（『近代の文学』一九九三・八）

（永井聖剛）

谷崎潤一郎

小さな王国

貝島昌吉がG県のM市の小学校へ転任したのは、今から二年ばかり前、ちやうど彼が三十六歳の時である。彼は純粋の江戸つ児で、生れは浅草の聖天町であるが、旧幕時代の漢学者であつた父の遺伝を受けたものか、幼い頃から学問が好きであつた為めに、とう〳〵一生を過《あやま》つてしまつた。――と、今ではさう思つてあきらめて居る。実際、なんぼ彼が世渡りの拙い男でも、学問で身を立てようなどゝしなかつたら、――何処かの商店へ丁稚奉公に行つてせつせと働きでもして居たら、――今頃は一とかどの商人になつて居られたかも知れない。少くとも自分の一家を支へて、安楽に暮らして行くだけの事は出来たに違ひない。もと〳〵、中学校へも上げて貰ふことが出来ないやうな貧しい家庭に育ちながら、学者にならうとしたのが大きな間違ひであつた。高等小学を卒業した時に、父親が奉公の口を捜して小僧になれと云つたのを、彼は飽く迄反対してお茶の水の尋常師範学校へ這入つた。さうして、二十の歳に卒業すると、直ぐに浅草区のC小学校の先生になつた。その時の月給はたしか十八円であつた。当時の彼の考では、勿論いつまでも小学校の教師で甘んずる積りはなく、一方に自活の道を講じつゝ、一方では大いに独学で勉強しようと云ふ気であつた。彼が大好きな歴史学、――日本支那の東洋史を研究して、行く末は文学博士になつてやらうと云ふくらゐな抱負を持つて居た。ところが貝島が二十四の歳に父が亡くなつて、その後間もなく妻を娶つてから、だん〳〵以前の抱負や意気込みが消磨してしまつた。彼は第一に女房が可愛くてたまらなかつた。その時まで学問に夢中になつて、女の事なぞ振り向きもしなかつた彼は、新世帯の嬉しさがしみ〴〵と感ぜられて来るに従ひ、多くの平凡人と同じやうに知らず識らず小成に安んずるやうになつた。そのうちには子供が生れる、月給も少しは殖えて来る、と云ふやうな訳で、彼はいつしか立身出世の志を全く失つたのである。

総領の娘が生れたのは、彼がC小学校から下谷区のH小学校へ転じた折で、その時の月給は二十円であつた。それから日本橋区のS小学校、赤坂区のT小学校と市内の各所へ転勤して教鞭を執つて居た十五年の間に、彼の地位も追ひ〳〵に高まつて、月俸四十五円の訓導と云ふところまで漕ぎつけた。が、彼の収入よりも、彼の一家の生活費の方が遥かに急激な速力を以て増加する為めに、年々彼の貧窮の度合は甚しくなる一方であつた。総領の娘が生れた翌々年に今度は長男の子が生れる。次から次へと都合六人の男や女の子が生れて、教師になつてから十七年目に、一家を挙げてG県へ引き移る時分には、恰も七人目の赤ん坊が細君の腹の中にあつた。

東京に生ひ立つて、半生を東京に過して来た彼が、突然G県へ引き移つたのは、大都会の生活難の圧迫に堪へ切れなくなつたからである。東京で彼が最後に勤めて居た所は、麹町区のF小学校であった。其処は宮城の西の方の、華族の邸や高位高官の住宅の多い山の手の一廓にあつて、彼が教へて居る生徒たちは、大概中流以上に育つた上品な子供ばかりであつた。その子供たちの間に交つて、同じ小学校に通つて居る自分の娘や息子たちの、見すぼらしい、哀れな姿を見るのが彼には可なり辛かつた。自分たち夫婦はどんなに尾羽打ち枯らしても、せめて子供には小ざつぱりとしたなりをさせてやりたかつた。何処其処のお嬢さんが着て居るやうな洋服が買つて欲しい。あのリボンが欲しい。あの靴が欲しい。夏になれば避暑に行きたい。さう云つて子供にせがまれると、一《ひ》と入《しほ》不便さが増して来て、親としての腑がひなさがつく〴〵と胸に沁みた。その上に又、彼は父親に死に後れた一人の老母をも養はなければならなかつた。律義で小心で情に脆い貝島は、其れ等の事を始終苦に病んで、家族の者に申訳がないやうな気持にばかりなつて居た。で、いつそのこと暮らしの懸かる東京を引き払つて、田舎の町に呑気な生活を営んで見よう。さうして少しは家族の者を安穏にさせてやりたいと思つたのである。G県のM市を択んだのは、其処が細君の郷里である縁故から、幸ひにも転任の口を世話してくれる人があつた為めである。

M市は、東京から北の方へ三十里ほど離れた、生糸の生産地として名高い、人口四五万ばかりの小さな都会であつた。広い〳〵関東の野が中央山脈の裾に打つかつて、次第に狭く縮まらうとして居るあたりの、平原の一端に位して居る町で、市街を取り巻く四方の郊外には見渡すかぎりの一面の桑畑があつた。空の青々と晴れた日には、I温泉で有名なHの山や、その山容の雄大と荘厳とで名を知られたAの山などが、打ち続く家並の甍《いらか》の彼方に聳《そび》えて居るのが、往来の何処からでも眺められた。町の中にはT河の水を導いた堀割が、青く涼しく、さら〳〵と流れて居て、I温泉へ連絡する電車の走つて居る大通りの景色は、田舎のわりには明るく賑やかで、何となく情趣に富んで居た。貝島が敗残の一家を率ゐて、始めて其処へ移り住んだのは、或る年の五月の上旬で、その町を囲《ゐ》繞《ぜう》する自然の風物が、一年中で最も美しい、最も光り輝やかしい、初夏の日の一日であつた。長い間神田の猿楽町のむさくろしい裏長屋に住み馴れた一家の者は、重暗く息苦しい穴の奥から、急にカラリとした青空の下へ運び出されたやうな気がして、ほつと欣びの溜息をついた。子供たちは、毎日城跡の公園の芝生の上や、T河の堤防のこんもりとした桜の葉がくれや、満開の藤の花が房々と垂れ下つたA庭園の池の汀《みぎは》などへ行つて、嬉々として遊んだ。貝島も、貝島の妻も、ことし六十いくつになる老母も、俄かに放たれたやうな気楽さを覚えて、年に一遍、亡父の墓参に出かけるより外は、東京と云ふところを恋しいともなつかしいとも思ひはしなかつた。彼が教職に就いたD小学校は、M市の北の町はづれにあつて、運動場の後ろの方には例の桑畑が波打つて居た。彼は日々、教室の窓から晴れやかな田園の景色を望み、遠く、紫色に霞んで居るA山の山の襞《ひだ》に見惚れながら、伸び〳〵とした心持で生徒たちを教へて居た。赴任した年に受け持つたのが男子部の尋常三年級で、それが四年級になり、五年級に進むまで、足かけ三年の間、彼はずつと其の級を担当して居た。麹町区のF小学校に見るやうな、キチンとした身なりの上品な子供は居なかつたけれど、さすがに県庁のある都会だけに、満更の片田舎とは違つて、相当に物持ちの子弟も居れば頭脳の優れた少年もないではなかつた。中には又、東京の生徒に輪をかけて狡猾な、始末に負へない腕白なものも交つて居た。土地の機業家でG銀行の重役をして居る鈴木某の息子と、S水力電気株式会社の社長の中村某の息子と、此の二人が級中での秀才で、貝島が受け持つて居る三年間に、首席はいつも二人の内の孰れかゞ占めて居た。腕白な方ではK町の生薬屋《きぐすりや》の悴の西村と云ふのが隊長であつた。それからT町に住んで居る医者の息子の有田と云ふのが、弱虫でお坊ちやんで、両親に甘やかされて居るせゐか、服装なども一番贅沢なやうであつた。しかし性来子供が好きで、二十年近くも彼等の面倒を見て来た貝島は、いろ〳〵の性癖を持つた少年の一人々々に興味を覚えて、誰彼の区別なく、平等に親切に世話を焼いた。場合に依れば随分厳しい体罰を与へたり、大声で叱り飛ばしたりする事もあつたが、長い間の経験で児童の心理を呑み込んで居る為めに、生徒たちにも、教員仲間や父兄の方面にも、彼の評判は悪くはなかつた。正直で篤実で、老練な先生だと云ふ事になつて居た。

貝島がM市へ来てからちやうど二年目の春の話である。D小学校の四月の学期の変りめから、彼の受け持つて居る尋常五年級へ、新しく入学した一人の生徒があつた。顔の四角な、色の黒い、恐ろしく大きな巾着頭のところ〴〵に白雲の出来て居る、憂鬱な眼つきをした、づんぐりと肩の円い太つた少年で、名前を沼倉庄吉と云つた。何でも近頃M市の一廓に建てられた製糸工場へ、東京から流れ込んで来たらしい職工の悴で、裕幅な家の子でない事は、卑しい顔だちや垢じみた服装に拠つても明かであつた。貝島は始めて其の子を引見した時に、此れはきつと成績のよくない、風儀の悪い子供だらうと、直覚的に感じたが、教場へつれて来て試して見ると、それ程学力も劣等ではないらしく、性質も思ひの外温順で、むしろ無口なむつゝりとした落ち着いた少年であつた。

すると、或る日のことである。昼の休みに運動場をぶらつきながら、生徒たちの余念もなく遊んで居る様子を眺めて居た貝島は、――此れは貝島の癖であつて、子供の性能や品行などを観察するには、教場よりも運動場に於ける彼等の言動に注意すべきであると云ふのが、平素の彼の持論であつた。――今しも彼の受持ちの生徒等が、二た組に分れて戦争ごつこをして居るのを発見した。其れだけならば別に不思議でも何でもないが、その二た組の分れ方がいかにも奇妙なのである。全級で五十人ばかりの子供があるのに、甲の組は四十人ほどの人数から成り立ち、乙の組には僅かに十人ばかりしか附いてゐない。さうして甲組の大将は例の生薬屋の悴の西村であつて、二人の子供を馬にさせて、其の上へ跨りながら、頻りに味方の軍勢を指揮して居る。乙の組の大将はと見ると、意外にも新入生の沼倉庄吉である。此れも同じく馬に跨つて、平生の無口に似合はず、眼を瞋《いか》らし声を励まして小勢の部下を叱咤《しつた》しながら、自ら陣頭に立つて目にあまる敵の大軍の中へ突進して行く。全体沼倉は入学してからまだ十日にもならないのにいつの間にこれほどの勢力を振ふやうになつたのだろう。貝島は其の時ふいと好奇心を唆《そゝ》られたので、両頬に無邪気な子供らしい微笑を浮べながら、さも面白さに釣り込まれたやうな顔つきをして、尚も熱心に合戦の模様を見守つて居た。と、多勢の西村組は忽ちのうちに沼倉組の小勢の為めに追ひ捲くられて、滅茶々々に隊伍を搔き乱された場句、右往左往に逃げ惑つて居る。尤も沼倉組の方には、腕力の強い一騎当千の少年ばかりが集つては居るのだけれど、それにしても西村組の敗北のしかたは余りに意気地がなさ過ぎる。殊に彼等は、誰よりも沼倉一人を甚しく恐れて居るらしい。外の敵に対しては、衆を恃《たの》んで可なり勇敢に抵抗するのだが、一と度び沼倉が馬を進めて駈けて来るや否や、彼等は急に浮足立つて、ろく／＼戦ひもせずに逃げ出してしまふ。果ては大将の西村までが、沼倉に睨まれると一と縮みに縮み上つて、降参した上に生け捕りにされたりする。その癖沼倉は腕力を用ふるのでも何でもなく、たゞ縦横に敵陣を突破して、馬上から号令をかけ怒罵を浴《あび》せるだけなのである。

「よし、さあもう一遍戦をしよう。今度は己の方は七人でいゝや。七人ありや沢山だ」

こんな事を云つて、沼倉は味方の内から三人の勇士を敵に与へて、再び合戦を試みたが、相変らず西村組は散々に敗北する。三度目には七人を五人にまで減らした。それでも沼倉組は盛んに悪戦苦闘して、結局勝を制してしまつた。

その日から貝島は、沼倉と云ふ少年に特別の注意を払ふやうになつた。けれども教場に居る時は別段普通の少年と変りがない。読本を読ませて見ても、算術をやらせて見ても、常に相当の出来栄えである。宿題なども怠けずに答案を拵へて来る。さうして始終黙々と机に凭《よ》つて、不機嫌さうに眉をしかめて居るばかりなので、貝島にはちよつと此の少年の性格を端倪《たんげい》することが出来なかつた。兎に角教師を馬鹿にしたり、悪戯《いたづら》を煽動したり、級中の風儀を紊《みだ》したりするやうな、悪性の腕白者ではないらしく、同じ餓鬼大将にしても余程毛色の違つた餓鬼大将であるらしかつた。

或る日の朝、修身の授業時間に、貝島が二宮尊徳の講話を聞かせたことがあつた。いつも教壇に立つ時の彼は、極く打ち解けた、慈愛に富んだ態度を示して、やさしい声で生徒に話しかけるのであるが、修身の時間に限つて特別に厳格にすると云ふ風であつた。おまけにその時は、午前の第一時間でもあり、うらゝかな朝の日光が教室の窓ガラスからさし込んで、部屋の室気がしーんと澄み渡つて居るせゐか、生徒の気分も爽やかに引き締まつて居るやうであつた。

「今日は二宮尊徳先生のお話をしますから、みんな静粛にして聞かなければいけません」

かう貝島が云ひ渡して、厳かな調子で語り始めた時、生徒たちは水を打つたやうに静かにして、じつと耳を欹《そばだ》てゝ居た。隣りの席へ無駄話をしかけては、よく貝島に叱られるおしやべりの西村までが、今日は利口さうな目をパチクリやらせて、一心に先生の顔を仰ぎ視て居た。暫くの間は、諄々《じゆんじゆん》と説きだす貝島の話声ばかりが、窓の向うの桑畑の方にまでも朗かに聞えて、五十人の少年が行儀よく並んで居る室内には、カタリとの物音も響かなかつた。

「――――そこで二宮先生は何と云はれたか、どうすれば一旦傾きかけた服部の家運を挽回することが出来ると云はれたか、先生が服部の一族に向つて申し渡された訓戒と云ふのは、つまり節倹の二字でありました。――――」

貝島も不断よりは力の籠つた弁舌で、流暢に語り続けて居ると、その時までひつそりとして居た教場の隅の方で、誰かゞひそ〳〵と無駄話をして居るのが、微かに貝島の耳に触《さは》つた。貝島はちよいと厭な顔をした。折角みんなが気を揃へて静粛を保つて居るのに、――――全く、今日は珍しい程生徒の気分が緊張して居る様子だのに、誰が余計なおしやべりをして居るのだらう。さう思つて、貝島はわざと大きな咳払ひをして、声のする方をチラリと睨みつけながら、再び講話を進めて行つた。が、ほんの一二分間沈黙したかと思ふと、又しても話声はこそ〳〵と聞えて来る。それがちやうど、歯の痛みか何かのやうに、チクチクと貝島の神経を苛立たせるので、彼は内々癇癪を起しながら、話声が聞える度びに急いで其の方を振り向くと、途端にパツタリと止んでしまつて、誰がしやべつて居るのだかは容易に分らなかつた。けれども其れは、教室の右の隅の方の、沼倉の机の近所から聞えて来るらしく、しやべつて居る者はたしかに沼倉に違ひないと推量されて来た。若しも其の者が沼倉以外の生徒であつたならば、殊にいたづら者の西村なぞであつたらば、貝島は直ぐにも向き直つて叱りつける所だけれど、なぜか彼には沼倉と云ふ子供が叱りにくいやうな気がした。何だか斯う、子供で居て子供でないやうな、煙つたい人間のやうに感ぜられて、叱るのが気の毒でもあれば不躾でもあるかの如く思はれたのであつた。一つにはまだ馴染みの薄い為めでもあるが、彼は今日まで沼倉に対して、教室での質問以外に、親しみ深い言葉を交へた事は一度もなかつた。で、成るべくならば叱らずに済ませよう、そのうちには黙るだらう、と、出来るだけ貝島は知らない風を装つて居ると、反対に話声はだん〳〵無遠慮に高まつて来て、遂には沼倉の口を動かす様子までが、彼の眼に付くやうになつた。

「誰だ先《さつき》からべちや〳〵としやべつて居るのは？　誰だ？」

と、とう〳〵彼は我慢がし切れなくなつて、かう云ひながら籐の鞭でぴしツと机の板を叩いた。

「沼倉！　お前だらう先《さつき》からしやべつて居たのは？　え？　お前だらう？」

「いゝえ、僕ではありません。………」

沼倉は臆する色もなく立ち上つて、かう答へながらずつと自分の周囲を見廻した後、

「先から話をして居たのは此の人です」

と、いきなり自分の左隣に腰かけて居る野田と云ふ少年を指さした。

「いゝや、先生はお前のしやべつて居る所をちやんと見て居たのです。お前は野田と話をして居たのではない。お前の右に居る鶴崎と二人でしやべつて居たのだ。なぜさう云ふ嘘をつくのですか」

貝島は例《いつ》になくムカムカと腹を立てゝ顔色を変へた。なぜかと云ふのに、沼倉が自分の罪をなすりつけようとした野田と云ふ少年は、平生から温厚な品行の正しい生徒なのである。野田は沼倉に指さゝれた瞬間、はつと驚いたやうな眼瞬《まばた》きをして、憐れみを乞ふが如くに相手の眼の色を恐る〳〵窺つて居たが、やがて何事をか決心したやうに、真青な顔をして立ち上ると、

「先生沼倉さんではありません。僕が話をして居たのです」

と、声をふるはせて云つた。多勢の生徒は嘲けるやうな眼つきをして一度に野田の方を振り返つた。

それが貝島にはいよ〳〵腹立たしかつた。野田はめつたに教場の中で無駄口をきくやうな子供ではない。彼は大方、此の頃級中の餓鬼大将として威張つて居る沼倉から、不意に無実の罪を着せられて、拠ん所なく身代りに立つたのだらう。若しも罪を背負はなかつたら、後で必ず沼倉にいぢめられるのだらう。さうだとすれば沼倉は尚更憎むべき少年である。十分に彼を詰問して、懲らしめた上でなければ、此のまゝ赦す訳には行かない。

「先生は今、沼倉に尋ねて居るのです。外の者はみんな黙つておいでなさい」

貝島はもう一遍ぴしりツと鞭をはたいた。

「沼倉、お前はなぜさう云ふ嘘をつくのです。先生はたしかにお前のしやべつて居る所を見たから云ふのです。自分が悪いと思つたら、正直に白状して、自分の罪をあやまりさへすれば、先生は決して深く叱言を云ふのではありません。それだのにお前は、嘘をつくばかりか、却つて自分の罪を他人になすり付けようとする。さう云ふ行ひは何よりも一番悪い。さう云ふ性質を改めないと、お前は大きくなつてからロクな人間にはならないぞ」

さう云はれても、沼倉はビクともせずに、例の沈鬱な瞳を据ゑて、上眼づかひに貝島の顔をじろ〳〵と睨み返して居る。その表情には、多くの不良少年に見るやうな、意地の悪い、胆の太い、獰猛な相が浮かんで居た。

「なぜお前は黙つて居るのか。先生の今云つたことが分らな

いのか」

貝島は、机の上に開いて置いた修身の読本を伏せて、つか〳〵と沼倉の机の前にやつて来た。さうして、飽く迄も彼を糺明するらしい気勢を示しながら、場合に依つては体罰をも加へかねないかのやうに、両手で籐の鞭をグツと撓《しな》はせて見せた。生徒一同は俄かに固唾を呑んで手に汗を握つた。何事か大事件の突発する前のやうな、先とは意味の違つた静かさが、急に室内へしーんと行き亙つた。

「どうしたのだ沼倉、なぜ黙つて居る？　先生が此れほど云ふのに、なぜ強情を張つて居る？」

貝島の手に満を引いて居る鞭が、あはや沼倉の頰ツぺたへ飛ばうとする途端に、

「僕は強情を張るのではありません」

と、彼は濃い眉毛を一層曇らせて、低くかすれた、同時にいかにも度胸の据わつたしぶとい声で云つた。

「話をしたのはほんたうに野田さんなのです。僕は譃を云ふのではありません」

「よし！　此方へ来い！」

貝島は彼の肩先をムヅと鷲摑みにして荒々しく引き立てながら、容易ならぬ気色で云つた。

「此方へ来て、先生がいゝと云ふまで其の教壇の下で立つて居なさい。お前が自分の罪を後悔しさへすれば、先生はいつでも赦して上げる。しかし強情を張つて居れば日が暮れても赦しはしないぞ」

「先生、………」

と、その時野田が又立ち上つて云つた。沼倉は横目を使つて、素早く野田に一瞥をくれたやうであつた。

「ほんたうに沼倉さんではありません。沼倉さんの代りに僕を立たせて下さい」

「いや、お前を立たせる必要はない。お前には後でゆつくり云つて聞かせます」

かう云つて貝島は、遮二無二沼倉を引立てようとすると、今度はまた別の生徒が、

「先生」

と云つて立ち上つた。見るといたづら小僧の西村であつた。その少年の顔には、平生の腕白らしい、鼻つたらしのやんちやんらしい表情が跡かたもなく消えて、十一二の子供とは思はれないほど真面目くさつた、主君の為めに身命を投げ出した家来のやうな、犯し難い勇気と覚悟とが閃めいて居るのであつた。

「いや、先生は罪のない者を罰する訳には行きません。沼倉が悪いから沼倉を罰するのです。叱られもしない者が余計なことを云はぬがいゝ！」

貝島はかあツとなつた。どうして皆が沼倉の罪を庇ふのだか分らなかつた。それほど沼倉は、常に彼等を迫害したり威嚇したりして居るのだとすれば、ます〳〵以て怪しからん事だと思つた。

「さあ！　早く立たんか早く！　此方へ来いと云ふのになぜ

貴様は動かんのだ！」

「先生」

と、又一人立ち上つたものがあつた。

「先生、沼倉さんを立たせるなら僕も一緒に立たして下さい」

かう云つたのは、驚いた事には級長を勤めて居る秀才の中村であつた。

「何ですと？」

貝島は覚えず呆然として、摑んで居る沼倉の肩を放した。

「先生、僕も一緒に立たせて下さい」

つゞいて五六人の生徒がどや〳〵と席を離れた。その尾について、次から次へと殆ど全級残らずの生徒が、異口同音に「僕も〳〵」と云ひながら貝島の左右へ集つて来た。彼等の態度には、少しも教師を困らせようとする悪意があるのではないらしく、悉く西村と同じやうに、自分が犠牲となつて沼倉を救はうとする決心が溢れて見えた。

「よし、それなら皆立たせてやる！」

貝島は癇癪と狼狽の余り、もう少しで前後の分別もなく斯う怒号するところであつた。若しも彼が年の若い、教師としての経験の浅い男だつたら、きつとさうしたに違ひないほど、彼は神経を苛立たせた。が、そこはさすがに老練を以て聞えて居るだけに、まさか尋常五年生の子供を相手にムキにならうとはしなかつた。それよりも彼は、沼倉と云ふ一少年が持つて居る不思議な威力に就いて、内心に深い驚愕の情を禁じ得なかつたのである。

「沼倉が悪いことをしたから、先生はそれを罰しようとして居るのに、どうしてそんなことを云ふのですか。一体お前たちはみんな考が間違つて居るのです」

貝島はさも〳〵当惑したやうに斯う云つて、仕方なく沼倉を懲罰するのを止めてしまつた。

その日は一同へ叱言を云つて済ませたやうなものゝ、以来貝島の頭には、沼倉の事が一つの研究材料として始終想ひ出されて居た。小学校の尋常五年生と云へば、十一二歳の頑是《ぐわんぜ》ない子供ばかりである。親の意見でも教師の命令でもなか〳〵云ふ事を聴かないで暴れ回る年頃であるのに、それが揃つて沼倉を餓鬼大将と仰ぎ、全級の生徒が殆ど彼の手足のやうに動いて居る。沼倉が来る前に餓鬼大将として威張り散らして居た西村は勿論のこと、優等生の中村だの鈴木だのまでが、懼《おそ》れて居るのか心服して居るのか、兎に角彼の命令を遵奉して、此の間のやうに沼倉の身に間違ひでもあれば、自ら進んで代りに体罰を受けようとする。沼倉にどれ程強い腕力や胆ツ玉があるにもせよ、彼とてもやつぱり同年配の鼻つたらしに過ぎないのに、「先生が斯う云つた」と云ふよりも、「沼倉さんが斯う云つた」と云ふ方が、彼等の胸には遥かに恐ろしくピリツと響くらしい。貝島は永年の間小学校の児童を扱つて、随分厄介な不良少年や、強情な子供にてこ擦つた覚えはあるが、此れ迄にまだ沼倉のやうな場合を一遍も見た事はなかつた。その子がどうして斯く迄も全級の人望を博したのか、どうして五十人の生徒をあれ程みごとに威服させたのか、それはたしかに多くの小学校に於いて、余り例のない出来ごとであつた。

全級の生徒を慴服《せふふく》させて手足の如く使ふと云ふこと、単にそれだけの事は、必ずしも悪い行ひではない。沼倉と云ふ子供にそれだけの徳望があり、威力があつてさうなつたのならば、彼を叱責する理由は毛頭もない。たゞ貝島が怖れたのは、彼が稀に見る不良少年、――とても一と筋縄では行けないやうな世にも恐ろしい悪童であつて、その為めに級中の善良な分子までが、心ならずも圧迫されて居るのではないだらうか、追ひ〳〵と自分の勢力を利用して、悪い行為や風俗を全級に流行させたり教唆したりしないだらうか、――と云ふ事だつた。あれだけの人望と勢力とを以て、級中に悪い風儀をはやらせられたら其れこそ大事件であると思つた。しかし、貝島は、幸ひ自分の長男の啓太郎が同じ級の生徒なので、それとなく様子を聞いて見ると、だん〳〵彼の心配の杞憂に過ぎない事が明かになつた。

「沼倉ツて云ふ子は悪い子供ぢやないんだよ、お父さん」

啓太郎は父に尋ねられると、暫くモヂモヂして、それを云つていゝか悪いかと迷ひながら、ポツリポツリと答へるのであつた。

「さうかね、ほんたうにさうかね、お前の云《い》付《つ》け口を聞いたからと云つて、何もお父さんは沼倉を叱る訳ぢやないんだから、ほんたうの事を云ひなさい。此の間の修身の時間の事は、あれは一体どうしたんだ。沼倉は自分で悪い事をして置きながら、野田に罪をなすり付けたりしたぢやないか」

すると啓太郎は下のやうな弁解をした。――あれは成る程悪い行ひには違ひない。けれども沼倉は格別人を陥れようなどゝ云ふ深い企みがあつたのではなく、実は自分の部下の者（即ち全体の生徒）が、どれほど自分に心服して居るか、どれ程自分に忠実であるかを試験する為めに、わざとあんな真似をやつたのである。あの日のあの事件の結果として、沼倉は、級中の総べての少年が一人残らず彼の為めに甘んじて犠牲にならうとしたこと、さうしてさすがの先生も手の出しやうがなかつた事を、十分にたしかめ得たのである。当時彼の指名に応じて、第一に潔く罪を引き受けようとした野田や、野田の次に名乗つて出た西村や中村や、此の三人は中でも忠義第一の者として、後に沼倉から其の殊勲を表彰された。

――啓太郎の話す意味を補つて見ると、大体かう云ふ事情であるらしかつた。で、沼倉が如何にして、いつ頃から其れ程の権力を振ふやうになつたかと云ふと、――啓太郎の頭では其の原因をハツキリと説明する事は出来なかつたけれども、――要するに彼は勇気と、寛大と、義侠心とに富んだ少年であつて、それが次第に彼をして級中の覇者たる位置に就かしめたものらしい。単に腕力から云へば、彼は必ずしも級中第一の強者ではない。相撲を取らせれば却つて西村の方が勝つくらゐである。ところが沼倉は西村のやうに弱い者いぢめをしないから、二人が喧嘩をするとなれば、大概の者は沼倉に味方をする。それに相撲では弱いにも拘はらず、喧嘩となると沼倉は馬鹿に強くなる。腕力以外の、凛然とした意気と威厳とが、全身に充ちて来て、相手の胆力を一と呑みに呑んでしまふ。彼が入学した当座は、暫く西村との間に争覇戦が行はれたが、直きに西村は降参しなければならなくなつた。「ならなくなつた」どころではない、今では西村は喜んで彼の部下となつて居る。実際沼倉は、「己は太閤秀吉になるんだ」と云つて居るだけに、何となく度量の弘い、人なつかしい所があつて、最初に彼を敵視した者でも、しまひには怡々《いゝ》として命令を奉ずるやうになる。西村が餓鬼大将の時分には、容易に心服しなかつた優等生の中村にしろ鈴木にしろ、沼倉に対しては最も忠実な部下となつて、ひたすら彼に憎まれないやうに、おべつかを使つたり御機嫌を取つたりして居る。啓太郎は今日まで、私《ひそ》かに中村と鈴木とを尊敬して居たけれど、沼倉が来てから後は、二人はちつともえらくないやうな気がし出した。学問の成績こそ優れて居ても、沼倉に比べれば二人はまるで大人の前へ出た子供のやうにしか見えない。―――まあそんな訳で、現在誰一人も沼倉に拮抗しようとする者はない。みんな心から彼に悦服して居る。どうかすると随分我が儘な命令を発したりするが、多くの場合沼倉の為す事は正当である。彼はたゞ自分の覇権が確立しさへすればいゝので、その権力を乱用するやうな真似はめつたにやらない。たま〳〵部下に弱い者いぢめをしたり、卑屈な行ひをしたりする奴があると、さう云ふ時には極めて厳格な制裁を与へる。だから弱虫の有田のお坊つちやんなぞは、沼倉の天下になつたのを誰よりも一番有難がつて居る。―――

以上の話を、悴の啓太郎から委しく聞き取つた貝島は、一層沼倉に対して興味を抱かずには居られなかつた。啓太郎の言葉が偽りでないとすれば、たしかに沼倉は不良少年ではない。餓鬼大将としても頗る殊勝な嘉《よみ》すべき餓鬼大将である。卑しい職工の息子ではあるけれど、或は斯う云ふ少年が将来ほんたうの英傑となるのかも測り難い。同級の生徒を自分の部下に従へて威張り散らすと云ふ事は、さう云ふ行為を許して置くことは多少の弊害があるにもせよ、生徒たちが甘んじて悦服して居るのなら、強ひて干渉する必要もないし、干渉したところで恐らく効果がありさうにもない。いや、それよりも寧ろ沼倉の行ひを褒めてやる方がいゝ。子供ながらも正義を重んじ、任侠を尚ぶ彼の気概を賞讃して、なほ此の上にも生徒の人望を博するやうに励ましてやらう。彼の勢力を善い方へ利用して、級全体の為めになるやうに導いてやらう。貝島は斯う考へたので、或る日授業が終つてから、沼倉を傍へ呼んだ。

「先生がお前を呼んだのは、お前を叱る為めではない。先生は大いにお前に感心して居る。お前にはなか〳〵大人も及ばないえらい所がある。全級の生徒に自分の云ひ付けをよく守らせると云ふ事は、先生でさへ容易に出来ない仕業だのに、お前は其れをちやんとやつて見せて居る。お前に比べると、先生などは却つて耻かしい次第だ」

人の好い貝島は、実際腹の底から斯う感じたのであつた。自分は二十年も学校の教師を勤めて居ながら、一級の生徒を自由に治めて行くだけの徳望と技倆とに於て、此の幼い一少年に及ばないのである。自分ばかりか、総べての小学校の教員のうちで、よく餓鬼大将の沼倉以上に、生徒を感化し心服させ得る者があるだらうか。われ〳〵「学校の先生」たちは大きななりをして居ながら、沼倉の事を考へると忸怩《ぢくぢ》たらざるを得ないではないか。われ〳〵の生徒に対する威信と慈愛とが、沼倉に及ばない所以のものは、つまりわれ〳〵が子供のやうな無邪気な心になれないからなのだ。全く子供と同化して一緒になつて遊んでやらうと云ふ誠意がないからなのだ。だからわれ〳〵は、今後大いに沼倉を学ばなければならない。生徒から「恐い先生」として畏敬されるよりも、「面白いお友達」として気に入られるやうに努めなければならない。

………

「そこで先生は、お前が此の後もます〳〵今のやうな心がけで、生徒のうちに悪い行ひをする者があれば懲らしめてやり、善い行ひをする者には加勢をして励ましてやり、全級が一致してみんな立派な人間になるやうに、みんなお行儀がよくなるやうに導いて貰ひたい。此れは先生がお前に頼むのだ。とかく餓鬼大将と云ふ者は乱暴を働いたり、悪い事を教へたりして困るものだが、お前がさうしてみんなの為めを計つてくれゝば先生もどんなに助かるか分らない。どうだね沼倉、先生の云つたことを承知したかね」

意外の言葉を聴かされた少年は、腑に落ちないやうな顔をして、優和な微笑をうかべて居る先生の口元を仰いで居たが、暫く立つてから、やう〳〵貝島の精神を汲み取る事が出来たと見えて、

「先生、分りました。きつと先生の仰つしやる通りにいたします」

と、いかにも嬉しさうに、得意の色を包みかねてニコニコしながら云つた。

貝島にしても満更得意でないことはなかつた。自分はさすがに、児童の心理を応用する道を知つて居る。一つ間違へば手に負へなくなる沼倉のやうな少年を、自分は巧みに善導した。やつぱり自分は小学校の教師として何処か老練なところがある。さう思ふと彼は愉快であつた。

明くる日の朝、学校へ出て行つた貝島は、自分の沼倉操縦策が予期以上に成功しつゝある確証を握つて、更に胸中の得意さを倍加させられた。なぜかと云ふのに、その日から彼が受持ちの教室の風規は、気味の悪いほど改まつて、先生の注意を待つ迄もなく、授業中に一人として騒々しい声を出す者がない。生徒はまるで死んだやうに静かになつて、咳《しはぶき》一つせずに息を呑んで居る。あまり不思議なので、それとなく沼倉の様子を窺ふと、彼は折々、懐から小さな閻魔帳を出して、ずつと室内を見廻しながら、ちよいとでも姿勢を崩して居る生徒があれば、忽ち見附け出して罰点を加へて居る。「成る程」と思つて、貝島は我知らずにほゝ笑まずには居られなか

つた。だん〳〵日数を経るに従つて、規律はいよ〳〵厳重に守られて居るらしく、満場の生徒の顔には、たゞもう失策のない事を戦々兢々と祈つて居る風が、あり〳〵と読まれたのであつた。

「いや、皆さんはどうして此の頃こんなにお行儀がよくなつたのでせう。あんまり皆さんが大人しいので、先生はすつかり感心してしまひました。感心どころか胆を潰してしまひました」

或る日貝島は、殊更に眼を円くして驚いて見せた。「今に先生から褒められるだらう」と、内々待ち構へて居た子供等は、貝島のおつたまげたやうな言葉を聞かされると、一度に嬉し紛れの声を挙げて笑つた。

「皆さんがそんなにお行儀がいゝと、先生も実に鼻が高い。尋常五年級の生徒は学校中で一番大人しいと云つて、此の頃は外の先生たちまでみんな感心しておいでになる。どうしてあんなに静粛なんだらう、あの級の生徒は、学校中のお手本だと云つて、校長先生までが頻りに褒めておいでになる。だから皆さんもその積りで、一時の事でなく、此れがいつ迄も続くやうに、さうして折角の名誉を落さないやうにしなければいけません。先生をビツクリさせて置いて、三日坊主にならないやうに頼みますよ」

子供たちは、再び嬉しさのあまりどつと笑つた。しかし沼倉は貝島と眼を見合はせてニヤリとしたゞけであつた。

七人目の子を生んでから、急に体が弱くなつて時々枕に就いて居た貝島の妻が、いよ〳〵肺結核と云ふ診断を受けたのは、ちやうどその年の夏であつた。M市へ引き移つてから生活が楽になつたと思つたのは、最初の一二年の間で、末の赤児は始終煩《わづら》つてばかり居るし、細君の乳は出なくなるし、老母は持病の喘息が募つて来て年を取る毎に気短かになるし、それでなくても暮らし向きが少しづゝ苦しくなつて居た所へ、妻の肺病で一家は更に悲惨な状態に陥つて行つた。貝島は毎月三十日が近くなると、一週間も前から気を使つて塞ぎ込むやうになつた。貧乏な中にも皆達者で機嫌よく暮らして居た東京時代の事を想ふと、あの時の方がまだ今よりはいくらか増しであつたやうにも考へられる。今では子供の数も殖えて居る上に、いろ〳〵の物価が高くなつたので、病人の薬代を除いても、月々の支払ひは東京時代とちつとも変らなくなつて居る。それに、若い頃なら此れから追ひ〳〵月給が上ると云ふ望みもあつたけれど、今日となつては前途に少しの光明もあるのではない。

「さう云へば東京を出る時に、あなた方がMへお引越しになるのは方角が悪い。家の中に病人が絶えないやうな事になりますツて、占ひ者がさう云つたぢやないか。だから私が何処か外にしようツて云つたのに、お前が迷信だとか何とか笑ふもんだから、御覧な、きつとかう云ふ事になるんぢやないか」

貝島が溜息をついて途方に暮れて居る傍で、何かと云ふと母親はこんな工合に愚痴をこぼした。細君はいつも聞えない振りをして、黙つて眼に一杯涙をためて居た。

六月の末の或る日であつた。学校の方に職員会議があつて、日の暮れ方に家へ戻つて来た貝島は、二三日前から熱を起して伏せつて居る細君の枕もとで、しく／＼としやくり上げる子供の声を聞いた。

「あ、また誰かゞ叱られて泣いて居るな」

貝島は閾《しきゐ》を跨ぐと同時に、直ぐさう気が付いて神経を痛めた。近頃は家庭の空気が何となくソワソワと落ち着かないで、老母や妻は始終子供に叱言を云つて居る。子供の方でも日に一銭の小遣ひすら貰へないのが、癇癪の種になつて、明け暮れ親を困らせてばかり居る。

「これ、おばあさんがあゝ云つていらつしやるのに、なぜお前はお答へをしないのです。お前はまさか、いくらお母さんがお銭《あし》を上げないからと云つて、人の物を盗んで来たのぢやありますまいね」

かう云ひながら、ごほん、ごほんと力のない咳をして居る細君の声を聞くと、貝島は思はずぎよつとして急いで病室の襖を明けた。其処には総領の啓太郎が、祖母と母親とに左右から問ひ詰められて、固くなつて控へて居るのであつた。

「啓太郎、お前は何を叱られて居るのです。お母さんはあの通り加減が悪くつて寝て居るのに、余計な心配をさせるのではありませんて、此の間もお父様が云つて聞かせたぢやないか。お前は兄さんの癖にどうしてさう分らないのだらう」

父親にかう云はれても、啓太郎は相変らず黙つて項垂《うなだ》れたまゝ折々思ひ出したやうに、涙の塊をぽたり、ぽたりと畳へ落して居た。

「いゝえね、もう半月も前から私は何だか啓太郎の素振りが変だと思つて居たんだが、ほんたうにお前、飛んでもない人間になつたもんぢやないか」

老母も同じやうに眼の縁を湿らせながら、貝島の顔を見ると喉を詰まらせて云つた。

だん／＼問ひ質《たゞ》して行くと、老母の怒るのには尤もな理由があつた。啓太郎は今月に這入つてから、已むを得ない学校用品を買ふ以外には、無駄な金銭を一厘でも所持して居る筈がないのに、時々何処からかいろ／＼の物品や駄菓子などを持つて来る風がある。先達《せんだつて》も五六本の色鉛筆を携へて居るから、妙だと思つて母親が尋ねると、此れは学校の誰さんに貰つたのだと云ふ。一昨日はまた、夕方表から帰つて来て、廊下の隅の方に隠れながら、頻りに何かを頬張つて居るので、祖母がそうツと傍へ行つて覗いて見ると、竹の皮に包んだ餅菓子が懐に一杯詰まつて居た。さう云へば此の頃啓太郎は、不思議にも以前のやうに小遣ひ銭をせびつた事がない。疑ひ出せば其の外にもまだ怪しいことがいくらもある。どうもあんまり様子がをかしいから、折を窺つて糺明してやらうと考へて居る矢先に、今日も亦、五十銭もするやうな立派な扇子を持つて帰つて来た。聞いて見るとやつぱり友達に貰つたのだと云ふ。それなら何処の何と云ふ人に、いつ貰つたのだと云つても、黙つてうつむいて居るばかりで容易に返辞をしない。いよ〳〵不審なので厳しく問ひ詰めた結果、漸く貰つたのではなく買つたのだと云ふ所まで白状させた。しかし、そんな買ひ物をするお金を、どうして持つて居るのだか、それだけはいくら口を酸つぱくして叱言を云つても実を吐かない。たゞ「人のお金を盗んだのではありません」と、飽くまでも強情に云ひ張るばかりである。

「盗んだのでない者が、どうしてお金なんぞ持つて居るのだ。さあ其れを云へ！　云はないかツたら！」

祖母は斯う云つて、激昂の余り病み疲れた身を忘れて、今しも啓太郎を折檻しようとして居るのであつた。

貝島は、話を聞いて居るうちに、体中がぞうツとして水を浴びたやうな心地になつた。

「啓太郎や、お前はなぜ正直にほんたうの事を云はない？　盗んだのなら盗んだのだと、真直ぐに白状しなさい……お父さんは、お前にも余所の子供と同じやうに好きな物を買つてやりたいのだが、此の通り内には多勢の病人があるのだから、なか〳〵お前の事までも面倒を見て居る暇がない。其処はお前も辛いだらうけれど我慢をしてくれなければ困る。お父さんはお前がよもや、人の物を盗むやうな悪い子だとは思ひたくないのだが、人間には出来心と云ふ事もあるから、もと〳〵そんな料簡ではないにしろ、何かの弾みでさもしい根性を起さないとも限らない。若しさうだつたら今度一遍だけは堪忍して上げるから、正直なことを云ひなさい。さうして此れから、二度と再びさう云ふ真似はいたしませんと、よくおばあさんにお詫びをしなさい。よう啓太郎！　なぜ黙つて居る？」

「……だつてお父さん、……だつて僕は、……人のお金なんか盗んだんぢやないんだつてば、……」

すると啓太郎は、かう云つて又しく〳〵と泣き始めた。

「お前はしかし、此の間の色鉛筆だの、お菓子だの、その扇子だのをみんな買つたんだつて云ふぢやないか。其のお金は一体何処から出たのだ。それを云はなければ分らないぢやないか。さういつ迄もお父さんは優しくしては居られないよ。強情を張ると、しまひには痛い目を見なければならないよ。いゝかね啓太郎！」

その時俄かに、啓太郎は声を挙げてわあツと泣き出した。何だか頻りに口を動かしてしやべつて居るやうだけれど、あまり泣きやうが激しい為めに暫く貝島には聴き取れなかつたが、結局、

「……お金と云つたつてほんたうのお金ぢやアないんだよう。にせのお札《さつ》なんだつてば、……」

と泣きながらも極まりの悪さうな口調で、幾度も〳〵繰り返しては、言ひ訳をして居るのであつた。見ると、少年は懐から皺くちやになつた一枚の贋札を出して、それを翳《かざ》しつゝ手の甲で頰つぺたの涙を擦つて居た。

父親は札を受け取つて膝の上にひろげて見た。其れは西洋紙の小さな切れへ、「百円」と云ふ四号活字を印刷した、子供

欺しのおもちゃに過ぎないもので、啓太郎の懐にはまだ四五枚も隠されて居る事が明かになつた。五十円だの、壱千円だの、中には壱万円だのと云ふのもあつて、金額が殖えるほど活字の型や紙幣の版が大きく出来て居る。さうして、紙幣の裏の角のところには、孰れも「沼倉」と云ふ認印が捺してあつた。

「此処に沼倉と云ふ判が捺してあるぢやないか。此のお札は沼倉が拵《こしら》へて居るのかい？」

貝島は大凡《おほよ》そ事件の性質を推察して、ほつと胸を撫でおろしたものゝ、それでも未だに不審が晴れなかつた。

「うん、うん」

と、啓太郎は頤で頷いてます〳〵激しく泣き続けて居た。

とう〳〵其の晩、一と晩中かゝつて、啓太郎を宥め賺《すか》して吟味した末に、貝島は其の札の由来を委しく調べ上げる事が出来た。其処には彼が予測した通りの、沼倉と云ふ少年の勢力発展の結果が、驚くべき事件となつて伏在して居たのであつた。――

啓太郎の談話から想像すると、貝島が我ながら老練な処置だと思つて己惚れて居た餓鬼大将操縦策は、半ば成功したにも拘らず、いつの間にか其の弊害も多くなつて居るらしかつた。一度《ひとたび》教師から案外な賞讃と激励の辞を聞かされた沼倉は、大いに感奮すると同時に一層図に乗つて活躍し出した。彼は第一に、同級生の人名簿を作つて、毎日生徒たちの言動を観察しては、彼独特の標準の下に一々厳重な操行点を附けて行つた。出席、欠席、遅刻、早帰り、――さう云ふ事柄をも、先生が行ふのと同じやうな権威を以て、一々帳面へ書き留めた事は云ふ迄もない。のみならず、欠席者には欠席の理由を届けさせた上、別に秘密探偵を放つて、果して其の理由が真実かどうかを調べさせた。道草を喰つて授業に遅れたり、仮《け》病《びやう》を使つて休んだりする者は直きに探偵の為めに証拠を摑まれるから、好い加減な譃をつく訳には行かなかつた。――

さう云はれゝば貝島は思ひあたる節があつた。此の頃はさつぱり欠席や遅刻をする生徒がない。C町の荒物屋の悴の、橋本と云ふ病身な子供までが、真青な、元気のない顔をしながら、感心に毎日学校へ通つて居る。何にしても皆が非常に勉強家になつたらしい。結構な事だと喜んで居たのであつた。

――探偵には七八人の子供が任命されて居た。彼等は常に級中の怠け者の家の周囲を徘徊したり、密かに跡をつけたりして、油断なく取り締まつて居る。勿論一方にはきびしい罰則が設けられて、命令を背いた場合には、たとひ其れが級長であつても、或は、沼倉自身であつても、甘んじて制裁を受けなければならなかつた。

罰則の種類がだん〳〵殖えて来るに従つて、制裁の方法も複雑になり、探偵の人数も増すやうになつた。しまひには探偵以外に、いろ〳〵の役人が任命された。先生から指名された級長は其方《そつち》除《の》けにされて、代りに腕力のあるいたづら者が、監督官に任ぜられる。出席簿係り、運動場係り、遊戯係り、と云ふやうな役も出来る。大統領の沼倉を補佐する役が出来る。裁判官が出来る、その副官が出来る、高官の用を足す従卒が出来る。役人のうちでも一番位の高いのは、副統領の西村であつて、此れは二人の従卒を使つて居た。優等生の中村と鈴木とは、始めのうちは性質が惰弱な為めに軽蔑されて居たけれど、次第に沼倉から尊敬されて、後には大統領の顧問官になつた。

それから沼倉は勲章を制定した。玩具屋から買つて来た鉛の勲章へ、顧問官に命じてそれ〴〵尤もらしい称呼を附けさせて、功労のある部下に与へた。勲章係りと云ふ役が又一つ殖えた。すると或る日、副統領の西村が、誰かを大蔵大臣にさせて、お札を発行しようぢやないかと云ふ建議を出した。此の発案は、一も二もなく大統領の嘉納する所となつたのである。

洋酒屋の息子の内藤と云ふ少年が、早速大蔵大臣に任ぜられた。当分の間の彼の任務は、学校が引けると自分の家の二階に閉ぢ籠つて、二人の秘書官と一緒に、五十円以上十万円までの紙幣を印刷する事であつた。出来上つた紙幣は大統領の手許に送られて、「沼倉」の判を捺されてから、始めて効力を生ずるのである。総べての生徒は、役の高下に準じて大統領から俸給の配布を受けた。沼倉の月俸が五百万円、副統領が二百万円、大臣が百万円、――――従卒が一万円であつた。

かうしてめい〳〵に財産が出来ると、生徒たちは盛んに其の札を使用して、各自の所有品を売り買ひし始めた。沼倉の如きは財産の富有なのに任せて、自分の欲しいと思ふ物を、遠慮なく部下から買ひ取つた。そのうちでもいろ〳〵と贅沢な玩具を持つて居る子供たちは、度々大統領の徴発に会つて、いや〳〵ながら其れを手放さなければならなかつた。S水力電気会社の社長の息子の中村は、大正琴を二十万円で沼倉に売つた。有田のお坊ちやんは、此の間東京へ行つた時に父親から買つて貰つた空気銃を、五十万円で売れと云はれて、拠ん所なく譲つてしまつた。

最初は其れが学校の運動場などでポツリポツリとはやつて居たのだが、果ては大袈裟になつて来て、毎日授業が済むと、公園の原つぱの上や、郊外の叢の中や、T町の有田の家などへ、多勢寄り集つて市を開くやうになつた。やがて沼倉は一つの法律を設けて、両親から小遣ひ銭を貰つた者は、総べて其の金を物品に換へて市場へ運ばなければいけないと云ふ命令を発した。さうして已むを得ない日用品を買ふ外には、大統領の発行にかゝる紙幣以外の金銭を、絶対に使用させない事に極めた。かうなると自然、家庭の豊かな子供たちはいつも売り方に廻つたが、買ひ取った者は再びその物品を転売するので、次第に沼倉共和国の人民の富は、平均されて行つた。貧乏な家の子供でも、沼倉共和国の紙幣さへ持つて居れば、小遣ひには不自由しなかつた。始めは面白半分にやり出したやうなものゝ、さう云ふ結果になつて来たので、今ではみんなが大統領の善政（？）を謳歌して居る。

貝島が啓太郎から聞き取つた処を綜合すると、大略以上のやうな事柄が推量された。それで、子供たちが彼等の市場で売捌いて居る物品は非常に広い範囲に亙つて居るらしく、その晩啓太郎が列挙しただけでも二十幾種に及んで居た。即ち左記の通りである。――――

西洋紙、雑記帳、アルバム、絵ハガキ、フイルム、駄菓子、焼芋、西洋菓子、牛乳、ラムネ、果物一切、少年雑誌、お伽噺、絵の具、色鉛筆、玩具類、草履、下駄、扇子、メタル、蝦蟇口、ナイフ、万年筆、

此のやうに多種類の物品が網羅されて居て、彼等の欲しいと思ふものは、市場へ行けば殆ど用が足りるのであつた。

啓太郎は先生の息子だからと云ふので、沼倉から特別の庇護を受けて居る為めに、お札には常に不自由しなかつた。――多分沼倉は、貝島の家庭の様子を知つて居て、啓太郎の窮乏を救つてやらうと云ふ義侠心もあつたらしい。――彼はいつでも懐に百万円くらゐ、大臣と同じ程度の資産を有して居た。祖母に見咎められた色鉛筆だの餅菓子だの扇子だのゝ外にも、此れ迄にさまぐ＼な物品を買ひ求めて居ると云ふ。

しかし沼倉は、外の命令は兎に角として此の貨幣制度だけは、先生に見付かると叱られはせぬかと云ふ心配があつた。で、決して此のお札を先生の前で出してはならない、先生に知れないやうにお互に注意しようぢやないかと云ふ約束になつて居た。若しも云付《いつ》ける者があつたら厳罰に処する旨の規定さへ出来て居た。啓太郎は一番嫌疑を蒙り易い地位に居るので、不断から気を揉んで居たのだが、今夜図らずも盗賊の汚名を着せられた口惜しさに、とうく＼白状してしまつたのである。彼が散々強情を張つたり、声を挙げて泣いたりしたのは、明日沼倉に厳罰を受けるのが恐いのであつた。

「何だ意気地なしが！　そんなに泣く事はないぢやないか。沼倉がお前をいぢめたら今度はお父さんが沼倉を厳罰に処してやる。ほんたうにお前たちは飛んでもない事だ。たとひお前が何と云つてもお父様は明日みんなに叱言を云はずには置きません。お前が云付け口をしたんだと云はなけりやいゝぢやないか」

父親が叱り付けると、啓太郎は其の言葉を耳にも入れずに首を振りながら、

「さう云つたつて駄目なんだつてば、みんな僕を疑つて居て、今夜も探偵が家《うち》の様子を聞いて居るかも知れないんだもの。………」

かう云つて、又してもわあツと泣き出してしまつた。

貝島は、暫くの間あつけに取られてぼんやりして居るばかりであつた。明日沼倉を呼び出して早速戒飭《かいちよく》を加へるにしても、全体此の事件は何処から手を附けてどう云ふ処置を施せばいゝか、そんな事を考へる余裕のないほど、彼はひたすら呆れ返つて度胆を抜かれて居た。

その年の秋の末になつて、或る日多量の喀血をした貝島の妻は、それなり枕に就いて当分起きられさうもなかつた。老母の喘息も、時候が寒くなるにつれて悪くなる一方であつた。

山国に近いせゐか、割合に乾燥して居るM市の空気は、二人の病気に殊更祟るやうであつた。六畳と八畳と四畳半との三間しかない家の一室に、二人は長々と床を並べて代る〲咳入つては痰を吐いて居た。

高等一年へ通つて居る長女の初子が、もう此の頃では一切台所の仕事をしなければならなかつた。暗いうちに起きて竈を焚きつけて、病人の枕許へ膳部を運んだり、兄弟たちの面倒を見てやつてから、彼女はひびとあかぎれだらけの手を拭つてやつと学校へ出かけて行く。さうして正午の休みには又帰つて来て、一としきり昼飯の支度をする。午後になれば洗濯もするし、赤ん坊のおしめの世話もしなければならない。それを見かねて、父親は勝手口へ来て水を汲んだり掃除を手伝つてやつたりした。

一家の不幸は今が絶頂と云ふのではなく、まだ〲此れからいくらでも悪くなりさうであつた。貝島は、ひよつとすると自分にも肺病が移つて居るのではないかと思つた。移るくらゐなら、自分ばかりか一家残らず肺病になつて、みんな一緒に死んでくれゝばいゝとも思つた。さう云へば近頃、啓太郎が時々寝汗を掻いて妙な咳をするらしいのも気になつて居た。其れや此れやの苦労が溜つて居る為めか、貝島はよく教室で腹を立てゝは、生徒を叱り飛ばすやうになつた。ちよいとした事が気に触つて、変に神経がイライラして、体中の血がカツと頭へ逆上して来る。そんな時には、教授中でも何でも構はず表へ駈け出してしまひたくなる。つい此の間も、生徒の一人が例のお札を使つて居たのを見付け出して、

「先生がいつかもあれ程叱言を云つたのに、まだお前たちはこんな物を持つて居るのか!」

かう云つて怒鳴りつけた時、急に動悸がドキドキと鳴つて、眼が眩んで倒れさうであつた。生徒の方でも沼倉を始め一同が先生を馬鹿にし出して、わざと癇癪を起させるやうな、意地の悪い真似ばかりした。父親のお蔭で啓太郎までが、仲間外れにされたものか、近来は遊び友達もなくなつて、学校から帰ると終日狭苦しい家の中でごろ〲して居る。

十一月の末の或る日曜日の午後であつた。二三日前から熱が続いてゲツソリと衰弱して居る細君の床の中で、それでも側を放れずに抱かれて居る赤ん坊が、昼頃から頻りに鼻を鳴らして居たが、やがてだん〲ムヅカリ出して火のつくやうに泣き始めた。

「泣くんではないよ、ね、いゝ児だから泣くんではないよ。………ねんねんよう、ねんねんよう、………」

くたびれ切つた力のない調子で、折々思ひ出したやうに、かう繰り返して居る細君の言葉も、しまひには聞えなくなつて、たゞ凄じい泣き声ばかりがけたゝましく辺《あたり》に響いた。

次の間の八畳で机に向つて居た貝島は、その声がする度毎に障子や耳元がビリビリと鳴るのを感じた。さうして、腰の周りから背中の方へ物が被さつて来るやうな、ヂリヂリと足許から追ひ立てられるやうな、たまらない気持がするのを、じつと我慢して、机の傍を離れようともしなかつた。

「泣くなら泣くがいゝ、こんな時には泣き止むまで放つて置くより仕方がない」

父親も母親も祖母も、みんな申し合はせたやうにさうあきらめて居るらしかつた。

まだ二三日はある筈だと思つて居た赤児《あかんぼ》のミルクが、もう一滴もなくなつてゐた事を知つたのは今朝であつた。が、三人の親たちは其れよりももつと悲惨な事実に気が付いて居た。明後日の月給日が来る迄は、何処を尋ねても家中に一文の銭もないのである。それを口へ出すのが恐ろしさに、三人は黙つてお互の腹の中を察して居た。かう云ふ折にはいつもさうするやうに、姉娘の初子が砂糖水を作つたり、おじやを煮たりしてあてがつて見たが、どうした訳か赤児は一切そんな物を受け付けないで、「ウマウマ、ウマウマ」と云ひながら、一層性急な声を挙げた。

貝島は、この声に耳を傾けて居ると、悲しい気持を通り越して、苦も楽もないひろ〴〵とした所へ連れて行かれるやうな心地がした。泣くならウンと泣いてくれる方がいゝ。もつと泣けもつと泣けと、胸の奥で独語を云つた。かと思ふと次の瞬間には、ヂリヂリと神経が苛立つて、体が宙へ吊るし上るやうになつて、自分の存在が肩から上ばかりにしか感ぜられなかつた。そのうちに、彼はふいと机の傍を立ち上つて、もどかしさうに室内を往つたり来たりし始めた。

「さうだ、勘定が溜つて居るからと云つて、そんなに遠慮することはない。………彼処《あすこ》の家《うち》の倅は己の受持ちの生徒なんだ。………今度一緒にと云へば、おついでゞよろしうございますと云ふにきまつて居る。恥しいことも何にもない。己は一体に気が小さいからいけないのだ。………」

こんな考が浮かんだのをきつかけに、彼はいつ迄も頭の中で一つ事を繰り返しながら、同じ所をぐる〴〵と歩き廻つて居た。

日の暮れ方に、貝島はぶらりと表へ出て、K町の内藤洋酒店の方へ歩いて行く様子であつた。洋酒店の前へ来た時、店先に佇《たたず》んで居た店員の一人が、叮嚀に頭を下げて挨拶をした。貝島はちよいと往来に立ち停つて、ニコリとして礼を返した。………帳場の後ろの、缶詰や西洋酒の壜がぎつしり列んで居る棚の隅に、ミルクの缶が二つ三つチラリと見えた。しかし貝島は、何気ない体で其処を通り過ぎてしまつた。

家の近所まで戻つて来ると、赤児はまだ泣いて居るらしく、ぎやあ〳〵と云ふ喉の破れたやうな声が、たそがれの町の上を五六間先まで響いて来た。貝島ははつとして又引き返して、今度は何処と云ふあてもなくふら〳〵と歩き出した。

M市の名物と云はれて居るA山の山颪《やまおろし》が、もう直きに来る冬の知らせのやうに、ひゆう〳〵と寒い風を街道に吹き送つて居た。T河に沿うた公園の土手の蔭のところには、五六人の子供たちが夕闇の中にうづくまつて何をして遊んで居るのか頻りにこそ〳〵と囁き合つて居るらしかつた。

「いやだよ、いやだよ、内藤君。君やあズルイからいやだよ。もう三本きりツきやないんだがら、一本百円なら売つてやらあ」

「高えなあ！」

「高えもんかい、ねえ沼倉さん」

「うん、内藤の方がよつぽどズルイや。売りたくないツて云つてるのに、無理に買はうとしやがつて、値切る奴があるもんか。買ふなら値切らずに買つてやれよ」

その声が聞えると、貝島は立ち停つて子供等の方を振り向いた。

「おい、お前たちは何をして居るんだね」

子供たちは一斉にばら〳〵と逃げようとしたが、貝島があまり側に立つて居るので、逃げる訳にも行かなかつた。「もう見付かつたら仕方がない。叱られたつて構ふもんか」――さう云ふ覚悟が、沼倉の顔にはつきりと浮かんだ。

「どうだね、沼倉。一つ先生も仲間へ入れてくれないかね。お前たちの市場ではどんな物を売つて居るんだい。先生もお札を分けて貰つて一緒に遊ばうぢやないか」

かう云つた時の貝島の表情を覗き込むと、口もとではニヤニヤと笑つて居ながら、眼は気味悪く血走つて居た。子供たちは此れ迄に、こんな顔つきをした貝島先生を見た事がなかつた。

「さあ、一緒に遊ばうぢやないか。お前たちは何も遠慮するには及ばないよ。先生は今日から、此処に居る沼倉さんの家来になるんだ。みんなと同じやうに沼倉さんの手下になつたんだ。ね、だからもう遠慮しないだつていゝさ」

沼倉はぎよつとして二三歩後へタヂタヂと下つたけれど、直ぐに思ひ返して貝島の前へ進み出た。さうして、いかにも部下の少年に対するやうな、傲然たる餓鬼大将の威厳を保ちつゝ、

「先生、ほんたうですか。それぢや先生にも財産を分けて上げませう。――さあ百万円」

かう云つて、財布からそれだけの札を出して貝島の手に渡した。

「やあ面白いな。先生も仲間へ這入るんだとさ」

一人が斯う云ふと、二三人の子供が手を叩いて愉快がつた。

「先生、先生は何がお入用ですか。欲しい物は何でもお売り申します」

「エエ煙草にマツチにビール、正宗、サイダア、………」

一人が停車場の売り子の真似をして斯う叫んだ。

「先生か、先生はミルクが一と缶欲しいんだが、お前たちの市場で売つて居るかな」

「ミルクですか、ミルクなら僕ん所の店にあるから、明日市場へ持つて来て上げませう。先生だから一と缶千円に負けて置かあ！」

かう云つたのは、洋酒店の伜の内藤であつた。

「うん、よし〳〵、千円なら安いもんだ。それぢや明日又此処へ遊びに来るから、きつとミルクを忘れずにな」

しめた、と、貝島は腹の中で云つた。子供を欺してミルクを買ふなんて、己はなか〳〵ウマイもんだ。己はやつぱり児童

を扱ふのに老練なところがある。………

公園の帰り路に、K町の内藤洋酒店の前を通りかゝつた貝島は、いきなりつか〳〵店へ這入つて行つてミルクを買つた。

「えゝと、代価はたしか千円でしたな。それぢや此処へ置きますから」

と、袂から先《さつき》の札を出したとたんに、彼は苦しい夢から覚めた如くはつと眼をしばだゝいて、見る〳〵顔を真赤にした。

「あツ、大変だ、己は気が違つたんだ。でもまあ早く気が付いて好かつたが、飛んでもないことを云つちまつた。気違ひだと思はれちや厄介だから、何とか一つ胡麻化してやらう」

さう考へたので、彼は大声にから〳〵と笑つて、店員の一人にこんなことを云つた。

「いや、此れを札と云つたのは冗談ですがね。でもまあ念の為めに受け取つて置いて下さい。いづれ三十日になれば、此の書附と引き換へに現金で千円支払ひますから。………」

（大正七年七月作）

（『谷崎潤一郎全集』第六巻　中央公論社　一九八一・一〇）

谷崎潤一郎《たにざきじゅんいちろう》　1886―1965

東京市日本橋区蠣殻町（現在の中央区日本橋人形町）に生まれる。府立一中、第一高等学校を経て、東京帝国大学国文科中退。大学在学中に同人雑誌『新思潮』（第二次）を創刊、「刺青」などの作品で、反自然主義文学の旗手として注目される。出発当初から、通俗道徳に挑戦するような作風から〈悪魔主義〉の作家と称されたが、大正期を通じて様々な実験的な作品に取り組んでいた。**「小さな王国」**（『中外』一九一八・八）は、その時期の作である。また、いちはやく新興メディアとしての映画に注目、「痴人の愛」等、映画をモチーフとする新たな世界を開拓、自身も映画製作に関与した。一九三〇年代に入ると一転して、関西地域の文化的な伝統を色濃く感じさせる古典主義的な物語に傾斜、「吉野葛」「盲目物語」「蘆刈」「春琴抄」の四作は、円熟期の傑作として著名である。戦時中には、軍による圧迫を受けながらも「細雪」を書き継ぐ粘り強さを発揮、敗戦後は「少将滋幹の母」「鍵」を発表。最晩年は、高血圧のため筆記具を握ることもままならぬ中、口述で「瘋癲老人日記」を完成、旺盛な創作意欲を証明した。五〇年を超えるキャリアを通じて倦まず問題作を世に問い続けた、二〇世紀を代表する小説家の一人である。

王国と共和国のあいだで――職業としての〈教師〉

小学校教員・貝島昌吉の「沼倉共和国」への屈服は、単に彼の経済的な破綻だけが理由ではない。むしろここで注目したいのは、貝島の〈帰順〉が、彼の精神の破綻としても表象されたことである。最後のくだりで、ミルクの代金として思わず沼倉の紙幣を差し出してしまった貝島は、「この書き附けと引き換へに現金で千円支払ひますから」と取り繕ってみせる。しかし、彼の月俸はたかだか「四十五円」程度ではなかったか。作の後半部分では、精神的な平衡を失う貝島の様子が丹念に描かれるが、教室では「先生」と自称して疑わず、体面ゆえに支払いの猶予を申し出られない貝島のありように留意すれば、この物語では、二〇年近い教員生活の中で培われた、職業と固く結びついた自己意識の崩壊が描かれていると言えるだろう。

「篤実で、老練な先生」という評判を得ていた貝島は、当時としては開明的な教員だったと見てよい。彼は「少年の一人々々に興味を覚えて、誰彼の区別なく、平等に親切に世話を焼」こうとする職業倫理の持ち主だし、「修身」の時間を除いては強権的に振る舞わない優しい「先生」でもある。そんな貝島が、転入生の沼倉を「研究材料」と考え始めた理由が、沼倉の「人望」と人心掌握術だったことは興味深い。貝島は考える。自分は「一級の生徒を自由に治めて行くだけの徳望と技倆とに於て、此の幼い一少年に及ばない」。教員は、生徒たちにとって「面白いお友達」であるべきだ。そのためには、教員自身が「子供のやうな無邪気な心」になって、子供の、子供らしい心理を、わがものにしなければならない――。

　いかにも理解ある教員の発言だ。しかし、問題は、そもそもなぜ生徒の心理に通じる必要があるのか、という点にある。貝島について言えば、彼は、教員の業務の中で、学力向上や将来の成長という以上に、学級の治安維持に重きを置いていた節がある。すなわち、表立っては鞭を振るわずに、「一級の生徒を自由に治めて行く」ためには、彼らの「心理」に熟達し、おのずから服従するよう仕向けていくことが必要なのだ。貝島に権限移譲を受けた後の沼倉の行動は、ほとんど、教員としての貝島の発想を転写している。教室は、彼の権力を恐れて「失策のない事を戦々兢々と」しているというのだから、どう考えても健全ではないが、その様子を貝島は「ほほ笑まし」いと感じ、自分の担当クラスが「学校中で一番大人し」く、「静粛」だという評価を誇らしげに語るのである。

　だが、秩序の維持というだけならば、人民=生徒たちに基礎を持つ「大統領」に敵うはずがない。貝島が出し抜かれるのは、だから当然の帰結なのだが、ただし、この貝島の迂闊さには、ある歴史的な問題がはらまれている。そもそも、なぜ学校は「学級」という単位で管理・運営されているのか。また、なぜ「学級」は、まとまった、一体的な集団でなければならないのか。近年の教育学の研究では、日露戦争前後の急速な就学率向上の結果、多様な生徒を抱え込むことになった当時の小学校が、〈学級〉への帰属意識を刺激することで、学校からの離反を繋ぎとめようとしたことが指摘されている。その際に喧伝されたのが、教員と生徒を含めた〈学級〉を共同体として語る言説なのである。教員には、児童・生徒の学習活動にかかわる以上に、〈学級〉の秩序を管理し、経営していく「技倆」が求められる。だが、それは、あからさまな権力の行使としてではなく、彼らの立場に立った、〈心〉に響くものでなければならない。現在も再生産されている学校を舞台とするドラマが、〈体当たり〉で生徒の〈心〉にぶつかると称する、少々面倒くさい人間たちを好んで描いてきたのは、決して偶然ではないのである。

視点1　**「貝島」が、どんな子供観・教育観の持ち主であるか、本文からまとめてみる。**

視点2　**「沼倉」が、生徒たちの「忠実」ぶりを「試験」する場面に、「修身」の時間を選んだことの意味を考える。**

視点3　**「貝島」が、「沼倉共和国」の一員になるまでを描くこの作品が、『小さな王国』と題された理由を考える。**

〈参考文献〉小林幸夫「「小さな王国」論」（『作新学院女子短期大学紀要』一九八六・一二）、日高佳紀「〈改造〉時代の学級王国」（『日本近代文学』一九九八・一〇）、柳治男『〈学級〉の歴史学』（講談社、二〇〇五）

（五味渕典嗣）

コラム

農という業《なりわい》

百年前ならば八割、第二次大戦後に至ってなお半数の人々が業《なりわい》にしていたのは、農業である。農業は、仕事とプライベートを分離する近代化の波とは無関係に、伝統的なやり方で続けられてきた仕事であった。農の現場では、生きていることと働いていることが、ぴったりと重なっている。仕事の時間とそれ以外の時間といった区別や、仕事の場と生活の場という区別はほとんどなかった。

長塚節の「土」は、そうした明治の農民の生き様を克明にうつしとった作品である。主人公の勘次一家は、貧しい小作農である。勘次の妻お品が自ら行った堕胎が原因で命を落とした後、勘次は娘のおつぎとともに朝から晩まで働きづめに働く。おつぎが一人前の娘に成長するに足る数年の時間が流れ、一家の生活はわずかながら楽になっていくのだが、働き続ける毎日に大きな変化があるわけではない。それどころか物語の最後は、おつぎの弟与吉の火のいたずらで何もかもが焼失して閉じられている。働きが蓄えを生み生活が右肩上がりに向上していくという物語ではなく、漣《さざなみ》のような浮き沈みを繰り返しながら変化のない日々が続いていくという物語に、百姓という仕事のリアリティが託されている。

働くことから自由になりたいという願いを突き放すのは芥川龍之介の「一塊の土」である。息子に先立たれたお住は、嫁のお民が再婚せず女の手一つに働き続けることを、自分もお民の支え手として働き続けねばならないと嘆く。「お前さん働くのが厭になつたら、死ぬより外はなえよ」というお民の一言に逆上するお住だが、先に死んだのはお民であった。嫁の死にお住は、ほっとする。しかしその幸福感は、即座に情けないという思いに転ずる。芥川は、労働からの解放を求める気持ちそのものを、ひっくり返した。人はここでは「一塊の土」である。

深沢七郎の「楢山節考」は、死ぬことすら仕事の一つとしてしまう。楢山に自らを捨てさせる姥おりんには、仕事を見事にやり遂げた者の静かな満足感が満ちている。生への執着は、自然に晒された農民の暮らしの中では、見苦しいものでしかない。順に生まれまた死ぬという営みが、淡々と繰り返されていくのである。

現在では農業従事者は五%に過ぎない。貧しく苦しいものとして語られてきた農業という仕事、百姓の生活も、戦後の近代化で根本的に変化している。そしてだからこそであろう、自然とともに生きる暮らしには、厳しさばかりでなく、人に生き物としての全体性をもたらす可能性が見い出されるようにもなってきている。農という仕事は、個という単位を中心にすえ時間的空間的にさまざまに分節された近代社会のあり方を、深く問い直す視点を与えうるはずである。（飯田祐子）

II

広がりと変容

吉屋信子　ヒヤシンス

未だ××（都下女学校の校名）におりました頃から御作を喜んでおりました、その頃はまだ私も暗い人生の嵐も波も風も知らぬ幼ない身でございました。欧洲戦争の頃神戸におりました叔父と父が事業を共同してやり始めましてから父は大方留守の日が多かったのです。私の家は四谷の奥まった静かな所、大きな銀杏《いちょう》の木のあるお寺のすぐ隣りでしたの。私のへやのある裏二階の縁の籐椅子にもたれて夏の若葉や秋の黄ばんだ落葉をよくみつめていました。あの黄金色の小さな扇のような葉が秋風にさっと梢からこぼれ落ちる時階下の応接室から洩れるヴィクターの何かの曲に心惹かれてただわけもわからぬ物の哀れを覚えて泪さしぐみたいような気持になったのも思えばもう幾年《いくとせ》かのかえらぬ昔の生活の断片でございます。

私は長女、妹が二人ございましたが、中の妹は、私が七つの時葉山で送った一夏のうちにあの恐ろしい疫痢《えきり》という病気で早くも世を逝《さ》ってしまいました。ほんとうに可哀想だと思いましたけれども、それさえも思えば、なんにも知らずに天に召された子の幸いと思わずにはいられません。そう考える事さえ私の現在の生活がどんなに不幸であるかを裏書きしてくれましょう。

くどくどしく返らぬ日の事ども申上げたのでは際限がございませんし、またどんなに煩《わずら》わしく思いになる事でしょう。略して申上げるより仕方がございませんが。——姉妹二人ぎり、お母様と三田の学校に通っていらっした小さい叔父様と、同じ三田の夜学校に通わせている書生と、あとは女中もお針の人もまぜて二、三人、それでも広すぎる家でした。父も母も私が小学校時代から何よりも音楽を好むのを見て、女学校を出たら上野へ行かせて下さるお気持らしかったのです。女学校入学と一緒にピアノが私のために応接室に据えられました。その頃から叔父様に連れられてあちこちの華やかなコンサート等に行くたびに花輪に埋まった美しい音楽家の姿を壇上に見遣りつつ、小叔父様が「甲ちゃんも未来はああなるんだね」と戯談《じょうだん》にいわれても胸がわくわくする程、音楽へ——音楽へ、身も魂もささげて行きたいつもり、また行けるつもり、自分さえ思えばなんでも世の中の物事は叶う積りでいた私ですもの。けれどもそうした夢はこわれやすくもろい、ちょうど、ふわっと浮いては消えるしゃぼん玉、そんなものに過ぎないのでした。神戸の叔父が、戦争後あやまった営業方針のために、実業界の不景気の黒潮に流されて遂に破産の暗礁《あんしょう》にのりあげました。仕事を共にした父も同じように、再び事業を起す事は不可能になりました。

　それぱかりか四谷の家も人手に渡さねばなりません。一時神戸に立ちのいた後ふたたび上京した時は、私と母と妹の三人だけ、小さい叔父様は学校をよしたまま、台湾の会社の方へ、父と叔父とは上海へ、いずれも住み慣れた土地をあとに淋しい落人《おちうど》の形で私どもを遠く離れ去りました。私達は目黒のほとりに水道も瓦斯《ガス》もない、安普請《やすぶしん》の玄関の二畳を合わせて三間という昔にかわる小さな家を借り受けました。母が悲しみを抑えて昔の楽しみを職にかえ盆石のお稽古に宗家の許しを得ての出稽古、知合の伝手《つて》を求めての二、三軒でございましたが、それさえも物慣れぬ母には、さまざまの事から、かなりの苦しみのようでした。

　妹はそれでも土地の小学校へどうやら転校させはしましたが、私は退学。三年の二月に神戸へ行って帰って四月はじめ――クラスの友達は欣然《きんぜん》として進級の喜びに華やげる時でした。私は退学すると同時に邦文タイピスト養成所に入りました。六カ月の間朝から晩まで耳につくあのカチカチという小忙しい器械の音もさまで気にしなくなるほどになりました。慣れるという事はなんという悲しい事でしょう。そして私は、丸の内の×××洋行部へ採用される事になりました。思えばかなし、ピアノの鍵を打つさだめと、きのうまで、己れも信じ父母も信じ給いしものを、わが指先に象牙のキイのそれならで冷たく触るる鉄釦《てつぼたん》、なげくさえ泣くさえ、今は暗いオフィスの古い卓子《テーブル》の陰にはかなく身をすくめ、唄えぬ小鳥のそのように一日黙して、カチカチカチカチと無味乾燥な商用文をなかば自らも器械のように、打ちつづけているばかり、五時となってオフィスのしまるの待ち遠しさ、混雑し合う電車にまた一苦労してようやく帰りついた我が家の門、形ばかりの竹の垣根に末枯《うらが》れて地に伏したコスモス、風情《ふぜい》もないながらこれのみ赤い烏瓜《からすうり》二つ三つばかり、主の心を慰め顔に下っているのも目にしみて、早くも泪が湧く程に侘しく淋しい家の黄昏《たそがれ》、母は未だ稽古先から帰らぬと見え、尋常四年の妹一人慣れぬ手附で七輪の下を煽ぐのは火種でもなくしてしまったのでしょう。「おゝあぶない、火事でも出しては――」と声をかける私の姿を見るなり何も言わずにしがみついて泣きじゃくります。「寂しかった」ときけば、やっぱり黙ってうなずくだけでございます。

　一日オフィスで身も心も疲れ果てたからだで夕餉《ゆうげ》を調えねばなりません。でも妹が可愛らしく少し離れた所まで小笊《こざる》を風呂敷に包んでおつかいに行ってくれますの。母と三人で淋しい夕餉《ゆうげ》を終えてから、妹を連れて銭湯まで行ってかえるともう何をする気力も失せて、ただただ睡いばかり。恥かしい程。そしてまた翌朝省線の停車場へ、人ごみにもまれながら希望のない一日を送るために鉛の玉を結びつけたような身と心とを引き摺って行くのです。こうした生活の連続それはどんなにみじめなものでしょう。けれども――神様は人間をどんな境遇にお置きになってもきっとその周囲の何物かに心の対象をお与えくださるのではないでしょうか。少なくともその時私は斯《か》く信じて眼に見えざるお力に感謝した程でございました。心の対象――それは同じオフィスに机を並べていらっしゃる英文タイピストの方でした。私どものオフィスには英文の方だけが三人その内一人の方は多く支配人の方の秘書役めいた御用をなさるので、あまりお部屋の中にはいらっしゃいません。それから私と同じ様な方がも一人、合わせて五人が一つの部屋に陣どってカチカチたたいているのです。

もちろんお仕事は急がしい時には山程ありますが、閑散な時にはほんとうに手持無沙汰な程暇でございます。そんな時にはとりとめない雑談が賑わいます。ほかの男の社員の方達が、どやどや入って来て、あっちの卓やこっちの卓によりかかって、マドロスパイプやら金口の舶来タバコやら煙をプカプカ吐いて大声で笑いさざめきながら女性の前では失礼な戯《じょう》談《だん》を平気でしゃべり散らして行かれます。皆さんはその人達を相手にやはり調子を合わせて何かと面白そうにお話しなさいます。私ははじめの内はほんとうにびっくり致しました。

けれどもそのうちにただ一人、そうした戯談《じょうだん》の交されているのをよそに、タイプライターの脇に脇目もふらずに厚い洋書に読み耽《ふけ》っていらっしゃる方――美しいというなら語弊《ごへい》があるかも知れませんが、私にはどこまでも凛々しい方と思われました。その方が饒舌《おしゃべり》の仲間に加わらぬとて、独りよがりだとか、傲慢《ごうまん》だとか、女らしくないとか、新しがっているとかあてつけらしく男の方達がおっしゃるのです。けれどもその方の美しい唇は決してこれらに向って一度だって開かれた事はございません。また一体にお部屋の中でも無口な方でした。それですのに私が最初にそこへ入った時優しく言葉をかけてくだすったのはその方だったのです。私も何となく始めから慕わしくお姉様のような気がしてお胸に縋《すが》って甘えてみたく泣いてもみたいような気が致しました、時折にお話する私のうちの事などにもほんとうに心を動かしてくだすってお力のこもった慰めや励ましのお言葉をいつも懸けてくださいました。未だお眼にもかからぬに母などは「そんな好い方がいらっしゃるのならお前の務めにも安心ができる」とさえよろこんでくれました。

夕餉《ゆうげ》の時などその方のお噂を些細《ささい》な事まで母や妹に伝えるのが私にとってはたのしい心やりでした。「せっかく学校でやりかけた事だから努力一つでものにする事ができるのだ」とおっしゃってリーダーを暇なときには教えて下さいました。望みさえ持てばいつかは実現出来る日が与えられる、いかなる日に於いても希望を持つものには救いがある。形において希望がたとえ達せられずとも、希望を持って生くることそれ自身に人間の幸福があるのだとおっしゃって音楽についても私の希望を捨てるなとよくおっしゃって下さいました。このお優しいお姉様は山田麻子とおっしゃるのです。御郷里は四国の土佐、叔父様には有名な反逆者として牢獄で刑せられた社会主義の方がおありになるのです。いかにもその方も新しい人類の真理の追求者らしい気の勝った頭の明晰な自尊心の強い方だと思いました。いつも帰り道は東京駅まで御一緒に歩きました。その時折になくなった叔父様への思慕の想い等を沈んだ口調でお話なさるのでした。それはある日の事でした。悲しい思い出を私に誘う四月頃でございました。お姉様がオフィスの御自分のお机の上、タイプライターの脇に純白と淡紫の二本匂うヒヤシンスの鉢をお置きになりました。カチカチの音と紙と屑籠とガタガタの机と椅子とよりほかに風情のないオフィスの中に不調和な程すっきりした姿を咲かせてしめやかに匂うその花は、ちょうどお姉様をシンボルしたような気がいたしました。淋しい心であじ気なく指先に打つカチカチの音の間にしのびやかに匂って来る花の香りに私の心は和《なご》むのでした。そんな時疲れた手を休めながらお姉様の方を見遣《みや》るとお姉様も同じ思いか、こちらを見て眼元に微笑んでくださいますの。けれどもその幸福は長くはつづかなかったのです。私どものお部屋へ集まって来る傍若無人の男の方達のために少なからず常に迷惑をしていらしったお姉様が、ある日の事耐えかねて私達にこうおっしゃいました。

「皆さま、ああした方のために私どもの休息の時間をつぶされて悪用されてしまうのはあんまり損失だと思います、あの方達が少しも紳士的の態度を取ってくださらない以上――私達はお断わりするより仕方が無いと思いますが」という意味でした。それを聞くと皆さんは残らず賛成なさいました。

「ほんとうにそうよ、私達も毎日馬鹿らしくて仕方がないのだけれど、やむを得ずお相手をしているのよ、たしかに女性の侮辱だわ」と異口同音でした。「それでは私が皆さまの御意見を代表して支配人に申し上げて今日以後断然社員の方達が用向き以外にこの室に漫然と出入りなさる事を阻止していただきましょう」ときっぱりおっしゃいました。どうぞ宜しくと皆さんは御依頼なさいました。それからお姉様は支配人に向っておそらくふだんよくおっしゃったように「私どもの仕事部屋は社員の方達の喫茶室でもなければ倶楽部でもございません、また私達は、独立した職業婦人でこそあれ、決してカフェーやバーのウェートレスではありません、それゆえ男の方達のお話相手を自分の意志以外でする事は自己を侮辱した事だと存じますゆえ、あなたの権力をもって彼等の遊び半分の出入りを禁じて下さいませ」とおっしゃったのでございましょう、支配人の部屋からお姉様は静かに出ていらっしゃいました。

　私はお姉様のおっしゃる事は正しいのですから支配人は履行なさるだろうと信じておりました。まあ所がその翌日でした。私どもはお姉様を除くほか交《か》わる交《が》わる支配人の部屋に呼ばれました。私が一番最後でした。入ると背が低くて赤ら顔ではち切れそうに肥った支配人は葉巻を口にくわえながら椅子に反《そ》りかえって詰問的な口調で「あんた方はこの事務所で働かせて貰っているのに何か不平を起して女だてらにストライキでもしようというのかね。実に怪《け》しからん。古来婦人たるものは貝原益軒の女大学今川庭訓《いまがわていきん》の示すように従順を第一とせにゃならん。ことに日本婦人はそうこなくちゃならん。昨日も山田が何やら自分達の仕事部屋へほかの社員が入るのは以後お断わりにしたいとか鼻息の荒い事を言って来たが、彼奴《あいつ》は一体ふだんから生意気で困る。ああいうブルースタッキングの女がいては第一感じが悪い。それに常に円満で平和な社内の空気の攪乱者だ。女のくせに男に楯をつくとはたしなみが無さすぎる」と葉巻の煙を吐いたり吸ったりしながらおっしゃるのです。私はあまりの意外にびっくり致しました。そして愛するお姉様をののしる言葉を、使われる身ゆえに黙してきくより術《すべ》なきをいかに切なく思ったでございましょうか。支配人はまた言葉を継いで「山田の口振りではあんた達も山田の意見にことごとく賛成して自分が代表者となって来たようだったがそれが果して事実かどうかをけさからあんた方を一人ずつ呼んできき正していたのだ。ところが山田の言った事は真赤な偽りでだれ一人そんなつまらん事に賛成したものはないと言うじゃないか。実に怪しからん。この頃は財界も不況でこの事務所も経費節約のために人員淘汰《とうた》を行う際だから、この社内に不快な事があるなら出て行っていただくより仕方が無い」と口を切って改まって私の方をみながら支配人は問われました。「あんたは山田の説に賛成しているのでしたかね」その時私の心はどんなでしたろう、愛する愛するお姉様の潔白の証《あかし》しを自分一人だけは立てたいと望む心はいっぱいでした。おゝけれども若しもそうしたならば、私はこの事務所を追われるでしょう。母一人の手には負い難い生活を少しなりとも助けねばならない私が職を失えばその日から母や妹に苦しみを負わせねばなりません。おゝ糧《かて》のためには愛する人をも裏ぎる恐ろしい屈辱——もはやこれ以上かくに忍びません。顔蒼ざめて身も世もなき心地にて支配人の室の扉を出たのも無我夢中重い足どりでかえったお部屋の中にお姉様は静かに仕事をしていらっしゃいました。私の入る姿を見てなつかしい瞳を投げて下すったのです「あなただけは信じる」その瞳はそう言っていたのではないのでしょうか。それだのに——それだのに、恥を知らざるものよ。私は見事にりっぱに他の人達と同じようにお姉様をつい今し方裏切って来たのではありませんか。罪を犯せるものの汚れたる眼にどうして清らかなお姉様のそれを見返す事ができたでしょう。面伏せてそのまま、机の上に唇かみしめて私は震えました。その時支配人がお姉様をお呼びになりました。しばらくするとお姉様は戻っていらっしゃいました。何事も無かったような静かなお顔、けれども無言の淋しさをじっと堪え忍んでいらっしゃる御様子、私はそのまま足許《あしもと》に、ひれ伏して赦《ゆる》しを乞いたかったのです。けれども心弱き子は「お姉様赦《ゆる》して——」とのみ、胸に繰りかえすばかりでした。お姉様は御自分の仕事机を綺麗に整理していらっしゃいました。

　やがて私どもの家路にかえる五時が来ました。その時お姉様は「皆さましばらくお世話になりました。都合で私はこちらを今日からやめる事になりました。皆さま御機嫌よろしゅう」と、御会釈をなさいました。裏切者の一同は「まあ

――」とばかり、さすがに白けておりました。お姉様は整理された机の上に唯一つ残ったヒヤシンスの花の鉢を持って私の机の上に置かれました。「甲子さん――これをあなたに置《おき》土産《みやげ》にあげましょう、水をやるのを忘れてはいけないの」とおっしゃいました。おゝその時私は、いっそひと思いに地獄の火に落されて裁きを受けたい程良心に責められたのです。それだのにお姉様は、どこまでもお優しく「御一緒に――」とおっしゃってくださいました。お顔を仰ぐ事もでき得ぬ子は打連れて力なく路を歩みました。日頃はただ二人になれる路上と思えば嬉しかったのにその日の心苦しさと悲しさはどんなだったでしょう。

「ここを甲子さんと歩くのも今日限りね」と淋しそうにおっしゃるのにさえ答える言葉もなくて私はただ涙をかくすばかりでした。プラットホームでの悲しきお別れ、私の乗る電車が先に来たのです、「妹さんが淋しがっていらっしゃるから早くお帰りなさいね」とわざわざ私を乗せて見送ってくださいました。「では御機嫌よろしゅう、よく勉強して希望を捨てずにいらっしゃいね。少しでもあなたの路の開ける事を私はどこへ行っても祈ります」と、最後の言葉を窓から囁いてくださいました。ただただ流れ出る涙に濡れた私の瞳がお姉様の淋しそうに立っていらっしゃる姿をむさぼるようにみつめるうち早くも車は動くのです。おゝ――おゝ――最後に――最後にたった一言、赦してとお胸に縋りたかったその切ない心さえ果さずにもはや永遠のお別れ、こののちどうしてお眼にかかる勇気がございましょう。裏ぎりし者の負わねばならぬ暗い影は強く強くその日より私にまつわったのでございます。私の心はもう光に明るみに向って堅く閉ざされました。力なく悲しき心抑えつつ日ごと通うオフィスの机の上に咲きつづくその花の鉢、忘るなとおっしゃった水にかえて注ぐは私の涙でございます。

悲しきヒヤシンス、淋しい人間の運命、考えれば眼の先は真暗でございます。これでも希望を捨ててはならないのでございましょうか。努力して行かねばならないのでございましょうか。私にはわかりません。もう何だか書き疲れてしまいました。

なぜこんな事を書いたのでございましょう。ただ苦しくも悲しい懺悔の気持をこの花に寄せて永劫《えいごう》に嘆きゆくさだめと思えばこそ。

もし御作の中にこの苦しい心をお掬《く》み取りくださいますなら、寂しい子にはせめてもの唯一の慰めとなりましょうもの――

ともすれば軽い明るい心持で、封を切りやすい未見の方達からのお手紙――これもその一つであったけれど、私はそれを読み終ったのちに今まで知らなかったある一つの寂しい灰色の世界をはっきりと知って心重かったのです。――もとよりこの人生にかずかずの愁い、悲しみ、嘆きのある事は知らないではなかったに――あわれ、ここにも、かかる悲しみありやと私はまた一つ心の重荷を負わされたかの如くに——鉛の如く憂鬱にならずにはいられませんでした。

いく度となく終りの方を読み返す内に、やはり泪《なみだ》ぐんでおりました。——封筒に御住所は無いけれど、スタンプの跡、おぼろに白金と読まれた。差出した方は加津甲子さん——甲子さん、そして麻子さん、お二人ともいらしってくださいまし、私の小さい書斎の扉は貴女方のためにいつでも開かれております。お二人の泪の末に私の泪をも加えて御一緒に泣かせてくださいませ。

（『吉屋信子全集1　花物語　屋根裏の二処女』
朝日新聞社　一九七五・三）

編者付記　本文は前記によるが、明らかな誤記は正した。

吉屋《よしや》信子《のぶこ》　1896—1973

新潟県生まれ。父・雄一は各地で官吏を歴任し、吉屋信子は少女期を栃木県で過ごした。栃木高等女学校在学中から少女雑誌に投稿する文学少女であった。卒業後、小説家を志し上京。一九一七年、『花物語』の第一篇である「鈴蘭」が『少女画報』に掲載され、「フリージア」「黄薔薇」のように、五二の花の題名をつけた短編連作となる。「ヒヤシンス」（『少女画報』一九二三・一〇）もその一つ。少女期の繊細な心を流麗な筆致で綴った「花物語」は、同時代の少女たちから熱烈な人気を得た。一九一九年、「大阪朝日新聞」の懸賞小説に「地の果まで」が一等当選。作家としての本格的な活動を開始する。昭和期に入ると、「空の彼方へ」「女の友情」「良人の貞操」など、恋愛、結婚に悩む女性を主人公とした通俗小説を発表。第二次大戦中は「ペン部隊」として派遣され、戦況報道を書いた。戦後は、「安宅家の人々」「鬼火」などの現代小説のほかにも、歴史のなかで埋もれていた女性を描いた「徳川の夫人たち」「女人平家」など、多彩な活躍を見せた。女性作家の交流をエッセイ風に描いた「自伝的女流文壇史」もある。一九七三年七月一一日永眠。

「職業婦人」という生き方

「ヒヤシンス」が書かれた大正時代は、女性が職業をもって社会に進出しはじめた時代である。電話交換手、デパート店員などの新しい職種の誕生は女性に働く機会をもたらした。また、明治末からの女子教育の普及も社会的に自立する女性の誕生を後押しした。それまで農業労働や低賃金の工場労働、また家庭内労働に従事していた女性にとって、新しい〈仕事〉につくことは自信と誇りをもつことにつながる。しかし、女性の社会進出には、当時相当の困難がともなった。また、女性が働いて自立するという新しい道ができたことは、同時に、仕事か結婚かという女性だけに迫られる二者択一の人生問題がつきつけられることでもある（男性の場合は、結婚を機会に仕事をやめるかどうか、悩むことは少ないだろう）。

女性にとって〈仕事〉をすることは、単にお金を稼ぐことだけではなく、アイデンティティをめぐる問題でもあり、時には人生の選択を迫られる難問でもある。

当時、働く女性は「職業婦人」と呼ばれた。看護婦、教員などの専門職、事務員、電話交換手などの事務職、女中や女給などのサービス業、音楽家、女優などの芸能関係の職業などに従事する女性たちが「職業婦人」にあたる。作品に登場するタイピストは、こうしたさまざまな職種の中で、バスガールやデパートガールと並んで「タイピスト諸嬢は近代経済戦の花形だ」（「大正婦人職業百態」『婦人グラフ』一九二六・九）と紹介される人気のある横文字職業だった。「職業婦人」の誕生は、女性に自立するきっかけと自己実現の可能性を与えたが、そこにはいくつもの困難が待ち構えていた。

まず、男性との賃金格差である。タイピストは教師、看護婦などの専門職に次いで給料のいい仕事であったが、男性と比較すれば低賃金で、家計補助型の労働であった。「ヒヤシンス」の「私」も、比較的裕福な家庭の出身であったが、父が事業に失敗したため、家計を補助しなければならず、やむなく女学校をやめ、タイピスト学校で技術を習得したのち、丸の内のオフィスで働いている。

次に労働条件である。職場で女性に求められるのは仕事の能力だけではない。「ヒヤシンス」でも、「私」の同僚タイピストの一人が「支配人の方の秘書役めいた御用」をしているが、このように、「タイピストといつても大概は、受附、秘書、電話掛などを兼ねさせられるので仲々楽ではない」（「大正婦人職業百態」前出）のである。つまり、女性に求められる仕事とは、男性を補佐する付属的な仕事ばかりで、「独立した職業婦人」として主体的に働こうとすれば、山田麻子のように「生意気」と排斥されるのである。

また、女性社員は〈職場の花〉といわれるように、「常に円満で平和な社内の空気」づくりに奉仕することも求められている。相手をなごませる笑顔や雰囲気を必要とされ、高コミュニケーション能力を求められる労働を感情労働というが、女性社員は肉体労働や頭脳労働のほかに、こうした感情労働も求められるのである。

さらに、労働環境の問題もある。休憩時間になると女性社員の部屋に来て猥談をし、彼女たちを「カフェーやバーのウエートレス」のように扱う男性社員の「傍若無人」さは、現在ではセクハラ行為に相当するものである。

このように女性が働くということは、男性中心主義社会という現実の壁にぶち当たることでもある。「独立した職業婦人」でありたいと願う一方、会社の意向に従わなければ職を失うという現実に屈した「私」の手元には、苦悩と懺悔、そして麻子への敬愛の記憶として、ヒヤシンスの鉢が残された。

視点1　「お姉様」と呼ぶぐらい敬愛していた山田麻子を裏切らなければならなかった「私」の気持ちを分析する。

視点2　作家のもとへ愛読者である「私」から手紙が届いたという形式をとった理由とその効果を考える。

視点3　「独立した職業婦人」という表現には、どのような思いが込められているか。同時代の女性の労働状況をふまえて考察する。

〈参考文献〉村上信彦『大正期の職業婦人』（ドメス出版、一九八三）、田辺聖子『ゆめはるか吉屋信子』（朝日新聞出版、一九九九）、斎藤美奈子『モダンガール論』（マガジンハウス、二〇〇〇）、『KAWADE道の手帖　吉屋信子』（河出書房新社、二〇〇八）

（光石亜由美）

セメント樽の中の手紙

葉山嘉樹

　松戸与三はセメントあけをやつてゐた。外の部分は大して目立たなかつたけれど、頭の毛と、鼻の下は、セメントで灰色に蔽はれてゐた。彼は鼻の穴に指を突つ込んで、鉄筋コンクリートのやうに、鼻毛をしやちこばらせてゐる、コンクリートを除りたかつたのだが、一分間に十才※づゝ吐き出す、コンクリートミキサーに、間に合はせるためには、とても指を鼻の穴に持つて行く間はなかつた。

　彼は鼻の穴を気にしながら遂々十一時間——その間に昼飯と三時休みと二度だけ休みがあつたんだが、昼の時は腹の空いてる為めに、も一つはミキサーを掃除してゐて暇がなかつたため、遂々鼻にまで手が届かなかつた——の間、鼻を掃除しなかつた。彼の鼻は石膏細工の鼻のやうに硬化したやうだつた。

　彼が仕舞時分に、ヘト〱になつた手で移した、セメントの樽から、小さな木の箱が出た。

「何だらう？」と彼はちよつと不審に思つたが、そんなものに構つては居られなかつた。彼はシャヴルで、セメント桝にセメントを量り込んだ。そして桝から舟へセメントを空けると又すぐ此樽を空けにかゝつた。

「だが待てよ。セメント樽から箱が出るつて法はねえぞ」

　彼は小箱を拾つて、腹かけの丼の中へ投げ込んだ。箱は軽かつた。

「軽い処を見ると、金も入つてゐねえやうだな」

　彼は、考へる間もなく次の樽を空け、次の桝を量らねばならなかつた。

　ミキサーはやがて空廻りを始めた。コンクリがすんで、終業時間になつた。

　彼は、ミキサーに引いてあるゴムホースの水で、一と先づ顔や手を洗つた。そして弁当箱を首に巻きつけて、一杯飲んで食ふことを専門に考へながら、彼の長屋へ帰つて行つた。発電所は八分通り出来上てゐた。夕暗に聳える恵那山は真つ白に雪を被つてゐた。汗ばんだ体は、急に凍えるやうに冷たさを感じ始めた。彼の通る足下では木曽川の水が白く泡を嚙んで、吠えてゐた。

「チエッ！　やり切れねえなあ、嬶は又腹を膨らかしやがつたし、……」彼はウヨ〱してる子供のことや、又此寒さを

※才…体積の単位。約一八リットル。

目がけて産れる子供のことや、滅茶苦茶に産む嬶の事を考へると、全くがつかりしてしまつた。

「一円九十銭の日当の中から、日に、五十銭の米を二升食はれて、九十銭で着たり、住んだり、箆棒奴《べらぼうめ》！　どうして飲めるんだい！」

が、フト彼は丼の中にある小箱の事を思ひ出した。彼は箱についてるセメントを、ズボンの尻でこすつた。

箱には何にも書いてなかつた。そのくせ、頑丈に釘づけしてあつた。

「思はせ振りしやがらあ、釘づけなんぞにしやがつて」

彼は石の上へ箱を打つ付けた。が、壊れなかつたので、この世の中でも踏みつぶす気になつて、自棄に踏みつけた。

彼が拾つた小箱の中からは、ボロに包んだ紙切れが出た。

それにはかう書いてあつた。

――私はNセメント会社の、セメント袋を縫ふ女工です。私の恋人は破砕器へ石を入れることを仕事にしてゐました。そして十月の七日の朝、大きな石を入れる時に、その石と一緒に、クラッシャーの中へ嵌りました。

仲間の人たちは、助け出さうとしましたけれど、水の中へ溺れるやうに、石の下へ私の恋人は沈んで行きました。そして、石と恋人の体とは砕け合つて、赤い細い石になつて、ベルトの上へ落ちました。ベルトは粉砕筒へ入つて行きました。そこで銅鉄の弾丸と一緒になつて、細く〳〵、はげしい音に呪の声を叫びながら、砕かれました。さうして焼かれて、立派にセメントになりました。

骨も、肉も、魂も、粉々になりました。私の恋人の一切はセメントになつてしまひました。残つたものはこの仕事着のボロ許りです。私は恋人を入れる袋を縫つてゐます。

私の恋人はセメントになりました。私はその次の日、この手紙を書いて此樽の中へ、そうつと仕舞ひ込みました。

あなたは労働者ですか、あなたが労働者だつたら、私を可哀相だと思つて、お返事下さい。

此樽の中のセメントは何に使はれましたでせうか、私はそれが知りたう御座います。

私の恋人は幾樽のセメントになつたでせうか、そしてどんなに方々へ使はれるのでせうか。あなたは佐官屋さんですか、それとも建築屋さんですか。

私は私の恋人が、劇場の廊下になつたり、大きな邸宅の塀になつたりするのを見るに忍びません。ですけれど、それをどうして私に止めることができませう！　あなたが、若し労働者だつたら、此セメントを、そんな処に使はないで下さい。

いゝえ、ようございます、どんな処にでも使つて下さい。

私の恋人は、どんな処に埋められても、その処々によつてきつといゝ事をします。構ひませんわ、あの人は気象の確《しつか》りした人でしたから、きつとそれ相当な働きをしますわ。

あの人は優しい、いゝ人でしたわ。そして確《しつか》りした男らしい人でしたわ。未だ若うございました。二十六になつた許りでした。あの人はどんなに私を可愛がつて呉れたか知れませんでした。それだのに、私はあの人に経《きよう》帷子《かたびら》を着せる代りに、セメント袋を着せてゐるのですわ！　あの人は棺に入らないで回転窯の中へ入つてしまひましたわ。

私はどうして、あの人を送つて行きませう。あの人は西へも東へも、遠くにも近くにも葬られてゐるのですもの。

あなたが、若し労働者だつたら、私にお返事を下さいね。その代り、私の恋人の着てゐた仕事着の裂《きれ》を、あなたに上げます。この手紙を包んであるのがさうなのですよ。この裂《きれ》には石の粉と、あの人の汗とが浸み込んでゐるのですよ。あの人が、この裂《きれ》の仕事着で、どんなに固く私を抱いて呉れたことでせう。

お願ひですからね、此セメントを使つた月日と、それから委しい所書と、どんな場所へ使つたかと、それにあなたのお名前も、御迷惑でなかつたら、是非々々お知らせ下さいね。あなたも御用心なさいませ。さようなら。

松戸与三は、湧きかへるやうな、子供たちの騒ぎを身の廻りに覚えた。

彼は手紙の終りにある住所と名前とを見ながら、茶碗に注いであつた酒をぐつと一息に呷つた。

「へゞれけに酔つ払ひてえなあ。さうして何もかも打ち壊して見てえなあ」と呶鳴つた。

「へゞれけになつて暴れられて堪るもんですか、子供たちをどうします」

細君がさう云つた。

彼は、細君の大きな腹の中に七人目の子供を見た。

——一九二五、一二、四——

(『葉山嘉樹全集』第一巻　筑摩書房　一九七五・四)

葉山嘉樹《はやまよしき》　1894—1945

小林多喜二と共にプロレタリア文学を代表する作家葉山嘉樹は、福岡県京都郡豊津村に生まれた。一九一三年に早大高等予科文科に入学するが、学費浪費の末に退学。水夫見習い、鉄道管理局臨時雇、セメント会社の工務係等の職を労働争議を起こしつつ転々とし、一九二一年に名古屋新聞社会部記者になるが、同年一〇月の労働争議に参加し収監される。一九二三年には第一次共産党事件で検挙され、獄中で「淫売婦」「海に生くる人々」を、翌年一〇月に収監された巣鴨刑務所では「誰が殺したか」等を執筆した。翌年出獄するが妻子は行方不明（子供二人は同年死亡）で、単身木曽谷でダム工事に従事する。終生アカデミズムと無縁だった葉山の作家的出発は〈獄中〉という空間でなされたのであり、その創造の源泉は労働と貧困、そして労働闘争のリアリティであった。当時「淫売婦」**「セメント樽の中の手紙」**が注目され、雑誌『文芸戦線』の有力メンバーとなるが、プロレタリア文学運動の内部抗争にも直面する。一九三四年に鉄道工事に従事するため長野の山中に移住し農民生活も試みるが、そこでも転居を繰り返した。一九四三年、開拓団の一員として満州に入植したが、敗戦による引揚げの列車内で脳溢血により五一歳で死去した。

私の恋人はセメントになりました

葉山自身が「雪の降り込む廃屋に近い、土方飯場で」（自作「年譜」）書いたと述べている「セメント樽の中の手紙」は、一九二六年一月『文芸戦線』に発表され、プロレタリア文学側のみならず、文壇でも高く評価された。たいへん短い作品でありストーリーもシンプルなのだが、前年一一月発表の「淫売婦」と共に、プロレタリア文学というジャンルを近代日本文学の場に本格的に定着させた作品である。

当然この作品は、資本主義社会の搾取—被搾取構造と暴力性への告発として読むことが可能だ。近代産業システムとしてのセメント精製工程で突然クラッシャーに引き込まれ「骨も、肉も、魂も、粉々にな」った「私の恋人」のイメージは、〈仕事〉をめぐる社会環境と意識が大きく変わった現代日本においても、なお鮮烈なインパクトを与えるものだ。

ただ、この作品の衝迫力は、この事故のショッキングな事件性のみから生まれるものではない。資本主義批判というイデオロギー性を帯びた作品ではあるが、作品に登場する三名の労働者の存在の位相は決して同一ではなく、それぞれが抱えた〈仕事〉のリアリティのかたちは、貧困という共通項こそあれ、明確に書き分けられている。資本主義の搾取—被搾取構造の告発という目的性のみに還元できないディテールのリアリティがその描写には豊かに含まれているのであり、それこそがこの作品に深い生命を与えているのだ。

中でも注目されるのは、「手紙」の書き手の「女工」だ。放置すれば飛散、硬化してしまうセメントの袋を縫う彼女の〈仕事〉は、その受容と包含のイメージにおいて女性ジェンダー性を多分に帯びている。だがこの「女工」は、自らの〈仕事〉の女性性を内側から反転させるような欲望を抱えているのだ。粉砕、攪拌された「私の恋人」の身体がセメントとして物質化し、外界で新たな〈モノ〉に変容、遍在する様を、彼女は強迫的なまなざしで凝視しようとする。彼女は「松戸与三」そして作品の読者を、自らの言葉の読み手として暴力的に召喚し、彼女の想像力の蠢きとの直面を強要する。サディスティックとさえ思えるその欲望を内包することによって、その「手紙」は、当時の〈仕事〉の実相と共に、現代を生きる私たち読者の規範化された意識を照らし出し、その日常性を揺り動かす強力なメッセージとなるのだ。

実際のところ、この作品をプロレタリア・イデオロギーの面から眺めれば、具体的な闘争の方策や思想などそこに一切示されてはいない。「何もかも打ち壊して見てえ」と怒鳴る「松戸与三」のアナーキーな破壊衝動も、資本主義の本質を相対化するような建設的方向性を示すものではない。ゆえに葉山の作品は思想性が弱いと否定的に評価されることも多い。だが、一元的な目的性に全て回収されない豊かなノイズを含む葉山作品のあり方は、現代の読者に多元的な読みの可能性を与えてくれる。特にこの作品は、作品のテーマ＝イデオロギー的意味を読み取ることをとりあえず要請しながらも、一方で作品がそこに全て回収されはしないという心地悪さをも突き付ける、猥雑かつ粗暴な脱領域的作品なのだ。

よって、末尾で透視される「細君の大きな腹の中」の「七人目の子供」も、彼等の苛酷な未来を暗示する現実としてではなく、「そこで胚胎し、これから生まれる何か」として自立的に考察されることで、作品の読みの可能性は拡張する。苛酷な〈仕事〉から生まれた「手紙＝欲望」を内包するこの作品は、読者の想像力を新たに切り開く手紙＝メッセージとしての根源的なパワーを、現在もなお孕み続けている。

視点1　プロレタリア文学における〈仕事〉観とそのイデオロギーはどのようなものであったのか調べる。

視点2　「女工」の「手紙」の内部に発動している欲望と想像力はどのようなものであるのか考える。

視点3　「松戸与三」に対してこの「手紙」がいかなる意味を持ち、どのような変化をもたらしたのか考察する。

〈参考文献〉平岡敏夫「肉体破砕のイメージ―葉山嘉樹論」（『日本文学研究』一九六八・二）、前田角蔵「「セメント樽の中の手紙」論」（『日本文学』一九八八・一〇）、石川巧「「あなた」への誘惑―葉山嘉樹「セメント樽の中の手紙」論」（『山口国文』一九九六・三）、浦西和彦『浦西和彦著述と書誌　第三巻　年譜葉山嘉樹伝』（和泉書院、二〇〇八）

（副田賢二）

奔流

王昶雄

第一章

私は十年間住み馴れた東京を後にしたのは、三年前の春であつた。今でも目を閉ぢると、当夜のことがまざ〳〵と思ひ浮べられる。九時発の長蛇のやうな下関行夜行列車が東京駅頭を離れて、有楽町、新橋、品川、大森といふ風に、巷々の灯が次々に見えなくなつて行つた時、さすがに熱いものが胸にこみ上げて来るのをどうすることも出来なかつた。離情のいたましさと云ふよりは、自分は一旦郷里へ帰つたら、又いつの日に再びこの帝都の地が踏めることやらが、私には堪らなく淋しかつた。これは若人らしい感傷ばかりではなかつた。私はS医大の課程を卒《お》へると、そこの附属病院で臨床にたづさはる傍《かたはら》、解剖学教室の研究生として残つた。しかしそれも束の間で、一年経つか経たないうちに、郷里で内科を開業してゐた父の急逝に遭《あ》ひ、すぐさま帰郷せねばならなかつた。型がつくまで研究を続けて行かうといふ気持も、内地の生活に対する愛着心も、結局は現実の前にひとたまりもなく摺伏《せふふく》してしまつたのである。父の後を継いで、一生を田舎医者として埋もれるのは、私にとつてかなりに堪え難いことには違ひなかつた。

何年振りかに見る郷里の風物を、ほんとうに心から美しいと思ひ、ホツとする気持であつた。だがそれも永続きはしなかつた。地味な地方開業医とて煩瑣な仕事ではなかつたが、それが妙に手につかず、ぼんやりとした日々が続いた。のつぴきならぬ退屈感をどう仕様もなく、身も心も投げ出したい気持であつた。内地に居た当時のあの覇気を追ひながら、かゝる単調な生活に今後いかに刺戟が求められようか、などと云ふとりとめの無い思案が、いつも胸に燻《くすぶ》るやうに湧き漂ひ、うなだれた自分の心を無限の遠さへつれて行くのであつた。故旧はあつても心から慰め、語つてくれる人とてはなく、宙ぶらりんで居るこの懶《ものう》さは、いつも心を憂鬱にした。いつそのこと何もかも振り棄てて、もう一度上京しようかとも思つたが、たゞ一人の老母の身の上を考へると、さうした決心もつかなかつた。

その頃であつた。伊東春生といふ人と知り合つたのは。詳しく書けば、私がまるで旅愁に似たあの狂暴な感傷に溺れてゐたとき、丁度私の激しい渇に一服の清涼剤を与へたのが、伊東春生であつた。それが謂はゞ私が伊東と接近した動機であり、加速度に意気投合の度合を深めた素因ともなつたのであつた。いきさつはかうである。

十月も余すところ幾ばくもないのに、残暑なほ厳しかつたが、それが夜になると、まるで嘘のやうに気温が下つて冷えた。これが為めに感冒が流行つて、私は昼と夜の別なくせはしかつた。或る晩方であつた。患者を次々に診て行く中に、「御世話になります」といつて、威勢よく入つて来た者があつた。見ると三十四、五の体格のいゝ人である。眼は充血して居り、顔は火照って赤かった。浴衣を無造作にひつかけては居るが、どことなく威圧的に凛々しい所があつた。それが伊東春生であつた。私はさつそく聴診器を胸に当て、咽喉内を診察して見たら、勿論ひどい風邪だつた。熱が三十八度五分もあつた。

「何しろ無理を押し過ぎた。痩せ我慢も病気にはかなはんかなあ。」

と伊東は笑ひながら云つた。顔の大らかな感じの割に、笑ひの中には複雑な陰影や線が伏《ひそ》んでゐた。この人の意志の強さと、個性の尊厳を主張してゐるやうな勝気さを物語つてゐるやうに思はれた。職業はと訊いたら、この街はづれにある大東中学校の国文科教師だといふ。心なしか私の視線は、伊東の顔に注いだ。職業柄をいゝことに、まるで観察でもするやうにしげ〳〵と見つめたものである。内地人であらうこの伊東は、そのアクセントからは察することが出来ないが、その顔の輪郭や骨組や眼鼻からして、どことなく本島人に私には見えたからである。植民地生れの神経過敏的な鋭い霊感といはうか、私は内地に居たとき、内地人は無論のこと、それが半島人であらうが、中国人であらうが、一目すれば例外なしに見当がつくのである。そしてこの私の鋭い霊感が麻痺してゐない以上、この場合の私の目の付けどころに狂ひがない筈である。これが異常に私の好奇心を唆《そそ》るのに充分であつた。一刻も早く伊東の正体をつきとめたいし、この人と心ゆくばかりに語つても見たい衝動に駆られるのである。そして伊東が、私の予感通りに本島人であつた方が、私の興味が誘はれ、希望が燃やされる素地の大なることを感じたのである。所が今日は馴れ馴れしくこれ以上訊くのは失礼ではあるし、後には患者がつまつても居ることゝて、二日分投薬して、また来られるやうにと云つて別れた。

それと入り違ひに見えたのは、何とこゝの中学五年生の林柏年ではないか。柏年は伊東の顔を見るや、挙手の礼をした。私はいゝ時に柏年が来てくれたと喜んだ。この人は年十八で、剣道で鍛へられた体はさすがに引き締つては居るが、まだどことなく子供臭い所があるやうにも思はれた。元来運動好きの彼は、剣道以外にもいろ〳〵手を出し、客気にはやつて過激に体をこき使つた為め、肋膜をやられて、私の病院へは二ケ月半も通つてゐた。私は胸の所を軽く打診し、昨今の経過を簡単に訊いてから、

「変なことを尋ねるやうだが、伊東先生ツてどこの出身かね。」

「あの先生ですか。」柏年はいかにも待ち構へた調子であつた。「あの人は本島人ですよ。尤《もつと》も奥さんは内地人ですが。」

「やつぱりさうだつたか」私は会心の笑みを洩らした。私の霊感が未だに衰へてゐない事に対する快哉よりも、この人の存在は私と何とはなしに縁のつながりがあるやうな、いぶかしげな、だが明るい思念を追つてゐる漠とした喜びであつた。国文科を受け持つてゐる点といひ、内地人と寸分変らないあの垢抜けてゐる点といひ、私はこんな本島人が郷土に居ることが、たまらなく頼もしいと思ひ、心の底から嬉しさが湧いて来さうであつた。

「いゝ先生かね」私は次の瞬間、無意識にこんな莫迦げたことを訊いてしまつたが、

「さあ、何とも云へません。」

なぜか柏年は片意地を張るやうに、はや口で云つた。この人は体格の割に線が細かく、非常に取ッ付きにくい所があつた。眼は気のせゐか、詮索ツぽく細められてゐる。そのひがみめいた所は余り好きではないが、少年らしい正義感の人一倍に強い所は、むしろ私にはいぢらしい程であつた。私はこれ以上伊東について尋ねることを止したが、伊東の来院をこの瞬間から待ちあぐむ気持であつた。

だが伊東は三日経つても、五日経つても姿を見せなかつた。風邪がなほつたのだらう。それだからと云つて、こつちから出向いて話しかけるのも臆劫《おつくう》だし、私はいづれ機会のやつて来るのを待つことにした。その頃から風邪はやゝ下火になつたが、その代りこの街特有の雨が見舞つてきた。殆んど粒をなさない噴霧のやうな雨なのである。或る晩患者がすつかり帰つた後、鬱陶しい気分を読書に紛らはさうと思つて、時計が九時を打つたのを幸ひに戸をしめようとした時、「今晩は」といつて入つて来た者があつた。伊東であつた。私はこの思ひがけない彼の来訪を、心から迎へたのは言ふまでもなかつた。だが彼は先日の礼を述べてからすぐ帰らうとするのを、私は極力引きとめて、書斎に案内した。

「大へんな蔵書ですね。これぢや学者ですな。」伊東はかう云つて、二つの大きな本棚を見渡した。「はゝあ、あなたは医学よりは文学の書物が多いぢやないか。」

「ハヽヽ、ハヽヽヽ」私は笑ひながら座蒲団をすゝめた。「亡くなつた親爺の本も入つてゐますが。かう見えても一時は大へんな文学青年でしてね。文筆家にならうと思つたのも、結局は昔の夢でしたよ。」

「さうですか。併し夢は人間には必要だと思ふね。人間の生長進化はその夢によつて鼓舞され、推進されるのだから。私の学校は本島人の子弟ばかりを収容してゐるが、彼等には大きな夢といふ奴を持ち合はさない。手ツとり早く云へば、植民地根性がいつも低迷して困るんですよ。」

「さうですね。彼等には覇気といふものがないですね。」

「彼等の視野は要するに狭いですよ。とにかく自我の世界から離れて、物を考へることが出来んから、どうしてもおぢ〳〵して来て、人間が小さくなるんですね。気節も気概もあ

つたもんぢやない。例へば……。」

丁度そこへ母がお茶と駄菓子を載せた盆を持つて入つて来た。「いらつしやい」これは国語で挨拶した。その後で、

「いやな雨季に入りましたね。困りものです。」

これは本島語であつた。

「母です。国語は片言しか解せんもんだから。」と私は紹介すると、伊東は、

「あ、お母さんですか。初めまして。わたし伊東春生《ハルヲ》です。えらい御邪魔してゐます。」

と挨拶した。これは国語である。私はいさゝか意外の感に打たれた。伊東がかゝる場合でも本島語を出さないのである。その瞬間に私は、伊東の持つてゐる人生観はひどく徹底してゐるなあ、と感じた。私は已むなくこの挨拶を母に通訳せねばならなかつた。

「御両親は御健在ですか。」

母の去つた後、私はふとかう尋ねて見た。

「はあ、年寄りは何とかやつてゐるよ……。」

伊東はかう云つてから、まるで話をそらすやうに、

「あなたは長らく内地に居られたことだし、殊に精神文化方面には趣味がおありのやうだから、お気づきのことゝ思ふが、俗に日本精神といふけれど、しかしこれは古典を通じて見なければ、凡そ意味をなさない、例へば古事記ですがね。我々があれに引きつけられるのは、その心と詞とに少しも歪められない素直さがむき出てゐるからですよ。或るえらい学者も云つてゐるやうに、幼な児が祖父母の膝下にすがり寄つて、好奇の目を輝かしながら、その昔語りに耳を傾ける愉しさがあるんだ。日本の古典を離れては、日本精神もないもんだよ。」

伊東は喋つてゐるとき、その目の端に紅が射して、顔の地肌までが輝いてゐるやうに見えた。これは思つたより傑物だなあ、とひそかに感心して見た。彼の生き方をほんとうに素晴らしいと思ひながら、唾を一つぐつと呑んだ。想像して見るがいゝ。今こゝに一本島人が内地人の妻を娶《もら》ひ、言葉使ひから挙動から、いやその根抵に於て、自らすつかり内地人になり切つてしまつて居る。その彼が中学校の神聖なる教壇に立つて、堂々と国文を教へるのだ。過去の人だちには望められなかつた所の、真の何ものかに触れた深遠な知性の匂ひが、相手の心臓をゑぐるやうな情熱的な言葉となつて、感受性の最も強い時代の本島人中学生たちの胸に、崇高な精神を植ゑつけ、正しい学問に対する憧れの心を喚起させ、気節に対する止め難い思慕の念をそゝる重大なる役割を演ずる姿を描いて見たとき、私の目がしらが何とはなしに熱くなつて来るのである。それは喜びとも何ともつかない、唯だ不思議に魂をゆすぶつて来る感情であつた。感動と称するものであらう。

二人は今日初めて話し込んだのに、まるで十年来の知己のやうによく喋り合つた。伊東の帰つたのは十二時を打つた後だが、内地から帰つて来た当時の、あの形整つて魂の入らなかつた虚ろな淋しさは、どつかへと霧散してしまつた気さへ

するのだつた。

第二章

小さな街とはいへ、親爺の残した地盤は意想外に固く、患者はいつも門前に市をなした。あれから一月半の日々が流れたが、来る日も来る日も、人間苦の一つの象徴に違ひない病苦の人だちを前に、私は息もつまるやうな、せか〲した生活を反覆せねばならなかつた。伊東のいつかの来訪をきつかけに、二人の心の融け合つた交際が始まつたが、私は医業の悲しさに一歩も外へは出られず、大ていは伊東が訪ねて来てくれた。

そのうちに年も暮れ、いよ〲正月を迎へることになつた。

平素怠け性の私は、ふと神社参拝を思ひ立ち、早いうちから起きた。まだ仄暗《ほのぐら》い暁の冷気に、あたりはひつそりとして物音一つしなかつた。神社は街から二町も離れたきれいな丘の上にあつたが、向ふ岸のほのかに見える山は、昼間よりも遠くなつたやうにその青黒い形を見せてゐた。空にはほの〲と山の端に光る白い星かげが、冴え〲と霽《は》れた水浅黄《みずあさぎ》の天気である。雨は久し振りにあがつて、美しい闇に気までが遠くなりさうだ。参拝を終へて、私は日頃の煩瑣から解放された人間のやうに、あたりを構はずブラ〲と歩いた。冷気が身にしみる度に、私は内地の冬を懐しく思ひ出した。丁度今ごろの関東平野の冬晴れの美しさは、たとへようもない。冬の日光と枯草とは不思議にあたゝかく、冬の空気は五体を洗ひ、心までも洗つてくれると感じたのは、あの頃であつた。これは台湾では考へられないことだつた。灼けつくやうな季節の長い台湾のことを思ふと、気が滅入りさうである。自分の頭が、少しづゝ莫迦《ばか》になつて行つてゐるのではないかと考へたりした。どれ位歩いたのか、東の空はだん〲白くなつて行つた。私は一まづ家へ帰つた。

来客があつた為めに、私は初めて伊東宅を訪ねたのは午後の四時頃であつた。

「ようこそ――」

紋付き袴姿の伊東は頓狂《とんきやう》に近い声を張り上げて迎へてくれた。「明けまして」と私はむしろ仰々しく挨拶すると、伊東はぶつきらぼうに、「いやそれは古い。新体制でゆかう」と云つた。「やれ、やれ」と私は頭をかくと、二人は顔を見合はせてハ、ハ、、と笑つた。通されたのは八畳もある客間である。そこには何と林柏年が、いかにも退屈さうに胡床《あぐら》をかいて坐つて居るではないか。私の姿を見るや、早速坐り直して、「明けまして」と手をついた。「いやそれは古い。新体制でゆかう。」と私は先の伊東の真似をすると、みなで又しても愉快さうに笑つた。しかし柏年だけは、なぜかちよつと微笑んだだけで、後跡もないやうにすぐ元のむづかしさうな顔に返つた。(おかしな人だ)と心の中で思つたが、元来がこの少年は明朗な質ではなく、いつも無口で淋しさうにしてゐた。

「母がすぐ出て来ますから」

と伊東は座蒲団をすゝめ乍《なが》ら云つた。こんな立派な伜をもつ母親の顔を見たいと思つた。恐らくは昔風に教養された女に違ひないだらう。さう想像をめぐらし乍ら空を見たら、少し曇つて来たやうであつた。そのくせ朝方のあの冷気は少しも感じられず、却つてうづ〳〵と底明るく、なまぬるい空気が漂ふて居るやうであつた。

　やがて障子があいて、奥さんとお母さんが入つて来た。私はきちつと坐り直した。とたんに私は思はず目を瞠《みは》つたのである。伊東の母である筈の女は、板についた和服姿である。年は六十の坂を疾《と》くの昔に越したのであらう。まばらと云ふよりは、白い部分の多い稍々《やや》癖のある髪、眼の細い肩の広い老婆である。

「初めまして、今後どうかお見知りおき願ひます。」

　お母さんは丁寧に手をついて挨拶した。歯が抜けてゐるせゐか、発音がもれるやうである。奥さんはお茶をすゝめた。私は頭の中で不審がつたが、すぐに奥さんの母親であることを直感したのであつた。それにしても、これは又何としたことだらう。伊東は生みの両親がないわけではないし、ひよつとしたら暫くの間台湾見物のつもりで、婿の厄介になつてゐるのであらう。二ごと三ごと言葉を交はして、お母さんは早々奥へ引つ込んでしまつたが、如才のない奥さんはいろ〳〵と話相手になつてくれた。その間でも柏年は始終むつつりしてゐて、来るんぢやなかつたと云つたやうな顔をして居た。私はふと床の間の右側に、生花が活けてあるのに気がついた。奥さんが活けたのであらう。器は千徳の薄端《すばた》で、真赤な可愛いゝ実をつけた南天の明るい美しさ。お正月の客間にふさはしく、どつしりとした品位である。そのそばには謡曲の本が一冊置いてあり、尺八がよりかゝつてあつた。奥さんは美人といふ程ではないが、眉や額のあたりに譬へようもない清らかさが漂ひ、そのすくりとした鼻梁は傲《えら》ぶらない気品さを思はせた。落ちつきのある楚々とした柄の着物にくすんだ紫の羽織をつけて居るが、私は久し振りに内地に帰つたやうな気がした。

　十年間に亙る私の内地生活は、決して楽しい思ひ出ばかりではなかつたが、私はほんとうの日本美を見出し、藁に包まれたやうな温い人間味に触れ、憧れ以上にもつと〳〵高い理想に接したやうな精神を、根抵から揺り動かしてくれる事柄を体験したのは、その間に於てゞあつた。自分は南方生れの一日本人として甘んずることが出来ず、純然たる内地人になりすまさねば気が済まなかつた。進んで内地化しようと努めるのではなしに、無意識のうちに内地人の血が自分の血管に乗り移り、それがいつの間にか静かに流れてゐるといつたやうな気持であつた。

　それにつけても、私は東京の或る良家の一女性の存在を忘れることが出来ない。私は生花や茶道の味を解し、着物や高島田に愛着の念を寄せ、能や歌舞伎に心酔することが出来たのも、全くこの人を通じてゞあつた。つぶらな瞳はいつも聡明さに輝き、どこか勝気な冷たいほど整つた顔立ちであるが、それが妙に暖い心情的な感じを与へた。房々とした漆黒の髪がゆつたりと結ばれて居るところも、心憎いほどに動作の線ののびやかな点も、南方生れの私に純日本的な魅力を投げかけたものである。その後何とか生花の師匠になつたやうであるが、彼女は生花を通して、人間的により深きへ深きへと、何ものかを求めて已《や》まなかつた一途な生き方をば、私は激しく思ひ出した。云ひかへれば感性の触指をたえず心の内に向け、動いて已まない生命の力を尊い芸道に向けてゐる。彼女の心絃を常にゆすぶるであらう求道心は、幾度かいばらの波にもまれて、必ずや光り輝く日が来もしよう。私の心を限りなく啓発してくれた彼女は、つまりは師匠であり、友であり、心の恋人でもあつた。彼女の視線が偶然自分に向つて注がれるのにあふと、私は云ひ様のない温い血潮が体内を流れるやうに覚えるのだが、その瞬間自分の未熟さを恥ぢ、人間的にます〳〵錬《ね》らねばならないのだ、といふ真摯な鼓舞を感ずるのであつた。

私がいよ〳〵帰郷する一週間前に、彼女から餞《はなむ》けとして短冊が贈られた。「天下第一等の人物」としてあつた。これはかの大儒佐藤一齋の「志を立つる正に第一等の人物たるべし」の意味合ひであらう。私は逢ふまいと手紙で礼を述べたら、早速返事をしたゝめて来た。その中の一節に、

『短冊が傑作だなんておつしやらないで下さいませ。穴があつたら這入りたい位ですから。私自身あの字を書くとき、自分があの言葉を差し上げるだけの値打ちのある人間かしら、と反省して見ました。全く愧《はず》かしい気がいたしますの。幾たびかためらひつゝも、でも書かずには居られなかつたのです。この気持がとう〳〵短冊を書かせてしまつたのです。私の真心が――。この不遜に過ぎた行為も、きつと神が赦していたゞける事と信じてゐます。勿論あなたも――。』

とあつた。私は熱いものゝせり上げて来るのを、じつとこらへた。たとへお互ひの胸に何ものかを描いてゐたにしても、この際別れるべきだと思つた。人間的に私は、果してこの人と結婚する資格を備へてゐたであらうか。いやそれよりも一人息子である私が、この人を台湾の僻地へつれて行かねばならないが、その折りにあらゆる角度から見て、今まで通りの幸福感が持ちこたへることが出来ることかしらと、まるで綱を渡るやうな気持であつた。自分の腑甲斐なさに、私は泣いた。

それに比べると、伊東はまさに千両役者である。彼の事情は私にはまたはつきり知らないが、併し何のためらひもなくそれを決行して、現に立派にやり通してゐるではないか。内地に於けるあのゆとりのある気持や生活を、伊東はそのまゝそつくり、郷里へ持ち運んだのである。つく〴〵と彼をえらいと思つた。

五時を打つた時、柏年は帰ると云ひ出した。私ももう少し居たいのは山々であつたが、そろ〳〵切り上げる潮時だと思つて辞さうとした。ところが伊東は真つ赤になつて引きとめた。

「お正月早々、先生も柏年も元気がないなあ。今日はゆつくり遊んで行つたらいゝでせう。」

柏年は頭をかき乍ら、「ハア、ハア」と云つてはためらつた。今度は奥さんが引きとめた。

「何しろかういつた折りで何もないんですけど、晩御飯でも上つていらつしやいまし。」

二人は肚をきめて、御馳走に預ることにした。

席上は五人で賑はつた。奥さんの運んで来た御膳の上に思はず目を注ぐと、私は気が遠くなりさうであつた。お雑煮に箸をやり乍ら、私は御膳の上に並べてある数々の好物を勿体なさゝうに打ち眺めた。大きな鯛、かずの子、とりのおつゆ、えびの天ぷらなど、私はこれらの饗応に接したのは、一体幾月振りになることだらう。見ると柏年は、おかずには全然手をつけないで黙々とお雑煮ばかり食べてゐた。

玄関の戸が静かにあく音がした。奥さんは箸を置いて、玄関へ出て行つたが、

「まあ、台北のお母さんですか。どうぞ御上りになつて下さい。」

といふ声がした。「いゝです。いゝです。わたしすぐ帰ります。みんな元気ですか。」

声の主はどうやら相当な年輩の女らしく、そのたど〳〵しい国語から、本島人であることがすぐに分つた。どうしたことか、伊東は少しあはて気味に玄関へ出て行つた。

「何か御用ですか。」

やゝ暫く経つてから、その老婆の声が聞えた。

「別にこれといつた用向きはないんですが、久し振りにあなた方の様子が見たいし、それに春生、お父さんがこの頃とみに体が弱つて来て、淋しくてやり切れんといつも口ぐせに云ふてなあ、たまにはお父さんに会ふてやつておくんなせえ。」

これは本島語であつた。しまひの所が涙ごゑに変つて、はつきりと聴きとれなかつた。

「まあいゝから。その中に行つて来るよ。」

伊東はまるで棄鉢《すてばち》といつた口調で云ひ棄てるや、また客間へ戻つて来た。ふう〳〵云ひながら興奮してゐた。顔の一面にうすら寒い脱落した感情を堪へてゐるやうにも見えた。何の事やら私にははつきり焦点がつかめなかつた。唯私の頭にちらつと閃いて通つたのは、あの本島人の女は伊東の実母に相違ないといふことだつた。それだとすれば、どうして伊東はかくも自分の母を卑下して敬遠せねばならないのだらうか。きつと深い事情が潜んでゐるに違ひない、と私は純真な気持で考へたかつた。今まで気がつかなかつたが、柏年は箸を置いて腑向いたまゝ下唇を噛んでゐた。眼の端が青ざめてゐるやうに見えた。やがて奥さんも戻つて来た。本島人の女は帰つて行つたらしかつた。「大へん失礼いたしました」と奥さんは云つた。しかし既に空虚な沈黙に陥つた部屋内は、たゞ呼吸の音だけが交錯してゐるやうに思はれた。事実私も咽喉へ何か熱くつまるやうな感がして、声も出なくなつたやうである。これやまづいと思つたのか、伊東は急にはしやぎ出し

て、

「陽気になつた、なつた。一つお得意の伊那節でも歌はうかな。」

と云つて歌ひ出した。

情ないぞえ
木曽路の旅は
笠に木の葉が
散りかゝる

ところが伊東が歌ひ終るや否や、柏年はいかにも堪りかねたやうに、

「おなかゞひどく痛むもんだから、これで御免を蒙ります。どうも御馳走さまでした。」

と云ひ乍らいきなり立ち上つて、玄関の方へ躍り出た。誰かゞ下手に止めようなら、張り飛ばして見せるといつた勢ひである、私は柏年の不逞《ふてい》の面魂に、むしろ呆然とした。しかし柏年は始終伊東に対して、意識の片隅に巣喰ふであらう反撥心も、今日になつて分つたやうな気がした。だが私はかう止めずには居られなかつた。

「柏年君、先生に対して失礼ではありませんか。」

だが伊東は「ほつとけ、ほつとけ」と手で制へながら云つた。

「長い教育生活の間には、かうした場面をも想像せにやならん。誰かゞ云つたやうに、生徒を薫育して行くことは単なる煉瓦の積み重ねではなく、日々の営為には多分に等時性があるんだよ。殊に本島人の学生にありがちな歪んだ根性を、根柢から叩きなほさにやいかんよ。」

彼は柏年のことを教育の名の下に弁明したが、私はむしろ先ほどの玄関に於ける問答の真相に触れたかつた。併し私はなぜか、それを訊き質《ただ》さうといふ気持にはなれなかつた。日頃伊東に対する信頼心や尊敬に似た気持は、こゝで脆《もろ》くも崩れを見せてはなるまいと念じた。

「おかしな子ですね。」

今まで黙つてゐた和服のお母さんが、口をもぐ〳〵させて居た。先から奥さんはずつと窓の外を見つめたまゝであつたが、その何事か思ひつめて居るらしい表情には、何かしら捉へ難い一抹の悲しみとも淋しさともつかないものが流れてゐた。

私はそこを辞したのは、それから一時間後であつた。外はかなりの闇であつた。一月の夜風はさすがに肌寒く、私は少しガタ〳〵と震へて来さうだつた。無数の星は頭上でその潤ひのある瞬きを続けてゐる。私は先ほどの情景を打ち消さうとつとめるが、どうしたことか絶えず頭の裡に明滅した。

私は原つぱを横切らうとした時、いきなり「先生」と呼びとめられた。さぐるやうによく見ると、声の主は榕樹《ようじゆ》の下に立つて、こちらをじつと見つめて居るやうであつた。私は瞬間ドギツとしたが、その後で柏年であることがすぐに分つた。

「柏年ぢやないか。どうして今頃にまた――。」

「先生」彼はいつの間にか私のそばに立つてゐた。宵闇の中

に顫《ふる》へを帯びた低いが、激しい声音が迸《ほとばし》つた。ひどく興奮してゐた。

「伊東春生《ハルヲ》は、いや朱春生《シユンセイ》は、あれは生みの親を踏みにじつた………。」

「まあ落ちつかうではないか。」私は力強い調子でたしなめた。「師に対して滅法な。慎しむがいゝ。」

「先生は御存知ないでせうが、あの時の玄関の年取つた女は、伊東のほんとうの母です。実の老父母を棄てゝあゝ云つたやうな生活をしてゐるのです。自分が楽をしさへすればいゝと思つて………。」

「もう止めんのか」私はたへられない気持であつた。

「いや云はせて下さい。この気が済むまで云はせて下さい。伊東の生みの母は、ぼ、ぼ、ぼ、僕にとつて伯母に当る人です。僕は一番伯母の悩みを知つてゐます。天にも地にもたつた一人の息子に捨てられた人の気持を察してやつて下さい。先生、これでも先生は、伊東の肩を持たうといふのですか。これでも、これでもか――。」

柏年は肩を震はせ乍ら、とう〳〵泣き出した。不断心の奥に潜んでゐた激しい感情を、この時とばかりに私に向つて叩きつけたのである。無口な、体に似合はない臆病さうな柏年のどこに、かうした熱情的な所があつたらうかと不思議に思ふ位であつた。柏年の興奮もさる事ながら、私のがつかり振りも相当に大きかつた。何とも分らないものが、胸の方にせり上げて来て、立つてゐる腰の辺りが妙に頼りない気がした。

「まあいゝ。あなたの義憤も一応は正しいが、しかしもう少し冷静に考へて見ようではないか。伊東先生は伊東先生としての立派な人生観があるんだから、あなたのやうな単純な正義感だけでは律し得ないものがあるんぢやないかと思ふ。今夜は寒いし、もう遅いから、之れで帰つて寝なさい。」

私はかう慰めておいて、柏年を帰した。

私は一晩中寝むられなかつた。柏年の興奮が私に乗り移つたのであらうか、目は益々冴えて、神経が異常に昂ぶつたのである。日頃柏年の伊東に対する態度も、伊東に親だちのことを尋ねる度にまるで避けてゐるやうな素振りも、何だか合点が行つたやうな気がした。あの一瞬に於ける伊東の興奮は、何を物語るであらうか。解釈の仕様では、不体裁な本島人の母の出現によつて、今までの漠然とした大きな仕合はせが、だしぬけに現実にぶつかつた戸惑ひした形に思はれて来るのであつた。伊東は柏年の云つてゐるやうに、果して肉親を犠牲に供してまで、自らの安逸をはかつたのであらうか。彼がいつか私に向つて講釈した夢とは、かゝる安逸を指してゐないやうにと、私は祈らずには居られなかつたのである。

第三章

胸中にもや〳〵してゐたものが、未だに薄らぎ霽れやらぬ或る日、一つの苛烈な現実が、今度は根抵的に私の心を暗くした。

伊東の実父朱良安がとう〳〵亡くなつたのである。持病の糖尿病のために体が日に日に衰弱して行つたが、わるいことには半月前にクルツプ性肺炎に罹り、それが死因となつたといふのである。後で柏年の話によれば、伊東が見舞ひに行つたのは一度きりだといひ、これはクルツプ性肺炎の一つの症状かも知れぬが、昏迷、澹妄《せんまう》の現はれることが一再ではなく、いつも罵りとも呪ひともつかない無気味なことを口走つてゐた。自分の後裔《こうえい》の絶えたことをいつも苦にして居たらしく、それがいまはの床には、死んでも死に切れない深刻な苦悶を表徴するかのやうに、眼は炯々《けいけい》と異様にまで光つてゐたといふ。

葬式の日になつても、どうしたわけか伊東は知らせてくれなかつた。私は伊東の両親とは一面識もないが、彼からの報らせを待つまでもなく、この葬式には是非参列したいと考へた。日ごろ胸襟相開く交友の誼《よし》みからには違ひないが、それよりもあの柏年の云つた事を素直に受け入れるとして、当日に於ける孝男（喪主）であるべき伊東の一挙一動に目を注がうといふ好奇心に駆られる素地を忘れないと云つた方が妥当かも知れない。この彼への不信実極まる気持が、自分の神経を粗い手触りで撫でて行くが、正直のところこの意地の悪さをどう仕様もなかつた。

さて当日になつて意気込んで身仕度をしたのだが、急用の為めにとう〳〵その時間に間に合ふことが出来なかつた。だから台北の式場に臨むことを断念し、この街はづれに埋葬する筈になつて居る墓地へ急ぐことにしたのである。だが私の行つた時は、柩が既に壙《こう》前に置かれ、遺族の人だちがその柩をとり囲んで号哭《ごうこく》してゐる頃であつた。時刻は五時過ぎであらう。暮れ易い陽はもう西の方に傾けようとして、その鈍い明るさを残してゐるだけで、空は暗澹としてゐた。その為めにあたりの風物は、不気味にまでどす黒く染めてゐるやうであつた。墓は丘陵の中腹にあつた。途中蓬々《ほうぼう》とのびるに任せた雑草や名も知れぬ草花に包まれた墳墓が、あちにもこちにも散らばつて、赭《あか》つぽい土がどこまでも単調に続いた。私は登りながら、何か熱いものが胸に滾《たぎ》り湧くのを感じた。

会葬者はかなりに多かつた。私は彼等の後にかくれて、あたりを一通り見まはした。麻衣を着てゐる遺族だちにとり囲まれた柩の右側に、仁王立ちにしてゐた伊東の存在は、すぐに人目を惹いた。黒い洋服に黒い腕章をつけてゐるのである。気のせゐか、顔に艶が失せて青ざめて居た。そのそばに奥さんは紋付きの着物を着て、つゝましさうに立つて居た。俯向《うつむ》き加減であるが、目頭が少し赤くなつて居るやうであつた。女だちの号哭が果てしなく続くのではないかと思はれる頃、伊東はいかにも堪まりかねたやうに、

「もう不体裁な真似はよせといふのに。」

としかつめらしい顔を、更に歪めながら呶鳴《どな》つた。そして法師の一人に、式を早く進行させたらどうかね、と促した。法師はあわて気味に恐縮し、哭してゐる人だちを棺から離れるやうに指図して、次の段取りに移らうとした。ところが棺にしがみついて離れまいとした老婆がゐた。痩せた小柄の女

であつた。長い間耐へに耐へて来た感情の圧縮が、いきなり爆発点を見出して、亡者に訴へてゐるやうな、何も彼もを呪つてゐるやうな自棄的な泣き声が、全く遠慮もなく続いたのである。それはどこかで聴いたことのある声だと思つた。殆んど同時であつた。伊東の母ではないかと直感したのは。最早頼る人のなくなつた一人のみじめな女を想像して、まるで胸を緊めつけるやうに、それは切なく私の心を捉へたのである。併し次の瞬間、この気の毒な老婆をかばふやうにその場からつれ出したのは、伊東ならぬ簡略な麻衣を着てゐた一人の若者であつた。柏年であつたのだ。赤く泣き腫らした眼から、更に涙の粒が大きく光つて見えた。私は今にも「柏年君」と呼びかけたい衝動に駆られるのである。

　世話人がいよ〳〵鍬をもつて、棺の上に土を覆ひかぶせて居る間に、遺族だちは霊座の前の筵《むしろ》の上に、亡者に最後の訣別を告げるべく順ぐりに跪拝《きはい》を始めたのである。伊東夫婦は、立つたまゝ簡単に礼拝を行つた。法師の一人が打つ鈸《ばち》の音は、夕風に吹き流されてそれが絡み合ひ、離れ、或は近づき、或は耳もとにまで聞えて来て、地の底に居るあらゆる人魂を喚び起して了ひさうな無気味なものであつた。やがて饅頭形の墓が出来上り、ついでに仮墓標が打ち立てられた。

　かうして式がやつと終つたのは何時頃になるだらうか、暮れ切つた空の下に遥かに見える海も、向ふ岸の山も、青黒く映つて来るだけである。人々は埋葬を済ませたばかりの新しい墳墓に、名残り惜しさうに後を振り返りつゝ丘を下りて行つた。伊東の顔は、私にはだん〳〵と惨めに見えて来て仕方がなかつた。その中に、伊東の奥さんは先の老婆に近寄つて云つた。

「お母さん、家の方へ寄つてから御帰りになられたら。」

　が伊東は、

「いや台北の家には後片付けがあるから、早く帰られた方がいゝかも知れん。いづれお伺ひするからね。」

　と云ひ云ひ、奥さんの手を引張らんばかりに、どん〳〵と下りて行つた。私は自分の眼と耳を疑つて見た。がそれは夢でも何でもなかつた。それが世にも深刻な現実だつたことに気づいた時、私は唇を噛む思ひがしたのである。生れてこの方嘗《かつ》て味つたことのない、吐き出したいやうな重圧を感じたのである。私は殆んどこのかはいさうな老婆の姿を見るのも、恐ろしい気さへするのだつた。その時横からとび出して頓狂な声で、「おばさん、私と一緒に帰りませう」と云ひながら、声の主はこの老婆の手を引いた。柏年であつた。彼は私に殆んど気がつかないやうであつた。その声は明らかに伊東の行動に対する反抗的な調子にしか受け取れなかつた。脣が燃え上つて来る憤りを映してか、激しい痙攣《けいれん》を見せた。それが全身に伝はつて、振幅が大き過ぎるほどに武者振ひに慄《ふる》へてゐたことが、夕闇の中にもそれがよく分つた。感じ易い柏年にして見れば、これはかなり大きい衝動には違ひないのである。私は鈍い足を運んで丘を下つた。柏年を呼びかけたいが、正直のところ私はひとりでそつと色んな事を考へたり、反省して見たりする気持で一杯であつた。

私は内地に居た時分を思ひ出した。「御郷里はどちらですか」と訊かれた時に、いかなる心理の作用であらうか。大ていは四国か九州と答へた。なぜ私は言下に「台湾です」と答へるのを憚《はばか》つたのであらう。だから私はいつも木村文六といふ仮り名を振り翳《かざ》して行動せねばならなかつた。風呂屋へ行つても、おでん屋で飲んでも、この名で通した。そして一かどの内地人に成り済ましたつもりで、得意然と肩をそびやかして喋りまくるのである。たまにはべらぼうめ弁をぬかしては相手を眩惑した。だから郷土訛り丸出しの友人と一緒になつてゐる時は、台湾人だと感づかれはせぬかと、私はひや〳〵せねばならなかつた。そして愈々《いよいよ》化けの皮が剝がれる時、私はリスのやうに逃げまはつた。私はかうして十年の間、絶えず神経を尖らして居たのであつた。

（お前は何といふ卑屈な男だらう。それは明らかに台湾そのものを卑下してゐる証左ではないか。台湾人は決して中国人でもなければ、エスキモー人でもないのだぞ。それどころか、内地生れの人々と何ら異る所があらうか。誇りをもて！同じく日本臣民といふ誇りを。）

私は愈々自分一人の泥芝居に疲れた時、定つたやうに自分にかう云ひ聞かせた。

（いやまてよ。私は決しで卑屈になつてゐるのではない。自分の本性をひたむきに秘《か》くしてゐるのは、常に温床を与へてくれる親鳥の慈愛に充ちた翼に対する一種の甘え方とでも云はうか。その気持は云ひ換へれば、強いられるから努めるのではなくて、憧れの心が知らず識らずの間に、さうした生活なり精神なりに浸染して了つたとでも云ふべきではなからうか。私は甘えてゐるのである。大いなる慈愛に殆んど貪るやうに喰ひ下つてゐるのである。）

もう一人の私はかう云ひ返しもした。伊東は台湾へ帰つてからも、かういつた気持が持ちこたへ得たのだ。自分は内地で生活したことのある体験からすれば、伊東の気持を容易《たやす》く、そして誰よりも一番よく理解出来る筈である。併し果して親を踏み台にせねばならなかつたのだらうか。伊東は内地人の女を妻にした。その妻君を通じて内地人の親に対し、献身的な孝養を捧げるのは当然であらうが、それと同時に本島人の親に対しても孝養をつくすことが出来ないだらうか。

私はいろ〳〵と考へながら暗い道をどん〳〵と歩いた。眼からは涙が出て仕様がなかつた。私は最早どうしていゝのか分らないとさへ思つた。この侘《わび》しい気持をその儘そつくり、生かしてくれるやうな世界といふものは存在しないのだらうか、などと私の思案は千々に砕《くだ》け勝ちであつた。

第四章

私はその後、伊東とも柏年とも余り逢はなかつた。まるですべての望みを奪ひ去られた人間のやうに、心は何かぽかんと空しかつた日が続いた。だが目標の正しさにも拘《かかは》らず、最も積極性に富み、深く生き抜いて来たと思はれた伊東の生き方が、実は神経過敏的なたわいのないほど底浅いものであつたことに気づいた時、それが幸か不幸か、自分に一つの信条を与へた。それは医業を通じて立派に生き抜くことだつた。医者といふものは、人間の肉体にばかりかゝつてゐて、人間に精神があることを忘れてゐやしないだらうか。人間の体を診て、それが同時に人間の感情や心理の力を、適確に判断する自信をつけるだけの肚がなくてはうそだと悟り始めたのである。医者に対する本島人の盲目的な憧れほど、生き方の底浅いものはないであらう。

或る日の午後往診から帰つて来ると、大観中学校から電話がかゝつて来た。伊東からであつた。学生の中に脳貧血のために卒倒した者がゐるから、すぐ来てくれとのことであつた。私は取るものも取り敢へず、カバンをさげてすぐさま出掛けた。伊東の案内で医務室に寝かされてある患者に対して、上身や頭部を稍々下げ下半身を高くし、胸部を緩かにして呼吸が自由に出来るやうにしてから、強心剤を一本注射した。暫くたつて少しづゞ元気を取り戻したが、その学生は伊東が受け持つてゐる組の者であるといふことだつた。その間に於て、伊東は痒《かゆ》い所へ手が届くやうな看護振りであつた。その時の彼の眼は真率《しんそつ》な光りに充ちてゐた。それは何と言はうか、心の窓といふ風であつた。この清らかな眼の内に、どうしてもあの老婆に対する背拒の後暗い行為の影が、いさゝかも宿つてゐようとは思はれないではないか。私はすぐに帰らうかと思つたが、十日後には州下に於ける剣道の試合があることとて、選手たちは毎午後遅くまで猛稽古を続けてゐるから覗いて来ないか、と伊東はむきになつて誘ふのである。私は好奇心といふよりも、頼もしい気持が先立つた。本校は本島人ばかりを収容してゐる中学校なのである。その本島人の学生たちは、今や堂々竹刀を振つて立ち上つたと想像しただけでも、胸がすくやうな思ひがしたからである。

道場はかなりに広い板張りである。成程面と胴をつけた幾組かの選手たちが、こゝを先途《せんど》とばかりに火の出るやうな勢ひで渡り合つてゐる。時々師範らしい者の図太い声が聞える。

「上段に振り上げて敵を威圧する態勢をとるな。下手といふよりは業の正法を知らん奴だ。………敵に向つて自分の体の中心から左右の斜に刀を変化すると、手は逆になつて体に隙を生ずるものだぞ。………気合ひが足らん、足らん。もつと気のまゝに奮迅撃突せんか。」

伊東は真剣な目差しで眺めてゐた。稍々《やや》あつて彼が説明し出した。

「去年の大会の時には惜しいことをしたよ。今一歩のところで長蛇を逸してしまつたからね。だから今年は何とか物にしなけりや――。しかし考へて見れば問題は試合に勝つ勝たないよりは、何より日本的な血潮をぐん〳〵と体内に芽生えさせることですね。」

私は尚も彼等から目を離さないで、伊東の云つてゐることに一々うなづいた。

「ところが林柏年のことですが。」

伊東は更に続けた。その時私は始めて伊東の方を向いた。

「肋膜をやられたことがあると云ふから、こんな激しい稽古はちよつと無理だと思ふが、先生の診断ではどういふものですか。」

私は始めて柏年のことを思ひ出した。

「あゝさうでしたね。道理で最近余り病院へ顔を出さんわけですね。まあ出来ることなら、差し控へた方がいゝかも知れんが。」

「あ、あれですよ。」

伊東はやつて居る中の一組を指さした。向ふをむいて居る方が柏年であると云つた。成程やつてゐる。気力が全体に充ち溢れてゐる青眼構《せいがん》へで打ち込んだ時の物凄さ。獅子奮迅といはうか、不羈《ふき》奔放といはうか、長い間押へつけられて居たい四肢を思ひ切り振り廻つてゐるやうであつた。見てゐる者が却つてじつとりと汗ばむ位の勢ひである。しかし不断すべての動作にてきぱきさを欠く柏年のどこに、これ程の気力が潜んでゐるのであらう。私はふと何時かの晩方に、私を通じて伊東を責め詰《なじ》つてゐるあの時のすさまじい熱情を思ひ出したのである。かういふ勢ひならば、病ひなんかはすぐに吹き飛ばされて了ふのではないかとさへ思つた。

私だちがまじろぎもせずに見つめて居るうちに、後でかん高い声で呼びかけられた。

「これは、これは、牧羊堂医院の先生ですな。珍らしいこともあるわい。」

振り返つて見ると、風邪で二、三度私の所へ来たことのある、教頭で地歴科を受け持つてゐる田尻といふ先生である。もう胡麻塩の中老に近い男だが、多少猫背に曲げた肩には、いろんな複雑な生活を長く堪へて来た為めであらうか、併しそのキヨト〳〵と無気味に動く目付だけは、どうも和やかな感じを与へなかつた。私も丁寧にお辞儀をして、

「教頭先生ですか。御邪魔して居ります。みんな仲々張り切つてゐますね。今年の優勝の見込みはどうですか。」

と如才なく水を向けると、

「ハ、ハ、、、さあどうですか。犬を見てもびくついて逃げ腰だからね。自ら侮つて然る後に人これを侮る、といふ言葉があるが、あんな畜生に侮られてしかも為す術を知らんぢや、優勝は先づ覚束ないねえ。なあ伊東君。」

と伊東をかへりみ乍ら大仰《おおぎやう》さうに云つた。伊東はいかにも恐縮したやうに、

「御同感です。私も常日頃それを残念に思つてゐますが。」

と云つた。私は二人の顔を見比べてから、尚も稽古の方に目を注いだ。やがて田尻教頭は、「ではゆる〳〵御観戦を」と云つて、せわしさうに道場から出て行つた。選手だちはこれらの問答をよそに、腕も折れよと、声も嗄れよとばかり竹刀を打ち込んで行く。私は少しく目頭が熱くなつた。（本島人青年よ）と私は心の中で呼びかけた。

（我々はいま歴史の成長と共に、我々自身の成長をも学び、もたらして行かねばなるまい。山を着実に少しづゝでも登つ

て行かうではないか。時には登つた山道を又下るやうな足どりにも耐へて。茫々《ばうばう》たる我々の前途に対しては、一歩の怠惰も頽廃も許されるものではない。どこまでも不屈の魂をもつて、すべてを新しく創造するのだ。）

やがて師範の先生がいきなり、「止め、十五分間の休憩」と命令を発した。選手だちは直ちに稽古を止め、恭《うやうや》しく敬礼を交はしてから面の紐を解いて風を入れた。柏年は私の姿を見つけるや、いきなり駈けるやうにしてやつて来たが、どうしたのか、途中から出口の方へ足を向けて出て行つてしまつた。私は柏年の後を追つた。

「柏年君。」

呼びかけられて柏年は立ちとまつた。そしてニコツとし乍ら、こちらに近寄つて来た。緊張してゐるせゐか、笑ひかけた頬は妙に硬ばつた。

「体の調子はどうかね。無理をせん方がいゝと思ふが。」と私が云ふと、

「いや先生安心して下さい。お蔭さまでこんな体になりましたし、第一腕がむづ〳〵して仕様がないんです。優勝して見せますよ。」

と柏年は腕首を撫で撫で、いかにも頼もしいさうに微笑んだ。その浅黒い肌には汗が蒸れたが、そこからは何か強い生命の漲《みなぎ》りが私には感じられた。

「是非やつてくれ給へ。なあ柏年君、歴史の歩みは好むと好まざるとに拘《かかは》らず、日毎に激流に向つてゐるが、本島人が立派な日本人としての本舞台へ乗り出す時期が、いよ〳〵やつて来たんだ。だから今度の君たちの優勝には、意味が頗《すこぶ》る深いと思ふね。」

私はつひこんなむづかしさうな事を云つて励ましたが、それがすぐに相手に通じたらしかつた。

「えゝ、石に噛りついても。本島人も立派な日本人だ。弱虫だなどと、まるで三度飯のやうに云はれるのが堪らなくつらいんです。そ、それに本島人でゐながら、本島人をさげすむやうな奴らを叩きのめしてくれる意味に於ても、きつとやります。」

本島人云々とは伊東を指してゐるのであらう。いつかの余憤がこんなに際限なく波紋を描くとは、恐ろしいことであつた。感受性の強い心は、丁度縺《もつ》れかゝつた糸のやうなもので、一本引き出し方を僻《ひが》みか何かの方向に誤まると、それがどこまで展《の》べ拡がるか分らなかつた。

「もういゝ」私はあわてたやうに手をあげて彼を制してから、「その意気込みは大いに買ふが、ひねくれだけは止めにするがいゝ。まあ無理しない程度にやり給へ。」

「無理しない程度とは生ぬるいですよ、先生。」

彼はむしろ反抗的にさへなつて、いきなり駈けて行つた。しかし頬には嘘のやうに二条の涙の跡がついて居たのを、私は見逃さなかつた。私は初めてと云つていゝ程、彼の負けず嫌ひながむしやらな頑張りの一面に接して、却つて痛々しい思ひがしたのである。

それから十日間経つた。しかし私にとつて全くそわ〳〵した日々であつた。本島人の選手だちは頑張るといつても、また過去に一度も試合に優勝したことのない自信のなさと、試されない腕前に対する不安とがこぎまぜて、それが我がことのやうに落ちつかない気持にぴつたり身を擦《す》りよせて居た。だが蓋がついに開けられた。優勝したのである。私はそれを知つたのは紀元節の日、即ち試合当日の暮れ方であつた。

それは夢みてゐることではなかつた。本島人がとう〳〵国技剣道を我がものにしたのである。心と技とが一致して謂《いわ》ゆる虚心坦懐《きよしんたんかい》にて応戦し得たからであらうか。烈々火を吐くやうな闘志が凡《すべ》てを圧倒し得たからであらうか。いづれにしても勝つたのだ。州下に於ける制覇は、全島に於けるそれと一様なのである。犬畜生に侮られて、しかも為す術を知らなかつたのも、今は昔の語り草とはなつたやうである。古来の武士道の花が、今では意識的に本島人青年の心にも芽生えて来さうではないか。今こそ卑屈の感情を吹き払つて、本島の青春は飛躍を試みようとしてゐる。私は嬉しさの余り、呼吸をつまらせて了つた。胸がわけもなく膨《ふくら》むやうで、生き生きとした血が疼《うず》いて仕方がなかつた。私は田尻教頭の顔が見たいと思つた。

しかし私以上に喜んだ人を、私は忘れてゐた。伊東である。試合に優勝した翌日であつた。選手を囲む座談会に、私は伊東の好意で出席することが出来たが、その帰り途の出来事であつた。私は当日の英雄、中堅の林柏年と肩を並べて帰るところを伊東に呼びとめられた。

「柏年、家へ寄つて行け。先生もどうぞ御一緒に。」

伊東の喜びは柏年をそのまゝ帰らせないのであらう。私も胸が明るみ渡る心もちであつた。柏年は今日は枉《ま》げるだらうと思つたが、

「いや帰ります。」

口をキリリと引き締めて、例によつて例のやうな妙に反抗的な態度を示した。私の神経が少しいら〳〵し出した。しかし伊東は更に笑顔を見せて云つた。

「何か祝つてあげようと思つてたんだよ。さあ寄らんか。」

「それは余計なことです。とに角帰ります。」

柏年は勝手に歩き出した。私は呆然とした。「柏年、待てツ。」伊東は到頭怒り出したのである。追ひついて胸元を引つ捉へるや、逞しさうな掌が続けざまに柏年の頬ぺつたに飛んだ。だが柏年は抵抗しようとはしなかつた。殴られるがまゝに任せた。

「貴様は何といふ図太い奴だ。そんな腐りかけた精神で何が出来ると思ふか。」

「先生こそ」柏年も負けては居なかつた。「生みの親を棄てる精神では、教育が出来ると思ひますか。」

「莫迦、貴様に俺の気持がわかるか。だが俺の気持はいつかは分つて来るんだ。今日は余計なことは云はん。貴様のそのねぢれた根性だけは犬にでも喰はせろ。」

幾度となく語つて聞かせたことを、伊東は噛んでふくめる

やうに云つた。私はどうしていゝか分らなかつた。しかし伊東はそのまゝ乱れた髪を手でかき上げかき上げして、早足で行つて了つた。

「柏年君」私は始めて口をきいた。「君は案外剛情だね。伊東先生は不断どれほど君のことを思つてゐるか、君には分らんだろ。いつかも云つた通りに君の感情も一応は正しいが、でも伊東先生の人生観は大乗的なもので、通り一遍の常識では割り切れないものがあるんだよ。何といつても自分の師だ。一緒にあやまりに行かうぢやないか。」

「いやです。」

如何にも私のくどさを詰《なじ》つてゐるやうな調子であつた。だが涙を見せまいと鼻水を啜りあげた瞬間、却つて大粒の涙がころつと落ちた。続いて幾つも落ちて行く。手放しのまゝである。

私は今日こそは伊東の所へ行かうかと思つた。忌憚《きたん》なく相手の心を糾明《きゆうめい》して、低迷してゐる一むらの暗雲を掃《はら》ひ除かなければ、お互ひの悲劇は悲劇で終ることを恐れたからである。だがいざとなると私は逡巡した。伊東のあの押しの強さにいつも押され勝ちなのが気になるのか、或はやつと漕ぎつけたあの幸福を掻き乱したくない下心なのかと、私は思ひ悩んだのである。この思ひ悩んでゐる心は、つまるところ、私が若しも伊東と同じ境遇に置かれたならば、私も彼の覆轍《ふくてつ》を踏むのではないかといふ心の隙間を意味するものであらう。私までが卑屈になつて居るのではないかとさへ思つた。

第五章

歳月は悲しい思ひ出も、楽しい思ひ出も一様に載せて流れた。林柏年らはいよ〳〵学校を巣立つ時が来た。あの輝かしい優勝といふ何よりの記念すべきみやげを残して。私は或る日のこと、半日もかゝる田舎への往診から帰つて来ると、薬局生は約二時間ほど前に柏年がトランクをさげてお別れに来た、と告げた。私は地団駄を踏んで残念がつたが、もう後の祭りだつた。私は静かに目を閉ぢると、柏年のあの細いだれ気味な澄んだ眼と、理智的な鋭さを幾分消してゐる低い鼻と、への字に引き締つた唇が浮んで来る。環境がさうさせたであらうが、あのひねくれた気質を認め得ても、いざといふ場合のあの気概と強さは、私の脳裡により印象的なものにした。初めて病院に来た当時は青白い顔をして、うなじを上から見てゐると、まだ少年らしい清潔な孱弱《せんじやく》さが残つて居たやうであつたが、それが最後の激しい稽古をやつてゐた時には、まるで一年も二年も成長を遂げた人間のやうに逞《たくま》しい感じを与へた。考へれば二人は単なる医師と患者との関係だけに過ぎなかつたし、ゆつくりと語らひをしたことがつひぞ無かつたが、何だが自分を一番信頼してくれて居るやうにも思はれた。時間が許されるなら、本人の希望や今後の身の振り方をも尋ねて見たいし、又従兄に当る伊東の家庭の事情をも、更に根掘り葉掘り訊きもしたかつたのである。

その後も不思議と私はこの少年に会ひたいといふ一念が、

益々燃えるばかりであつた。彼の郷里南投へ行つて見ようかなあ、とも思つた。しかしひつきり無しに来院する患者のために暇らしい暇が見出されず、とう〳〵あれから三週間を経過した或る日曜日の朝に、思ひ切つて家を発つた。柏年の家は南投の街から少しはづれた処にあつた。家の構へや調度から余り裕福の家庭でないことが大体察せられた。迎へてくれたのは、六十前かと思はれる痩せた女の人である。柏年の母であつた。さういへば伊東の母とは、どことなく似てゐると思つた。自分は×街で内科を開業してゐる者で、伊東春生先生と御子さんとは非常に懇意にして居り、そして今日の来意を簡単に伝へると、老女はいかにも恐れ入つたやうに腰を低くして、何度も何度も御辞儀をした。そして眼からはハラ〳〵と涙を流し、かすかに声を震はせ乍ら云つた。

「御生憎《おあいにく》さまで柏年はたつたの二日前に内地へ発つたので御座います。家は御覧の通りで、柏年の父とたつた一人の兄は同じ会社につとめてゐる安月給取り、とうていあの子を内地までやらすだけの資力がないので御座います。それが先生、あの子と来たら小さい時分からそりや〳〵勉強好きで、苦学をしてゞもきつと立派にやつて見せるから、と端目でもかはいさうな位に哀願するんですよ。父が白眼を見せても打つても、屁の河童といふ調子で、まことに手に負へないので御座います。でも先生見たいな医者になつてくれゝば、借財してゞも、とわたし達もたまには思ふんですけど。」

　この老婆の口をついて出る朴突な本島語の蔭を流れる親の至情に触れて、私は思はずじんと熱い涙が滲《にじ》むのだつた。柏年の内地行は少しも予想して居なかつた事だし、かうして去られて見ると、流石に親とは又異つた淋しさが湧いて来るのであつた。どうして一こと相談を持ちこんで来ないのかと、寧ろうらめしい気もしたが、それが如何なる未知の世界でも、あくまで己れを没《おぼ》れさせて行けた彼は、決して凡庸な士でないと私には思へた。やつた事どもを通じて見る彼の頑張りのよさに対して、万歳と叫びたくなるのである。私は彼に将来の志望を訊き逃したが、医者になるならばといふ親だちの安逸的な考へ方には、背筋の寒くなるのを覚えた。一人の若者の裡に伏んでゐる可能を、十分に伸さうといふ偏見のない若々しい熱意こそ、今の世代の親だちには望ましいではないか。医学万能とは、決して本島の為めには好ましい熟語ではないのである。ところが柏年の母の私に対するあの鋭い羨望の念を寄せてゐるやうな目付きにあふと、私はすつかり気が滅入りさうである。

「よくもしかしお母さんだちは許したんですね。」

　私はかう訊き質さずには居られなかつた。

「それがね先生、あの子の卒業式の二日前でしたか、伊東さんがわざ〳〵来られましてね。柏年はきつと内地へ行くと云ひ出すかも知れんから、いづれの学校へ入るにせよ、一つ行かせてやつておくれ。その代り学資の方は及ばずながら私の方で何とかするから、とかう申すので御座います。まことに腑甲斐ない話ですが、そこでわたし達もさういふ気になり、医者にきつとなるんだよ、と念を押しましてね。ホ、ホ、、、。」

老婆が表情する度に、目尻の小皺が刻みつけたやうに目立つが、これはこの人の苦労を物語つてゐるやうであつた。私は伊東の話が出たので思はず膝を乗り出して、いかにも感慨に耽つてゐるかのやうに、耳を傾けたものだつた。伊東のこの度の一挙は、瞬間私に青天に霹靂《へきれき》を浴びせたやうな衝動を与へたが、我に返つた時、むしろ伊東の心底が分つたやうな気がした。彼の決意の程が私にひし〳〵と迫つた時、私は息が今にもつまりさうなものを感じたのだつた。そして柏年が若し伊東のこの挙を知つたならば、恐らく歯を喰ひしばつて撥《は》ねつけるに相違ないと思つた。

「さうですか。伊東先生はなか〳〵の熱血漢ですね。折角《せつかく》の厚意ですし、又柏年君の将来を考へましたら、お受けした方がよろしいと思ひますが。」

とかう前提して、伊東の事情をこの女を通じ探り出さうと考へた。

「私は伊東先生とつき合つてからまた間もないが、先生の御家庭の事情は非常に複雑のやうであるし、その点先生はとやかくの風評があるやうに聞いてゐますが。」

とたんに老婆は暗い顔をしたが、すぐに平静をとり戻して、

「そりゃ仕様のないことですわい。すべては命数と諦める外にはね。」

と云つて、彼女の話はそれから縷々《るる》として続いた。触れるべからざる事につひ触れて、親戚の一人に当る彼女の胸を余計傷めはせぬかとの危惧の念を抱いたが、でも彼女のいかにも悟り切つたやうな様子を見て、ホツとするのだつた。話は伊東の生立ちから始まつた。稍々《やや》もすれば話が重複したり、えらい絡み合つたりして纏《まと》まりがつき難いが、私はそれらを脚色し、そして私一流の見解を降すと、かうである。

朱良安、即ち伊東の父は商家であつた。商家といつても、決して生抜きの商人ではない。良安の父は清朝の貢生出といふから、立派な旧家であつたに違ひない。だから良安は幼い時から四書五経をばかり仕込まれて、社会の事どもは我関せずといつた謂ゆるの読書人気質、しかし時勢が移ると、読書人として甘んずることが許されなくなり、自然何かに転向しなければ生活をさへ脅かされる境遇に置かれたのである。商人への早替りは、案の定その成績はあまり芳《かんば》しいものではなかつた。気がいら〳〵する所へもつて行つて、妻君のガミ〳〵のけち付けに逢ふと、そこにむきな衝突がしきりに起つた。まことに風波の高いその日その日であつた。子供といへば伊東一人だけであつた。だから伊東は結局かはいがられては居るものゝ、十三の年に公学校を卒《お》へるまで、彼の受ける刺戟といふものは実に複雑であつた。即ち両親の頻繁な衝突の渦巻は、決してこの子をよけては通らなかつた。あれから母のヒステリーは益々募るばかりであつた。お互ひに向つて捲き起したつむじのやうな感情の柱は、一旋回して方向をかへ、大ていはこの子に雪崩れ落ちるのが常であつた。伊東は子供心ながら父母の愛情といふものを感じながらも、家庭に

於て絶へ間なく受ける重圧に堪えられなくなつたのであらう、公学校を出るや否や、すぐ内地の上の学校へ入りたいと云ひ出した。はじめ父母は、この突ツぴな申し出を勿論真に受けようとはしなかつたが、いぢけて居さうなこの子の意想外の強がりな態度と、帝都には遠い親戚が居ることゝ、事業上あまり芳しい成績を示さなかつたにしても、上の学校を卒業させるだけの学資のないわけでもなかつたことから、渋々この子を内地まで送り届けたのであつた。しかしそれは医学校へ入るならば、といふ条件の下にであつた。

　伊東はよく勉強した。まるで籠から解放された鳥のやうに、今まで持つて居たのかと疑はれるほどの大きな翼を拡げて、広い広い大空めがけて飛翔し出したのであつた。中学校の時はいつも五番以内の成績で押し通した。五年の間に一度しか帰つて来なかつた。それが見違へるほどの骨格の逞しい少年になり変つてゐた。いぢけて居る所は少しも見出されなかつた。更に驚されたのは、その態度も使つてゐる国語のアクセントも、内地人と毫《ごう》も変らないことだつた。それがタド〱しい国語しか操れない父母に対しても果ては全然国語を解しない人たちに対しても、めつたに本島語を出さないのである。父母は息子の立派な成長を心の中で喜び合いつゝ、再び内地へ送つたのであるが、こゝに思ひがけもなく一つの悶着が起つた。医学校へ入つてくれると期待してゐたのが、親にそつぽを向けて何とB大の国文科へ入つて了つたではないか。親爺は怒る。それにもましてヒステリツクな母の騒ぎ様は、むしろ惨めな位であつた。この瞬間に転向でもせねば、学資の仕送りは立ちどころにせんぞと脅しても、伊東の決心は貧乏揺ぎもしなかつた。爾後B大を卒業するまで、親の仕送りがあらうがあるまいが一向にお構ひなく、青年客気に任せて、何と苦学でずつと押し通して来たのである。行き当りばつたりの考へ方しか出来ない老父母に対する反撥心と、その溢れるやうな若さは、彼を駈りたて、そして苦学といふ実践を通して、彼を剛腹な人間にまで鍛へて行つたのである。

「たつた一人の息子を失つた姉の歎きは、そりや大へんなものでしてね。わたしも慰めようがなくて困つたツけ。でも何もかも天命といふものさ。柏年も内地へ行くことはいゝが、それが却つて仇になつたんぢやつまりませんからね。」

　老婆の話はこれで終つたが、瞳には光るものがあつた。それがやがて泣き笑ひとも又違ふ表情になつて、うつろな眼付をした。腕を拱《こまね》いたまゝじつと聞いてゐた私は、全身が何となしに熱ツぽく疼《うず》いてゐたのに気づいた。事の真相は大体これによつて明らかになつたが、私は伊東の心理をいかにして解剖すべきかに迷つた。しかし今はさういふ余裕もなく、唯この老婆にかう云はずには居られなかつた。

「伊東先生のやられた行為は、決して賞めたものではないが、その動機はしかし非常に正しいやうです。惜しいことだと思ひます。柏年君については、勿論今からは何とも云へませんが、心配することはないですよ。私の見た目では、あの子は頭がいゝし、又意志の人でもあるから、知性が偏頗《へんぱ》な発達を遂げるやうなことはないと思ひます。きつと血肉化された教養を身につけて帰つて来ますよ。」

そして最後に私はかういふのを忘れなかつた。

「それにお母さん、本島人の進路は必ずしも医業に限られてはゐないと思ひますがね。今後の本島人は名誉ある軍人にもなれるし、官吏もよし、また芸術道を開拓してもいゝんですがね。だからその人の持つて生れた個性を殺したんでは、こりや随分勿体ない話ですよ。」

すると老婆は分つたやうな分らないやうな、曖昧な笑みを洩らした。私はこれで用が済んだと思ひ、家の主人や伜がすぐ帰つて来るから、と無理に引きとめようとするのも断つて、夜行に間に合ふべく駅へと向つた。

私は柏年の手紙を受け取つたのは、あれから半月後のことであつた。

『拝啓　先生、私はとう〳〵武道専門学校へ入りました。周囲の人たちの期待に背いて――。いつも竹刀ばかり振りまはしてゐます。はち切れんばかりの元気です。こゝの学校では本島人として私が初めてだといふことです。思ひ切り大地に踏ん張つて、竹刀を振り翳した時の無我に似た愉快さは、今までの鬱屈した私の心を一時に解き放つてくれます。私ののび〳〵した気持をどうか御想像下さい。事実私の居る雰囲気には、何かしら胸をときめかせるやうな不思議な牽引力があるのでせう。まだ芽吹かない梢にも、やはらかい力の漲《みなぎ》りをさへ感ずる昨今です。要するに老練な方法も廻りくどい理論も、私だちは持つて居りません。この単純な若さだけは、私だちにとつて唯一つの武器ではないでせうか。大いなる大和の魂に繋がるためには、黙々として私だちの血潮で描いて行かなければならないことを感じました。それには何といつても肚です。私だちが過去に於て欠けてゐたのはこの肚なのです。

しかし私は立派な日本人であればある程、立派な台湾人であらねばならないと思ひます。南方生れであるだからといつて、卑屈になることは少しもありません。こちらの生活に浸み込んで行くことが、必ずしも郷里の田舎臭さを卑下することには当らないのです。母がいかに不体裁な土着民でも、私には堪らなく恋しいのです。たとへ母が不格好のまゝこちらへやつて来られても、私は少しも気が退けることは全然ないと思ひます。母に抱かれて居れば、喜ぶことも悲しむことも、すべてが幼な児のやうに思ひのまゝですから。

先日父から、学資の方は何とか工面してやるといふ書面が届きました。だが親だちに迷惑をかけるのは、心もとないことです。出来るだけ自分で頑張つて行きます。まだ書きたい事は沢山ありますが、後便にゆづります。先生もお便りを下さい。書き遅れましたが、在郷中は一方ならぬ御世話になつたことを心からお礼申し上げます。

林　柏　年より

洪　先　生』

私は読んで了つた後も、これを手離さうとはしなかつた。その頰が異様に紅潮し、皮膚は少し汗ばんだやうに艶やかで、黒い眼は細いながらも炯々《けいけい》と輝いてゐる柏年の姿を、頭の裡に描いて見た。また身に溢れさうな熱血を、方寸に集めた手首の筋肉の隆々たる怒脹《どちよう》をも想像して見た。しかし正直のところそれにもまして頼もしく思つたのは、柏年の心根であつた。海を渡つて日尚ほ浅いとは云ひながら、少しも卑屈にはなつてゐないのである。彼は伊東が学資を仕送る件については、全然気がつかぬらしい。私は安堵の胸を撫でおろしたい気持であつた。この手紙は伊東について、少しも記してゐない。だが恐らくは、伊東の心がだん〳〵と柏年に分つて来たには違ひない。が土臭い老母に対する背拒の態度を、この青年はあくまでも罵倒しようと構へて居る。要するに伊東に比べて、柏年は余りにも純真であるからであつた。

或る日曜の午後であつた。私はこの手紙を是非伊東に読んで貰はうと考へて、中学校の宿舎を訪ねた。伊東は生憎留守であつた。仕方がないから、手紙を再び懐ろにしてブラ〳〵と歩き出した。長い石畳の道を歩み、古びた石段を上りつめると、芝生のきれいなかなり高い丘へ出るが、こゝらは港を一望の下に見渡すことが出来た。くつきりと澄み切つた空を縫つて、白い雲が流れた。四月の半ばといふのに、陽のほてりの為めに、少し歩くとすぐ汗が滲んで来た。

私は芝生の上に腰を下して港を眺めた。自分の現在居る位置は、前方の山や背後の山の高さと対等であるとさへ思つた。あたりは文字通り下界であつた。虚に馮《よ》り風に御してその止まる所を知らざるが如し――とは、うまい事を古人は文に作つたものだ。山や河や対岸の杜といふ杜、眼下の街の家といふ家は、すべて一様に陽光の中にむしろ煙つてゐるやうであつたが、この方が却つてこの廃港の風致の美しさを思はせた。遥かに荒涼とひろがつて居る台湾海峡が見える。海のあをさが空の色のあをさに溶けて、吐く息までが色づくやうに思はれた。嘗《かつ》ては長い間、台湾に於ける文化の発祥地であり、貿易港として盛名を謳はれたこの廃港が、今このやうにあまねく晩春の色に充ちた大自然の上に静かに眠つてゐるさまは、不思議と私の心に或る何かしら悠久なもの、人智の及ばない大いなるものに繋がつて行く思ひを感じさせた。いつでも同じやうに燃え立つてゐる山川草木や、目も昏めく碧空の輝きに接してゐると、生きの身の生きる強さをまざ〳〵と感ずることが出来た。内地の冬晴の素晴らしさが頭に焼けついて居たばつかりに、郷土のもつ常夏のよさが、つひぞ忘れられて来た自分にハツとした。郷土に対する愛着心が足りないことが思はれて来るのである。私は伊東から、そして柏年から二つの純真なものと世俗的なものを学んで居るのではなからうか。私は今後この脚でこの土地をしつかり踏ん張つて行かねばならない。邦家が体験してゐる陣痛も、個人的に嘗《な》める苦悩も、最後のものと思つて、幾たびか最後と願つたものを今一度耐へるべきであらう。

それからどれほど経つたか、丘からすぐ下の道を人が通る気配がした。それが紛れもなく伊東であることに気づいた時、私はギクリとしたが、すぐに呼びとめようとした。だが次の瞬間、なぜか彼を見逃さうとした。妙な心理状態であつた。いつかあの墓地に於ける彼の態度が、また私の心のどこかに燻《くすぶ》つてゐるためであらうか。いや或は彼の超人的な剛腹さの前に、この手紙の中の文句を見せつけるだけの勇気が消し飛ばされたからであらうか。

今までに気がつかなかつたが、丘の上から見下すと、伊東の髪の毛が一本々々と数へられるほどにはつきりと目に映ることが出来た。私は見てはならないものをつひ見て了つたといふ、いかにも取り返しのつかない事でもしたやうな気持であつた。三十を三つか四つか越したばかりの伊東の髪に、白髪が三分の二ぐらゐを占めて居るではないか。とたんに私は伊東の人知れぬ心労を思はないわけには行かなかつた。異常に線が太いのが、案外に細いのではなからうか。伊東にして見れば内地人になり切ることは、郷土の俗臭を完全に離脱することにあつた。それが為めには肉身でさへも踏み越へて行かねばならなかつたのだ。大義の為めには、親をも滅すと同じやうな意味合ひで——。学校に於て、或は社会に於て、純日本的へ純日本的へと教育されて行つた若者は、一歩家へ帰ればまるで違つた環境へ置かれがちであつた。こゝに本島青年の二重生活の深刻な悩みがあるのだ。だからかゝる悩みを克服する為めには、片一方に向つて正面から戦ひを挑み、そしてこれを粉々に踏みつぶさねばならないのであらう。又この時代に我々は牢固とした既成の陋習《ろうしゅう》からの開放を、血みどろになつて戦ひとつたならば、次の世代の我々の子らは、生れながらに自分のものとすることが出来るからであらう。そして考へ様によつては、伊東は俗臭紛々の父母を棄てた罪滅しに、感覚ばかりで激しく未熟な生き方の戦慄を感ずる本島青年の薫育の為めに、骨身をけづつて居るのかも知れない。柏年に示した好意を、単なる好意として看過するわけには行かないのである。いづれにせよ、伊東のあの白髪は、この泥まみれの合戦の一つの現はれでなくて何であらう。それでいゝのだ、それでいゝのだ——と繰り返し繰り返し口の中でしながらも、なぜかあの墓地に於ける情景が、私の脳裡に絶えず明滅してゆくのである。私は泣きたい気持で一ぱいであつた。

私はたまりかねて、クソ、クソと連呼しながら、丘の上から丘の下へと駈け下りて行つた。そして子供のやうに走つた。躓《つまず》けば走り、滑れば走り、風の稜《かど》にあたれば更に走りつゞけた。

終

（『日本統治期台湾文学　台湾人作家作品集』第五巻　緑蔭書房　一九九九・七）

編者付記　本文は前記によるが、明らかな誤記は正し適宜ひらがなでルビを付した。カタカナのルビは原文のままである。

王昶雄《おうしょうゆう》 1915—2000

名前の一字「昶」の音読みは本来「ちょう」だが、本人は「しょう」と称した。本名は王栄生。台湾台北州淡水鎮（台北郊外の港町）の、船問屋兼地主の家に生まれる。淡水公学校を出た後、台湾商工学校を経て、一九三三年内地へ留学、郁文館中学の四年生に編入する。一九三五年日本大学文学部に入学するも、翌年歯学部に再入学。台湾商工学校の同窓には、のちに同じく日本語で創作に従事した龍瑛宗がおり、日大歯学部の同窓には周金波がいる。日大在学中から日本人の同人誌に参加し、また『台湾新民報』にも中篇小説「淡水河の漣」（一九三九）などを寄稿する。一九四二年帰台し、淡水で歯科医院を開業。張文環の勧めで『台湾文学』の同人に加わり、一九四三年七月、代表作**「奔流」**を発表した。周金波「志願兵」（『文芸台湾』一九四一・九）や陳火泉「道」（『文芸台湾』一九四三・七）と並んで、皇民文学の代表作とされたが、現在では異なる角度からの再評価が進む。戦後の中国語による散文集に『阮若打開心内的門窗』（草根出版、一九九六。王が作詞した同タイトルの台湾語歌曲は広く知られる）があり、また死後の二〇〇二年、『王昶雄全集』全11冊（中国語翻訳版、台北県政府文化局）が刊行された。

日本人となるための「泥まみれの合戦」

一八九五年から日本の統治下に入った台湾で、一九二〇年代に生まれた近代文学は主に、宗主国の言語である日本語と、島民の多数を占める漢民族の用いる中国語の、二種によって書かれた。ただし台湾の漢民族は、福建省南部や広東省北部からの移民である閩南人《びんなんじん》や客家人《はっかじん》で、日常語である閩南語や客家語は、表記法の問題から書き言葉として使われることは多くなかった。よってここでいう「中国語」とは、大陸の中華民国が一九一〇年代に作り上げた「国語」、つまり俗語による文章語を、台湾に導入して使用したものを指す。

しかしこの二言語の併用状態も、日中戦争・太平洋戦争と戦況が深まる中、崩れ始める。日本の習慣や文化、言語を押しつけ、「本島人」（「内地人」と対応する台湾島民の呼称）の日本人化を図る皇民化運動が進み、文学作品も日本語で書くことが奨励・強制されるのである。一九四〇年に本格的な文芸雑誌『文芸台湾』、翌年には『台湾文学』が発刊され、皇民化運動と相まって、一九四〇年代には台湾における日本語文学の黄金時代が出現した。

「奔流」はこの時期に発表され、随所に植民地台湾の置かれた位置や、皇民化の進められた時代の痕跡を残している。東京で近代の空気を味わった本島人の知識人にとって、帝都と比べれば台北は退屈な「田舎」にすぎない。彼らは日本語を自在に操るだけでなく、「文学青年」としての夢や日本の古典を語り、神社に参拝し、「純日本的な魅力」に惹かれる。帝国の価値観はすみずみにまで及び、当時の南方に対する紋切り型をなぞって、四季のはっきりした内地に比べ夏の長い台湾では「自分の頭が、少しづゝ莫迦になつて行つてゐるのではないか」（第二章）と疑いさえするほどである。

しかしこの価値観は、話の展開に従い相対化されていく。「奔流」はいわゆる私小説の体裁をとり、「私」の視点から周囲の人物や世相を描くことで、台湾の日本語文学史上でも稀なほどの、複雑かつ安定した表現を実現している。留学先の日本から不本意ながら台湾に帰り、医者として刺激のない日々を送る「私」＝洪医師の前に、同じく台湾人でありながら日本人の妻を持ち、実親を遠ざけ、徹底して日本人としての人生を送る、旧制中学の教師、伊東春生が現れる。台湾人でありながら日本人でもあろうとした、あるいは現在日本人であろうとする「二重生活」（第五章）を生きる、この対照的な二人に、台湾人としての誇りを抱いて生きる中学生の林柏年が加わり、三者の、お互いの生き方に対する共感・違和感・怒り・理解などの感情の描写を通して、自分を何者と考え、何者でありたいと考えるのかという、植民地におけるアイデンティティの問題が鮮明に提示されている。

アイデンティティの問題は、彼らの人物設定、特に経歴や職業とも密接に結びついている。日本統治時代、医者は官吏などと異なり、日本人からの差別にさらされにくい職業として、多くの台湾人エリートの目指すところであった。医者であれば台湾人であっても、堂々と日本人と張り合えた。だからこそ洪医師は、「医業を通じて立派に生き抜く」ことを決心できる（第四章）。一方、台湾の中学教師はその多くが内地人によって占められていた。伊東は親に反発して、医学部ではなく文学部を選んだ。戦前の文学部出身者にとって、中学教師は数少ない就業の途である。しかも、台湾出身の伊東が内地の中学で教える望みは薄い。本島人の身で国語の教師を務めるには、周囲からの強い圧迫が想像される。つまり、洪医師が伊東を羨みつつも日本人となることを目指さなかったのは、その必要のない職業を選択したからであり、逆に伊東の場合、徹底して日本人でなければならない職業を選んでしまったことが、その苦悩をもたらしているのである。

視点1　「私」や伊東、林柏年が、何に苦悩し何に感動しているのか、彼らの心理の変化から読みとってみる。

視点2　植民地に住む人々におけるアイデンティティの問題を、登場人物の立場に即して考察する。

視点3　作品の随所に見られる植民地台湾の姿を、その歴史と照らし合わせながら把握する。

〈参考文献〉垂水千恵『台湾の日本語文学』（五柳書院、一九九五）、和泉司「〈皇民文学〉と〈戦争〉—王昶雄「奔流」ノート」（『近代文学合同研究会論集』二〇〇八・一二）

（大東和重）

井伏鱒二

遥拝隊長

この地方の訛《なま》り言葉によると、村内にどさくさのあることを「村が、めげる」と云ふ。また部落内にどさくさのあることとは「こうちが、めげる」と云ふ。「こうち」とは、部落またはは近所隣りのことである。「めげる」とは物の毀れることで、つまり平穏無事な日常に破綻を来たす、といつたやうな意味である。当村大字笹山でも、ときどき「こうちがめげる」ので、部落内のものが困つてゐる。専らの原因は、元陸軍中尉の岡崎悠一といふ者の異状な言動による。

岡崎悠一（三十二歳）は気が狂つてゐる。普段は割合ひおとなしくしてゐるが、それでも、いま尚ほ戦争が続いてゐると錯覚して、自分は以前の通り軍人だと思ひ違ひしてゐる。することとなすこと、或る点では戦争中の軍人と変るところがない。たとへば食事のときなど、お膳に向かつて不意に威儀を正すかと思ふと「一つ、軍人は忠節を尽すを、云々……」と、例の五箇条の文章の暗誦をはじめることがある。また、お袋が煙草を買つて来てやると、恩賜の煙草だと云つて、感極まつたやうな風で東の方に向かつて遥拝の礼をすることがある。道を歩きながら、突如として「歩調をとれえ」と、気合ひを込めた号令をかけることがある。――これはみんな、誰も戦争中には軍人がするのを見慣れてゐるので珍しくないが、今日では、ただふざけてゐるやうに見えるだけである。だが、悠一は第三者に呼びかけるのでなく、自分ひとりだけ堪能してゐる。この程度のことでは、はた迷惑と云ふほどでもない。気違ひのすることだから、たいてい「こうち」の人たちも、見て見ぬふりをしてゐる傾向である。

ところが、発作が起ると、悠一の言動は、積極的な調子を帯びて来る。他人を自分の部下の兵卒だと錯覚して、部落内の誰彼に見さかひなく号令を浴びせかける。発作を起してゐないときの悠一は、内地勤務をしてゐるものと錯覚し、発作を起したときには戦地勤務中だと錯覚してゐるやうである。ほぼ、そんなやうに大別することが出来る。発作中の彼は、たとへば通りすがりの人に、いきなり「おい、下士官を呼べえ」と大声で怒鳴りつけることがある。下士官などゐないので、まごまごしてゐると「敏速にやれえ、何を愚図々々するか」と呶鳴《どな》り出す。また「突撃に進めえ」と号令をかけることがある。「伏せえ」と号令をかけることもある。いろんな号令のうち、「突撃に進めえ」の号令をかけられる人は割合ひに無難である。命令通りに駈け出して、そのまま逃げて行つてしまふことが出来るからである。ところが「伏せえ」の号令の場合には、号令をかけられたものが野良着ならばともかくも、よそ行きの羽織など着てゐると迷惑である。その人が「伏せ」の姿勢になれば悠一は御機嫌だが、もし服従しないでゐると「ばか野郎、敵前だぞ、伏せえ」と喚いて、相手を溝のなかに突き落さうとする。そんな場合、たいていの人は逃げ出すのがおきまりだが、悠一はびつこだから追ひかけて来ることだけは断念する。その代りに、逃げ出して行く当人は、背後から「逃げると、ぶつた斬るぞを」といふ、怖い言葉を浴びせかけられることになる。

たいてい、発作の募つてゐる場合でも、悠一は老幼婦女子には取りあはない。号令を浴びせる対象は青壮年者に限られて、それも笹山部落の顔見知りの人に限られる。この点、悠一が難題をかける相手を見つけるには選り好みがあるやうにも見えるので、一時は贋の気違ひではないかといふ噂もあつた。一方また、それは軍隊生活に経験のない人の言だといふ説も出た。結局、部落の人たちの今日の定説によると、悠一は笹山部落の青壮年だけを部下の兵隊だと思つてゐる。ときには、その例外もないではない。よほど前に、敗戦後第二回目か三回目の発作を起したとき、この部落へ野菜の仲買ひに来た二人の青年が辻堂で休んでゐた。そこへ悠一が通りかかつて「目標、三びやあく」と云つて、先づ相手をびつくりさせた。つづいて「馬鹿野郎、何を愚図々々する。敵前だぞを」と叱りつけた。度胆をぬかれた二人の青年は、わけを問ひただしもしないで這々のていで逃げて行つた。敗戦後まだ間もないときであつたので、野菜の仲買人は軍隊用語に何か威力のやうなものでも感じて怖ぢけたものと思はれる。戦争中に軍隊用語に対して一もく置いてゐた惰性かもわからない。

もう一度、悠一はごく最近にも、よそから入り込んで来た人に向かつて号令をかけた。敗戦後、彼が何十回目かの発作を起してゐたときであつた。この部落に炭の買ひ出しに来た海岸町の青年が、この部落の棟次郎といふ山持ちと辻堂で一ぷくしてゐると、悠一が出かけて行つて「伏せえ」と号令をかけた。その青年が、戦闘帽のお古に払ひさげの兵隊服を着てゐたので、悠一の錯倒が尚ほさら濃くなつてゐたらしい。その号令で棟次郎は、心得て辻堂の縁の下にもぐつたが、よそから来た青年は縁に腰をかけたままであつた。悠一は、「伏せえ、敵前だぞを」と威気だかになつて、その青年の肩をつかんで辻堂の縁の下に押し込まうとした。

「何をする、失敬な。」

と青年は、よろめきながら悠一の手を突きのけた。

「反抗するか、ばか野郎。愚図々々いふと、ぶつた斬るぞを。」

さう云つた途端、悠一は頬をなぐりつけられてゐた。

「ようし、反抗するか。」

悠一も青年の頬を打ち返し、両者の間に撲りあひの闘争が始まつた。縁の下の棟次郎は、その騒をきくと驚いて這ひ出したが、もうそのときには、悠一が仰向けざまに突き倒されてゐた。それを兵隊服の青年が、バンドでもつてひつぱたかうとして、バンドを解きにかかつた。

「待て、そりやいかん」と、棟次郎は青年を抱きとめて、辻堂の近所の人たちの助けを求めた。「おおい、橋本屋の優さん、おおい、来てくれえ。おおい、新宅の松の字、来てくれえ、手を借せえ」と大声に来援を求めた。橋本屋も新宅も、辻堂と道を隔てて向ふ側に並んでゐる。すぐに両家の土間口から、それぞれ優さんと松の字が駈け出して来た。

幸ひ、兵隊服の青年は臂力《ひりよく》が貧弱であつた。後ろから棟次郎が抱きとめてゐると、手足を無意味にばたばたさせ、それでも口だけは達者なものであつた。

「ぶつた斬るとは、何ごとぢや。まるで、軍国主義の亡霊ぢや。骸骨ぢや。おい棟次郎さん、放して下され。おい放せ、村松棟次郎さん。この危急存亡のとき、わしの自由を村松棟次郎さんは、奪ふのか。」

「まあ落ちつけよ。喧嘩の相手は、あの通りだ。抵抗力がないんだよ。」

「いや、ぶつた斬るとは、何ごとぢやね。軍国主義の化物の、云ふことぢや。あの一言で、わしは腹わたが煮えくりかへる。」

「まあ、さう云ふな。戦争中だと思つたら、お互に我慢できんこともなからう。戦争中には、散々にきかされた言葉ぢや。お互に、よくきかされて来た間がらぢやないか。」

「こりや、村松棟次郎さん、戦争中だと思へとは何ごとです。由々しき失言、許されんです。非武装国と誓つた国ぢや。そんなこと云ひなさるなら、あんたから買つた炭、わしや、みんな返すんぢや。」

「ああ返せ、わしもお前には売らん。」

こんな云ひ争ひをしてゐる隙に、橋本屋と新宅が、協力して悠一を抱き起した。悠一は、びつこの方の足を痛めた風で、両手を二人の介抱人の肩に抱き渡して立つた。彼の顔は青ざめてゐた。吊りあがつた両の目が血走つて、玩具屋で買つて来た狐のお面のやうな顔に見えた。ずるすぎて熱心にも不熱心にも、なりきれないといつた風な面容である。当人としては怒り心頭に発してゐたに違ひない。

「おい、下士官はをらんか、下士官は」と悠一は、あたりを見まはしながら呶鳴《どな》つた。「おうい下士官。あの兵を、ぶつた斬れえ。作戦の邪魔だ。下士官はをらんか、あの兵を斬れえ。敵前において、兵の士気にかかはる。おい、下士官はをらんか。」

「化物め、ファッショの遺物」と、腹に据ゑかねたやうに兵隊服の青年が毒づいた。

「のう、悠一ツつあん、もう帰らうや。——中尉殿、さあ、敵前迂回作戦であります。」

橋本屋さんがさう云つて、この介抱人は悠一の向きを変へさせた。

「敵前迂回作戦だ」と悠一は、介抱人に連れて行つてもらひながら喚いた。「作戦命令、第二十二号。一つ、兵団は主力をもつて、クアランプール市街正面に展回、一部をもつて丘陵地域に迂回し、敵を側面より圧迫すべし……」

「なにを、寝言ぬかす。兵隊ごつこの独りよがり野郎。侵略主義の、ひようろくだま」と、兵隊服の青年が息巻いた。

「おい放して下され。放さんか、こいつ村松棟次郎さん。――あの、ひようろくだまの化物に、もう一発、喰らはしてやらんならん。」

　青年を抱きとめてゐた棟次郎は、すぐにはその手をゆるめなかつた。悠一の姿が石崖の角に消えてから「もうこれでよからう。どうも失敬した」と、棟次郎は抱いてゐる手を放した。あとは、ゆつくりと二人で悠一の噂をしさへすればいいわけである。

　こんな場合、悠一は家に送り届けられて行くと、納戸の檻に閉ぢ込められることになつてゐる。その檻は、三方が板壁で、一方が丸太格子になつてゐる。床も頑丈な板張りである。たいてい二日もたてば発作がをさまるので、二日目か三日目には悠一のお袋が、近所へお詫びを云ひに一とまはりした後で、檻の木戸をあける手順になつてゐる。悠一に耕作の手伝ひをさせ、また内職の傘張りなどもさせる必要上、檻のなかに閉ぢ込めたままにしては置けないのである。悠一の稼ぎがない限り、お袋ひとり伜ひとりの貧世帯では、たちまち暮らしに行きづまる。それを近所の人たちもよく知つてゐる。戦争中、悠一が戦地で怪我をして脳を煩らつて送還されたとき、陸軍病院へ悠一の退院を願ひ出に行つたのも近所の人たちである。悠一のお袋が辞退するにもかかはらず、この隣組内に将校が帰つて来ると鼻が高いといふわけで、隣組一同で悠一の退院促進の件を決議した。もはや陸軍病院の当事者は、悠一が軍人として使ひものにならないと見極めをつけてゐたやうであつた。悠一を仮りに中風患者と診断して退院させてくれた。尤も、戦争中は手当も充分にあつたので、親子で内職の傘張りなどしなくても悠一のうちは暮らし向きに困らなかつた。そのころは悠一の発作も、そんなにまだ目立たなかつた。朝早く、日本刀を吊るし軍服姿で村道を歩きまはつて、笹山部落の青壮年者を見ると、気合ひをかけるやうな挨拶をした。たいていは「元気で行け、元気で」と一言、さういふ簡単な挨拶をした。「おい、元気で行かう。いいか、しつかりやれ」と云ふことも云つた。ときたま、出征兵見送りの団体などに行き逢ふと、号令をかけてその団体に小休止を命じ、簡単ではあつたが一場の演説をした。それは出征兵を送る挨拶でなくて、見送人一同を部下の兵隊と見做した上で、滅私奉公の精神を鼓吹する訓辞であつた。それでも当時は、誰も、びつこを治すために調練運動してゐるぐらゐに思はれてゐた。様子が怪しまれ出して来るやうになつたのは、敗戦が近づいてからであつた。完全に気違ひの発作症状を見せたのは、敗戦後数日たつてからである。

　はじめのうち部落の人たちは、こんな気違ひの発作が起るのは、悠一が南方の戦地で悪疾に感染した結果だらうと云つてゐた。そのうちにまた、あの病気は親ゆづりの梅毒のためだといふ臆説も出て、これが刺戟的なせゐか一時は可成り有力な説になつてゐた。悠一のお袋は家つきで、その入婿であつた父親は、悠一が小学校にあがつた年に亡くなつたが、死因が敗血症であつたことに疑ひはない。過労と貧困による栄養不足のためであつた。後家さんになつたお袋は、背戸の榧《かや》の木を売つて夏衣裳を一着ととのへて、海岸町の駅前にある小野半旅館といふ宿屋の住み込み女中になつた。その稼ぎが案外ばかにならないものであつた。悠一が小学校の高等科を出るころには、お袋の働らきで一家ちよつと一と息つける程度にまで漕ぎつけた。母屋も納屋も、瓦葺きの棟に改築した。屋敷のぐるりに杉垣を仕立て、庭の入口にコンクリート造りの膨大な門柱を立てた。杉垣や四囲の風景に対して、ちつとも調和のない景品だが、門柱にまで相当の資力をかけたお袋の意気込みには、近所の人たちも一もく置かないわけに行かなかつた。自然、この一家に貫禄がついたわけである。その門柱は、村長も口を極めて誉めたことがある。或るとき、ちよつと通りすがりに寄つたと云つて、村長が悠一のうちに立ち寄つて、お宅の門柱は非常に見事だと誉め称へてお袋を喜ばせた。それから二三日して、村長は小学校長といつしよに悠一のうちを訪ね、お袋の前で、悠一を幼年学校入学応募生の有資格者として推薦すると云つた。理由は、悠一が学童として優秀であり、悠一のお袋が人格者であり、模範的な一家である故だといふのであつた。お袋は忽ち感激してしまつた。村長たちが帰つてから、お袋は橋本屋に出かけて行つて一部始終を喋つた。その後で、「ほんとに、今から思ふと、門柱をこさへといて、よかつたですらあ」と云つた。しつかり者の女でも気が上ずつてゐたものだらう。下らないことを云つたものである。

もうそのころは、大陸戦争が拡大して、軍関係の学校は莫大もない数で生徒を入学させてゐた。同じ軍関係の低年者を入れる学校でも、生徒の大量獲得を急いでゐた。軍当局から全国の各市町村長に命令して、学童たちが受験するやうに推薦制度で応募させる手段をとつてゐた。悠一もそれに応じた一人である。彼は幼年学校から士官学校を経て、二十二歳で少尉に任官した。マレーに派遣されたのは、小隊長になつてから三年目の十二月で、その翌年の一月にはマレー中央部の市街クアランプールで中尉任官の内命を受けた。このことは、当村大字笹山の人たちも、悠一のお袋からきかされて、大体のことを知つてゐる。そこから後の経過がわからなかつた。悠一自身が何ひとつ云はないので、お袋も近所の人に説明のしやうがないのである。脳を悪くして記憶を喪失したと云ふならそれまでだが、どうして足がびつこになつた、とたづねても、殆んど浮かぬ顔で、漠然としたことさへも答へない。これは戦傷兵として謙譲に処する態度にも通じるので、はじめのうち近所の人たちも、悠一の無口は謙譲の美徳の顕はれだと云つてゐた。それが敗戦後には、近所の人たちから、親の因果が子に報ふ譬へばなしにまでされるやうになつた。普段、気持がしづまつてゐるときの悠一は、割合ひ様子も落ちついてゐて、ぶらぶらする青壮年者を見さへしなければ、大概、むつつり屋をきめこんでゐた。野良仕事の手伝ひや傘張りもする。それに縄なひ機械を操縦したりするほどの器量も持つてゐる。いかに半人足とはいひながら、自分のびつこになつた事情が全然わからないといふ法はないだらう。それを、どうあつても云はうとしないのは、それ相当に口外できかねる理由があるものと見て差支へない。軍隊でも、悠一の滅私奉公の口ぶり身ぶりは大げさにすぎた筈で、同輩にそれを注意されて摑みあひの喧嘩でもして足を折られたのかもわからない。たしかに、組み打ちの喧嘩をして足を折つたのだ、といふ臆説が生れて来た。

ちやうど、そんな臆説が近所ぢゆうの定説になつたころ、棟次郎の弟の与十が帰還者としてシベリアから帰つて来ることになつた。与十は敦賀から帰つて来る汽車のなかで、上田五郎といふ元曹長と隣りあはせの座席にゐた。この上田元曹長は山口県の山奥の村の出身であるにもかかはらず、与十の生れ在所の「往《い》んでやろ」といふ俚謡《りやう》を知つてゐた。これは笹山部落の子供たちが、草の芽を一本づつ抜いて遊びながら口誦む歌で、次のやうに鄙びて他愛のない歌詞である。だが、この歌をツバナ摘みながらうたふのは悪くない。

往《い》んでやろ　往んでやろ
空籠さげて　往んでやろ
ハツタビラへ　来てみたに
カケスが鳴いて　坊主原
草刈り草刈り　来てみたに
刈りとるこぐち　籠目をもれた
空籠さげて　往んでやろ
——これで十五本目ぢや

ハツタビラとは池の名前である。笹山部落の背後の山窪に、堤で水堰きをされて瓢箪型に池水をためてゐる。笹山部落の子供たちは、ハツタビラの池のほとりの原つぱによく草刈りに出かけて行く。池の周囲は、わづか四五丁ぐらゐ。坂路から反れて行つて杣道《そまみち》づたひに行く林のなかにある。ひつそりとして、何の奇もない薄にごりの水を湛へ、よその人には目につかない問題外の池である。この池の気塞ぎなやうな風景も、シベリヤから帰途の与十には郷愁の対象にしたいのが当然である。しかし、与十はそれよりも先きに、他国者が「往んでやろ」を知つてゐるのに喜悦を感じながら驚かされた。「その歌を、どこで誰に教はつたかね」と与十が好奇の気持を動かすと、「大戦直前、輸送船のなかで覚えたよ。笹山といふ田舎の、笹山童謡と云ふ歌だ。どこか、物凄く辺鄙な田舎の子守唄だらうな」と上田五郎が云つた。

この上田五郎といふ男は、謂はゆる「笹山童謡」を、初めて出征の南方行きのとき覚えたと云つた。輸送船のなかで兵隊の素人演芸大会があるたびに、遥拝部隊長と通称されてゐた小隊長の岡崎悠一といふ将校がこの童謡をうたふので、自然に覚えたさうである。道理で、上田五郎はハツタビラを、地方訛《なま》りでハツタビユラと発音した。笹山部落ばかりでなくこの地方の人達は、カタビラをカタビユラと発音する。ハナビラはハナビユラ、トビラはトビユラである。タカヤマはタキヤヤマ、オカヤマはオキヤヤマと云つてゐる。ただし、ハツタビユラと訛《なま》る発音のことが話のきつかけで、二人の間に話の機勢が現はれて来た。与十は上田五郎から、マレーで悠一が大怪我をした話を詳しくきくことが出来た。悠一の気が変になつた事情も、詳細にわたつてきくことが出来た。この語り手の上田元曹長は、マレー戦線では上等兵として岡崎悠一の特種小隊にゐた。しかも悠一の従卒（伝令兵）であつたといふのである。与十は悠一と同じ年配だが、悠一がマレーに出征するより先きに奉天に移住してゐたので、悠一の気が変になつたことはまだ知らなかつた。

――悠一は、トラックから振り落されたとき左足の脛を折つて、同時に腑抜けのやうになつたのである。クアランプールからゲマスといふ町に向け、トラックで急行軍して行く途中のことであつた。工兵部隊が架橋工事をしてゐるところに遭遇した。川のなかにコンクリート橋が爆弾で跳ねとばされ、工兵部隊の者がその部厚いコンクリートの残骸を避けて弓なりに木橋を架けてゐた。わづか四メートルか五メートル幅の川でありながら、こんな場合にはトラック部隊の兵は間の抜けた思ひをさせられる。架橋工事が終るまで、せめて土方の手伝ひでもしながら待つよりほかはない。工兵隊の班長は、軍帽をかぶつて褌《ふんどし》ひとつになつてゐた。その裸男が「運が悪いですなあ。もう二十分も早かつたら、橋があつたです」と小隊長の悠一に云つた。それからまた「運がよかつたですなあ。もう二十分も早かつたら、トラックごと吹きとばされたでせうなあ」と云つた。工兵隊の者は口をきくのが、ぞんざいである。あと一時間もしたら工事が完成する見込みだといふのであつた。けさ架橋したのにお昼ごろ爆撃で毀されて、それでまた架橋したところが、また吹きとばされたさうである。

部隊は空襲を避けるために、輜重車《しちようしや》もトラックもみんなゴム林のなかに乗り入れて、兵員のうち十名が、橋梁用材の運搬作業を援助した。あとの者は空襲にそなへて銃に装填して待機した。後続部隊も、みんなゴム林のなかに退避した。

ちやうど驟雨のあとで、ゴム林のなかは涼しかつた。向ふのゴム林の切れめを迂回して流れて来る川が、原つぱを一直線に横切つて来て、小高い丘のかげに消えてゐた。ところどころ、原つぱに爆弾の落ちた跡が大きな穴ぼこを拵へ、それに濁り水がたまつて、不図した池をつくつてゐた。その濁り池の一つに、水牛が二ひき仲よく浸かつて首だけ現はしてゐた。その片方の水牛の角に、白鷺が一羽とまつてゐるのが見えた。水牛も白鷺もじつとして、これらの鳥獣は、工兵部隊の架橋工事をうつとりして眺めてゐる風であつた。

架橋工事が出来あがつて、部隊がトラックで渡るとき、先頭のトラックが橋のまんなかまで行つて立ち往生した。機械に故障が出来たのである。その修理が手間どつて、後ろに待つてゐる者は無論のこと故障車に乗つてゐる兵もみんなシャツをぬいだ。トラックで進むときは涼しいが、立ち往生のときは炎天にさらされて、しかも鮨詰めになつてゐるので暑くてかなはない。大声で無駄ばなしするものもゐた。故障車に乗つてゐる兵隊は、ことに大声で話してゐた。原つぱの爆弾池に浸つてゐる水牛を指差して、あれを喰つたらどうだらうと云ふものがあつた。水牛は肉が臭くて、堅くて、味も下等だと云ふものもゐた。爆弾池の数を声に出してゆつくりとかぞへて行き、三十二までかぞへたものもゐた。「なんちゆう贅沢なことぢや。あの原つぱの池を見ろ。惜しげもなく、爆弾を落しとる」と云ふものがあつた。すると、友村といふ上等兵が「贅沢なものぢやのう、戦争ちゆうものは。まるで贅沢ぢや。そもそもが、費用のかかるものぢや」と云つた。それらの話し声は、二台目のトラックに乗つてゐた上田従卒にもきこえたので、そのトラックの助手台に乗つてゐた岡崎悠一遥拝隊長の耳にはひつたのは勿論である。

　遥拝隊長は助手台から降りて行つて、「おい、友村上等兵」と鋭く云つた。故障車の乗員たちは鳴りをしづめた。隊長は故障車のところまで橋の上を歩いて行き、「おい、後枠をおろせ」と云ひつけて、乗員の手で、トラックの後囲ひを開かせた。隊長はその開き口からトラックの上に這ひあがると、自分で後枠を閉ぢて、「おい、友村上等兵、ちよつとここへ来い」と云つた。

「はい、行きまアす」と友村は答へ、鮨詰めのなかを分けて隊長のそばに行つた。

「おい、いまお前は、何と云つた。もういつぺん、いま云つた通り、云つてみろ」と隊長は、友村と顔を突きあはせて云つた。

「はい、贅沢なものぢやのう、と云ひました。」

「それだけか。さつきお前の云つたこと、もつと詳しく復誦しろ。」

「はい、敵が惜しげもなく爆弾を落しとる、と岡屋上等兵が云つたのであります。それで自分は、戦争ちゆうものは贅沢ぢや、と云つたのであります。」

「ばか野郎。」

隊長は、友村上等兵を平手で擲りつけた。二つ目を擲つて、三つ目を擲らうと手をあげた途端、いきなり乗員一同がよろめいた。運転兵が、ちよつと試験的に車を動かしたのである。

　トラックの端に立つてゐた隊長は、よろめくどころのことではをさまらなかつた。留めがねを掛けてなかつたので、後枠が開いた。同時に隊長が、友村上等兵にすがりついたまま足を踏みはづした。「わツ」といふ声が兵隊たちの口から出た。隊長と友村上等兵は、折り重なつて橋の縁際に転がり落ち、横板を跳ねかへして川のなかに落ちた。運悪く、川のなかにはコンクリート橋の残骸が、二人を待ち受けてゐた。隊長はその障害物の上に仰向けに落ちた。友村上等兵は逆さまに落ちて、水のなかに転がり落ちた。わづか数秒間の出来事であつた。

全員、大騒ぎになつた。横田といふ準尉が軍靴をはいたまま、まつさきに川のなかに飛び込んで、「おうい、友村上等兵を捜せえ。一部をもつて捜せえ。責任者は、太田曹長」と叫んだ。無論、上田従卒も川のなかに飛び込んだ。川は臍までの深さで、流れも早くなかつたが、川底の粘土に靴がめり込んで行動の妨げになつた。いつの間に、どこに足場を見つけたのか、川上から衛生兵が泳いで来た。

「小隊長殿、小隊長殿……」と横田準尉が、悲壮な声で隊長の耳もとで叫んだ。仰向けになつてゐる隊長は、目を閉ぢて、耳から血を出してゐた。褌《ふんどし》ひとつになつてゐた衛生兵が、隊長の手首の脈をとつて「大丈夫らしい、脈がある」と云つた。「大丈夫か、ほんとか」と準尉がきくと「はあ、さう思ひます」と衛生兵が答へた。工兵隊の者が、川岸からコンクリート橋の残骸に渡して足場を架けてくれた。担架をかついで渡れるやうに角材を並べてつくつた足場である。

川下の方へ友村上等兵を捜しに行つた兵隊は、裸になつて川のほとりを歩いてゐた。濁り水の川で見透しがきかないので、川のなかにはひつてジグザグに川下の方へ歩いて行つてゐるものもあつた。友村上等兵はコンクリート橋の残骸に脳天を打ちつけたので、流れのなかに転がり落ちる前に気を失つてゐたかもわからない。もしさうだとすれば、水のなかで窒息死を免かれると衛生兵は云ふのだが、たうとう当人を捜しあてることが出来なかつた。戦争は贅沢だと云つたばつかりに、死ぬ直前に平手打ちを喰らはされて、故障車から転落する巻き添へまで喰らつた。おまけに、頭をコンクリートに打ちつけて、名前も知れぬ濁れ川に沈められ、散々な仕打ちを受けてゐる。まるで何かの運命を、瞬時の間に縮尺して見せてくれたやうなものである。戦争は贅沢どころの騒ぎでない。

隊長は蘇生したが、苦しさうに嘆息ばかり吐きつづけるので、トラックでなく担架で野戦病院に運ぶことにした。嘆息だと見えたのは、呻き声の微かなものであつたかもわからない。

友村上等兵の墓は、岡屋といふ兵が、川ばたにゴムの木の枝を差して墳墓と仮定した。友村が「戦争ちうものは贅沢ぢやのう」と云つたのは、この岡屋といふ兵が、「なんちゆう贅沢なことぢや。惜しげもなく、爆弾を落しとる」と云つたからである。岡屋は、友村の奇禍も自分の責任であると云ひながら、その責任は、概ね一割がたと見るのが妥当だと云つてゐた。故障車を不意に動かした運転兵の責任は、二割ださうである。余りの七割の責任は誰が引受けるべきか自分は知らないさうであつた。それは、友村が故障車から落ちるとき、友村にすがりついた隊長の引受けるべきものだといふ意味だらう。言外にそれが溢れてゐた。

部隊全員、出発に際し、準尉の号令で整列した。準尉は刀を抜いて、「友村上等兵の霊前に、黙禱」と号令をかけ、全員、仮りの墓に向かつて告別の礼をした。

生前の友村上等兵は、すべての点で動作の敏活を欠いてゐた。彼は自分のすること為すこと、のろのろとして鈍いのは、子供のときからの弱虫で、おまけに学校の運動会を何度も「サボッタ」報いかもしれぬと云つてゐた。受け口で下顎が長く、それを隠すために山羊鬚を蓄へて、点呼の場合など「休め」の姿勢になると、その長い鬚をしごく癖があつた。この男は動作がのろいのに反して、駈けまはる鶏を摑まへるのが頗《すこぶ》る上手であつた。ゴム園に放し飼ひにしてある野生に近いやうな鶏を、紙屑籠でも拾ひとるやうに造作なく摑まへて来た。マレー人の家屋は床下が高く造られてゐるが、そこに逃げ込んで怯えてゐる鶏でも、わけなく誘ひ出して摑まへた。それは自分たちの班の兵と共に鶏の焼肉を食べるためで、他の班のためなら鶏を追ひ散らすかもしれないやうな気難しさもあつた。一度、炊事の兵隊が友村に、われわれ闘鶏を催してみたいから、軍鶏を三羽か四羽、摑まへて来てくれないかと頼みに来た。ちやうど、それはクアランプールの町で、遥拝隊長が中尉任官の内命を受けた当日で、ほかの小隊から二三人の少尉が隊長の仮宿舎に落ちあはせてゐた。友村は炊事の兵隊に、「お前らは闘鶏をして、そのあとで隊長殿が軍鶏を食べるんぢやらう。隊長殿の昇進のお祝ひに、将校仲間で会食するんぢやらう。それなら俺は、いやぢや」と云つて断わつた。事実は会食用のものでなく、炊事兵が闘鶏に使ふためであつたといふことだが、その話が隊長の耳に伝はつた。炊事兵が横田準尉に話したので、横田は鶏猟の名人に厭やがらせを云ふ代りに、隊長に耳打ちをしたわけである。しかし、隊長は雑事では感情を外に現はさないたちであつた。横田準尉の密告に対しても、徹頭徹尾むつつり屋をきめこんでゐた。位階が昇進した当座のことだから、そんな告げ口など場違ひのやうな気もしたことだらう。行軍中に友村上等兵を擲つたのも、あながち軍鶏の一件を根に持つてゐたせゐでもなささうであつた。だが、当人の友村や、傍で見てゐた兵隊が、どんな風に解釈したかは別問題である。

隊長は野戦病院へ運ばれて行く間に、担架の上に仰向いたまま「おい、後枠をおろせ」と、譫語《うはごと》を云つた。別にまた「おい、友村上等兵、ちよつとここへ来い」と、譫言《うはごと》を云つた。それが二度や三度でなく、数回に及んで、そのつど苦しさうに手を差しあげて、陽除けに結びつけてあるゴムの木の枝を摑まうとした。何かを鷲摑みにするといつたやうな手つきである。これは発熱の影響によるのだらうと担架兵が云つたので、上田従卒は水筒の水でタオルをぬらして隊長の額に載せた。

病院は椰子の林を背後に控へた洋風の民家であつた。一人のマレー人が仏桑華《ぶつそうげ》の生垣を柄の長い鎌で刈りこんでゐた。ちやうど、ラケットの振り具合ひでも試すやうに、ゆつくりと鎌を振りあげて振りおろしてゐた。鉄格子の開いた門をはひつて行くと、色も形も大きさも烏瓜のやうな実をつけた喬木が、門から玄関まで通路の両側に立ち並んで、涼しい木かげをつくつてゐた。隊長はその木かげをつくる喬木を威しつけるかのやうに手を伸ばして、指で空《くう》を引掻いて「おい、後枠をおろせ」と譫言《うはごと》を云つた。

担架から治療台に移された隊長は、開襟シャツを着て軍袴に黒い長靴をはいてゐた。

「なぜ、靴をば脱がさんのだ」と、いきなり軍医が、上田従卒を叱りつけた。

「左足の脛が、骨折らしいのであります。靴を抜きとらうとしますと、さうすると非常に苦痛を訴へられるのでありますす」と、上田従卒が答へた。

「それならば、なぜ右足の靴をば、脱がさんのだ。第一、衛生兵が怪しからん」と、軍医がまた叱るので、上田従卒は隊長の右足の靴を抜きとつて、担架兵に渡した。

「その通り、すぐ脱げるぢやないか」と、軍医がまた憎らしげに云つた。上田従卒や担架兵の気持から云へば、自分らの隊長である軍人に、長靴の片方だけ履かせるのは、自分らの威厳にもかかはる問題であつた。

「鋏で切れ、靴をば、切るんだ」と軍医が、手術服姿の角顔の部下に云つた。

上田従卒は軍医の質問に答へ、隊長が墜落したときの情況と、病院に着くまでの経過を報告した。耳から血が流れ出てゐたことも報告した。ただし、停止中の故障車から転がり落ちた事実は伏せておいた。疾走中のトラックが障害物のために傾いて、友村といふ上等兵と隊長が同時に振り落されたものであつたと報告して、「すべて不可抗力でありました」と云ひ足した。

軍医は「その友村といふ兵は、どうした」と云つた。「はい、死にました」と答へると、「隊長が兵といつしよにトラックの上に乗つてゐるわけがない。助手台に乗つてをる筈だ。どうしたのだ。はつきり事情をば云へ」と軍医が云つたので、上田従卒は、友村上等兵が失言して隊長に擲られた事実を云つた。擲られながらトラックから落ちたことも白状した。

隊長の左足の靴は、軍医の部下が縦に切り開いて床の上に抛り出した。軍袴も胯から下を縦に切り裂かれた。露出した隊長の左足は、患部だけでなく臑から下全体が腫れあがつてゐた。軍医は鎮静剤か何かの注射をした。隊長は「おいこら、友村上等兵。いま云つたことを、もういつぺん云つてみろ」と口走つた。

「どうも、これはいかん、いかれとるね」と、軍医は難かしさうな顔をして、上田従卒に、「いま、友村上等兵と口走つたね。お前の隊長が、その兵をば擲つてをるとき、車が動き出したんだらう。トラックは停止してをつたんだらう」と云つた。容易ならぬ訊問だが、「さうであります」と、従卒は答へた。「では、お前たち帰つてよろしい。隊へ帰つたら……。いや、もういい、お前たち帰れ」と軍医が云つたので、担架兵と上田従卒は立ち去るため、治療台に仰臥してゐる隊長に敬礼した。隊長は注射のおかげで、うつらうつらしかけてゐるやうであつた。

病院の玄関を出ると、担架兵の片方が、「相当なもんぢやのう、あの軍医は。話の急所をつかんで、すぐ嘘と本当を見つけたのう」と云つた。

「うちの隊長も、あらぬこと口走つたからのう。」相棒がさう云つて、「あれを見い。マレー人が、わしや羨やましい。国家がないばつかりに、戦争なんか他所ごとぢや。のうのうとしてムクゲの木を刈つとる」と云つた。

「無茶、こくな。重営倉ぢや、すまんぞ」と、その相棒がたしなめた。

　上田従卒は、従卒の肩書きを失つて普通の上等兵に返つた。新規に、浅野少尉といふ兵隊あがりの小隊長が配属されて来て、その当日の晩、夜戦で二名の重傷者を出した。それを野戦病院に運んで行つた兵隊が、元隊長の病気見舞ひをして帰つて来た。経過は芳ばしくない。足部負傷は、縦形骨折といふのを兼ねてゐて、これは確定的に癒着する見込みだが、頭部の負傷が内科的疾患に変質してゐるさうであつた。病気見舞ひをして来た望月といふ兵が、「つまり、頭の打撲傷を、痴呆症といふ病気に、すり換へられたわけぢや」と云つた。

望月の話では、隊長は寝台に仰向けになつたまま、ろくに口をきかないで、たまに何か云へば連絡のないことばかり云ふ。それも概ね、軍隊用語か訓辞のときなどに使ふ言葉に制限され、訓辞に使ふ言葉もみんな熟語だけだから断片的である。たとへば「滅私奉公」とか「いのちは、わしが貰つた」とか「反軍思想」とか「愚図々々いふやつは、ぶつた斬るぞ」とか、さういふ凄みのきく言葉である。そのほかにまだ、訓辞のときの用語には大量に新案の熟語があつたので、凄みのきく言葉を選り出すには不自由がない。

「しかし、もう処置ないなあ、まるで腑抜けぢや。その腑抜けが、大酒くらつたときのやうぢや」と、病院に行つて来た一人が云つた。その相棒の兵が、あたりを憚《はばか》るやうに、「大きな声では云へんが、これあ何かもしれんぞ。もしかしたら、あの遥拝隊長に、友村上等兵の怨霊が憑いとるのかもしれん」と云つた。

　怨霊を持ち出すのはをかしいが、この部隊の兵隊たちは、みんな例の瞬間の出来事を知つてゐる。隊長が故障車から落ちるとき、友村上等兵にすがりついた瞬間の出来事は、隊員の何割かの兵が間違ひなく目撃してゐたのである。上田従卒の捏造した話ではない。

　入院中の遥拝隊長の病状は、その後また隊から負傷者を病院に送つたとき、担架兵の報告で知ることが出来た。骨折の癒着は保証のこと疑ひない。痴呆症状も可成り薄らいで、譫《うは》言《ごと》なども云はない程度にまで漕ぎつけたが、この程度の症状は半永久的に続くだらうといふことであつた。

　そのころ、この部隊の兵は半数以上まで、ジャングル瘡といふ皮膚病に冒されてゐた。湿地を歩いたり、ジャングル地帯の川を渡り歩いたりした兵は、たいていこの病気にかかつてゐた。下半身の随所に水虫のやうなものが出来て、潰瘍が次第に深く喰ひこんで穴のあく皮膚病である。足のうら、脛、胯間、または急所などに、深さ何ミリかの穴ぼこが幾つも出来るのである。衛生兵は赤ヨジュウムの塗布療法によつて、この得体のしれぬ悪疫を一掃しようとしたが一時はこれが猖《しやう》獗《けつ》をきはめた。入院中の遥拝隊長も、下半身の各所にこの病気が出来てゐるさうであつた。隊長は夜営をした翌朝でも、戦況について何か朗報があると、きたない溝川の水でもかまはず沐浴して、東方を遥拝する癖があつたので、そのジャングル瘡といふものを貰つたのに違ひない。元来、遥拝隊長は遥拝をすることが好きであつた。輸送船のなかでも、ラジオで何か朗報なるものが伝はると、部下を甲板に整列させて東方を遥拝させ、万歳を三唱させた。そのあとで必ず訓辞をした。大陸の一都市を日本軍の飛行機が爆撃したといふラジオのニュースが伝はつても、部下を甲板に招集して東方遥拝である。お昼のニュースで遥拝させ、夕方に同じニュースの繰返しがきこえても、それが勝ちいくさであつたと報道されてゐる以上、また東方遥拝である。その結果、この部隊は遥拝部隊または遥拝小隊と云はれるやうになつた。ほかの小隊や中隊の兵隊が、さういふ通称を思ひついてくれたのである。それでも遥拝部隊長は、あるとき遥拝した後の訓辞をする際に、この部隊は遥拝するので有名になつた故に、無名のときと違つて滅私奉公の精神を集中して遥拝しなくてはいけないと云つた。それからまた「お前たちも、戦陣訓を熟読翫味すれば、豁然《かつぜん》として、遥拝の妙諦がわかつて来るのだ。その妙諦がわかつて来れば、そこに陶酔の境が展開されるのだ」と云つた。

　遥拝隊長は輸送船のなかで、部下に遥拝させること以上に、兵隊に訓辞をするのが好きなやうであつた。訓辞をしたいばつかりに遥拝させるのだ、と悪口を云ふ兵もゐた。潜水艦が怖いので大言壮語で虚勢を張つてゐるのだらう、と云ふ説もあつた。

　あるとき「なぜ遥拝隊長に、他の部隊の隊長が、遥拝もいい加減にしろ、と云はんのだらう」と、疑問を出した兵がゐた。これは遥拝部隊の兵が、誰しも持ち出したい問題だが、友村上等兵が「あのばかさ加減は、軍規違反ぢやない、といふだけの話ぢやらう。いかに軍規が、寛大かといふことを語つとる。そのくせ、わしらがシャツ一枚でも盗まれたら重罪ぢや」と云つた。概ね、友村上等兵は明けすけに口をきく男であつた。その点、要領の悪い兵隊といふことになる……。

　——上田元曹長は、与十が汽車から降りる支度にとりかかうとすると、かう云つた。

「どうせ、君は遥拝部隊長と顔を合せるだらうね。会つたら、かう云つてくれ。昔の上田従卒が、みんな洗ひざらひお喋りした。おかげでこの上田は、山陽沿線の風景を、二時間以上にわたつて黙殺してをつた。それは、久しぶりに日本に帰つた人間ではないかのやうなものであつた。遥拝隊長にさう云つてくれ。」

「そのことづけ、ソ聯風の云ひまはしかたのつもりだな。もし悠一ツつあんにそれがわかつたら、悠一ツつあんは滅私奉公の権化といふからね、かんかんに腹を立てるだらう。」

「なあに、たぶん遥拝部隊長、まつさきに転向してるよ。さもなければ、いまだに瘋癲《ふうてん》状態だね。」

「君に、悠一ツつあんのうちの、コンクリートの門柱を見せてやりたいな。あれを見なくつちやあ、悠一ツつあんの正体は、摑めない。門柱のてつぺんに、色硝子のかけらを植ゑつけてゐるんだ。尤も、悠一ツつあんのお袋の考案ださうだ。」

「それから門柱の裏おもてに、訓辞用の何かの熟語、入れてないかね。ともかく、会つたらかう云つてくれ。あのときの運転兵は、厳罰に処せられた。無意識とはいへ、上官と戦友を墜落死傷の不運に遭はした。さういふ罪科だ。みんな遥拝居士の出しやばりが原因だよ。兵隊は、むごいことだらけぢやないか。」

　この上田元曹長は、悠一ツつあんを大きらひだと云つてゐた。以前は怖いだけの気持で見てゐたが、いまではむらむらと湧きあがつた憎悪の気持と、以前の怖さがすりかはつてゐるさうである。

　与十が当村大字笹山に帰つた日に、悠一は発作を起して家をとび出してゐた。彼はびつこだから歩くのは不得手だが、普通人では登るのに手を焼くやうな傾斜でも割合ひうまく登つて行く。傾斜をおりる場合、普通人なら駈けおりるやうなことになるのに、悠一はゆつくりとおりて行く。それは狐つきの女に幾らか近いところがあるためだらう。狐つきの女は傾斜とか坂路を、平らな地面と心得て平気で歩いて行くが、悠一など較べものにならないほど敏捷である。向ふの東の山の上にゐるので捕まへに行つてみると、いつの間にか行き違ひに谷を渡つて西側の山の上に立つてゐる。その神速は不可思議の骨頂で、変幻自在を極めるのである。しかし、悠一はそんな高踏には縁遠い。お袋が捕まへようとして追ひかけて行くと、逃げ出して行くと見せながら、よそのうちの納屋にかくれたり鶏小屋などに這ひ込んだりする。あるひは堆肥小屋のなかに伏せつたりして人を反らしてゐる。決して高踏ではなくて、悠一は専らずるいのである。それでも感心に、よその部落には逃げないので、うつちやつておいても大したことはないのがわかつてゐる。

　その日は、悠一のお袋が一時間ばかり捜しまはつた末に、身の不運に涙をこぼしながら、伜を捜すことを断念した。悠一は山の中腹の共同墓地で、墓の列の間を歩きまはつてゐたのである。彼は墓を一つ一つベルトで撲りつけながら歩いてゐた。そこへ当日帰還した与十を先頭に棟次郎と橋本屋さんと新宅さんが墓参に来た。棟次郎は火のついた線香と土瓶を持ち、与十は半開の蕾をつけた山茶花の枝を持つてゐた。橋本屋さんは大型の薄皮饅頭を一つ載せた皿を持つてゐた。与十の無事帰還を先祖代々の墓に告げるため、すべての宗教を否定すると云ひ張る与十を説き伏せて連れて来たものである。与十の説によると、封建時代の残滓であると同時に宗教的に画一された姿を持つ墓に詣るのは、自由の主義に反するといふのである。橋本屋さんは与十に云ひたいだけのことを云はした後に、かう云つて宥《なだ》めた。

「まあさう云ふな、郷に入れば郷に従ふぢや。云ふことをきかんと、嫁に来るものがなくなるよ。とにかく、墓参せんといふ法はない。」

一方、新宅さんも与十に云つた。

「与十さんは、ソ聯の地の郷に入り、郷に従つたから、自分の郷に帰つて、郷に従へんわけがなからう。人間の生涯には、素通りせんければならんものが、なんぼでもある。でも、よく帰つて来た。みんな心配して待つてをつたよ。さあ、お詣りに行かう。」

さうして与十に墓参の決心をさせた。兄貴の棟次郎が幾ら云つてきかせても、与十がきかうとしなかつたので、ひそかに棟次郎の嫁が、橋本屋と新宅に説得役を頼みに行つて二人に来てもらつたのであつた。

墓前に一同が立ち並ぶと、棟次郎がお墓に線香を供へ、土瓶の水を花立に入れた。与十は山茶花の枝を花立に差して、お墓に向かつて合掌し黙禱をささげた。ほかの者も、手を合はして無言のままにお墓を拝んだ。この素朴味ゆたかな式典が終つたとき、突如として耳もとで大声を出すものがゐた。

「しゆうごう。小隊、あつまれえ」と、いふ号令であつた。見ると、軍帽をかぶつて袖無しを着た悠一がすぐ後ろに立つて、墓参の人たちを睨みつけてゐた。目が吊りあがつてゐるので、発作が頂点に達してゐるのが知れた。

「ははあ、やつぱり、岡崎中尉殿でありましたか。御苦労さまであります。――けふは中尉殿の、大好物があります。」

橋本屋さんがさう云つて気をきかせ、お墓に供へてあつた饅頭を取つて悠一の手に握らせた。

悠一はその饅頭に視線を落したが、いきなり、それを押し頂くと両手で目を覆つた。悠一がこんな真似をするのは珍しい。そればかりでなく、悠一は肩で息をしながら次第に鼻を啜りはじめた。やがて饅頭を左手に握りなほして、大きな声で泣きだした。犬の遠吠えするやうな泣き声であつた。それも、すぐに泣き止んで、

「あつまれえ。」

と嗄《か》れ声で喚いた。やはり目が吊りあがつて、小刻みに首が震へてゐた。いまにも呶《ど》鳴《な》り出す徴候が明らかであつた。かうなると、号令をかけられる者は、その号令に従ふか、さもなければ悠一を捕まへて引きずつて家に連れて行くか、そのいづれかを選ぶ必要がある。

「どうするかのう。号令に従ふか」と、橋本屋さんが小声で云つた。

「せつかく与十が墓参したのやから、けふのところ、穏便にしておくか」と、棟次郎も小声で云つた。

「ぢや、みんな並ばう。それで与十さん、号令通りにするのぢやよ」と、橋本屋さんが注意した。

悠一は「早く早く。装備は、そのままでよろし。早くしろ」と、割合ひおとなしく云つた。

一同四人、棟次郎、橋本屋、与十、新宅、と身長順に整列

した。

悠一は「気を付けえ、――右へならへえ、――なほれえ」と号令をかけ、彼自身も直立不動の姿勢をとつて、荘重な口調で四人に申し渡した。

「みなに、云つてきかす。本日、畏くも――恩賜の御菓子を賜はつた。特に、わが部隊に対して、くだし賜はつたのである。光栄、これに過ぎたるはなし。感泣のほか、更らに何ものもなし、と申し奉る。みな、よく心して、謹しんで頂け。これより小官が、諸子に配る。ただし、それに先きだつて、東方に向かつて遥拝の礼を捧げ奉る。」

悠一は号令をかけて、四人をハツタビラの池の方角に向かせた。空が曇つてゐたが、方角は正確に東を覗つてゐた。遥拝がすむと、悠一は四人に「休め」をさせ、最右翼の棟次郎の前に進み寄つて号令をかけた。

「気を付けえ、――口を開け。」

大した勢ひ込んだ号令だが、饅頭は一つしかないのである。棟次郎は「気を付け」の姿勢になつて、仰向いて口をあけた。悠一は饅頭を小さく欠きとると、それを棟次郎の口のなかに入れた。次は橋本屋である。与十、新宅、みんな故障なしに、饅頭の片れを口中に含まされた。

悠一の手には、まだ半分も残つてゐる饅頭があつた。彼は一応「気を付け」の姿勢をとつて、仰向いてその饅頭を頬張つた。お菓子の好きな彼は、四人に解散を命ずるのも忘れ、饅頭を頬張つたまま咀嚼もしないで、口中のその味覚を翫味してゐる風であつた。そこへ、悠一のお袋がこつそりとやつて来て、悠一の後ろに忍び寄つた。さつきから、悠一の号令や演説の銅羅声が山裾の悠一の家にもきこえたとすれば、お袋が捕まへに来るのは当り前である。

悠一はまだ気がつかないで、饅頭を頬張つた口もとを手のひらでおさへてゐた。お袋は四人の墓参者に目くばせをして、もし自分が捕り逃がしたら、そのときこそ頼むといふやうに、ちよつと会釈して見せた。四人の者は知らぬ顔を装つてゐた。お袋は小腰をかがめ、すたすたと歩き寄つて悠一の袖無しの裾を掴まへた。ぎよつとした風で、悠一が振向いた。

「悠一や」と、お袋が猫撫で声で云つた。「のう悠一や、わりや何か、おいしい御馳走でも食べとるのか。どなたかに、御馳走してもらつたのだらうが。」

悠一は案外おとなしく頷いて、口をあけてお袋に見せた。

「おうさうか、お饅頭を頂いたのか。そりやまあ、よかつたのう、われの一ばん大好きなものぢや。それでは、お饅頭を食べながら、うちへ往《い》のうや。のう、わしと一緒に往んでくれ、お願ひぢや。」

お袋は殆んど悠一に嘆願した。悠一は知らぬ顔をしてゐたが、すこしは聞き分け出来たと見え、疲れきつた人のやうに頭をうなだれて歩きだした。事実、疲れてゐたのかもわからない。お袋はまだ悠一の袖無しの裾を掴へて、四人の方にちよつと会釈して、のろのろと歩く悠一と並んで帰つて行つた。

与十は口から唾を吐き出して、

「ああ、ほつとした。あいつ、怖るべき骸骨だね」と云つた。

ほかの三人も唾を吐いた。その唾は、みんな饅頭の餡《あんこ》の溶液で、色のきたない唾であつた。悠一は饅頭の餡《あんこ》と皮を、小粒の団子にひねつて人の口に入れたので、きたならしくて誰も噛みくだす勇気がないのであつた。さうかと云つて、悠一の見てゐる前で吐き出すのも、みんなの偶然の一致で差しひかへてゐた。

この四人の墓参者は、黙禱のやりなほしをして、墓地を出た。橋本屋さんは思ひ出したやうに、また唾を吐き散らして、かう云つた。

「どうも、気しよくが悪い。きたならしい手で、餡《あんこ》を丸薬にひねるもんだからなあ。しかし、訓辞はうまいもんぢや。ちよつと、本当に恩賜の菓子を貰ふときのやうな気がしたなあ。声涙ともに下る、といふ演説ぢや。――光栄、これにすぎたるは無し、か。」

「ばかな。みんな、あんなものだ。みんな気違ひどもの、お芝居だつたんだ。長靴男の、唱歌だ」と、与十が云つた。

「おい与十、云はんと置け」と棟次郎が、舎弟をたしなめた。「お互に摩擦せんやうにしてくれ。尤も、わしの方は空気だから、なんの手応へない筈やなあ。興奮しては、いかん。お前、いま悠一ツつあんを見て、興奮したんやらう。」

「あの骸骨か。あれよりも、さつきの黒い唾の方が、まだ暗示性に富んでゐるね。」

「ところで、稲田村の、大森さんの分家の娘さんは、よい娘ぢやのう……」と、橋本屋さんが云つた。あと、何か云ふのかと三人は待ち受けたが、橋本屋さんは黙り込んでしまつた。それがきつかけで四人とも黙つて坂道を降りて行つた。下草刈りの行きとどいた疎林のなかに、曲りくねつて通じてゐる坂路である。木の間がくれに村道が見おろされ、悠一のうちの瓦屋根も杉垣も、コンクリートの門柱も見おろせる。いつもは門柱のてつぺんの色硝子が、赤く見えたり青く見えたりするのだが、曇り日だと異彩を放たない。悠一とお袋が、とぼとぼと門口にはひつて行くのが見えた。

「それにしても、感心なもんだ」と、橋本屋さんが沈黙を破つた。「東の方角を、ちやんと悠一ツつあん間違へなかつたな。共同墓地から云ふと、ハツタビユラの池の見当が、ちやうど真東ぢや。」

「明日は、ハツタビユラの、池干しぢやのう」と、新宅さんが云つた。「あさつては、ボタンダニ池の池干しか。つづくのう、池干しが。今年は秋が早く来たから、池の樋を抜く当番はつらいぞ、水が冷たくつて。」

「今年は、わしが当番やないか。――のう与十、お前、わしの代りに、池の樋を抜いてくれんか。もう、そろそろ寒いもん。わしは風邪をひいとるのやね。」

与十はそれには答へないで、べつのことを云つた。

「ハツタビユラ池の〝往んでやろ往んでやろ〟といふ歌、ちかごろ、割合ひに有名らしいね。悠一ツつあんも、南方へ行く輸送船のなかで、いつもあの歌をうたつてをつたといふことだね。兵隊の素人演芸大会があるたんび、あれをうたつた……」

「いや、もうよいわ与十、樋はわしが抜く。悠一ツつあんが、南方でうたつたのが、お前は満洲やシベリヤにゐてもわかるんか。あの凝りかたまりの滅私奉公が、あんな子供の歌をうたつたら見ものやね。なるほど、ハツタビユラの池は有名になつたもんや。うん、わしは、有名な池の樋を抜く。」

棟次郎は話を反らされたと心得て、気まづさうにむくれて見せた。舎弟を甘やかし放題には出来ないので、ちくりと威のあるところも見せたのである。兄貴としての貫禄にもかかはることだらう。


四人の者が村道に出て悠一のうちの前を通るとき、お袋が杉垣のかげの車井戸で水を汲んでゐた。その釣瓶縄は鉄の鎖で出来てゐる。やはり悠一のお袋が、母屋を改築してコンクリートの門柱を立てた折り、同じころに改装した井戸である。その釣瓶縄を手繰る音は、甲高く部落ぢゆうに響き渡る。耳に突きさすやうな響きだが、いつか村長が、悠一のお袋の前でその音を讃めた。村長が小学校長と同伴で、悠一に受験応募するやうに勧誘に来たときのことである。校長もその音には関心を持つやうなことを云つてゐた。国定教科の読本にも、鉄の釣瓶縄の音について美文の一章がある、と校長先生は云つた。若山牧水といふ歌人の書いた名文ださうである。村長の方はまだ積極的に誉めた。

「あの音は、遠くからきいてをると、まるきり鶴の鳴き声に、そつくり生き写しですなあ。鶴、九皐に鳴きて、云々……。これは、目出度いことの意味ですからなあ。」

さういふ、見えすいたお世辞を述べた。それでも悠一のお袋は、当時、近所ぢゆうに釣瓶の音をきかせるため、必要以上に水汲みをしてゐたのであつた。


（『井伏鱒二全集』第十四巻　筑摩書房　一九九八・六）

井伏鱒二《いぶせますじ》　1898—1993

本名、満寿二。広島県深安郡加茂村生まれ。中学卒業後、画家・橋本関雪に入門しようとするも断られ、早稲田大学予科に入学、さらに文学部へと進むが、教授・片上伸との関係がこじれて中退、作家活動に入る。第一創作集『夜ふけと梅の花』（一九三〇）の前後の諸作品によって、完成度の高い技巧的な短篇小説を書くモダニズム作家として文壇に登場するも、「ジョン萬次郎漂流記」（一九三八）によって直木賞を受賞。〈純文学〉と〈大衆文学〉の閾《しきい》を軽々と乗りこえつつ、飄々とした語り口で庶民の生活を描く小説の名手として、息の長い執筆活動を展開した。戦時中には、軍に徴用されてシンガポールに滞在、現地の新聞社や学校に関わったが、こうした戦争体験は後年、広島の原爆を扱った「黒い雨」のようなシリアスな作品を書く意識へとつながっており、**「遥拝隊長」**（『展望』一九五〇・二）もまた、この系譜にある作品と言える。その他、漢詩を独特の調子で翻訳した「厄除け詩集」や、児童文学「ドリトル先生」シリーズの翻訳における〈名訳〉ぶりでも知られる。自作を何度も改稿する作家としてもよく知られており、とりわけ晩年に、初期の代表作「山椒魚」の末尾を大幅にカットしたことは、大きく物議を醸した。

戦争の記憶と日々の暮らし

朝鮮戦争という対岸の戦争を目前にしながら、日本人たちが直前の戦争の記憶を急速に忘却しつつある一九五〇年に発表された「遥拝隊長」には、戦争を忘れるどころか、未だ戦争中であると錯覚している一人の男をめぐる物語が提示されている。

元陸軍中尉・岡崎悠一は、戦地で負った頭部の怪我が原因で精神に失調を来しており、「戦後」になってもまだ戦争が続いていると錯覚し、自らは「軍人」であると信じ込んでいる。ひとたび発作が起きると、周囲の人間に向かって激越な調子で号令をかけたりするために、村ではさまざまな騒動が起こる。村人たちは、悠一に対して表向き従っている素振りを見せることでどうにかなだめ、悠一の存在を受け入れようとしているが、事情を理解しない外来者たちには、悠一の発作を受け入れることができない。

そもそも、悠一が「軍人」という〈仕事〉に就いた事情とはいかなるものだったか。小学校にあがった年に父を亡くした悠一は、母に女手一つで育てられたが、その母は必死に働き、自宅に立派な門柱まで建てた。すると、「村長」と「小学校長」が連れだってこの家を訪問して褒めそやし、悠一を陸軍幼年学校への応募生として推薦すると言う。当時、拡大する中国戦線に対応する軍人の養成は急務であり、「村長」や「小学校長」にとっても、有望な人材を自分たちの村、自分たちの学校から送り出すことは大事な〈仕事〉なのである。
戦地における悠一は、「訓辞をしたいばっかりに遥拝させるのだ」と部下に陰口をたたかれ、「遥拝隊長」とあだ名されたが、そもそも、士官学校における教育とは「軍人勅諭」などから「適当な語句を抜い」て「作文」するような能力をこそ養うものだった（広田照幸）ことを思えば、「訓辞」を繰り返す彼は、むしろその教えに忠実であったにすぎない。そして、故郷の村の人々にとっての悠一は、「将校が帰つてくると鼻が高い」と感じられる存在だった。従って、悠一という存在を生み出したのは、戦時下の日本の社会体制、教育体制に他ならない。だからこそ、と言うべきか、戦後になって悠一が「軍国主義の亡霊」として戦争の記憶を人々に突きつけるとき、村の人々はそれを受け入れるというよりはむしろ、「見て見ぬふり」をする。
このような村に、もう一人の帰還者・与十が登場する。悠一が戦地に出征するより前に奉天に移住しており、戦後のシベリア抑留を経て帰郷した彼には、戦中・戦後の村の様子はわからないのだが、戦地での悠一の様子については、汽車で乗り合わせた悠一の元部下・上田から聞かされていた。その悠一の発作には辟易する与十だが、一方で彼は、上田から聞かされた挿話――すなわち、悠一が輸送船の中で故郷の童謡を歌っていたという話にはこだわりを見せている。それはいわば、離郷者同士の共鳴とも言えるだろう。しかし、兄の棟次郎はそんな与十を冷淡にあしらい、村の「池干し」という日常の〈仕事〉にこだわってみせる。自分たちは〈いま〉を生きるための日々の〈仕事〉に精一杯で、余計なことを考える暇などない、とでも言うように。
しかしそれならば、いまだに「軍人」のつもりでいるはずの悠一が、一方で普段は母に命ぜられるままに「耕作の手伝い」や「内職の傘張り」のような日常の〈仕事〉をしていたことは、どう考えればよいのか。この小説には、戦後を生きる人々における、戦争の〈記憶〉と日常の〈生活〉との複雑な関わり合いが記されている。その意味で、確かにこの小説は中村光夫が言うように「戦後日本の縮図」なのだ。

視点1　悠一はどのような状況で「発作」を起こすのか。また、その「発作」の内容にはどのような傾向が見られるか。その特性とパターンについて考察する。

視点2　戦中から戦後にかけて、悠一およびその母親と村人たちとの関係性はどのように推移したか、分析する。

視点3　シベリアからの帰還者・与十が物語の中で果たす役割について考察する。

〈参考文献〉中村光夫「現代作家論（2）井伏鱒二論」（『文学界』一九五七・一〇～一二）、広田照幸『陸軍将校の教育社会史―立身出世と天皇制』（世織書房、一九九七）、滝口明祥『井伏鱒二と「ちぐはぐ」な近代―漂流するアクチュアリティ』（新曜社、二〇一二）

（大原祐治）

コラム

都市を生きはじめた者たち

近代都市の特徴を、人口の大量流入と密集性および農村的な生産活動から切断された住民の消費活動中心の営みのなかに規定するなら、そこに集まった群衆を、既存の社会階層にくくりこめない〈大衆〉という新たな層の出現とみなすことができよう。かつて社会を分節化してきたものの多くが貨幣経済のもとに序列化されたように、従来の固定した階級に替わって個人のアイデンティティを支えていたはずの職業も、それ自体では個人の価値を決める指標とはなりにくい状況となった。結果、都市に集まった者たち、なかでも高等教育という一定の文化資本を身につけた者たちは、彼らの属する職種によってではなく、雇用形態によって名づけられた新たな集団を形成する。「サラリーマン」の誕生である。

明治前半期まで、武士階級に替わる官僚組織を作り出すためのシステムであった帝国大学をはじめとする高等教育機関は、やがて需要をはるかに超えた供給を行うようになる。「サラリーマン」という造語が使用されるようになったのは大正に入ってからとされているが、それ以前から下地は出来上がっていた。明治末年に発表された夏目漱石「彼岸過迄」には、東京帝国大学を卒業しながら官僚への道が望めず民間企業への就職を模索する青年が描かれている。彼は職探しの過程で請われて「探偵」のまねごとをするが、ここには都市の論理に収まりきらないまま渾沌に身を置こうとする遊民的な姿が象徴されている。後に、江戸川乱歩の小説に登場した探偵明智小五郎が遊民と設定されていたように、独自の視点によって都市をまなざし捉えていくという意味で、探偵は（犯罪者と同等に！）資本主義的な価値体系とその合理性から逸脱しているのだ。こうした存在が都市に出現するのは、資本を中心とした都市生活が成熟していくなかでの「サラリーマン」の発生と表裏の関係にある。

大正中期の東京を舞台に都市風俗を織り込んだ谷崎潤一郎「痴人の愛」は、自らを「模範的なサラリーマン」とする男が、カフェで見初めた女給見習いの少女を引き取って自分好みの女性に育てていくという設定である。カフェは、彼が唯一羽目を外し、都市の合理性と束縛から逃れうる空間であり、のちにモダニズムと呼ばれる文化を消費する場であった。一方で、この男の「サラリーマン」としての価値が「電気技師」という最先端の〈仕事〉と「月給百五十円」という当時としては破格の高給によって示されていることも見逃せない。〈仕事〉によって都市に身を置きながら、束の間、そこからの遊離を図ること。近代都市を生きはじめた者の様態が文学表象の中に捉えられているのだ。　　　　（日高佳紀）

III

〈仕事〉とは何か

続戦争と一人の女

坂口安吾

カマキリ親爺は私のことを奥さんと呼んだり姐さんと呼んだりした。デブ親爺は奥さんと呼んだ。だからデブが好きであつた。カマキリが姐さんと私をよぶとき私は気がつかないふうに平気な顔をしてゐたが、今にひどい目にあはしてやると覚悟をきめてゐたのである。

カマキリもデブも六十ぐらゐであつた。カマキリは町工場の親爺でデブは井戸屋であつた。私達はサイレンの合間々々に集つてバクチをしてゐた。野村とデブが大概勝つて、私とカマキリが大概負けた。カマキリは負けて亢奮してくると、私を姐さんとよんで、厭らしい目付をした。時々よだれが垂れさうな露骨な顔付をした。カマキリは極度に吝嗇であつた。負けた金を払ふとき札をとりだして一枚一枚皺をのばして手放しかねてゐるのであつた。唾をつけて汚いぢやないの、はやくお出しなさい、と言ふと泣きさうなクシャ〳〵な顔をする。

私は時々自転車に乗つてデブとカマキリを誘ひに行つた。私達は日本が負けると信じてゐたが、カマキリは特別ひどかつた。日本の負けを喜んでゐる様子であつた。男の八割と女の二割、日本人の半分が死に、残つた男の二割、赤ん坊とヨボ〳〵の親爺の中に自分を数へてゐた。そして何百人だか何千人だかの妾の中に私のことを考へて可愛がつてやらうぐらゐの魂胆なのである。

かういふ老人共の空襲下の恐怖ぶりはひどかつた。生命の露骨な執着に溢れてゐる。そのくせ他人の破壊に対する好奇心は若者よりも旺盛で、千葉でも八王子でも平塚でもやられたときに見物に行き、被害が少いとガッカリして帰つてきた。彼等は女の半焼の死体などは人が見てゐても手をふれかねないほど屈みこんで叮嚀に見てゐた。

カマキリは空襲のたびに被害地の見物に誘ひに来たが、私は二度目からはもう行かなかつた。彼等は甘い食物が食べられないこと、楽しい遊びがないこと、生活の窮屈のために戦争を憎んでゐたが、可愛がるのは自分だけで、同胞も他人もなく、自分のほかはみんなやられてしまへと考へてゐた。空襲の激化につれて一皮々々本性がむかれてきて、しまひには羞恥もなくハッキリそれを言ひきるやうになり、彼等の目附は変にギラ〳〵して悪魔的になつてきた。人の不幸を嗅ぎまはり、探しまはり、乞ひ願つてゐた。

私はある日、暑かつたので、短いスカートにノーストッキングで自転車にのつてカマキリを誘ひに行つた。カマキリは家を焼かれて壕に住んでゐた。このあたりも町中が焼け野になつてからは、モンペなどはかなくとも誰も怒らなくなつたのである。カマキリは息のつまる顔をして私の素足を見てゐた。彼は壕から何かふところへ入れて出て来て、私の家へ一緒に向ふ途中、あんたにだけ見せてあげるよ、と言つて焼跡の草むらへ腰を下して、とりだしたのは猥画であつた。帙《ちつ》にはいつた画帖風の美しい装釘だつた。

「私に下さるんでせうね」

「とんでもねえ」

とカマキリは慌てゝ言つた。そして顔をそむけて何かモジ〳〵してゐる隙に、私は本を摑んで自転車にとびのつた。よぼ〳〵してゐるカマキリは私がゆつくり自転車にまたがるのを口をあけてポカンと見てゐて立ちあがるのが精一杯であつた。

「おとゝいおいで」

「この野郎」

カマキリは白い歯をむいた。

カマキリは私を憎んでゐた。私はだいたい男といふものは四十ぐらゐから女に接する態度がまるで違つてしまふことを知つてゐる。その年頃になると、男はもう女に対して精神的な憧れだの夢だの慰めなど持てなくなつて、精神的なものはつまり家庭のヌカミソだけでたくさんだと考へるやうになつてゐる。そしてヌカミソだのオシメなどの臭ひの外に精神的などゝいふものは存在しないと否応なしに思ひつくやうになるのである。そして女の肉体に迷ひだす。男が本当に女に迷ひだすのはこの年頃からで、精神などは考へずに始めから肉体に迷ふから、さめることがないのである。この年頃の男達になると、女の気質も知りぬいてをり、手練手管も見ぬいてをり、なべて「女的」なものにむしろ憎しみをもつのだが、彼等の執着はもはや肉慾のみであるから、憎しみによつて執着は変らず、むしろかきたてられる場合の方が多いのだ。

彼等は恋などゝいふ甘い考へは持つてゐない。打算と、そして肉体の取引を考へてゐるのだが、女の肉体の魅力は十年や十五年はつきない泉であるのに男の金は泉ではないから、いくらも時間のたゝないうちに一人のおいぼれ乞食をつくりだすのはわけはない。

私はカマキリを乞食にしてやりたいと時々思つた。殆ど毎日思つてゐた。牡犬のやうに私のまはりを這ひまはらせたあげく毛もぬき目の玉もくりぬいて突き放してやらうかと思つた。けれども実際やつてみるほどの興味がなかつた。カマキリはよぼ〳〵であんまり汚い親爺なのだ。そして死にかけてゐるのだから、いつそ、ひと思ひに、さう思ふこともあるけれども、いざやつて見る気持にもならなかつた。

それはたぶん私は野村を愛してをり、そして野村がさういふことを好まないせゐだらうと私は思つた。然し野村は私が彼を愛してゐるといふことを信用してをらず、戦争のせゐで人間がいくらか神妙になつてゐるのだらうぐらゐに考へてゐる様子であつた。

私はむかし女郎であつた。格子にぶらさがつて、ちよつと、ちよつと、ねえ、お兄さん、と、よんでゐた女である。私はある男に落籍《ひか》されて妾になり酒場のマダムになつたが、私は淫蕩で、殆どあらゆる常連と関係した。野村もその中の一人であつた。この戦争で酒場がつゞけられなくなり、徴用だの何だのとうるさくなつて名目的に結婚する必要があつたので、独り者で、のんきで、物にこだはらない野村と同棲することにした。どうせ戦争に負けて日本中が滅茶々々になるのだから、万事がそれまでの話さ、と野村は苦笑しながら私を迎へた。結婚などゝいふ人並の考へは彼にも私にもなかつた。

私は然し野村が昔から好きであつたし、そしてだん〳〵好きになつた。野村さへその気なら生涯野村の女房でゐたいと思ふやうになつてゐた。私は淫奔だから、浮気をせずにゐられない女であつた。私みたいな女は肉体の貞操などは考へてゐない。私の身体は私のオモチャで、私は私のオモチャで生涯遊ばずにゐられない女であつた。

野村は私が一人の男に満足できない女で、男から男へ転々する女だと思つてゐるのだけれども、遊ぶことゝ愛することゝは違ふのだ。私は遊ばずにゐられなくなる。身体が乾き、自然によぢれたり、私はほんとにいけない女だと思つてゐるが、遊びたいのは私だけなのだらうか。私は然し野村を愛してをり、遊ぶことゝは違つてゐた。けれども野村はいづれ私と別れてあたりまへの女房を貰ふつもりでをり、第一、私と別れぬさきに、戦争に叩きつぶされるか、運よく生き残つても奴隷にされてどこかへ連れて行かれるのだらうと考へてゐた。私もたぶんさうだらうと考へてゐたので、せめて戦争のあひだ、野村の良い女房でゐてやりたいと思つてゐた。

私達の住む地区が爆撃をうけたのは四月十五日の夜だつた。私はB29の夜間の編隊空襲が好きだつた。昼の空襲は高度が高くて良く見えないし、光も色もないので厭だつた。羽田飛行場がやられたとき、黒い五六機の小型機が一機づゝゆらりと翼をひるがへして真逆様《まつさかさま》に直線をひいて降りてきた。戦争はほんとに美しい。私達はその美しさを予期することができず、戦慄の中で垣間見ることしかできないので、気付いたときには過ぎてゐる。思はせぶりもなく、みれんげもなく、そして、戦争は豪奢であつた。私は家や街や生活が失はれて行くことも憎みはしなかつた。失はれることを憎まねばならないほどの愛着が何物に対してもなかつたのだから。けれども私が息をつめて急降下爆撃を見つめてゐたら、突然耳もとでグアッと風圧が渦巻き起り、そのときはもう飛行機が頭上を掠めて通りすぎた時であり、同時に突き刺すやうな機銃の音が四方を走つたあとであつた。私は伏せる才覚もなかつた。気がついたら、十米《メートル》と離れぬ路上に人が倒れてをり、その家の壁に五糎《センチ》ほどの孔が三十ぐらゐあいてゐた。そのとき以来、私は昼の空襲がきらひになつた。十人並の美貌も持たないくせに、思ひあがつたことをする、中学生のがさつな不良にいたづらされたやうに、空虚な不快を感じた。終戦の数日前にも昼の小型機の空襲で砂をかぶつたことがあつた。野村と二人で防空壕の修理をしてゐたら、五百米ぐらゐの低さで黒い小型機が飛んできた。ドラム缶のやうなものがフワリと離れたので私があらッと叫ぶと野村が駄目だ伏せろと言つた。防空壕の前にゐながら駈けこむ余裕がなかつたが、私は野村の顔を見てゆつくり伏せる落付があつた。お臍の下と顎の下で大地がゆら〳〵ゆれてグアッといふ風の音にひつくりかへされるやうな気がした、砂をかぶつたのはそれからだ。野村はかういふ時に私を大事にしてくれる男であつた。野村が生きてゐれば抱き起しにきてくれると思つたので死んだふりをしてゐたら、案の定、抱き起して、接吻して、くすぐりはじめたので、私達は抱き合つて笑ひながら転げまはつた。この時の爆弾はあんまり深く土の中へめりこんだので、私達の隣家の隣家をたつた一軒吹きとばしたゞけ、近所の家は屋根も硝子《ガラス》も傷まなかつた。

　夜の空襲はすばらしい。私は戦争が私から色々の楽しいことを奪つたので戦争を憎んでゐたが、夜の空襲が始まつてから戦争を憎まなくなつてゐた。戦争の夜の暗さを憎んでゐたのに、夜の空襲が始まつて後は、その暗さが身にしみてなつかしく自分の身体と一つのやうな深い調和を感じてゐた。

　私は然し夜間爆撃の何が一番すばらしかつたかと訊かれると、正直のところは、被害の大きかつたのが何より私の気に入つてゐたといふのが本当の気持なのである。照空燈の矢の中にポッカリ浮いた鈍い銀色のB29も美しい。カチ〳〵光る高射砲、そして高射砲の音の中を泳いでくるB29の爆音。花火のやうに空にひらいて落ちてくる焼夷弾、けれども私には地上の広茫たる劫火《ごうか》だけが全心的な満足を与へてくれるのであつた。

　そこには郷愁があつた。父や母に捨てられて女衒《ぜげん》につれられて出た東北の町、小さな山にとりかこまれ、その山々にまだ雪のあつた汚らしいハゲチョロのふるさとの景色が劫火の奥にいつも燃えつづけてゐるやうな気がした。みんな燃えてくれ、私はいつも心に叫んだ。町も野も木も空も、そして鳥も燃えて空に焼け、水も燃え、海も燃え、私は胸がつまり、泣き逬《は》しらうとして思はず手に顔を掩《おお》ふほどになるのであつた。

　私は憎しみも燃えてくれゝばよいと思つた。私は火をみつめ、人を憎んでゐることに気付くと、せつなかつた。そして私は野村に愛されてゐることを無理にたしかめたくなるのであつた。野村は私のからだゞけを愛してゐた。私はそれでよかつた。私は愛されてゐるのだ。そして私は野村の激しい愛撫の中で、色々の悲しいことを考へてゐた。野村の愛撫が衰へると、私は叫んだ。もつとよ、もつと、もつとよ。そして私はわけの分らぬ私ひとりを抱きしめて泣きたいやうな気持であつた。

　私達の住む街が劫火の海につゝまれる日を私は内心待ち構えてゐた。私はカマキリから工業用の青酸加里を貰つて空襲の時は肌身放さず持つてゐた。私は煙にまかれたとき悶え死ぬさきに死ぬつもりであり、私はことさら死にたいと考へてもゐなかつたが、煙にまかれて苦しむ不安を漠然といだいてゐた。

いつもはよその街の火の海の上を通つてゐた鈍い銀色の飛行機が、その夜は光芒の矢のまんなかに浮き上つて私達の頭上を傾いたり、ゆれたり、駈けぬけて行き、私達の四方がだん〳〵火の海になり、やがて空が赤い煙にかくされて見えなくなり、音々々、爆弾の落下音、爆発音、高射砲、そして四方に火のはぜる音が近づき、がう〳〵いふ唸りが起つてきた。

「僕たちも逃げよう」

と野村が言つた。路上を避難の人達がごつたがへして、かたまり、走つてゐた。私はその人達が私と別な人間たちだといふことを感じつゞけてゐた。私はその知らない別な人たちの無礼な無遠慮な盲目的な流れの中に、今日といふ今日だけは死んでもはいつてやらないのだと不意に思つた。私はひとりであつた。たゞ、野村だけ、私と一しよにゐて欲しかつた。私は青酸加里を肌身放さずもつてゐた漠然とした意味が分りかけてきた。私はさつきから何かに耳を傾けていた。けれども私は何を捉へることもできなかつた。

「もうすこし、待ちませうよ。あなた、死ぬの、こはい？」

「死ぬのは厭だね。さつきから、爆弾がガラ〳〵落ちてくるたびに、心臓がとまりさうだね」

「私もさう。私は、もつと、ひどいのよ。でもよ、私、人と一しよに逃げたくないのよ」

そして、思ひがけない決意がわいてきた。それは一途な、なつかしさであつた。自分がいとしかつた。可愛かつた。泣きたかつた。人が死に、人々の家が亡びても、私たちだけ生き、そして家も焼いてはいけないのだと思つた。最後の最後の時までこの家をまもつて、私はそしてそのほかの何ごとも考へられなくなつてゐた。

「火を消してちやうだい」と私は野村に縋《すが》るやうに叫んだ。

「このおうちを焼かないでちやうだい。このあなたのおうち、私のうちよ。このうちを焼きたくないのよ」

信じ難い驚きの色が野村の顔にあらはれ、感動といとしさで一ぱいになつた。私はもう野村にからだをまかせておけばよかつた。私の心も、私のからだも、私の全部をうつとりと野村にやればよかつた。私は泣きむせんだ。野村は私の唇をさがすために大きな手で私の顎をおさへた。ふり仰ぐ空はまッかな悪魔の色だつた。私は昔から天国へ行きたいなどゝ考へたゝめしがなかつた。けれども、地獄で、こんなにうつとりしようなどゝ、私は夢にすら考へてゐなかつた。私たち二人のまはりをとつぷりつゝんだ火の海は、今までに見たどの火よりも切なさと激しさにいつぱいだつた。私はとめどなく涙が流れた。涙のために息がつまり、私はむせび、それがきれぎれの私の嬉しさの叫びであつた。

私の肌が火の色にほの白く見える明るさになつてゐた。野村はその肌を手放しかねて愛撫を重ねるのであつたが、思ひきつて、蓋をするやうに着物をかぶせて肌を隠した。彼は立上つてバケツを握つて走つて行つた。私もバケツを握つた。そしてそれからは夢中であつた。私達の家は庭の樹木にかこまれてゐた。風上に道路があり、隣家が平家であつたことも幸せだつた。四方が火の海でも、燃えてくる火は一方だけで、一つづゝ消せばよかつた。そのうへ、火が本当に燃えさかり、熱風のかたまりに湧き狂ふのは十五分ぐらゐの間であつた。そのときは近寄ることもできなかつたが、それがすぎるとあとは焚火と同じこと、たゞ火の面積が広いといふだけにすぎない。隣家が燃え狂ふさきに私達は家に水をざあ〳〵かけておいた。隣家が燃え落ちて駈けつけるとお勝手の庇に火がついて燃えかけてゐたので三四杯のバケツで消したが、それだけで危険はすぎてゐた。火が隣家へ移るまでが苦難の時で、殆ど夢中で水を運び水をかけてゐたのだ。

私は庭の土の上にひつくりかへつて息もきれぎれであつた。野村が物を言ひかけても、返事をする気にならなかつた。野村が私をだきよせたとき、私の左手がまだ無意識にバケツを握つてゐたことに気がついた。私は満足であつた。私はこんなに虚しく満ち足りて泣いたことはないやうな気がする。その虚しさは、私がちやうど生れたばかりの赤ん坊であることを感じてゐるやうな虚しさだつた。私の心は火の広さよりも荒涼として虚しかつたが、私のいのちが、いつぱいつまつてゐるやうな気がした。もつと強くよ、もつと、もつと、もつと強く抱きしめて、私は叫んだ。野村は私のからだを愛した。鼻も、口も、目も、耳も、頬も、喉も。変なふうに可愛がりすぎて、私を笑はせたり、怒らせたり、悩ましたりしたが、私は満足であつた。彼が私のからだに夢中になり喜ぶことをたしかめるのは私のよろこびでもあつた。私は何も考へてゐなかつた。私にはとりわけ考へねばならぬことは何一つなかつた。私はたゞ子供のときのことを考へた。とりとめもなく思ひだした。今と対比してゐるのではなかつた。たゞ、思ひだすだけだ。そして、さういふ考へごとの切なさで、ふと野村に邪険にすることもあつた。私は野村に可愛がられながら、野村でない男の顔や男のからだを考へてゐることもあつた。あのカマキリのことすら、考へてみたこともあつた。何事でも、考へることは、一般に、退屈であつた。そして私は、ともかく野村が私のからだに酔ひ、愛し溺れることに満足した。

私は昔から天国だの神様だの上品にとりすましたものが嫌ひであつたが、自分が地獄から来た女だといふことは、このときまで考へたことはなかつた。私たちの住む街は私たちの一町四方ほどの三ツの隣組を残して一里四方の焼野原になつたが、もうこの街が燃えることがないと分ると、私は何か落胆を感じた。私は私の周囲の焼け野原が嫌ひであつた。再び燃えることがないからだつた。そしてB29の訪れにも、以前ほどの張合ひを持つことができなくなつてゐた。

けれども、敵の上陸、日本中の風の中を弾の矢が乱れ走り、爆弾がはねくるひ、人間どもが蜘蛛の子のやうに右往左往バタ〳〵倒れる最後の時が近づいてゐた。その日は私の生き甲斐であつた。私は私の街の空襲の翌日、広い焼跡を眺め廻して呟いてゐた。なんて呆気ないのだらう。人間のやること、なすこと、どうして何もかも、かう呆気なく終つてしまふのだらう。私は影を見たゞけで、何物も抱きしめて見たことがない。私は恋ひこがれ、背後にヒビがわれ、骨の中が旱魃《かんばつ》の畑のやうに乾からびてゐるやうだつた。私はラヂオの警報がB29の大編隊三百機だの五百機だのと言ふたびに、なによ、五百機ぽつち。まだ三千機五千機にならないの、口ほどもない、私はぢり〳〵し、空いつぱいが飛行機の雲でかくれてしまふ大編隊の来襲を夢想して、たのしんでゐた。

★

カマキリも焼けた。デブも焼けた。

カマキリは同居させてくれと頼みにきたが、私は邪険に突き放した。彼はかねてこの辺では例の少い金のかゝつた防空壕をつくつてゐた。家財の大半は入れることができ、直撃されぬ限り焼けないだけの仕掛があつた。彼は貧弱な壕しかない私達をひやかして、家具は疎開させたかね、この壕には蓋がないね、焼けても困らない人達は羨しいね、などゝ言つたが、実際は私達の不用意を冷笑してをり、焼けて困つてボンヤリするのを楽しみにしてゐたのだつた。カマキリは悪魔的な敗戦希願者であつたから、B29の編隊の数が一万二万にならないことに苛々《いらいら》する一人であつた。東京中が焼け野になることを信じてをり、その焼け野も御叮寧に重砲の弾であばたになると信じてゐた。その時でも、自分の壕ならともかく直撃されない限り持つと思つてをり、手をあげて這ひだして、ヨボ〳〵の年寄だから助けてやれ、そこまで考へて私達に得意然と吹聴して、金を握つて、壕に金をかけない人間は馬鹿だね、金は紙キレになるよ、紙キレをあつためて、馬鹿げた話さ、さう言つてゐた。だから私はカマキリに言つてやつた。この時の用意のために壕をつくつておいたのでせう。御自慢の壕へ住みなさい。

「荷物がいつぱいつまつてゐるのでね」

と、カマキリは言つた。

「そんなことまで知りませんよ。私達が焼けだされたら、あなたは泊めてくれますか」

「それは泊めてやらないがね」

と、カマキリは苦笑しながら厭味を言つて帰つて行つた。

カマキリは全く虫のやうに露骨であつた。焼跡の余燼の中へ訪ねてきて、焼け残つたね、と挨拶したとき、あらはに不満を隠しきれず、残念千万な顔をした。そして、焼け残つたね、とは言つたが、よかつたね、とも、おめでたう、とも言ふ分別すらないのであつた。いくらか彼の胸がをさまるのは、どうせ最後にどの家も焼けて崩れて吹きとばされるにきまつてゐるといふことゝ、焼け残つたために目標になつて機銃にやられ、小型機のたつた一発で命もろとも吹きとばされるかも知れない、といふ見込みがあるためであつた。俺の壕は手ぜまだからネ、いざといふとき、一人ぐらゐ、さうだね、せゐぜゐ、あんた一人ぐらゐ泊めてやれるがネ、とカマキリは公然と露骨に言つた。

私は正直に打開けて言へば、もし爆弾が私たちを見舞ひ、野村と家を吹きとばして私一人が生き残つても、困ることはなかつた。私はそのときこそカマキリの壕へのりこんで、カマキリの家庭を破滅させ、年老いた女房を悶死させ、やがてカマキリも同じやうに逆上させ悶死させてやらうと思つてゐた。それから先の行路にも、私は生きるといふことの不安を全然感じてゐなかつた。

私は然し野村と二人で戦陣を逃げ、あつちへヨタ〳〵、こつちへヨタ〳〵、麦畑へもぐりこんだり、河の中を野村にだいて泳いでもらつたり、山の奥のどん底の奥へ逃げこんで、人の知らない小屋がけして、これから先の何年かの間、敵のさがす目をさけて秘密に暮すたのしさを考へてゐた。

戦《いく》さのすんだ今こそ昔通りの生活をあたりまへだと思つてゐるけど、戦争中はこんな昔の生活は全然私の頭に浮んでこなかつた。日本人はあらかた殺され、隠れた者はひきづりだして殺されると思つてゐた。私はその敵兵の目をさけて逃げ隠れながら野村と遊ぶたのしさを空想してゐた。それが何年つづくだらう。何年つゞくにしても、最後には里へ降りるときがあり、そして平和の日がきて、昔のやうな平和な退屈な日々が私達にもひらかれると、やつぱり私達は別れることになるだらうと私は考へてゐた。結局私の空想は、野村と別れるところで終りをつげた。二人で共しらが、そんなことは考へてみたこともない。私はそれから銘酒屋で働いて親爺をだましてて若い燕をつくつてもいゝし、どんなことでも考へることができた。

私は野村が好きであり、愛してゐたが、どこが好きだの、なぜ好きだの、私のやうな女にそれはヤボなことだと思ふ。私は一しよに暮して、ともかく不快でないといふことで、これより大きな愛の理由はないのであつた。男はほかにたくさんをり、野村より立派な男もたくさんゐるのを忘れたためしがない。野村に抱かれ愛撫されながら、私は現に多くはそのことを考へてゐた。しかし、そんなことにこだはることはヤボといふものである。私は今でも、甘い夢が好きだつた。

人間は何でも考へることができるといふけれども、然し、ずいぶん窮屈な考へしかできないものだと私は思つてゐる。なぜつて、戦争中、私は夢にもこんな昔の生活が終戦匆々訪《そうそう》れようとは考へることができなかつた。そして私は野村と二人、戦争といふ宿命に対して二人が一つのかたまりのやうな、そして必死に何かに立向つてゐるやうな、なつかしさ激しさいとしさを感じてゐた。私は遊びの枯渇に苛々し、身のまはりの退屈なあらゆる物、もとより野村もカマキリもみんな憎み、呪ひ、野村の愛撫も拒絶し、話しかけられても返事してやりたくなくなり、私はそんなとき自転車に乗つて焼跡を走るのであつた。若い職工や警防団がモンペをはかない私の素足をひやかしたり咎めたりするとムシャクシャして、ひつかけてやらうかと思ふのだつた。

けれども私の心には野村が可哀さうだと思ふ気持があつた。それは野村がどうせ戦争で殺されるといふことだつた。私は八割か九割か、あるひは十割まで、それを信じてゐたのだ。そして女の私は生き残り、それからは、どんなことでもできる、と信じてゐた。

私は一人の男の可愛い女房であつた、といふことを思ひ出の一ときれに残したいと願つてゐた。その男は私を可愛がりながら戦争に殺され、私は敗戦後の日本中あばたゞらけ、コンクリートの破片だの石屑だらけの面白さうな世の中に生き残つて、面白いことの仕放題のあげくに、私の可愛い男は戦争で死んだのさ、と呟いてみることを考へてゐた。それはしんみりと具合がとても良さゝうだつた。

私は然し野村が気の毒だと思つた。本当に可哀さうだと思つてゐた。その第一の理由、無二の理由、絶対の理由、それは野村自身がはつきりと戦争の最も悲惨な最後の最後の日をみつめ、みぢんも甘い考へをもつてゐなかつたからだつた。野村は日本の男はたとひ戦争で死なゝくとも、奴隷以上の抜け道はないと思つてゐた。日本といふ国がなくなるのだと思つてゐた。女だけが生き残り、アイノコを生み、別の国が生れるのだと思つてゐた。野村の考へはでまかせがなく、慰めてやりやうがなかつた。野村は私を愛撫した。愛撫にも期限があると信じてゐた。野村は愛撫しながら、憎んだり逆上したりした。私は日本の運命がその中にあるのだと思つた。かうして日本が亡びて行く。私を生んだ日本が。私は日本を憎まなかつた。亡びて行く日本の姿を野村の逆上する愛撫の中で見つめ、あゝ、日本が今日はこんな風になつてゐる、とりのぼせてゐる、額に汗を流してゐる、愛する女を憎んでゐる。私はさう思つた。私は野村のなすまゝに身体をまかせた。

「女どもは生き残つて、盛大にやるがいゝさ」

野村はクスリと笑ひながら、時々私をからかつた。私も負けてゐなかつた。

「私はあなたみたいに私のからだを犬ころのやうに可愛がる人はもう厭よ。まぢめな恋をするのよ」

「まぢめとは、どういふことだえ？」

「上品といふことよ」

「上品か。つまり、精神的といふことだね」

野村は目をショボ〱させて、くすぐつたさうな顔をした。

「俺はどこか南洋の島へでも働きに連れて行かれて、土人の女を口説いたゞけでも鞭でもつて息の根のとまるほど殴りつけられるだらうな」

「だから、あなたも、土人の娘と精神的な恋をするのよ」

「なるほど。まさか人魚を口説くわけにも行くまいからな」

私たちの会話は、みだらな、馬鹿げたことばかりであつた。

ある夜、私たちの寝室は月光にてらされ、野村は私のからだを抱きかゝへて窓際の月光のいつぱい当る下へ投げだして、戯れた。私達の顔もはつきりと見え、皮膚の下の血管も青くクッキリ浮んで見えた。

野村は平安朝の昔のなんとか物語の話を語つてきかせた。林の奥に琴の音がするので松籟《しようらい》の中をすゝんで行くと、楼門の上で女が琴をひいてゐた。男はあやしい思ひになり女とちぎりを結んだが、女はかつぎをかぶつてゐて月光の下でも顔はしかとは分らなかつた。男は一夜の女に恋ひこがれる身となるのだが、琴をたよりに、やがてその女が時の皇后であることが分り……そんな風な物語であつた。

「戦争に負けると、却つてこんな風雅な国になるかも知れないな。国破れて山河ありといふが、それに、女があるのさ。松籟と月光と女とね、日本の女は焼けだされてアッパッパだが、結構夢の恋物語は始まることだらうさ」

野村は月光の下の私の顔をいとしがつて放さなかつた。深いみれんが分つた。戦争といふ否応のない期限づきのおかげで、私達の遊びが、こんなに無邪気で、こんなにアッサリして、みれんが深くて、いとしがつてゐられるのだといふことが沁々《しみじみ》わかるのであつた。

「私はあなたの思ひ通りの可愛いゝ女房になつてあげるわ。私がどんな風なら、もつと可愛いゝと思ふのよ」

「さうだな。でも、マア、今までのまゝで、いゝよ」

「でもよ。教へてちやうだいよ。あなたの理想の女はどんな風なのよ」

「ねえ、君」

野村はしばらくの後、笑ひながら、言つた。

「君が俺の最後の女なんだぜ。え、さうなんだ。こればつかりは、理窟ぬきで、目の前にさしせまつてゐるのだからね」

私は野村の首つたまに噛《かじ》りついてやらずにゐられなかつた。

彼はハッキリ覚悟をきめてゐた。男の覚悟といふものが、こんなに可愛いゝものだとは。男がいつもこんな覚悟をきめてゐるなら、私はいつもその男の可愛いゝ女でゐてやりたい。私は目をつぶつて考へた。もつと可愛いゝに相違ない。特攻隊の若者もこんなに可愛いゝに相違ない。どんな女がどんな風に可愛がつたり可愛がられたりしてゐるのだらう、と。

★

私は戦争がすんだとき、こんな風な終り方を考へてゐなかつたので、約束が違つたやうに戸惑ひした。格好がつかなくて困つた。尤も日本の政府も軍人も坊主も学者もスパイも床屋も闇屋も芸者もみんな格好がつかなかつたのだらう。カマキリは怒つた。かんかんに怒つた。こゝでやめるとは何事だ、と言つた。東京が焼けないうちになぜやめない、と言つた。日本中がやられるまでなぜやらないか、と言つた。カマキリは日本中の人間を自分よりも不幸な目にあはせたかつたのである。私はカマキリの露骨で不潔な意地の悪い願望を憎んでゐたが、気がつくと、私も同じ願望をかくしてゐるので不快になるのであつた。私のは少し違ふと考へてみても、さうではないので、私はカマキリがなほ厭だつた。

アメリカの飛行機が日本の低空をとびはじめた。B29の編隊が頭のすぐ上を飛んで行き、飛んで帰り、私は忽ち見あきてしまつた。それはたゞ見なれない四発の美しい流線型の飛行機だといふだけのことで、あの戦争の闇の空に光芒の矢にはさまれてポッカリ浮いた鈍い銀色の飛行機ではなかつた。あの銀色の飛行機には地獄の火の色が映つてゐた。それは私の恋人だつたが、その恋人の姿はもはや失はれてしまつたことを私は痛烈に思ひ知らずにゐられなかつた。戦争は終つた！　そして、それはもう取り返しのつかない遠い過去へ押しやられ、私がもはやどうもがいても再び手にとることができないのだと思つた。

「戦争も、夢のやうだつたわね」

私は呟やかずにゐられなかつた。みんな夢かも知れないが、戦争は特別あやしい見足りない取り返しのつかない夢だつた。

「君の恋人が死んだのさ」

野村は私の心を見ぬいてゐた。これからは又、平凡な、夜と昼とわかれ、ねる時間と、食べる時間と、それ〴〵きまつた退屈な平和な日々がくるのだと思ふと、私はむしろ戦争のさなかになぜ死なゝかつたのだらうと呪はずにゐられなかつた。

私は退屈に堪へられない女であつた。私はバクチをやり、ダンスをし、浮気をしたが、私は然し、いつも退屈であつた。私は私のからだをオモチャにし、そしてさうすることによつて金に困らない生活をする術も自信も持つてゐた。私は人並の後悔も感傷も知らず、人にほめられたいなどゝ考へたこともなく、男に愛されたいとも思はなかつた。私は男をだますために愛されたいと思つたが、愛するために愛されたいと思はなかつた。私は永遠の愛情などはてんで信じてゐなかつた。私はどうして人間が戦争をにくみ、平和を愛さねばならないのだか、疑つた。

私は密林の虎や熊や狐や狸のやうに、愛し、たはむれ、怖れ、逃げ、隠れ、息をひそめ、息を殺し、いのちを賭けて生きてゐたいと思つた。

私は野村を誘つて散歩につれだした。野村は足に怪我をして、やうやく歩けるやうになり、まだ長い歩行ができなかつた。怪我をした片足を休めるために、時々私の肩にすがつて、片足を宙ブラリンにする必要があつた。私は重たく苦しかつたが、彼が私によりかゝつてゐることを感じることが爽快だつた。焼跡は一面の野草であつた。

「戦争中は可愛がつてあげたから、今度はうんと困らしてあげるわね」

「いよいよ浮気を始めるのかね」

「もう戦争がなくなつたから、私がバクダンになるよりほかに手がないのよ」

「原子バクダンか」

「五百封度《ポンド》ぐらゐの小型よ」

「ふむ。さすがに己れを知つてゐる」

野村は苦笑した。私は彼と密着して焼野の草の熱気の中に立つてゐることを歴史の中の出来事のやうに感じてゐた。これも思ひ出になるだらう。全ては過ぎる。夢のやうに。何物をも捉へることはできないのだ。私自身も思へばたゞ私の影にすぎないのだと思つた。私達は早晩別れるであらう。私はそれを悲しいことゝも思はなかつた。私達が動くと、私達の影が動く。どうして、みんな陳腐なのだらう、この影のやう

に！　私はなぜだかひどく影が憎くなつて、胸がはりさける
やうだつた。

（新生特輯号の姉妹作）

（『坂口安吾全集』04　筑摩書房　一九九八・五）

坂口安吾《さかぐちあんご》　1906—1955

新潟県新潟市西大畑町生まれ。東洋大学印度哲学科に入学し、多くの哲学・宗教書を読みあさり、悟りを開くことを目指して修行生活をしたが、デカダンス生活にも憧れた。一九三一年に「木枯の酒倉から」を発表し、デビュー。同年には、「風博士」と題するファルス（笑劇）も発表した。戦時下においては、国粋主義の時代にありながら既成の文化財の価値に疑義を唱え、本質的な美の価値を追求しようとした評論「日本文化私観」や、時代の様相を独特の観点で捉えた小説「真珠」など、独自の意見、作風を展開。第二次世界大戦後にもそうした態度は継承され、堕落の重要性を説いた一九四六年発表の「堕落論」や、小説「白痴」、同年一一月に雑誌『サロン』に発表した**「続戦争と一人の女」**など、戦後においても、時代と人間の深層を暴き出す秀作を続々発表した。いわゆる純文学だけでなく、「不連続殺人事件」、「明治開化安吾捕物帖」などの推理小説の手法を用いたものや、独自の歴史観を記した「安吾史譚」、飛騨について記した「夜長姫と耳男」など歴史系の物語なども数多く発表している。一九五五年二月に脳溢血で急死するまで続けられた創作は、独創性に富み、スケールの大きな作家であった。

遊びたいのは私だけなのだろうか

〈仕事〉をテーマとする本書に、なぜ収録されているのだろう？　そんな疑問を抱かせる作品である。〈仕事〉に精を出す人物は一人も登場しない。〈仕事〉の価値や意義も書かれず、労働から逃避したがる人ばかりが登場する。

物語は、第二次世界大戦末期から敗戦直後にかけて。一九四五年四月の東京への空襲以降である。戦時下において、一人一人の労働力は戦争を遂行するための重要な要素と見なされた。一九三八年に制定された「国家総動員法」のもと、国民の自由が制限され、人々はその意思に関わらず動員されていたが、戦争の長期化は労働力を枯渇させ、労働統制はさらに加速した。たとえば女性の場合、一九四一年一一月に公布された「国民勤労報国協力令」では一四歳から二五歳までの未婚女子に勤労奉仕が義務づけられたのに対し、一九四四年八月公布の「女子挺身勤労令」では一二歳から三九歳までの未婚女子にまでそれが拡大され、軍需工場などに動員された。ファシズムの加速は、人々を強制的な労働へと向かわせ、「勤労」という名のもとに身体と精神の統制がなされたのだ。労働は、組織や共同体のみならず、国家と国民、戦争と国民を強く接続させる媒体の機能を果たしていた。

「私」もおそらくこうした労働力を担うべき年齢にあるが、野村との「同棲」を利用し、労働から逃避する。いや労働しないばかりか、彼女は繰り返し「遊び」の願望を語る。彼女のそうした精神のありかたは、その身体性にもよく表われており、当時、女性の労働着であったモンペをはかず、「短いスカートにノーストッキングで自転車にのつてカマキリを誘ひに行」く「私」の姿は、勤労精神や性道徳などを持たないということをあたかもその身体で表明しているかのようだ。「遊びたいのは私だけなのだらうか。」という彼女の問いは、自身の浮気心について述べたものだが、それはそのまま彼女の身体と精神を拘束しようとする諸制度から自由でありたいという願望を示していよう。

しかし、だからこそ、欲望のままに語っているようにみせるその声は、国家に強制される「勤労」の意味を我々に問いかけ、彼女を厳しく取り囲む制度を照らし出してもいる。労働、共同体への参加、ジェンダー規範、性道徳、婚姻制度……さまざまな制度が彼女を取り囲んでいるが、それらからの逸脱を実行し続けることで、自由と孤独の両方を獲得する彼女の生き方は、同時に、制度と個とが抜き差しならない関係に置かれていることを教えてくれる。

ところで、この作品とほぼ同じタイトル（「戦争と一人の女」）の作品が前月に別の雑誌『新生』に発表されている。『新生』版は三人称の語り手によるものだが、ほぼ野村の視点を通して「私」（『新生』版では、「女」と呼ばれる）との関係が語られている。ぜひ両者を比較してみよう。たとえば、『新生』版では野村は高等な認識者として自己を位置づける一方、「女」を低俗な存在と見下し、その名前さえ登場させない。そうした野村の「女」に対する蔑視は、何を意味しているのだろうか。ジェンダー間の力学はもとより、「女」のかつての「職業」や野村との現在の不安定な関係性も踏まえながら考えてみよう。

「私」以外の男性登場人物たちについて考えてみるのも良い。彼らは彼らで欲求に忠実に生きている。「遊びたいのは私だけなのだろうか。」という問いは、作品全体に響いている。

視点1　戦時下における女性（未婚・既婚）の労働について調べ、「私」の生き方を意味づける。

視点2　「遊び」という言葉の持つ意味について、労働と女性のセクシュアリティの両面から考察する。

視点3　体を「オモチャ」にして営まれる「私」の「生活」観について、「退屈」という言葉をもとに考える。

〈参考文献〉横手一彦「戦時期文学と敗戦期文学と―坂口安吾「戦争と一人の女」」（『昭和文学研究』一九九九・九）、時野谷ゆり「坂口安吾と占領期のSCAP検閲問題―「プランゲ文庫」に見られる坂口安吾の被検閲作品を中心に」（『繍』二〇〇三・三）、林淑美『昭和イデオロギー―思想としての文学』（平凡社、二〇〇五）、石月麻由子「身体表現から再考する坂口安吾「白痴」―肉体と精神の〈聯絡〉という視座に立って」（『国文学研究』二〇〇三・三）

（天野知幸）

庄野潤三　プールサイド小景

プールでは、気合のかかった最後のダッシュが行われていた。

栗色の皮膚をした女子選手の身体が、次々と飛び込む。それを追っかけるのは、コーチの声だ。

一人の選手が、スタート台に這い上ると、そのままぴたりと俯伏しになって、背中を波打たせて苦しそうに息をしている。

この時、プールの向う側を、ゆるやかに迂回して走って来た電車が通過する。吊革につかまって立っているのは、みな勤めの帰りのサラリーマンたちだ。

彼等の眼には、校舎を出外れて不意にひらけた展望の中に、新しく出来たプールいっぱいに張った水の色と、コンクリートの上の女子選手たちの姿態が、飛び込む。

この情景は、暑気とさまざまな憂苦とで萎えてしまっている哀れな勤め人たちの心に、ほんの一瞬、慰めを投げかけたかも知れない。

選手たちの活気から稍《やや》〻遠ざかった位置に、一人の背の高い男が立って、練習を見ている。

柔和な、楽天的な顔をした男で、水泳パンツをはき、肩からケープを掛けている。

彼はこの学校の古い先輩であり、また今では小学部に在学する二人の男の子の父兄でもある青木弘男氏である。

(青木氏は、ある織物会社の課長代理をしている)

その息子が二人、一つだけ空いている端のコースで、仲のよい犬の仔のように泳いでいる。上が五年生で、下がその一つ下だ。

青木氏の姿は、この四日ほど前から、夕方になるとこのプールに現れた。コーチの先生とは顔見知りであり、邪魔にならないように息子に泳ぎの稽古をさせてもらっているのである。

間には自分も、折り曲げたナイフのような姿勢でそっと飛び込み、二十五米をゆっくりとクロールで泳いでいる。その手並は、なかなかちょっとしたものである。

もっとも、練習している選手に遠慮して、専ら子供だけを水の中で遊ばせておいて、自分はプールサイドに立っている方が多く、時々は息子の質問に応じて泳法の注意を与えるが、あとは選手の猛練習ぶりを感心した様子で眺めていた。

……やがて、プールの入口の柵のところに、大きな、毛のふさふさ垂れた、白い犬を連れた青木夫人が現れた。

青木氏はしばらくたってから、これに気附いて、水を手で飛ばしてかけ合っている二人に声をかける。息子たちは従順だ。すぐにプールから上って、シャワーを浴びに走って行った。

半ズボンに着換えた青木氏は、スタート台の中央の椅子にがんばっている先生にお礼を云って、息子の後からプールを出て行く。

柵のところで待っていた夫人は、先生の方に笑ってお辞儀をして、犬の鎖を上の男の子に渡し、夫と並んで校舎の横の道を帰って行く。

彼等の家は、この学校からつい二丁ばかり離れたところにあるのだ。

青木氏の家族が南京はぜの木の蔭に消えるのを見送ったコーチの先生は、何ということなく心を打たれた。

(あれが本当に生活だな。生活らしい生活だな。夕食の前に、家族がプールで一泳ぎして帰ってゆくなんて……)

青木氏の家族が、暮色の濃くなった鋪装道路を帰って行く。大きな、毛のふさふさ垂れた、白い犬を先頭にして。彼等を家で待つものは、賑かな楽しみ多い食卓と、夏の夜の団欒だ。

だが、そうではない。この夫婦には、別のものが待っている。それは、子供も、近所の人たち誰もが知らないものなのだ。

それを何と呼べばいいのだろう。

青木氏は、一週間前に、会社を辞めさせられたのだ。理由は、――彼が使い込んだ金のためである。

子供たちが眠ってしまった後、夫婦は二人だけ取り残される。

藤棚の下のテラスに持ち出したデッキ・チェアーに身体を横たえて、向い合っているのである。何にも話しをしない。時々、手にした団扇でめいめい足もとの蚊を追うだけであった。

夫人は、小柄で、引き締った身体の持主である。赤いサンダルを穿いて、麻で編んだ買物籠を片手に道を歩いている時の彼女を見ると、いかにも快活な奥さんと云う感じがする。駅の近くのコーヒー店へ犬を連れたまま入って、アイスクリームを食べているところを見かけることがあるし、二人の男の子と走り合いをして、子供を負かして愉快そうに笑っていることもある。

だが、今度の出来事には、彼女も少からぬショックを受けた。思わずリングに片膝をついたというところだ。

「何を、いったい、したと云うの?」

ぼんやりして帰って来た夫からくびになったと聞いた時、彼女は眼をまるくしてそう尋ねたのだ。

毎晩、帰宅が十二時近く、それよりもっと遅くなって車で帰って来ることも度々のことであったが、それにはもう慣れっこになっていて、苦にもしないでいたのだ。

得意先の接待、というのだが、それが毎晩続くわけでもないだろうから、自分勝手に遊んで来て遅くなることも多いに決っている。どこで、何をしているのやら、知れたものではない。

だが、それは云ってみても仕方のないことだ。そんなに毎晩遅くなっても、本人は一向に身体に応えるということもなくて、文句も云わないのだから結構だと思うより外ない。

会社のことはふだんからちっとも話さないので、彼女の方から聞きもしないでいたのだが、突然くびになったとは、またどうしたことだろう。

――金を使い込んで（その金額は、夫が会社で貰う俸給の六ヵ月分くらいであった）、それが分ってしまった。埋め合せるつもりでいたのだが、それが出来ないうちに見つかったと云うのだ。

本来ならば家を売ってでもその金を弁償しなければならないところだけれども、それは許す代りに、即日退職ということになった。

何ということだろう。十八年も勤めて来て、こんなに呆気なくくびになってしまうとは。

もしも夫が、物に動じない彼女を驚かせるために、こんな冗談を考えついたのだとしたら……。もしそうであったなら、どんなに嬉しいことだろう！

だが、それが質の悪い冗談でないことは、玄関へ入って来た夫を見た瞬間に、彼女には分ってしまっていたのだ。夫の背中に不吉なものが覆いかぶさっているのを、彼女は感じたのだ。

「どうにもならないの？」

「駄目なんだ」

「小森さんに頼んでみなかったの？」

「あれが、いちばん怒っているんだ」

小森というのは、ふだんから夫が一番親しくしていた重役であった。彼女はその家へ何度も行って、奥さんとはよく話をしている。

「あたし、謝りに行ってみようか知ら」

「駄目だよ。もう決ってしまったんだ」

彼女は、黙ってしまい、それから泣いた。

最初の衝撃が通り過ぎたあと、彼女の心に落着きが取り戻された。すると、何の不安も抱いたことのなかった自分たちの生活が、こんなにも他愛なく崩れてしまったという事実に、彼女は驚異に近い気持を感じた。

それは、見事なくらいである。

（人間の生活って、こんなものなんだわ）

起った事を冷静に見てみれば、これは全く想像を絶したことではないのだ。夫はもともと謹直な人間ではない。意志強固な人間でもない。遊ぶことと飲むことなら、万障繰合せる男なのだ。どうして間違いを起さないということが保証出来るだろうか。

　接待以外に社用で飲み食いするとしても、限度があるだろう。給料では、自前で飲むとしてもたかが知れているのだ。それを何となく安心していて、一度も疑ってみたことのない自分の方が、迂闊である。

　夫の方にしてみても、大事に到るとは思ってもみなかったのだろうが、そういう風に物事を甘く見るところに、既に破綻が始まっていたのだ。本当に埋め合せる気があれば、何とか出来た金額である。それは、やはり勤めの厳しさというものを夫が身に沁みて感じることがなかったからに違いない。

　結婚してから十五年にもなるのに、そういう危険を夫の身に感じたことがなく、「勤めを大事にしてね」と頼んだりしたことは覚えがなかった。

　そういう風に考えてみると、彼女は自分たち夫婦が今日まで過して来た時間というものが、まことに愚かしく、たよりないものであったことに改めて気が附くのだ。そうなると、課長代理にまでなっていてくびにされた夫が俄かにぼんやりした、智慧のない人間に見えて来る。その夫を、彼女は遊び好きの飲ん兵衛だが、それだけ働きのある夫だと思ってはいなかったか。そういう気持で、夫のことを学校友達のたれかれに話したことが無かったか。そんな自分が、腹立たしくてならない。

　四十にもなって勤め先を放り出された人間は、いったいどうして自家の体裁を整えることが出来るのか。いったい、この人生の帳尻をどんなにして合せるのか。

　それは、考えるより先に、絶望的にならざるを得ない問題だ。しかし、考えずに放り出しておくことは出来ないことだ。

　びっくりするような大きな、黄色い月が、庭のプラタナスの葉の茂みの間から出て来た。夫人は、その方を見て、殆ど聞えないくらいの溜息をついた。


　子供たちは、父の突然の休暇を歓迎した。

　兄の方は、山登りに連れて行ってくれと頼むし、弟の方は昆虫採集に出かけようと云うのだ。

「だめよ。パパは疲れていらっしゃるんだから、家で休養しないといけないの」

　彼女はそう云って子供たちをなだめる。すると、夫は気弱く笑って、

「そうなんだ。パパはね、休養を欲しているんだ。遠くへ出かけるのは、今回はかんべんして貰いたい」

　子供たちは不承不承、めいめいの希望を引っこめた。その代り、三日目の夕方から、父を引っ張り出して、学校に新しく出来たプールへ泳ぎに行くことにしたのだ。女学部の水泳チームがインターハイのための合宿練習をしているので、本当ならプールへ入れないのであった。

　正直なところ、青木氏には裸になってプールへ入る元気など、全く無かったのである。ただもう畳の上に長い手足を投

げ出してへたり込んでいるばかりであった。それを促してともかく、水泳パンツとケープを持たせて家の中から出させたのは、夫人の力だった。（そんな風にしていたら、今度は病気になってしまうわ。気晴しに、泳いでいらっしゃい）

青木氏は、もともと運動競技が好きなのだ。学生の頃には、バレーボールの選手をしていたことがある。

これまでだって、日曜日の朝など、家の前の道路で、子供を相手にキャッチボールをすることはよくあったし、シーズンには夫人と子供を連れて大学対抗のラグビーの試合に行ったものだ。

だから、子供たちもまだよちよち歩きの時分から海水浴に連れて行って、泳ぎを仕込んだのである。

最初の日、夕食の用意が出来てもまだ帰って来ないので、迎えに行ってみると、プールにいる夫は子供の後について家を出て行った時の様子とは大分違っていた。

夫は、彼女が迎えに来たのも気が附かずに、板片を持ってビート（足で水をたたく練習）をやりながら根気よくゆっくり進んで行く選手の行方を腕組をしてじっと見送っているのであった。そんな夫を見ると、彼女は情ないとも何とも云えない気持で、

（なんていう人なんだろう！）

と心につぶやいたのだ。

二日目に、彼女はお礼と選手たちのおやつにと思って、チョコレエトを一箱買って持って行った。夫を柵のところに呼んで、それを先生に渡してもらうように頼んだ。

すると、夫はそのチョコレエトの箱を持ってスタート台の中央にいるコーチの先生のところへ行き、愛想笑いをして渡した。先生は白い歯を出して笑い、それから大声で、

「おーい、記録縮めた者には、青木さんから頂いたチョコレエトをやるぞ。それ、頑張れ」

と怒鳴った。

先生のまわりにいた選手たちは色めき立って、「いやあ、ひどいわ」「先にくれたら、記録縮めまーす」などと口々に叫んでいる。

夫はそれを満足気に眺めながら、笑っているのだ。

チョコレエトの蓋が開かれ、その中身は忽ち先生のまわりに押しかけた選手たちに配られた。彼女らは、大騒ぎしながらチョコレエトを受け取り、夫の方に「頂きまーす」と云って口に放り込む。

さっさと帰って来ればいいのにと思うのに、夫は生徒らのそばから離れない。そのうちに先生の方から箱を差出されて、「一ついかがです」と云われ、さすがにそれは断って、やっと自分の子供がいる端のコースへ戻って行った。

その様子を見ていると、彼女には夫がいったい無邪気と云うべきか、馬鹿と云うべきか、分らなくなって、妙な気持になってしまうのだ。

帰りがけ、選手たちは夕暮のプールからこちらへ向って、「さよならー、御馳走さまー」と可愛く挨拶を送って寄越す

のであった。その声を聞くと、夫は照れくさそうに、ちょっと中途半端に手を振って答えた。

南京はぜの葉が空に残った夕映えの最後の光輝を受けて、不思議な緑色をしている。その葉の下を歩いて行くうちに、夫の顔がだんだん陰気になって来るのが分る。それを見ないふりしているのだが、彼女も自分の表情が沈んで行くのが分るのだ。

二人の前を犬を引っ張って兄弟が歩いて行く。時々彼等は犬の名前を呼ぶ。その声の強さが、彼女には疎ましく思われる。

「何か話をして」

と、彼女は声をかける。

「黙っていると滅入りこんでくるわ」

「ああ、そうだ」

夫は、気が附いたように云う。

「何を話すかな」

「バアのはなし」

彼はびっくりして、妻を見る。

「あなたがよく行くバアのはなし」

「云ったたって、つまらんよ」

「いいから、話して。あたし、考えてみたら、今まであなたから一度も聞いたことなかったわ。あなたがよく行くバアだとか、そんなところの話を」

彼女は夫も自分をも引き立てようとして、そう云ったのだ。

「さあ、話して頂戴。どんなきれいなひとのいる店で、あなたがばかなお金を使ったのか」

彼女はわざと蓮っ葉な云い方をしたのだが、夫はその瞬間苦痛の色を浮べた。それは、彼女にはちょっと小気味のいいことであった。

「いろいろ、ある」

夫は、やっと気を取り直して答えた。

「どこからでも、順番に話して頂戴」

そこで、月の光がさし込むテラスの上で青木氏が話し始めたのは、先ず金があまり無い時に行くOというバアの話であった。

——そこは、美貌で素っ気ない姉と不美人でスローモーションの妹が二人でやっているバアだ。

その店は、いつ行ってみても、二三日前に廃業したのではあるまいかと疑わせるような店であった。そう云う気持で止り木の上に半分尻を乗せかけた姿勢でいると、五分くらいして、奥から妹の方がそっと出て来る。その出て来かたは、何とも虚無的な感じに包まれている。

断るのかと思うと、ゆっくりスタンドの中にもぐり込む。それからそのあたりを片附けたりして、初めて客の顔を見る。不機嫌なのか、それとも身体の具合でも悪いのかと思うが、それが普通で、その証拠に客がたとえば、

「何時来ても、ここは西部劇に出て来る停車場みたいに人気《ひとけ》

がないね」

と云おうものなら、忽ち白い歯を出して、嬉し気に笑うのである。

姉の方と来たら、怠業気分が一段と旺盛で、よくよく気乗りがしなければ、二階から降りては来ないのだ。もし客の方が勢い込んでドアを押し開けて入って来でもしたら、この不景気なとも不熱心なとも云いようのない店の空気に、妙な具合に調子をはぐらかされて、引っ込みも進みもならなくなるに違いない。そんなバアであった。

ところで、このバアの取柄は、安上りだということだ。先方がそういう風に、やる気がないのだから、こちらが反逆しない限り、安くて済むのは当然の結果である。

青木がそこへ行く回数が多かった理由は、安いと云うことは勿論だが、姉が目当てであった。

最初に友人に連れられてこのバアへ行った時、彼は姉の顔をフランス映画の女優で、現世的な容貌に彼岸的な空気を濃く漂わせているM……に似ていると思った。それは、ちょっと怖いようなところがあったし、また徹底してロマンチックな顔でもあった。こういう女と人気《ひとけ》のない夜の街路を散歩してみたらと云う漠然たる希望が、その時から彼の胸に生じたのであるが、その希望はほどなく達せられた。

アメリカの有名な選手の出る国際水上競技試合の切符を買って、試みに彼女に渡したのである。多分来ないと思っていたが、その晩行ってみると、女は来ていた。

その帰り、二軒バアを廻って、車で夜更けの市街をあてなしに走らせた。散歩、ではなかったが、ほぼ彼の願いはかなえられたと云っていい。

その間に、いくらかしんみりした彼女は、自分が幼年時代を父とともにハルビンで過したこと、夏になると太陽島へ連れて行って貰い、土色をして流れるスンガリの岸辺でロシア人の家族たちの間にまじって遊んだこと、帰りにはいつも江岸のプロムナードに面した食堂へ入り、楽隊のそばのテーブルで父はジョッキを何杯も飲み、自分は黒パンをかじりながらたそがれの河の面を眺めていたことなどを、彼に話した。

それを話す間、彼女は青木の肩に頬を凭せかけていた。青木は、こういう時にこそ接吻をせねばと彼女の思い出話も上の空であったが、もし接吻しようとして相手が怒り出したりしては何もかもぶちこわしになるし、実際に彼女が怒ったとしたらどんなにか怖しいことになりそうで、つい手出しが出来なかった。

その時以来、二度とそのような機会は到来しなかった。そのため彼はバレーや音楽会の高価な切符をふいにしたことも幾度かあった。青木はその後、彼女を久しきにわたって観察したが、アメリカとの水泳試合を見に行った夜の彼女は、確かにふだんの彼女とは違っていた。もしもチャンスというものがあるとすれば、あの晩がそうであったのだ。

彼女は、その夜以来まるで手がかりのない城壁のようになってしまった。その神秘的なと思える微笑を見る度に、彼は何とぞしてわが物にしたいと切に焦がれるのであったが、いったい何を考えているのか、そのうち誰かと結婚するつもりなのか、しないつもりなのか、好きな男がいるのやらいないものやら、まるで見当がつかなかった。

悪くすると、青木が来ているのが分っていても、二階から降りて来さえしない日がよくあるのだ。そういう時は、彼は心ならずも妹の方と一向に要領を得ない、スローテンポの会話を続けながら、不味そうにビイルを啜っているのである。

ひどい時になると、姉も妹も姿を見せず、梅干婆さんが店の奥から顔を出して、青木が甚だ不服気に姉妹の所在を問うと、姉の方は二階に誰か客が来ていて、妹の方は歯が痛いと云って寝ていると云うような返事で、腹立ちまぎれにかえって止り木の上に腰を落着けて、婆さんのお酌でビイルを飲むこともあった。

この梅干婆さんは、どういうものか青木に対して同情的で、そんな時には三本飲んだビイルを一本分しか勘定につけないと云う好意を示すのであった。

婆さんにいろいろと探りを入れてみるが、姉の方にはパトロンとか愛人らしきものは居ない様子で、店を出したのはお父さんがお金を出してくれたという姉妹の話はどうやら本当のことらしい。二階に来ている客というのは父の親しい友人で、別に胡乱な人物ではないことを保証するのである。

そう云われても、彼女は二階の私室でその男と二人きり、何の話をしているのか知らないが、一時間も二時間も一緒にいるというのは、彼にはどうにも不愉快なことだ。

この店へ来る客と云うのは、結局みんな青木と同様、姉の美貌に惹かれて慕い寄って来る連中であった。彼ひとりがつれない目に合わされているわけではないが、みな夫々、満たされないままに、何となく未練が絶ち切れず、時々ぶらりとやって来る様子で、そんな客とたまたま一緒になると、お互いに相手の態度ですぐそれと分るのだ。だから、青木も、阿呆らしいとは思いつつも、そのバアを見限りにすることが出来ずにいた。

ただ彼が不思議に思うことは、姉の方がちょっと他処では出会うことがないほどの美貌でありながら、いつ行ってもそのバアは恐しく不景気で、ついぞ大賑いに賑ったことがないということであった。これはいったい、どういう理由によるものだろうか……。

彼が妻に向って話したのは、ここに書かれた通りではない。だが、ほぼこれだけの内容のことを語ったのである。

「それきり？」

「うん」

夫人は、小さな声で笑った。

「これまで、一度もそんなお話、なさったことがないわね」

「振られてばかりいるんじゃね」

「振られてばかり、でもないでしょ」

彼はぐっと詰まってしまう。

「いいわ、むりに話して頂かなくて、結構よ。どうせ、本当のことなんか仰言らないんだし。いいわよ」

彼女は自分がまことに迂闊であったことに気附く。夫が会社の金を使い込んで、それが分ってくびになった。その事実があまりにも大きな衝撃であったために、彼女はすっかり心を奪われてしまっていた。

〈女がいる。夫が大金を使い込んだのは、女のためだったのだ〉

この考えが、夫の話を聞いている途中、霹靂《へきれき》のように彼女を打った。

彼女は自分の内部に生じた動揺を隠した。そして、夫が話し終ると、さり気なく、その種の告白を切り上げさせたのである。

夫が話したことは、それはどうでもいいようなことなのだ。彼が秘密にしなければならないのは、もっと別のことである。ハルビンで育った、フランス映画の女優のM……に似た女とのことは、多分一種の陽動作戦のようなものなのだ。彼女は、本能的な敏感さで、それを感じ取ったのである。

もしも彼女がせがむならば、夫は今のとは別の、ちょっと気を持たせるようで、実は危険なものではない、女とのかかわり合いを、いくつか彼女に聞かせるかも知れない。だが、その手に乗ってはならない。

どうでもいいことは、全部さらけ出したかのようにしゃべる。そして、それらの背後に、男が針の先もふれないものがあるのだ。

メデューサの首。

彼女はそれを覗き見ようとしてはならない。追求してはならない。そっと知らないふりしていなければならないのだ。

夫に「何か話をして」と云い出した時には、彼女は夢にも思っていなかった。バアの話という註文を出したのも、二人の気持を引き立てるつもり以外に何もなかったのである。

だが、何ということだろう。彼女は無心に陥穽を設けてしまったのだ。そして今や我とわが身をその穴の中へ陥れてしまったことに気が附くのであった。

次の日も、夕方になると青木氏は二人の男の子を連れて家を出て行った。

夕食の仕度をしながら、夫人はこのような奇妙な日常がいつまで続くだろうかという問いを心の中で繰返してみる。

生活費はあと二週間でなくなってしまう。彼等の預金通帳は、ずいぶん前から空っぽである。夫婦とも入ったら入っただけ使ってしまう性質なのだ。すると、その後は売り食いでつないで行くより外ない。半年くらいは何とかもつだろうか。

彼女の実家は、戦争前には貿易商をしていてゆったりした暮しをしていたが、戦後はすっかり逼塞《ひっそく》してしまっている。

夫の方にしても、兄弟三人いるが、みな似たりよったりのかぼそい役所や会社勤めの身である。

ふだんは何とも思わないでいたが、いざこのような破目に陥ってみると、二人ともまるで天涯孤独の身も同然である。

どこにも身を寄せるところがない。

子供がいなければ、何とかまだ暮しを立てる方策があるかも知れない。自分が働きに出て、ともかく自分一人の口を糊することは出来ないことはないと思う。それも、身に何の技術も持たない彼女には、よほどの覚悟が必要に違いないが。しかし、小学校に通っている男の子が二人いては、それは到底出来ない相談である。

そう云う風に考えて行くと、夫が新しい働き口を見つけることに成功しない限り、家族四人は一緒に暮すことは出来ないことになる。だが、四十を過ぎた女房持ちの男が、会社をくびになって世の中に放り出されたものを、いったいどこに拾って養ってくれるところがあるだろうか。

彼女は思うのだ。つい一週間前には、自分はどんなことを考えながら夕方の支度をしていたのだろうか。それはもうまるで思い出すことも出来ない。

何時、どういうわけで、こういう変化が自分の上に生じたのだろうか。どうして出し抜けに、自分たちの生活の運行に狂いが出来てしまって、それでこのようないわれのない苦痛と恐怖を味っているのであろうか。どういう神が、こんな理不尽な変化を許したのか。

自分が今、ガスの火をつけたり、その火の上からフライパンを外したりしているこの動作は、これはどういう意味を持つことなのか？　どういうわけで、自分の手がこんな風にまるで決ったことのように忙しく動いて行くのだろう。

これまでずっと来る日も来る日も自分が当り前のこととして続けて来たこれらの動作を、今も現にこうしてやっているのは、何故だろう？　これは、何かへんな間違いではないのか。

——彼女は急に一切が分らなくなるような不思議な気持になって来るのだ。


夜。子供たちが寝たあとで、夫はウィスキイを飲みながらこんな話を彼女にしゃべった。

僕の会社のあるビルでは、各階のエレベーターの横に郵便物を投げこむ口があるんだ。

それは九階から一階まで縦に通っている四角い穴というわけだ。廊下に面したところは、透き通っていて、手紙が落ちるのが外から見えるようになっている。その前を通りかかると、白い封筒が落下してゆくのを見ることがある。それは廊下の天井のところから床までの空間を、音もなく通り過ぎるのだ。続けさまに、通り過ぎるのを見ることもある。

この廊下が、うちのビルは特別薄暗い。あたりに人気《ひとけ》のない時に、不意に白いものが通るのを見かけると、僕はどきんとする。その感じはどう云ったらいいだろう。何か魂みたいなもの——へんに淋しい魂のようなものなんだ。

その廊下を一歩離れると、油断も隙もないわれわれの人間世界が、どの部屋にも詰まっているわけだ。だから、その部屋から押し出されて、ひとりでトイレットへ行って来た帰りなどに、それに出会《くわ》すんだな。

朝、何か仕事の都合で、僕が出勤時間より早く社へ出かけることがある。

まだ一人も来ていない会社の部屋の中を、僕は見廻してみる。すると、いつもそこに坐っている人間がいなくて、その人間を載せている椅子だけがある。その椅子を見ていると、そこに当人が存在しないだけ、よけいその椅子がその男の頭のかたちだとか、眼の動かし方とか、しゃべる時の口もとの動きとか、背中の表情とかいうものを、まざまざと映し出すのだ。

尻が丁度乗っかる部分のレザーは、その人間の五体から滲み出て、しみ込んだ油のようなもので光っている。それはきっとその人間の憤怒とか焦だちとか、愚痴や泣き言や、または絶えざる怖れや不安が、彼の身体から長い間かかって絞り出した油のようなものなのだ。僕にはそう思えてならない。

椅子の背中のもたれるようになった部分、そのひしぎ具合にも、その男のこの勤め場所での感情が見られる。否応なしに毎日そこへ来て、その椅子に尻を下す人間の心の状態が乗りうつるのは当然のことではないだろうか。

僕は、自分が坐っている椅子をも、そっと眺めやる。何という哀れな椅子だと思って。しがない課長代理の哀れな椅子よと……。

僕がどんな時びくびくしないでここに坐っているだろう。自分の背中のところで、不意に誰かが咳払いをしたら、僕の身体は椅子の上から二三寸飛び上るかと思うほど、どきんとするのだ。だが、このように絶えず何かに怯えているのは、僕ひとりだけではないのだ。

会社へ入って来る時の顔を見てごらん。晴やかな、充足した顔をして入る人間は、それは幸福だ。その人間は祝福されていい。だが、大部分の者はそうではない。入口の戸を押し開けて室内に足を踏み込む時の、その表情だ。彼等は何に怯えているのだろう。特定の人間に対してだろうか。社長とか部長とか課長とか、そう云う上位の監督者に対して怯えているのか。それも、あるに違いない。だが、それだけではない。それらは、一つの要素にしか過ぎないのだ。その証拠に、当の部長や課長にしたところで、入口の戸を押し開けて入って来る瞬間、怯えていない者はない。

彼等を怯えさせるものは、何だろう。それは個々の人間でもなく、また何か具体的な理由というものでもない。それは、彼等が家庭に戻って妻子の間に身を置いた休息の時にも、なお彼等を縛っているものなのだ。それは、夢の中までも入り込んで来て、眠っている人間を脅かすものなのだ。もしも、夜中に何か恐しい夢を見てうなされることがあれば、その夢を見させているものが、そいつなのだ。

誰もいない朝、僕は椅子や机や帽子かけやそこにぶら下っているハンガーを見ていると、何となく胸の中がいっぱいになってしまうことがあった。それらは、ここに働いている人間の表象で、あまりに多くのことを僕に物語るからだ。

「うちのかあちゃんがゆんべも泣いておれのことを口説くんだ。どうかお願いだから短気起さないで、月給は安くて今のままのぴいぴいでも我慢するから、決して早まったことしないで後生大事に勤めておくれよって。そう云って泣きやがるんだ。おれもつい考え込んじゃったよ」

そう云った男の椅子が、そこに、机に押しつけられて、あるのだ。僕は、その椅子を見ると、その男が家計のことからついそんな愚痴話を僕に聞かせた時の、声音から恥しそうな微笑まではっきり思い出してしまうのだ。

——夫の話は、そこで終る。

バアの話もしなかったけれど、会社勤めのつらい思いをこんな風に話したことは、これまであったか知ら。

夫がそのような気持で会社に行っていたということは、彼女にとっては初めて知ることなのだ。とすると、何という、うっかりしたことだろう。いったい自分たち夫婦は、十五年も一緒の家に暮していて、その間に何を話し合っていたのだろうか？

夫の帰宅が毎晩決って夜中であり、朝は慌てて家を飛び出して行くという日が続いて来たとしても、自分たちは大事なことは何一つ話し合うことなしにうかうかと過して来たというのだろうか。休日には家族が一緒に遊びに出かける習慣は守られていたが、そんな時、夫はどんなことを自分に云い、自分はどんなことを尋ねていたのだろう。彼女は、夫が会社勤めということに対してあのような気持を抱いていようとはついぞ考えてみたこともなかったのである。ただ遊び好きの人間のように思っていて、それで毎晩、夜中になるまで帰って来ないのだと、何でもなく考えていたのだ。

結婚した時から夫はそういう風であったので、それが最初から固定観念となって彼女の心に植えつけられていたようだ。日曜日に必ず家族でどこかへ出かけるということは、月曜日から土曜日までの非家庭的な生活に対する埋め合せであったが、それにしても毎日早く帰って来るが、休日も同じことでぼんやりつまらなく送ると云うやり方よりは、かえって充実感があっていいと云う風に、彼女は思っていたに違いない。

夫の話を聞いてみると、夫が会社を終ってから用がない時でも真直に帰宅しないのは、勤めていることに対して始終苦痛を感じていたからだと云うことが、彼女には分った。家へ帰っても、心の休息を得られなかったのだろうか。妻や子供たちを見ると苦しくなって、バアやキャバレエで女と一緒にいると苦痛を忘れるというわけなのだ。

そうすると、いったい自分は夫にとってどういう存在なのか知ら？　彼女の心には、そんな疑問がふと生じる。あたしたちは夫婦で、お互いに満足し、信頼し合っていなかったとしたら、あたしは何をしていたのだろうか。

会社勤めの不安や苦痛を一度もあたしに話さなかったということは、外で、あたし以外の誰かに、それを始終話していたのではないか。その誰かが、今度の出来事の蔭に佇《たたず》んでいるのではないのか。

姉妹のいるバアのことを夫が話した時、啓示のように閃いたのはその女のひとの映像であった。その想念には、恐しいリアリティがあった。彼女は、身震いして、その想念を慌て追いやろうとしたが、出来なかったのだ。

朝起きて、夫がそのまま家にずっと一日中いるという生活は、最初彼女を当惑させたが、一週間もその暮しを続けると、その方がいいという気がして来るのであった。

もしも、夫がこうして毎日外へ働きに出て行かないで、家族が生活してゆけるものだったらいいのになあ。彼女は、自分たちが太古の時代に生れていたとしたら、それが普通のことであったのにと思う。

男は退屈すると、棍棒を手にして外へ出て行き、野獣を見つけると走って行って躍りかかり、格闘してこれを倒す。そいつを背中に引っかついで帰って来て、火の上に吊す。女子供はその火の廻りに寄って来て、それが焼けるのを待つ。もしそういう風な生活が出来るのであったら、その方がずっといいに決っている。

男が毎朝背広に着換えて電車に乗って遠い勤め先まで出かけて行き、夜になるとすっかり消耗して不機嫌な顔をして戻って来るという生活様式が、そもそも不幸のもとではないだろうか。彼女は、そんなことを考えるようになった。

暗闇の中で夫がじっとして何か考えている様子であった。

「眠れないの？」

彼女が声をかけると、夫は急いでそれを打ち消すように、

「いいや、いまうとうとしかけているところなんだ」

それから、ちょっとして、

「だいぶ昼寝したからな」

と、云った。

「眠れるおまじない、して上げようか？」

彼女はそう云うと、夫の顔の上に自分の顔をそっと近づける。二人の眼蓋がふれ合うくらいの距離になる。

おまじない、ではない。これは彼女が発明した愛撫の方法なのだ。睫毛の先と先とが重なるようにして、眼ばたきを始める。

自分の睫毛のまたたきで相手の睫毛を持ち上げ、ゆすぶるのだ。それは不思議な感触だ。たとえば二羽の小鳥がせっせとおしゃべりに余念がないという感じであったり、線香花火の終り近く火の玉から間を置いて飛び散る細かい模様の火花にも似ている。

暗い夜の中で、黙って彼女は睫毛のまばたきを続ける。それは、慰めるように、鎮めるように、また不意に問うように、咎めるように動くのだ。

青木氏は出勤を始めることにした。

十日間の休暇は、終ったのである。子供たちが、「いつまでお休み出来るの？」と尋ねるようになった時、もう休暇を切り上げるべき時期が来ていたのだ。

それに近所の人たちの中に、何となく疑わし気な眼で青木氏を見る者が出て来たことを見逃してはならない。現に買物に行った先で、彼女に向って探りを入れるような質問をした奥さんもいたのである。

こういう秘密は、驚くべき速さでひろがってしまうものだ。近所に同僚の家は無かったが、どんなところから噂が伝わって来ているかも知れないのだ。

ともかく、子供たちのことを考えると、休暇だと初めに云った以上、何時までもこうしているわけには行かない。そしてそろそろ新しい勤め口を探しにかからねばならないわけだ。そこで、青木氏は朝、いつも会社へ出かけていた時刻に家を出かけることにしたのである。

最初の日。夫が出かけて行くと、彼女は何となくぐったりしてしまった。彼女の心には、夫が晩夏の日ざしの街を当てもなしに歩いている姿が映る。雑沓の中にまぎれて、知った人に出会うことを恐れながら、おぼつかない足取りで歩いている夫の悩ましい気持が、そのまま彼女に伝わって来るのだ。

人目を避けるために、映画館の暗闇の中で画面を見つめているかも知れない。あるいは百貨店の屋上のベンチに腰を下して、幼児を遊ばせている母親の姿を眺めているかも知れない。

そのようなイメージが不意に崩れて、どこか見知らぬアパートの階段をそっと上って行く夫の後姿が現れる。彼女は全身の血が凍りつきそうになる。(危い！　そこへ行ってはいや。いやよ、いやよ、いやよ……)

彼女は叫び声を立てる。それでも、夫はゆっくりと階段を上って行く。(いけないわ。そこへ行ったら、おしまいよ。おしまいよ)

このような想像が、家にいる彼女を執拗に襲った。

夕方。

彼女は台所に立って働いている自分を発見する。熱を病む人のように、けだるさが彼女の全身にひろがっている。

家の前の道路で、子供がキャッチボールをやり始める。二人がしゃべっている声が聞えて来る。

「凄く速いんだ」

「メキシコ・インディアンさ」

「一日中、かもしかを追いかけまわして、それでも平気なんだ」

「タマフマラ族だよ。タ・マ・フ・マ・ラ」

「日本へ来ればいいのになあ」

そんな言葉が、ボールの音の合間に、脈絡なしに彼女の耳に響いて来る。

(……夫は帰って来るだろうか。無事に帰ってくれさえすればいい。失業者だって何だって構わない。この家から離れないでいてくれたら……)

彼女はマッチを取って、ガスに火をつける。それから手を伸ばして、棚の上から鍋を下ろす。

（帰って来てくれさえすれば……）


プールは、ひっそり静まり返っている。

コースロープを全部取り外した水面の真中に、たった一人、男の頭が浮んでいる。

明日からインターハイが始まるので、今日の練習は二時間ほど早く切り上げられたのだ。選手を帰してしまったあとで、コーチの先生は、プールの底に沈んだごみを足の指で挟んで拾い上げているのである。

夕風が吹いて来て、水の面に時々こまかい小波を走らせる。

やがて、プールの向う側の線路に、電車が現れる。勤めの帰りの乗客たちの眼には、ひっそりしたプールが映る。いつもの女子選手がいなくて、男の頭が水面に一つ出ている。


（『庄野潤三全集』第一巻　講談社　一九七三・六）

庄野潤三《しょうのじゅんぞう》　1921—2009

大阪府東成郡住吉村に帝塚山学院の創立者庄野貞一の三男として生まれる。帝塚山学院幼稚園、小学校を経て、大阪府立住吉中学校へ。伊東静雄に国語を習う。伊東が著名な詩人であることは、一九四一年、大阪外国語学校英語部在学中に知る。その後、伊東に師事。一九四二年、九州帝国大学法文学部文科に入学、島尾敏雄と知り合う。一九四三年、小説を書き始めるが、軍隊へ。翌年一二月には海軍少尉に。砲台建設に従事していた伊豆で終戦を迎える。戦後は、歴史教師をしつつ、島尾敏雄らと同人雑誌を刊行するなど文学活動を再開。一九四六年一月、浜生千寿子と結婚。一九四九年、「愛撫」を発表、『群像』の創作合評に取り上げられる。一九五一年、朝日放送に入社。一九五三年、「喪服」「恋文」が芥川賞候補に。一九五四年一二月、「プールサイド小景」を『群像』に発表、翌年芥川賞を受賞した。自己の身辺に素材を見いだす作風で「第三の新人」の一人に数えられる。八月、朝日放送を退社し、執筆のみの生活へ。一九六〇年の「静物」で新潮社文学賞、一九六五年の「夕べの雲」で読売文学賞など、受賞多数。夫婦の亀裂を見つめる小説で出発し、後には、平和な家庭の静かな日常を描き続けた。二〇〇九年、老衰で死去。

そもそもの不幸のもとは

「プールサイド小景」の発表は一九五四年。翌年、小島信夫の「アメリカン・スクール」とともに芥川賞を受賞した。「アメリカン・スクール」は敗戦後の日本の鬱屈した感情を色濃く反映した作品である。一方、「プールサイド小景」には、わずかに差し挟まれた妻の実家の事情のほかには、戦争の影はほとんど感じられない。きわめて異質な二つの作品が並んだ一九五四年という時期に、まずは目を向けてみよう。占領期を見つめた「アメリカン・スクール」とは対照的に、「プールサイド小景」が描いたのは、戦中戦後という非常時を通り抜け、再びつくりあげられた日常の光景である。それは、現在の私たちにもたしかにつながっている。

描かれているのはサラリーマンの家族だ。夕方のプールを楽しんだあと、親子四人、犬を連れて帰宅する様子がいかにも幸福に見えるその家族は、実は使い込みで夫が解雇されるという危機に陥っている。使い込みという理由を別とすれば、リストラという言葉に馴染んだ私たちにとって、突然の失職による家族の危機という事態は、決して遠くはないはずだ。

企業に就職し俸給で生計をたてるという生活は明治にはじまり、「サラリーマン」という言葉の生まれるのが大正時代。その数は右肩上がりに増加し、一九五〇年代末には七五〇万人に達している。「プールサイド小景」の冒頭には、「勤め帰りのサラリーマンたち」の姿が書き込まれているが、青木もまた「哀れな勤め人」の一人だ。決して特異な人物として書かれているわけではない。その意味で、この小説は多数者の物語であるといえる。芥川賞の選評では、滝井孝作が「サラリーマン生活の不安、その細君の油断の心持など、サラリーマン生活の弱点を衝いたテーマ」は、「皆んなが一応は心得ておくべきで、これは大勢に読んでもらいたい」と評した。

彼らの生活はどのように描かれているのか。青木の仕事に対する気持ちが語られるのは、小説の後半だ。「会社勤めのつらい思い」としてまとめられているその内容を、丁寧に辿ってみたい。郵便物を通す穴や椅子といった物を通して、心の底に沈殿した思いが描かれている。「淋しい魂」の淋しさや、「怯え」と表現された心境をどう理解したらよいだろうか。

仕事そのものの問題と同時に考えてみたいのは、仕事と家族の関係である。この小説は、妻の視点で描かれている。夫の失職をきっかけに妻は夫の生活を理解していなかったことに気がつく。失職の直接的な理由は、使い込みである。しかしその使い込みをした理由は、何なのか。タマネギの皮をむくように、見えてくる理由の内側にさらなる理由が隠れている。そのようにしてようやく、夫が会社生活で抱え込んできた思いを妻は知ったのだった。サラリーマンの生活では、仕事と家族の距離はそれほどに遠い。それゆえ妻は、「太古の時代」の生活に憧れすら抱くのである。

妻が知ったのは、夫の生活だけではない。小説全体を覆うのは、妻がはじめて認識することになった日常の脆さである。平穏に続いてきた生活も、いつどこで崩れるか分からない。思いもよらない時に思いもよらない理由で壊れるかもしれないのである。身につけた技術や資格などによってアイデンティティが支えられる類の仕事とは違って、サラリーマンは組織を離れればアイデンティティのよりどころを喪失してしまう。日常の脆さはより切実といえるかもしれない。最後のシーンは、どのように感じられただろうか。多くの論者は、「不気味」なものを読み込んできた。より明確に「死」のイメージが漂っていると指摘する論者もある。「帰って来てくれさえすれば」という妻の願いが、重く響く。

視点1　**戦前戦後のサラリーマンの状況について調べ、作品に描かれたエピソードの背景を把握する。**

視点2　**青木の失職の直接的な理由は使い込みだが、それではなぜ使い込んだのか、掘り下げて考えてみる。**

視点3　**視点が妻に限定されていることの意味や効果を考えるとともに、妻が得た認識について考察する。**

〈参考文献〉上田三四二「家庭の危機と幸福—庄野潤三論」(『群像』一九六六・七)、助川徳是「プールサイド小景　鑑賞」(『鑑賞日本現代文学29　島尾敏雄・庄野潤三』角川書店、一九八三)、川本三郎「郊外に憩いあり—庄野潤三論」(『郊外の文学誌』岩波現代文庫、二〇一二)

(飯田祐子)

午後の最後の芝生

村上春樹

僕が芝生を刈っていたのは十八か十九の頃だから、もう十四年か十五年前のことになる。けっこう昔だ。

時々、十四年か十五年なんて昔というほどのことじゃないな、と考えたりもする。ジム・モリソンが「ライト・マイ・ファイア」を唄ったり、ポール・マッカートニーが「ロング・アンド・ワインディング・ロード」を唄っていたりした時代——少し前後するような気もするけれど、まあそんな時代だ——がそれほど昔のことだなんて、僕にはどうもうまく実感できないのだ。僕自身、あの時代に比べてそれほど変っていないんじゃないかと思うことだってある。

でも、そんなはずはない。僕はきっとかなり変ってしまったはずだ。というのは、そう思わないと説明のつかないことがけっこう沢山あるからだ。

オーケー、僕は変った。そして十四、五年というのはずいぶん昔の話である。

家の近所に——僕はこのあいだここに越してきたばかりだ——公立の中学校があって、僕は買物に行ったり散歩したりするたびにその前を通る。そして歩きながら中学生たちが体操をしたり、絵を描いたり、ふざけあったりしているのをぼんやり眺める。べつに好きで眺めているわけじゃなくて、他に眺めるものがないからだ。右手の桜並木を眺めていてもいいのだけれど、それよりは中学生を眺めていた方がまだましだ。

とにかく、そんな風に毎日中学生を眺めていて、ある日ふと思った。彼らは十四か十五なのだと。これは僕にとってはちょっとした発見であり、ちょっとした驚きだった。十四年か十五年前には彼らはまだ生まれていないか、生まれていたとしてもほとんど意識のないピンク色の肉塊だったのだ。それが今ではもう口紅を塗ったり、体育倉庫の隅で煙草を吸ったり、マスターベーションをやったり、ディスク・ジョッキーにくだらない葉書を出したり、どこかの家の塀に赤いスプレイ・ペンキで落書きをしたり、「戦争と平和」を——たぶん——読んだりしているのだ。

やれやれ、と僕は思った。

十四、五年前といえば、僕が芝生を刈っていたころじゃないか。

*

記憶というのは小説に似ている、あるいは小説というのは記憶に似ている。

　僕は小説を書きはじめてからそれを切実に実感するようになった。記憶というのは小説に似ている、あるいは云々。

　どれだけきちんとした形に整えようと努力しても、文脈はあっちに行ったりこっちに行ったりして、最後には文脈ですらなくなってしまう。なんだかまるでぐったりした子猫を何匹か積みかさねたみたいだ。生あたたかくて、しかも不安定だ。そんなものが商品になるなんて――商品だよ――すごく恥かしいことだと僕はときどき思う。本当に顔が赤らむことだってある。僕が顔を赤らめると、世界中が顔を赤らめる。

　しかし人間存在を比較的純粋な動機に基くかなり馬鹿げた行為として捉えるなら、何が正しくて何が正しくないかなんてたいした問題ではなくなってくる。そしてそこから記憶が生まれ、小説が生まれる。これはもう、誰にも止めることのできない永久運動機械のようなものだ。それはカタカタと音を立てながら世界中を歩きまわり、地表に終ることのない一本の線を引いていく。

　うまくいくといいですね、と彼は言う。でもうまくいくわけなんてないのだ。うまくいったためしもないのだ。

　でもだからって、いったいどうすればいい？

　というわけで、僕はまた子猫を集めて積みかさねていく。子猫たちはぐったりとしていて、とてもやわらかい。目がさめて自分たちがキャンプ・ファイアのまきみたいに積みあげられていることを発見した時、子猫たちはどんな風に考えるだろう？　あれ、なんだか変だな、と思うくらいかもしれない。もしそうだとしたら――その程度だとしたら――僕は少しは救われるだろう。

　ということだ。

＊

　僕が芝生を刈っていたのは十八か十九のころだから、もうけっこう昔の話になる。そのころ僕にはおないどしの恋人がいたが、彼女はちょっとした事情があって、ずっと遠くの街に住んでいた。我々が会えるのは一年にぜんぶで二週間くらいのものだった。我々はそのあいだにセックスをしたり、映画をみたり、わりに贅沢な食事をしたり、次から次へととりとめのない話をしたりした。そして最後には必ず派手な喧嘩をし、仲直りをし、またセックスをした。要するに世間一般の恋人たちがやっていることを短縮版の映画みたいな感じでばたばたとやっていたわけだ。

　僕が彼女を本当に好きだったのかどうか、これは今となってはよくわからない。思い出すことはできるが、わからないのだ。僕は彼女と食事をするのが好きだったし、彼女が一枚ずつ服を脱いでいくのを見るのが好きだった。彼女のやわらかい体の中に入るのも好きだった。セックスのあと、彼女が僕の胸に顔をつけてしゃべったり眠ったりするのを眺めるのも好きだった。でも、僕にわかるのはそれだけだった。僕にはそこから先のことをきちんと考えることができなかった。

　彼女と会う何週間かをのぞけば、僕の人生はおそろしく単調なものだった。適当に大学に顔を出して講義を受け、なんとか人なみの単位は取った。それから一人で映画をみたり、わけもなく街をぶらぶらしたりした。ひとり仲のいい女ともだちがいた。彼女には恋人がいたが、僕らはよくふたりでどこかに行っていろんな話をした。一人でいる時はロックンロールのレコードばかり聴いていた。幸せなような気もしたし、不幸せなような気もした。でもあの頃って、みんなそういうものだ。

　ある夏の朝、七月の初め、恋人から長い手紙が届いて、そこには僕と別れたいと書いてあった。あなたのことはずっと好きだし、今でも好きだし、これからも……云々。要するに別れたいということだ。新しいボーイフレンドができたのだ。僕は首を振って煙草を六本吸い、外に出て缶ビールを飲み、部屋に戻ってまた煙草を吸った。それから机の上にあるＨＢの長い鉛筆の軸を三本折った。べつに腹を立てたわけじゃない。何をすればいいのかよくわからなかっただけだ。そして服を着替えて仕事にでかけた。それからしばらくのあいだ、僕はまわりのみんなから「最近ずいぶん明るくなったね」と言われた。人生というのはよくわからない。

　僕はその年、芝刈りのアルバイトをしていた。芝刈り会社は小田急線の経堂駅の近くにあって、けっこう繁盛していた。大抵の人間は家を建てると庭に芝生を植える。あるいは犬を飼う。これは条件反射みたいなものだ。一度に両方やる人もいる。それはそれで悪くない。芝生の緑は綺麗だし、犬は可愛い。しかし半年ばかりすると、みんな少しうんざりしはじめる。芝生は刈らなくてはならないし、犬は散歩させなくてはならないのだ。なかなかうまくいかない。

　まあとにかく、我々はそんな人々のために芝生を刈った。僕はその前の年の夏、大学の学生課で仕事をみつけた。僕の他にも何人か一緒に入った連中もいたが、みんなすぐにやめてしまって、僕だけが残った。仕事はきつかったが、給料は悪くなかった。それにあまり他人と口をきかなくて済む。僕向きだ。僕はそこに勤めて以来、少しまとまった額の金を稼いでいた。夏に恋人とどこかに旅行するための資金にするつもりだった。しかし彼女と別れてしまった今となっては、旅行も何もない。僕は別れの手紙を受け取ってから一週間くらい、その金の使いみちをあれこれと考えてみた。というより、金の使いみちくらいしか考えるべきことはなかった。なんだかわけのわからない一週間だった。僕のからだは他人のからだみたいに見えた。自分の手や顔やペニスや、そんな何もかもが自分のものには見えなかった。僕は僕とは別の人間が彼女を抱いているところを想像してみた。誰かが——僕の知らない誰かが——彼女の小さな乳首をそっと噛んでいるのだ。なんだかすごく変な気持だ。まるで自分がなくなってしまったみたいだ。

　金の使いみちはとうとう思いつけなかった。誰かから中古車——スバルの１０００cc——を買わないかという話もあった。かなり距離を走っていたがものは悪くなかったし、値段も手頃だった。でも何故か気が進まなかった。ステレオ装置のスピーカーを大きなものに買い換えることも考えたが、僕の小さな木造アパートでは無理な相談だった。アパートを引越しても良かったが、引越す理由がなかった。アパートを引越してしまうと、スピーカーを買い換えるだけの金は残らないのだ。

　金の使いみちはなかった。夏物のポロシャツを一枚とレコードを何枚か買っただけで、あとはまるまる残った。それから性能の良いソニーのトランジスタ・ラジオも買った。大きなスピーカーがついていて、ＦＭがとてもきれいに入る。

　その一週間が経ったあとで、僕はひとつの事実に気づいた。つまり、金の使いみちがないのなら、これ以上使いみちのない金を稼ぐのも無意味なのだ。

　僕はある朝芝刈り会社の社長に仕事をやめたいんですが、と言った。そろそろ試験勉強も始めなくちゃいけないし、その前にちょっと旅行もしたいんです、と。まさかこれ以上もう金はいらないなんて言えない。

「そうかそうか、そりゃ残念だな」と社長（というか、植木職人といった感じのおじさんだ）は本当に残念そうに言った。それからため息をついて椅子に座り、煙草をふかした。顔を天井に向けてこりこりと首をまわした。「あんたはほんとうにとてもよくやってくれたよ。アルバイトの中じゃいちばんの古株だし、お得意先の評判もいいしな。ま、若いのに似合わずよくやってくれたよ」

　どうも、と僕は言った。実際に僕はすごく評判がよかった。丁寧な仕事をしたせいだ。大抵のアルバイトは大型の電動芝刈機でざっと芝を刈ると、残りの部分はかなりいい加減にやってしまう。それなら時間も早く済むし、体も疲れない。僕のやり方はまったく逆だ。機械はいい加減に使って、手仕事に時間をかける。機械でうまく刈れない隅の細かい部分をきちんとやる。当然仕あがりは綺麗になる。ただしあがりは少ない。一件いくらという給料計算だからだ。庭のだいたいの面積で値段が決まる。それからずっとかがんで仕事をするものだから、腰がすごく痛くなる。これは実際にやった人じゃなくちゃわからない。慣れるまでは階段の上り下りにも不自由するくらいだ。

　僕はべつに評判を良くするためにこんなに丁寧な仕事をしたわけではない。信じてもらえないかもしれないけれど、ただ単に芝生を刈るのが好きだったのだ。毎朝芝刈ばさみを研ぎ、芝刈機を積んだライトバンで得意先に行き、芝を刈る。いろんな庭があり、いろんな芝があり、いろんな奥さんがいる。おとなしい親切な奥さんもいれば、つっけんどんな人もいる。ノーブラにゆったりしたＴシャツを着て、芝を刈る僕の前にかがみこみ、乳首まで見せてくれる若い奥さんだっている。

　とにかく僕は芝を刈りつづけた。大抵の庭の芝はたっぷりと伸びている。まるで草むらみたいだ。芝が伸びていればいるほど、やりがいはあった。仕事が終ったあとで、庭の印象ががらりと変ってしまうのだ。これはすごく素敵な感じだ。まるで厚い雲がさっとひいて、太陽の光があたりに充ちたような感じがする。

一度だけ——仕事の終ったあとで——奥さんの一人と寝たことがある。三十一か二、それくらいの年の人だった。彼女は小柄で、小さな堅い乳房を持っていた。雨戸をぜんぶしめ、電灯を消したまっ暗な部屋の中で我々は交った。彼女はワンピースを着たまま下着を取り、僕の上に乗った。胸から下は僕に触れさせなかった。彼女の体はいやに冷やりとして、ワギナだけが暖かかった。彼女はほとんど口をきかなかった。僕も黙っていた。ワンピースの裾がさらさらと音をたて、それが遅くなったり早くなったりした。途中で一度電話のベルが鳴った。ベルはひとしきり鳴ってから止んだ。

あとになって、僕が恋人と別れることになったのはその時のせいじゃないかなとふと思ったりもした。べつにそう考えなければいけない理由があったわけではない。なんとなくそう思っただけだ。応えられなかった電話のベルのせいだ。でもまあ、それはいい。終ったことだ。

「でも困ったな」と社長は言った。「あんたがいま抜けちゃうと、予約がこなせないよ。いちばん忙しい時期だしね」

梅雨のせいで芝がすっかり伸びているのだ。

「どうだろう、あと一週間だけやってくれないかな？　一週間あれば人手も入るし、なんとかやれると思うんだ。もしあと一週間だけ延長してやってくれたら特別にボーナスを出すよ」

いいですよ、と僕は言った。さしあたってとくにこれといった予定もないし、だいいち仕事じたいが嫌いなわけではないのだ。それにしても変なものだな、と僕は思った。金なんていらないと思ったとたんに金が入ってくる。

三日晴れが続き、一日雨が降り、また三日晴れた。そんな風にして最後の一週間が過ぎた。

夏だった。それもほれぼれするような見事な夏だ。空にはきりっとした白い雲が浮かんでいた。太陽はじりじりと肌を焼いた。僕の背中の皮はきれいに三回むけ、もう真黒になっていた。耳のうしろまで真黒だった。

最後の仕事の朝、僕はTシャツとショートパンツ、テニス・シューズにサングラスという格好でライトバンに乗り込み、僕にとっての最後の庭に向った。車のラジオはこわれていたので、家から持って来たトランジスタ・ラジオでロックンロールを聴きながら車を運転した。クリーデンスとかグランド・ファンクとか、そんな感じだ。すべてが夏の太陽を中心に回転していた。僕はこまぎれに口笛を吹き、口笛を吹いていない時は煙草を吸った。FENのニュース・アナウンサーは奇妙なイントネーションをつけたヴェトナムの地名を連発していた。

僕の最後の仕事場は読売ランドの近くにあった。やれやれ。

なんだって神奈川県の人間が世田谷の芝刈りサービスを呼ばなきゃいけないんだ？

でもそれについて文句を言う権利は僕にはなかった。何故なら僕は自分でその仕事を選んだからだ。朝会社に行くと黒板にその日の仕事場がぜんぶ書いてあって、めいめいが好きな場所を選ぶ。大抵の連中は近い場所を取る。往復の時間がかからないし、そのぶん数がこなせるのだ。僕は逆になるべく遠くの仕事を取る。いつもそうだ。それについてはみんな不思議がった。前にも言ったように、僕はアルバイトの中ではいちばん古株だし、好きな仕事を最初に選ぶ権利があるからだ。

べつにたいした理由はない。遠くまで行くのが好きなのだ。遠くの庭で遠くの芝生を刈るのが好きなのだ。遠くの道の遠くの風景を眺めるのが好きなのだ。でもそんな風に説明したって、たぶん誰もわかってくれないだろう。

僕は車の窓をぜんぶ開けて運転した。都会を離れるにつれて風が涼しくなり、緑が鮮やかになっていった。草いきれと乾いた土の匂いが強くなり、空と雲のさかいめがくっきりとした一本の線になった。素晴しい天気だった。女の子と二人で夏の小旅行に出かけるには最高の日和だ。僕は冷やりとした海と熱い砂浜のことを考えた。それからエア・コンディショナーのきいた小さな部屋とぱりっとしたブルーのシーツのことを考えた。それだけだった。それ以外には何も考えつけなかった。砂浜とブルーのシーツが交互に頭に浮かんだ。

ガソリン・スタンドでタンクをいっぱいにしているあいだも同じことを考えていた。僕はスタンドの横の草むらに寝転んで、サービス係がオイルをチェックしたり窓を拭いたりするのをぼんやり眺めていた。地面に耳をつけるといろんな音が聞こえた。遠い波のような音も聞こえた。でももちろんそれは波の音なんかじゃない。地面に吸い込まれた音がいろいろとまざりあっただけなのだ。目の前の草の葉の上を小さな虫が歩いていた。羽のはえた小さな緑色の虫だ。虫は葉の先端まで行くと、しばらく迷ってから同じ道をあともどりしていった。べつに、とくにがっかりしたようにも見えなかった。

十分ばかりで給油が終った。サービス係が車のホーンを鳴らして僕にそれを知らせた。

＊

目的の家は丘の中腹にあった。おだやかで上品な丘だ。曲りくねった道の両脇にはけやきの並木がつづいていた。どこかの家の庭では小さな男の子が二人、裸になってホースの水をかけあっていた。空に向けたしぶきが五十センチくらいの小さな虹を作っていた。誰かが窓を開けたままピアノの練習をしていた。

番地をたよりに辿っていくと家は簡単にみつかった。僕は家の前にライトバンを停め、ベルを鳴らした。返事はなかった。まわりはおそろしくしんとしていた。人の姿もない。僕はもう一度ベルを鳴らした。そしてじっと返事を待った。

こぢんまりとした感じの良い家だった。クリーム色のモルタル造りで、屋根のまん中から同じ色の四角い煙突がでていた。窓枠はグレーで、白いカーテンがかかっていた。どちらもたっぷりと日に焼かれて変色していた。古い家だが、古さがとても良く似合っていた。避暑地に行くと、よくこういう感じの家がある。半年だけ人が住み、半年は空き家になっている。そんな雰囲気だった。何かの加減で建物から生活の匂いが散らされてしまっているのだ。

フランス積みのれんがの塀は腰までの高さしかなく、その上はバラの垣根になっていた。バラの花はすっかり落ちて、緑の葉がまぶしい夏の光をいっぱいに受けていた。芝生の様子までは見えなかったが、庭はけっこう広く、大きなくすの木がクリーム色の壁に涼し気な影を落としていた。

三度めのベルを鳴らした時、玄関のドアがゆっくりと開いて、中年の女が現われた。おそろしく大きな女だった。僕も決して小柄な方ではないのだが、彼女の方が僕よりも三センチは高かった。肩幅も広く、まるで何かに腹を立てているみたいに見えた。年はおそらく五十前後というところだ。美人ではないにしても、顔つきは端整だった。もっとも端整とはいっても人が好感を抱くようなタイプの顔ではない。濃い眉と四角い顎は言い出したらあとには引かないという強情さをうかがわせた。

彼女は眠そうなとろんとした眼で面倒臭そうに僕を見た。白髪が僅かにまじった固い髪が頭の上で波うち、茶色い木綿のワンピースの肩口からはがっしりとした二本の腕がだらんと垂れ下がっていた。腕は真白だった。

「芝生を刈りに来ました」と僕は言った。それからサングラスをはずした。

「芝生？」と言って、彼女は首をひねった。

「ええ、電話をいただきましたので」

「うん。ああそうだね、芝生だ。今日は何日だっけ？」

「十四日です」

彼女はあくびをした。「そうか。十四日か」それからもう一度あくびをした。まるで一月くらい眠っていたみたいだった。「ところで煙草持ってる？」

僕はポケットからショート・ホープを出して彼女に渡し、マッチで火を点けてやった。彼女は気持良さそうに空に向けてふうっと煙を吐いた。

「どれくらいかかる？」と彼女は訊いた。

「時間ですか？」

彼女は顎をぐっと前に出して肯いた。

「広さと程度によりますね。拝見していいですか？」

「いいよ。だいいち見なきゃやれないだろ」

僕は彼女のあとをついて庭にまわった。庭は平べったい長方形で、六十坪ほどの広さだった。額あじさいの繁みがあり、くすの木が一本、あとは芝生だ。窓の下に空っぽの鳥かごが二つ放り出されていた。庭の手入れは行き届いていて、芝生はたいして刈る必要もないくらい短かった。僕はちょっとがっかりした。

「これならあと二週間はもちますよ」と僕は言った。

女は短く鼻を鳴らした。

「もっと短くしてほしいんだよ。そのために金を払うんだ。べつに私がいいって言うんだからいいじゃないか」

僕はちょっと彼女を見た。まあたしかにそのとおりだ。僕は肯いて、頭の中で時間を計算してみた。

「四時間というところですね」

「えらくゆっくりだね」

「もしよかったら、ゆっくりやりたいんです」と僕は言った。

「まあお好きに」と彼女は言った。


僕はライトバンから電動芝刈機と芝刈ばさみとくまでとごみ袋とアイスコーヒーを入れた魔法瓶とトランジスタ・ラジオを出して庭に運んだ。太陽はどんどん中空に近づき、気温はどんどん上がっていった。僕が道具を運んでいるあいだ、彼女は玄関に靴を十足ばかり並べてぼろきれでほこりを払っていた。靴は全部女もので、小さなサイズと特大のサイズの二種類だった。

「仕事をしているあいだ音楽をかけてかまいませんか」と僕は訊ねてみた。

彼女はかがんだまま僕を見上げた。「音楽は好きだよ」

僕は最初に庭におちている小石をかたづけ、それから芝刈機をかけた。石をまきこむと刃がいたんでしまうのだ。芝刈機の前面にはプラスチックのかごがついていて、刈った芝は全部そこに入るようになっている。かごがいっぱいになるとそれを取りはずしてごみ袋に捨てた。庭が六十坪もあると、短い芝でも結構な量を刈ることになる。太陽はじりじりと照りつけた。僕は汗で濡れたTシャツを脱ぎ、ショートパンツ一枚になった。まるで体裁の良いバーベキューみたいな感じだ。こんな風にしているとどれだけ水を飲んでも小便なんか一滴も出ない。全部汗になってしまうのだ。

一時間ほど芝刈機をかけてからひと休みして、くすの木の影に座ってアイスコーヒーを飲んだ。糖分が体の隅々にしみこんでいった。頭上で蟬が鳴きつづけていた。ラジオのスイッチを入れ、ダイヤルを回して適当なディスク・ジョッキーを探した。スリー・ドッグ・ナイトの「ママ・トールド・ミー」が出てきたところでダイヤルを止め、あおむけに寝転んでサングラスを通して木の枝と、そのあいだから洩れてくる日の光を眺めた。

彼女がやってきて僕のそばに立った。下から見上げると、彼女はくすの木みたいに見えた。彼女は右手にグラスを持っていた。グラスの中には氷とウィスキーらしきものが入っていて、それが夏の光にちらりと揺れていた。

「暑いだろ?」と彼女は言った。

「そうですね」と僕は言った。

「昼飯はどうする?」と彼女は言った。

僕は腕時計を見た。十一時二十分だった。

「十二時になったらどこかに食べに行きます。近くにハンバーガー・スタンドがありましたから」

「わざわざ行くことない。サンドイッチでも作ってあげるよ」

「本当にいいんです。いつもどこかに食べに行ってますから」

彼女はウィスキー・グラスを持ちあげて、一口で半分ばかり飲んだ。それから口をすぼめて息を吐いた。「どうせ自分のぶんだって作るんだ。そのついでだよ。嫌なら無理には作らないけどね」

「じゃあいただきます。どうもありがとう」

彼女は何も言わずに顎を少し前に突き出した。それからゆっくりと肩をゆすりながら家の中にひきあげていった。

十二時まではさみで芝を刈った。まず機械で刈った部分のむらを揃え、それをくまでで掃きあつめてから、今度は機械で刈れなかった部分を刈る。気の長い仕事だ。適当にやろうと思えば適当にやれるし、きちんとやろうと思えばいくらでもきちんとやれる。しかしきちんとやったからそれだけ評価されるかというと、そうとは限らない。ぐずぐずやっていると見られることもある。それでも前にも言ったように、かなり僕はきちんとやる。これは性格の問題だ。それからたぶんプライドの問題だ。

十二時のサイレンがどこかで鳴ると、彼女は僕を台所にあげてサンドイッチを出してくれた。

それほど広くはないけれど、さっぱりとした清潔な台所だった。余計なかざりつけは何もなかった。シンプルで機能的な台所だった。電気器具はどれも古い型のものだった。懐かしいと言ってもいいくらいだった。まるでどこかで時代が止まってしまったようにも感じられた。巨大な冷蔵庫がぶううんという音を立ててうなっているのを別にすれば、あたりはとても静かだった。食器にもスプーンにも影のような静けさがしみこんでいた。彼女はビールを勧めてくれたが、僕は仕事中だからと言って断った。彼女はかわりにオレンジ・ジュースを出してくれた。ビールは彼女が自分で飲んだ。テーブルの上には半分に減ったホワイト・ホースの瓶もあった。流しの下にはいろんな種類の空瓶が転がっていた。

彼女の作ってくれたハムとレタスと胡瓜のサンドイッチは見た目よりずっと美味かった。とてもおいしいです、と僕は言った。サンドイッチを作るのは昔から上手いんだよ、と彼女は言った。それ以外のものは駄目だけど、サンドイッチは上手いんだ。死んだ亭主はアメリカ人でさ、毎日サンドイッチを食べてた。サンドイッチを食べさせておけばそれで満足してた。

彼女自身はそのサンドイッチをひときれも食べなかった。ピックルスをふたつかじっただけで、あとはずっとビールを飲んでいた。あまり美味そうには飲まなかった。しかたないから飲んでいるという風だった。我々は食卓をはさんでサンドイッチを食べ、ビールを飲んだ。しかし彼女はそれ以上のことは何も話さなかったし、僕の方にも話すことはなかった。

十二時半に僕は芝生に戻った。最後の芝生だ。これだけ刈ってしまえば、もう芝生とは縁がなくなる。

僕はFENのロックンロールを聴きながら芝生を丁寧に刈り揃えた。何度もくまでで刈った芝を払い、よく床屋がやるようにいろんな角度から刈り残しがないか点検した。一時半までに三分の二が終った。汗が何度も目に入り、そのたびに庭の水道で顔を洗った。とくに理由もなく何度かペニスが勃起し、そしておさまった。芝を刈りながら勃起するなんてなんだか馬鹿げている。

二時二十分に仕事は終った。僕はラジオを消し、裸足になって芝生の上をぐるりとまわってみた。満足のいく出来だった。刈り残しもないし、むらもない。絨毯のようになめらかだ。僕は目を閉じて、大きく息を吸い込んだ。そして足の裏の、そのひやりとした緑色の感触をしばらくのあいだ楽しんだ。でもそのうちに、体の力が突然ふっと抜けてしまった。

「あなたのことは今でもとても好きです」と彼女は最後の手紙に書いていた。「やさしくてとても立派な人だと思っています。これは嘘じゃありません。でもある時、それだけじゃ足りないんじゃないかという気がしたんです。どうしてそんな風に思ったのか私にもわかりません。それにひどい言い方だと思います。たぶん何の説明にもならないでしょう。十九というのは、とても嫌な年齢です。あと何年かたったらもっとうまく説明できるかもしれない。でも何年かたったあとでは、たぶん説明する必要もなくなってしまうんでしょうね」

僕は水道で顔を洗い、道具をライトバンに運び、新しいTシャツを着た。そして玄関のドアを開けて仕事が終ったことを知らせた。

「ビールでも飲めば」と彼女は言った。

「ありがとう」と僕は言った。ビールぐらい飲んだっていいだろう。

我々は庭先に並んで芝生を眺めた。僕はビールを飲み、彼女は細長いグラスでレモン抜きのウォッカ・トニックを飲んでいた。酒屋がよくおまけにくれるようなグラスだった。蟬はまだ鳴きつづけていた。彼女は少しも酔払ったようには見えなかった。息だけが少し不自然だった。すうっという歯のあいだから洩れるような息だ。こうしている今にも、彼女が意識を失ってばったりと芝生の上に倒れて、そのまま死んでしまうのではないかという気がした。僕は彼女が倒れるところを頭の中で想像してみた。たぶんまっすぐにばたんと倒れるんだろうなと僕は思った。

「あんたはいい仕事をするよ」と彼女は言った。とくに面白くもないという感じの声だったが、それはべつに何かを責めているわけではなかった。「これまでいろんな芝生屋を呼んだけど、こんなにきちんとやってくれたのはあんたが初めてだ」

「どうも」と僕は言った。

「死んだ亭主が芝生にうるさくってね。いつも自分できちんと刈ってたよ。あんたの刈り方と似てるよ」

僕は煙草を出して彼女に勧め、二人で煙草を吸った。彼女の手は僕の手よりも大きかった。そして石のように固そうだった。右手のグラスも左手のショート・ホープもとても小さく見えた。指は太く、指輪もない。爪にははっきりとした縦の線が何本か入っていた。

「亭主は休みになると芝生ばかり刈ってたよ。それほど変人ってわけでもなかったんだけどね」

僕はこの女の夫のことを少し想像してみた。うまく想像できなかった。くすの木の夫婦を想像できないのと同じことだ。

彼女はまたすうっという息をはいた。

「亭主が死んでからは」と女は言った。「ずっと業者に来てもらってんだよ。あたしは太陽に弱いし、娘は日焼けを嫌がるしさ。ま、日焼けは別にしたって若い女の子が芝刈りなんてやるわきゃないけどね」

僕は肯いた。

「でもあんたの仕事っぷりは気に入ったよ。芝生ってのはこういう風に刈るもんだ。同じ刈るにしても、気持ってものがある。気持がなかったら、それはただの……」、彼女は次のことばを探したが、ことばは出てこなかった。そのかわりげっぷをした。

僕はもう一度芝生を眺めた。それは僕の最後の仕事だったのだ。そして僕はそのことがなんとなく悲しかった。その悲しみのなかには別れたガールフレンドのことも含まれていた。この芝生を最後に彼女とのあいだの感情ももう消えてしまうんだな、と僕は思った。僕は彼女の裸のからだのことを思い出した。

くすの木のような女がもう一度げっぷをした。そして自分ですごく嫌な顔をした。

「来月もまた来なよ」

「来月はだめなんです」と僕は言った。

「どうして？」と彼女は言った。

「今日が仕事の最後なんです」と僕は言った。「そろそろ学生に戻って勉強しないと単位があぶなくなっちゃうものですから」

彼女はしばらく僕の顔を見てから、足もとを眺め、それからまた顔を見た。

「学生なのかい？」

「ええ」と僕は言った。

「どこの学校？」

僕は大学の名前を言った。大学の名前はべつに彼女にたいした感動を与えなかった。とくに感動を与えるような大学ではないのだ。彼女は人さし指で耳のうしろをかいた。

「もうこの仕事はやらないんだね」

「ええ、今年の夏はね」と僕は言った。今年の夏はもう芝刈りはやらない。来年の夏も、そして再来年の夏も。

彼女はうがいでもするみたいにウォッカ・トニックをしばらく口にふくみ、それからいとおしそうに半分ずつ二回にわけて飲み下した。汗が額いっぱいに吹き出ていた。小さな虫が肌にはりついているみたいに見えた。

「中に入んなよ」と女は言った。「外は暑すぎるよ」

僕は腕時計を見た。二時三十五分。遅いのか早いのかよくわからない。仕事はもう全部終っていた。明日からはもう一センチだって芝生を刈らなくていいのだ。とても妙な気持だ。

「急いでんのかい？」と女が訊ねた。

僕は首を振った。

「じゃあうちにあがって冷たいものでも飲んでいきな。たいして時間はとらないよ。それにあんたにちょっと見てほしいものもあるんだ」

見てほしいもの？

でも僕には迷う余裕なんてなかった。彼女は先にたってすたすたと歩き出した。僕の方を振り返りもしなかった。僕はしかたなく彼女のあとを追った。暑さで頭がぼんやりしていた。

家の中は相変わらずしんとしていた。夏の午後の光の洪水の中から突然屋内に入ると、瞼の奥がちくちく痛んだ。家の中には水でといたような淡い闇が漂っていた。何十年も前からそこに住みついてしまっているような感じの闇だ。べつにとくに暗いというわけではなく、淡い闇だった。空気は涼しかった。エア・コンディショナーの涼しさではなく、空気の動いている涼しさだった。どこかから風が入って、どこかに抜けていくのだ。

「こっちだよ」と彼女は言って、まっすぐな廊下をぱたぱたと音を立てて歩いた。廊下にはいくつか窓がついていたが、隣家の石塀と育ちすぎたくすの木の枝が光をさえぎっていた。廊下にはいろんな匂いがした。どの匂いも覚えのある匂いだった。時間が作り出す匂いだ。時間が作り出し、そしてまたいつか時間が消し去っていく匂いだ。古い洋服や古い家具や、古い本や、古い生活の匂いだ。廊下のつきあたりに階段があった。彼女はうしろを向いて僕がついてきていることを確かめてから階段を上った。彼女が一段上るごとに古い木材がみしみしと音を立てた。

階段を上るとやっと光が射していた。踊り場についた窓にはカーテンもなく、夏の太陽が床の上に光のプールを作っていた。二階には部屋は二つしかない。ひとつは納戸で、もうひとつがきちんとした部屋だった。くすんだ薄いグリーンのドアに、小さなすりガラスの窓がついている。グリーンのペンキは少しひびわれ、真鍮のノブは把手の部分だけが白く変色していた。

彼女は口をすぼめてふうっと息をつくとほとんど空になったウォッカ・トニックのグラスを窓枠に置き、ワンピースのポケットから鍵の束を出し、大きな音を立ててドアの鍵を開けた。

「入んなよ」と彼女は言った。我々は部屋に入った。中は真暗でむっとしていた。暑い空気がこもっている。閉め切った雨戸のすきまから銀紙みたいに平べったい光が幾筋か部屋の中に射し込んでいた。何も見えなかった。ちらちらと塵が浮かんでいるのが見えるだけだった。彼女はカーテンを払ってガラス戸を開け、がらがらと雨戸を引いた。眩しい光と涼しい南風が一瞬のうちに部屋に溢れた。

部屋は典型的なティーン・エイジャーの女の子の部屋だった。窓際に勉強机があり、その反対側に小さな木のベッドがあった。ベッドにはしわひとつないコーラル・ブルーのシーツがかかっていて、同じ色の枕が置いてあった。足もとには毛布が一枚畳んである。ベッドの横には洋服ダンスとドレッサーがあった。ドレッサーの前には化粧品がいくつか並んでいた。ヘアブラシとか小さなはさみとか口紅とかコンパクトとか、そういったものだ。とくに熱心に化粧をするというタイプではないようだった。

机の上にはノートや辞書があった。フランス語の辞書と英語の辞書だった。かなり使いこまれているように見える。それも乱暴な使われ方ではなく、きちんとした使い方だった。ペン皿にはひととおりの筆記具が頭を揃えて並べられていた。消しゴムは片側だけが丸く減っていた。それから目覚し時計と電気スタンドとガラスの文鎮。どれも簡素なものだった。木の壁には鳥の原色画が五枚と数字だけのカレンダーがかかっていた。机の上に指を走らせてみると、指がほこりで白くなった。一ヵ月ぶんくらいのほこりだ。カレンダーも六月のものだった。

全体としてみれば部屋はこの年頃の女の子にしてはさっぱりしたものだった。ぬいぐるみもなければ、ロック・シンガーの写真もない。けばけばしい飾りつけもなければ、花柄のごみ箱もない。作りつけの本棚にはいろんな本が並んでいた。文学全集があったり、詩集があったり、映画雑誌があったり、絵画展のパンフレットがあったりした。英語のペーパーバックも何冊か並んでいた。僕はこの部屋の持ち主の姿を想像してみたが、うまくいかなかった。別れた恋人の顔しか浮かんでこなかった。

大柄な中年の女はベッドに腰を下ろしたままじっと僕を見ていた。彼女は僕の視線をずっと追っていたが、何かまったく別のことを考えているように見えた。目が僕の方を向いているというだけで、本当は何も見ていなかった。僕は机の椅子に座って彼女のうしろのしっくいの壁を眺めた。壁には何もかかっていなかった。ただの白い壁だった。じっと壁を眺めていると、それは上の方で手前に傾いているように見えた。今にも彼女の頭上に崩れかかってくるような感じだった。でももちろんそんなことはない。光線の加減でそんな風に見えるだけだ。

「何か飲まないか?」と彼女が言った。僕は断った。

「遠慮しなくったっていいんだよ。べつに取って食やしないんだから」

じゃあ同じものを薄くして下さい、と僕は言って彼女のウォッカ・トニックを指さした。

彼女は五分後にウォッカ・トニックを二杯と灰皿を持って戻ってきた。僕は自分のウォッカ・トニックを一口飲んだ。

全然薄くなかった。僕は氷が溶けるのを待ちながら煙草を吸った。彼女はベッドに座って、おそらくは僕のよりずっと濃いウォッカ・トニックをちびちびと飲んでいた。時々こりこりという音をたてて氷をかじった。

「体が丈夫なんだ」と彼女は言った。「だから酔払わないんだ」

僕は曖昧に肯いた。僕の父親もそうだった。でもアルコールと競争して勝った人間はいない。自分の鼻が水面の下に隠れてしまうまでいろんなことが気がつかないというだけの話なのだ。父親は僕が十六の年に死んだ。とてもあっさりとした死に方だった。生きていたかどうかさえうまく思い出せないくらいあっさりした死に方だった。

彼女はずっと黙っていた。グラスをゆするたびに氷の音がした。開いた窓から時々涼しい風が入ってきた。風は南の方から別の丘を越えてやってきた。このまま眠ってしまいたくなるような静かな夏の午後だ。どこか遠くで電話のベルが鳴っていた。

「洋服ダンスを開けてみなよ」と彼女が言った。僕は洋服ダンスの前まで行って、言われたとおり両開きのドアを開けた。タンスの中にはぎっしりと服が吊されていた。半分がワンピースで、あとの半分がスカートやブラウスやジャケットだった。全部夏ものだ。古いものもあれば殆んど袖の通されていないものもあった。スカート丈は大部分がミニだ。趣味も悪くなかった。とくに人目につくというわけではないけれど、とても感じはいい。これだけ服が揃っていれば一夏、デートのたびに違った服装ができる。しばらく洋服の列を眺めてから僕はドアを閉めた。

「素敵ですね」と僕は言った。

「引出しも開けてみなよ」と彼女は言った。僕はちょっと迷ったがあきらめて洋服ダンスについた引出しをひとつずつ開けてみた。女の子の留守中に部屋をひっかきまわすことが──たとえ母親の許可があったにせよ──まともな行為だとはとても思えなかったが、逆らうのもまた面倒だった。朝の十一時から酒を飲んでいる人間が何を考えているかなんて僕にはわからない。いちばん上の大きな引出しにはジーパンやポロシャツやTシャツが入っていた。洗濯され、きちんと折り畳まれ、しわひとつなかった。二段目にはハンドバッグやベルトやハンカチやブレスレットが入っていた。布の帽子もいくつかある。三段目には下着と靴下が入っていた。何もかもが清潔できちんとしていた。僕はたいしたわけもなく悲しい気分になった。なんだかちょっと胸が重くなるような感じだった。それから引出しを閉めた。

女はベッドに腰かけたまま窓の外の風景を眺めていた。右手に持ったウォッカ・トニックのグラスは殆んど空になっていた。

僕は椅子に戻って新しい煙草に火を点けた。窓の外はなだらかな傾斜になっていて、その傾斜が終ったあたりから、また別の丘が始まっていた。緑の起伏がどこまでも続き、そこに貼りつくように住宅地がつらなっていた。どの家にも庭があり、どの庭にも芝生がはえていた。

「どう思う？」と彼女は窓に目をやったまま言った。「彼女についてさ」

「会ったこともないのにわかりませんよ」と僕は言った。

「服を見れば大抵の女のことはわかるよ」と女は言った。

僕は恋人のことを考えた。そして彼女がどんな服を着ていたか思い出してみた。まるで思い出せなかった。僕が彼女について思い出せることは全部漠然としたイメージだった。僕が彼女のスカートを思い出そうとするとブラウスが消え失せ、僕が帽子を思い出そうとすると、彼女の顔は誰か別の女の子の顔になっていた。ほんの半年前のことなのに何ひとつ思い出せなかった。結局のところ、僕は彼女についていったい何を知っていたのだろう？

「わかりません」と僕は繰り返した。

「感じでいいんだよ。どんなことでもいいよ。ほんのちょっとでも聞かせてくれればいいんだ」

僕は時間を稼ぐためにウォッカ・トニックをひと口飲んだ。氷は殆んど溶け、トニック・ウォーターは甘い水みたいになっていた。ウォッカの強い匂いが喉もとを過ぎ、胃に下りてぼんやりとした暖かみになった。窓から吹き込んだ風が机の上に煙草の白い灰を散らせた。

「とても感じのいいきちんとした人みたいですね」と僕は言った。「あまり押しつけがましくないし、かといって性格が弱いわけでもない。成績は中の上クラス。学校は女子大か短大、友だちはそれほど多くないけれど、仲は良い。……合ってますか？」

「続けなよ」

僕は手の中でグラスを何度か回してから机に戻した。「それ以上はわかりませんよ。だいいちいま言ったことだって合っているかどうかまるで自信がないんです」

「だいたい合ってるよ」と女は無表情に言った。「だいたい合ってる」

彼女の存在が少しずつ部屋の中に忍びこんでいるような気がした。彼女はぼんやりとした白い影のようだった。顔も手も足も、何もない。光の海が作りだしたほんのちょっとした歪みの中に彼女はいた。僕はウォッカ・トニックをもう一杯飲んだ。

「ボーイフレンドはいます」と僕は続けた。「一人か二人。わからないな。どれほどの仲かはわからない。でもそんなことはべつにどうだっていいんです。問題は……彼女がいろんなものになじめないことです。自分の体やら、自分の考えていることやら、自分の求めていることやら、他人が要求していることやら……そんなことにです」

「そうだね」としばらくあとで女は言った。「あんたの言うことはわかるよ」

僕にはわからなかった。僕のことばが意味していることはわかった。しかしそれが誰から誰に向けられたものであるかがわからなかった。僕はとても疲れていて、眠りたかった。眠ってしまえば、いろんなことがはっきりするような気がした。でも正直なところ、はっきりすることが何かの助けになるとも思えなかった。

それっきり彼女はずっと口をつぐんでいた。僕も黙っていた。手もちぶさただったので、ウォッカ・トニックを半分飲んだ。風が少し強くなったようだった。くすの木の丸い葉が揺れているのが見えた。僕は目を細めるようにして、じっとそれを見ていた。沈黙はずいぶん長く続いたが、そのことはあまり苦にはならなかった。僕は眠ってしまわないように注意しながら、くすの木を眺め、僕の体の中に芯の様に存在している疲れを、架空の指先で確認し続けていた。それは僕の中にありながら、しかもずっと遠いどこかにあるもののように感じられた。

「ひきとめて悪かったね」と女は言った。「芝生がすごく綺麗に刈れてたからさ、嬉しかったんだよ」

僕は肯いた。

「そうだ、金を払うよ」と女は言ってワンピースのポケットに白い大きな手をつっこんだ。「いくらだい?」

「あとでちゃんとした請求書を送ります。銀行に振り込んで下さい」と僕は言った。

女は喉の奥でなんとなく不満そうな声を出した。

我々はまた同じ階段を下りて同じ廊下を戻り、玄関に出た。廊下と玄関は往きと同じように冷やりとして、闇につつまれていた。子供の頃の夏、浅い川を裸足でさかのぼっていて、大きな鉄橋の下をくぐる時にちょうどこんな感じがした。まっ暗で、突然水の温度が下がる。そして砂地が奇妙なぬめりを帯びる。玄関でテニス・シューズをはいてドアを開けた時には本当にほっとした。日の光が僕のまわりに溢れ、風に緑の匂いがした。蜂が何匹か眠そうな羽音を立てながら垣根の上を飛びまわっていた。

「立派なもんだ」と女は庭の芝生を眺めながらもう一度そう言った。

僕も芝生を眺めた。たしかにすごく綺麗に刈れていた。見事と言ってもいいくらいだった。

女はポケットからいろんなもの——実にいろんなもの——をひっぱり出して、その中からくしゃくしゃになった一万円札を選りわけた。それほど古くない札だったが、とにかくくしゃくしゃだった。十四、五年前の一万円といえばちょっとしたものだ。少し迷ったが、断らない方がいいような気がしたので受け取ることにした。

「ありがとう」と僕は言った。

女はまだ何か言い足りなさそうだった。どう言えばいいのかよくわからないみたいだった。よくわからないままに右手に持ったグラスを眺めた。グラスは空だった。それでまた僕を見た。

「また芝刈りの仕事を始めたら家に電話しなよ。いつだっていいからさ」

「ええ」と僕は言った。「そうします。それからサンドイッチとお酒ごちそうさまでした」

　彼女は喉の奥で「うん」とも「ふん」ともわからないような声を出し、それからくるりと背を向けて玄関の方に歩いていった。僕は車のエンジンをふかせ、ラジオのスイッチを入れた。もうとっくに三時をまわっていた。


　途中眠気ざましにドライブ・インに入ってコカ・コーラとスパゲティーを注文した。スパゲティーはひどく不味くて、半分しか食べられなかった。しかしどちらにしても、べつに腹なんか減ってはいなかったのだ。顔色の悪いウェイトレスが食器をさげてしまうと、僕はビニールの椅子に座ったままうとうとと眠った。店は空いていたし、良い具合にクーラーがきいていた。とても短い眠りだったので夢なんか見なかった。眠り自体が夢みたいなものだった。それでも目が覚めた時には太陽の光は幾分弱まっていた。僕はもう一杯コーラを飲み、さっきもらった一万円札で勘定を払った。

　駐車場で車に乗り、キイをダッシュボードに載せたまま煙草を一本吸った。いろんな細々とした疲れが僕に向って一度に押し寄せてきた。結局のところ、僕はとても疲れていたのだ。僕は運転するのをあきらめてシートに沈みこみ、もう一本煙草を吸った。何もかもが遠い世界で起った出来事のようだった。双眼鏡を反対にのぞいた時みたいに、事物がいやに鮮明で不自然だった。

「あなたは私にいろんなものを求めているのでしょうけれど」と恋人は書いていた。「私は自分が何かを求められているとはどうしても思えないのです」

　僕の求めているのはきちんと芝を刈ることだけなんだ、と僕は思う。最初に機械で芝を刈り、くまでかきあつめ、それから芝刈ばさみできちんと揃える――それだけなんだ。僕にはそれができる。そうするべきだと感じているからだ。

　そうじゃないか、と僕は声に出して言ってみた。

　返事はなかった。

　十分後にドライブ・インのマネージャーが車のそばにやってきて腰をかがめ、大丈夫かと訊ねた。

「少しくらくらしたんです」と僕は言った。

「暑いからね。水でも持ってきてあげようか？」

「ありがとう。でも本当に大丈夫です」

　僕は駐車場から車を出し、東に向って走った。道の両脇にはいろんな家があり、いろんな庭があり、いろんな人々のいろんな生活があった。僕はハンドルを握りながらそんな風景をずっと眺めていた。荷台では芝刈機がかたかたという音を立てて揺れていた。

*

　それ以来、僕は一度も芝生を刈っていない。いつか芝生のついた家に住むようになったら、僕はまた芝生を刈るようになるだろう。でもそれはもっと、ずっと先のことだという気がする。その時になっても、僕はすごくきちんと芝生を刈るに違いない。

(『村上春樹全作品　1979~1989③　短篇集Ⅰ』
講談社　一九九〇・九)

村上春樹《むらかみはるき》　1949—

京都府京都市に生まれ、兵庫県西宮市・芦屋市に育つ。早稲田大学第一文学部演劇科卒業後、ジャズ喫茶の経営を経て一九七九年「風の歌を聴け」で群像新人文学賞を受賞しデビューした。アメリカ現代文学から影響を受けた乾いた文体で都市生活を描いて注目を浴びた。一九八三年に**「午後の最後の芝生」**(『宝島』一九八二・九)を含む初の短編集『中国行きのスロウ・ボート』を刊行。一九八七年に発表した「ノルウェイの森」は上下巻合わせて四三〇万部を売るベストセラーとなり、村上春樹ブームが起きる。一九九〇年代半ばまでの海外生活を経て、帰国後は阪神・淡路大震災やオウム真理教事件をはじめとする社会問題にも積極的に発言する。二〇〇九年に発表した長編「1Q84」が瞬く間にミリオンセラーになるなど、現在最も安定した実力と人気を兼ね備えた作家である。その他の主な作品に「羊をめぐる冒険」「世界の終りとハードボイルド・ワンダーランド」「ねじまき鳥クロニクル」「海辺のカフカ」など。現代アメリカで大きな影響力を持つ作家の一人とされるなど日本国外でも評価が高い。翻訳家としても活躍、フィッツジェラルドやカーヴァーの諸作品をはじめ、多くの訳書がある。また、エッセイや紀行も多数ある。

たいした理由はない　芝生を刈るのが好きなだけだ

村上春樹の初期作品が一九八〇年代を同時代としながら過去—おもに六〇年代末—を振り返って意味づける語りの型をもっていることはしばしば指摘されるとおりであり、「午後の最後の芝生」もまた例外ではない。

恋人と別れたことで、彼女と行く旅行のためにやっていた芝刈りのバイトをやめる決心をした「僕」は、ある午後、「最後の芝生」を刈る。この物語に描かれた〈仕事〉は、目的を喪失・排除したところで行われる行為にほかならない。

個人の欲求や能力によって選択された職業が、人々のアイデンティティを構成し、社会を分節化する主要な要素であると信じられたことを近代《モダン》という時代の一側面とするなら、八〇年代はそうした前提が個人の内面を決定する要因であることを疑わしくまなざす、ポストモダンの時代である。「午後の最後の芝生」は、そうした八〇年代的な雰囲気が色濃く反映された作品といってよい。

一般に、七〇年安保に至る学生運動を中心とした政治闘争の挫折は、若者の脱政治化と個人主義の強まりを招いたとされている。七〇年代以降、「しらけ」という言葉が流行し、何に対しても冷めた態度で接する若者は「三無主義」(無気力・無関心・無責任)などと批判され、「しらけ」世代と呼ばれるようになった。「午後の最後の芝生」における「僕」もまた、自らの〈仕事〉に対するこだわりを持ちながらそれを説明しても「たぶん誰もわかってくれないだろう」などと他者の理解に対するあきらめを吐露する。しかし、他者から与えられた評価や目的とは無関係に、殊更にていねいに〈仕事〉をやり遂げる様には、単に現実から逃避するだけの「しらけ」た若者像とは一線を画した何かがある。

八〇年代後半に一九二〇～五〇年代の文化を段階的に模倣するいわゆるレトロ・ブームが起きたが、こうした風潮は、現実の緩やかな否定の上に成り立つような過去への懐古的なまなざしによって八〇年代という時代が特徴づけられることを如実に示している。そこで志向されたのは過去の忠実な再現ではなく、〈今・ここ〉の価値観によって構築された虚構の「過去」に違いない。この物語の場合、「僕」の「小説を書いている現在」は、「最後の芝生を刈っていた」ある午後の記憶によって相対化され意味づけられることになるのだ。

この物語には、恋人との別れ、芝生を刈る家の未亡人との会話、その不在の娘の印象、といった要素が一見したところ何の脈絡もなく並べられている。恋人との別れが芝生を刈る〈仕事〉をやめる原因ではあるものの、物語のプロットは旧来の恋愛小説のコードを用いて読み解くことが困難なものである。作家自身がのちに「筋よりもむしろ芝を刈るという作業そのものを書きたかった」（「「自作を語る」短編小説への試み」『村上春樹全作品1979-89③』別刷）としているように、芝刈りという〈仕事〉をひとつの行為として描くことがここでは目論まれているのだ。それ以外の要素は、芝を刈る作業の合間に思い起こされたり、遭遇したりする断片にほかならない。それら断片相互の連関は希薄であるが、芝生を刈る「僕」の個人的な意識の上の繋がりとして物語化されているのである。そうした個人レベルの体験の強度こそ、八〇年代的ポストモダンの時代を生きる青年の内面をリアルに描き出すことにつながっているのだ。

個人の徹底したこだわりと嗜好、そして責任において〈仕事〉をやり遂げること。それは脈絡のない「記憶」の断片を因果論的な筋にではなく別の行為のうちに配置することと連動している。「僕」の〈仕事〉は、そうした物語を紡ぐ装置として表象されているのである。

視点1　「僕」が人から評価されない部分までていねいに芝刈りをする理由とはどのようなことか考える。

視点2　別れた恋人と未亡人の娘がそれぞれ「僕」の印象の中でどのように位置づけられるか分析する。

視点3　独特の翻訳調の文体をはじめとする表現上の特徴を確認し、それがどのような効果をもたらすか考察する。

〈参考文献〉鈴村和成『村上春樹クロニクル 1983-1995』（洋泉社、一九九四）、酒井英行『村上春樹　分身との戯れ』（翰林書房、二〇〇一）、風丸良彦『村上春樹短篇再読』（みすず書房、二〇〇七）、内田樹『村上春樹にご用心』（アルテスパブリッシング、二〇〇七）

（日高佳紀）

橋の向こうの墓地

角田光代

この町の商店街にコロッケを売っている店は七軒あって、そのうち三軒は肉屋が扱っており、二軒は弁当屋、一軒は惣菜屋、のこりはコロッケ専門店で、おれはそのなかで、中島精肉店のコロッケが一番うまいと思っている。ころもがざくざくしていて、芋が甘くない、肉もたっぷり入っているし、小さすぎず大きすぎず、値段も八十円だから手頃だ。あの女がいないとき、それはつまり、平日の昼間ということになるのだが、おれはいつも中島精肉店でコロッケを買う。そのまま公園でかぶりつくときもあれば、家に持って帰って朝の残りの飯と食べることもあるし、モンプチ（という名のパン屋）で食パンを買って帰ってコロッケ・サンドにすることもある。

毎日買っていく人間に対する中島精肉店店主の無愛想ぶりもいい。お愛想を言うこともなく、おまけをくれることもない、そして、毎日真っ昼間にコロッケを買い求める三十男の素性を詮索するようなこともしない。五十近いと思われる店主は、無口で、肉屋経営にかかわりのない世の中のいっさいにまったく無関心であるように思われる。

おれの見るかぎりコロッケ売りとして一番繁盛しているのが専門店で、次が肉のワダである。中島精肉店はこの町の人間にはあまり人気がないらしい。肉屋としても、コロッケ屋としても、だ。

ところがどうやら、この町にも味覚のまともな人間がいるらしいということに、最近になってようやく気づいた。おれはいつも一時すぎに中島精肉店にいくが、このあいだ、郵便局に寄った帰り道、十二時ちょうどにいってみたら、子ども連れの女がいた。その女がこのみというわけではまったくなくて、ただ、十二時のコロッケが揚げたてでうまかったので次の日もその時間にいってみると、彼女はふたたびそこにいた。次の二日は連続していなかったがその明くる日はやっぱりいた。

おれも十二時前後にコロッケを買いにいくようにして観察してみると、どうやら彼女は平日の五日のうち三日は中島精肉店のコロッケ、もしくはメンチカツ、もしくはロースカツ、ときに牡蠣《かき》フライ、などを買い求めているようだった。

子どもは三歳くらいの男の子で、母親の衣服を片手でつかみ、つねに、「それはなんで？　なんで？　なんで？　ねえなんで？」と訊いている。つねに、だ。母親は答えるときもあるし、無視しているときもある。どちらにしてもやつはいっときも休まず、何かを質問し続けている。

　おれがこの女を観察しているのは、くりかえすが心を奪われたからでもなければ、彼女とお近づきになりたいからでもない。おれはひそかに疑っている。この女は何かしら薬物をやっている。最初に見たときからなんとなくわかった。一ヶ月もたつとその疑いは確信にかわった。今やおれは確信している。この女はジャンキーだ。そうでなければ、休むことのない子どものくそしつこい質問攻撃に耐えられるはずがない。それに目もうつろだし、ときに充血し、ときに目の下に濃いくまをはりつけている。

　そのことをおれは夕食の席で慎重に女に報告する。女はビールを飲み、片手でせわしなくテレビのリモコンをいじり、箸で皿をひきずって小松菜と油揚の煮浸しをつつき、いいかげんにおれの話を聞く。

　今晩の夕食の献立は、蒸し鶏の梅紫蘇ソースと小松菜と油揚の煮浸し、かぶとベーコンのサラダにわかめと豆腐の味噌汁である。このところ二キロ太ったと女がくりかえし言うので、カロリー控えめの献立にしている。女は箸をなめて蒸し鶏をいじくりつつ食べて、ふと顔をあげ、おれの話を遮る。

「ようちゃんさあ。だれが何をやってたってそんなことどうだっていいんじゃないの？　少なくとも私はどっかの主婦がくすりづけだってべつにどうだっていいけど？　それよりもようちゃん、その女に気があるんじゃないの？」

　女は立って冷蔵庫から新しいビールを持ってくる。ダイニングテーブルの椅子の上であぐらを組み、缶ビールに口をつける。そんなことあるわけないだろう、おれがどうしてジャンキーの主婦に惚れなきゃいけないんだ、とおれは鼻で笑う。こういうときの言いかたは要注意だ。たとえば、どうしておれがっ！　などと声を荒らげようものなら、最悪の結果を招く。そんなふうにむきになるところがあやしい、あんたはきっとその女に惚れたのね、いいえ惚れてなければそんなにむきになるはずがない、と、女はねちねち言いはじめ、不毛な言い合い（というよりも執拗なからみ）は明けがたまで続くだろう。そして結局、女はおれのプライドやら自意識やらそんなものをことごとく粉砕するような言葉を吐いて、ようやく満足するのだ。

「ようちゃんのごはんは本当においしい。私の目のつけどころは悪くなかった」

　食事を終え、たばこをふかしながら女は言う。おれは食器を重ねて流しへ運び、水道を思いきりひねって洗いものをする。背後で女が何か言うが、水音で聞こえず、おれはそのまま、何も聞こえないふりをして食器を洗い続ける。生活、とおれはそんな言葉を思いつき、口のなかで転がす。

　生活。

　女はおれより二歳年上で今年三十四になる。女とはじめてあったときおれは二十九で、ゲーム本をおもに扱う編集プロダクションで働いていた。おれと女はつきあってすぐ一緒に暮らしはじめた。それというのもおたがいの仕事が忙しすぎて、会う時間がまったくなかったからだった。一緒に暮らしていてさえおれたちは起きている相手を見る機会がなかった。おれは十時に起きて十一時ごろ出社し、帰りは深夜の一時二時で、食品会社で働いている女は八時前には家を出て、十一時には眠っていた。土曜日もおれは会社へいっていたし、日曜は二人ともそういう病であるかのように一日じゅう眠った。

突然何かに取り憑かれたように、女が生活改善を唱えだしたのがちょうど一年ほど前だった。これでは生きている意味がまったくないと女は言った。生きている意味、だ。仕事に追われ、機械みたいに働いて、ただ老いていく、そこに私たちの生きる意志というものはまったく介在していない、と、悲痛な声で女は言った。そして続けて、まったく新しい生活をはじめてみないか、と提案した。

ちょうど今昇進の話がある、それを受ければ給料は格段に上がるがそのかわり、今の倍は忙しくなるらしい、私はそれを受けようと思う、そこで相談なのだが、あなたがもし今の仕事をどうしても続けたいというのでなければ、仕事をやめてくれないだろうか。私があなたのぶんも働く、だからあなたは家事を請け負ってくれないだろうか。私もあなたも結婚する気がない、けれど一緒に暮らすことに不便は感じていない、結婚せず一緒に暮らし、私が外で働いてあなたが家を守る、これは一種の契約のようなもので、ひょっとしたら法的な婚姻なんかにとらわれない、とても自由で新しい関係なのではないだろうか。従来の価値観、既成の結婚概念をふたりでともに打ち崩せるんじゃないか。

女は息巻いてそんなことを言い、おれはそれを帰宅後の深夜、眠い目をこすりながら聞いていて、なかなか悪くない話だ、と思ったのは事実だ。もともとおれは契約社員扱いで、残業続きでほとほと嫌気がさしていたし、実際のところ、女よりおれのほうが掃除も洗濯も炊事もうまいのではないかとうすうす思っていた、というより、彼女はそうしたことのいっさいできない女だった。

そうしてそのとき、女の声をすぐ耳元で聞きながら、新しい関係、新しい生活、新しい価値観、そんな言葉に魅了されていた。自分たちが、本当に新しい、だれもやったことのない何かをはじめることができるのではないか、という高揚感を抱いていた。

のちのち、三時近くに帰宅した男を眠らせずに何かを説得する、というのは、洗脳という手法にひどく近しいのではないかと疑うことになるのだが、そのときおれは女の言うことに全面的に賛成した。

さっそくおれは仕事をやめ、女は彼女の会社では女性初の課長だか主任だかに昇進し、おれたちはそれまで住んでいたアパートを引き払って、彼女の通勤には少々不便だが静かな郊外へと引っ越した。アパートは以前の倍は広く、家賃は以前より多少安くなった。

そしておれたちの新しい価値観に基づく新しい生活がはじまった。女は毎朝七時に家を出、夜は八時、遅いときは十一時すぎに帰ってくる。おれは彼女より早めに起きて朝食の支度をし、彼女を送りだし、洗濯や掃除をして午前中を過ごし、昼間近に散歩がてらおもてをぶらつきながら諸々の用事――公共料金の支払いだとか借りたビデオを返しにいったりだとか――をすませ、コロッケの昼飯を終えてしまうと、あとは夕食の準備以外することがない。

女が朝出ていくと、家のなかはまるで客のこない熱帯魚屋の、藻のたまった水槽みたいに静まりかえった。おれはその静けさのなかで、黙々と洗濯をし掃除をした。そのどちらも、一人で暮らしてそうしていたときより意味深く奥深く感じられた。料理はさらに楽しかった。それまで米すら炊いたことがなかったおれは、時間の余る午後、自己流で一から学びはじめた。米のとぎかた、料理におけるさしすせそとはなんぞや、千切りみじん切りの庖丁づかい、豚ロースと豚こまと豚ばらの違い、根菜と葉菜の煮かた、魚のおろしかた。はじめて作った献立は、今でも覚えている、ハンバーグ粉ふき芋添え、しらすおろし、まぐろとアボカドのサラダ、豆腐と油揚の味噌汁だ。四時間かかったが、女が以前作っていた料理よりうまかった。

おれを専業主夫にする、という女の見立ては正しかった、と言える。そうしておれも、この暮らしがそんなにいやではない。けれど、最近ふと思うようになった。昼どき、主婦と子どもでごったがえすしょぼい商店街を歩いているときとか、暗くおたくじみた男たちと一緒になってレンタルビデオ屋のアダルトビデオコーナーをうろついているとき、スーパーマーケットの、タイムサービスの鮮魚を血眼《ちまなこ》になって手にしているとき、おれは思う。

これのどこがいったい新しい暮らしなんだよ？

それははっきりした声となっておれの内側に響き、いったん響きだしたらやむことなく、いっさいのやる気が萎えていく。やる気、といってもたいした気力があるわけじゃない、せいぜい、三百六十円にしてはお得感の強いエロビデオを借りようとか、五割引きの本まぐろを我先に買おうとか、そんな「やる気」でしかないのだが。

なあ、何が新しいんだ？　自分とまったく縁のない、一年近く住んでさえいまだそう思われる、小さなさびれた町を徘徊しながらおれの内側で声は執拗にくりかえす。新しい価値観ってなんだよ？　新しい関係、法的な婚姻に基づかない自由な関係ってなんだよ？　おまえ、ただのヒモだろうがよ？　と、声は言う。

そうなのかもしれない、いや、かもしれない、ではなくて、そうなのだ。おれたちのやっていることに新しいことなんか何ひとつありゃしない。都心まで電車で一時間強、昼間はジャージ姿の体型のゆるんだ主婦、夕方になれば都会をまねた似非《えせ》コギャルと根性の足りない似非《えせ》ヤンキー、夜は夜で腹の出た気の弱そうな男たちがうろつく、何もかもが中途半端なこの町に、新しいことがらが存在するはずもないのだ。

だいたいあの女自身新しい価値観なんて信じていなかったに違いない。おれの見るところ、女は壮絶な独占欲の持ち主なのだ。会う時間のなかった同棲中、女がおれの手帳や携帯をチェックしていたのをおれは知っていたし、帰りが遅すぎるとなじられたのも覚えている。ただそのときは、そんな嫉妬も恋愛の一要素であり、女のかわいさでもあると誤解していたが、今になってみればそれは彼女の壮絶な独占欲の氷山の一角だった。なんだかんだと理屈をつけても、本心は至極子どもっぽい単純さで、おれをただ家に閉じこめておきたかったというのが真実だろう。

新しいことなんか何ひとつない。今にいたるずっと昔から、世界各国にいるであろう無気力なヒモ男がおれで、これも無名の歴史にくりかえし登場してきたに違いない、独占欲に支配された勝ち気な強欲女が彼女で、そうして、おれたちのささやかな生活はいたるところで、うんざりされながら営まれ続けている。


浴槽の水をそのまま洗濯に使えるパイプという代物を買ってきて、洗濯機にとりつけた。ごふんごぶんと異様な音をたてて風呂水が吸い上げられていく。洗濯は一日置きにしている。二日に一度では多すぎるとおれは思うが、女の出す洗濯物の類ははんぱじゃなく多い。下着、肌着、ストッキング、シャツ、ハンカチ、一回使ったタオルは即洗濯で、枕カバーやシーツもすぐに女はかえたがる。しかも、その日の朝着たいと思ったシャツがないと信じがたいほど騒ぎたてる。だからおれは二日に一度は洗濯をする。雨でも、晴れでも、とにかく洗濯。

パイプを買いにいったときにコードレスアイロンが安くなっているのを見つけた。コードレスアイロンはずいぶんと便利だろうと思う。今度女に相談してみよう。冬のボーナスが近いから、あっさりと許可が下りるに違いない。

洗濯物を干し終えたのが十一時半で、おれはあわててパーカをはおり買い物に向かう。昨日女は中島精肉店にきていなかったから、たぶん今日はくるだろう。

おもては曇りで、昨日よりいくぶん寒くなったようだ。アパートを出てふりかえると、白いタイルばりの建物の、こちらをむいたベランダがみな曇り空を映して、建物全体もどんよりと見えた。ワンフロア四世帯、五階建てのアパートなのだが、洗濯物を干しているのは一軒だけだった。見慣れたものが風にひるがえっていると思ったら、自分の部屋のベランダである。それが自分の部屋である、と気づいて、おれはなんとなくいやな気分になった。理由をだれかに訊かれてもきっと説明できないが、犬の糞をおもいきりふんだような気分だった。

今日はついている。いつも肉屋の店先で会うだけの例の女が、商店街の薬屋から出てきて、おれの前を歩いている。いつものように右手の先に子どもがいる。子どもは素っ頓狂な声で童謡めいた歌をうたっている。一小節うたっては母親を見上げ、頼りなく声を弱め、母と目をあわせてはまた力強く次をうたいだす。あとをつけているわけではないんだ、たまたまいく方向が一緒なのだと（実際そのとおりなのだが）体全体で主張しながらさりげなくおれは女の背後に近づく。女が細い声で、子どもの歌声にハミングを合わせているのが聞こえる。女のハミングは、調子外れで、心もとなく、しかしなんとなく偽物くさい幸福感に満ちて聞こえ、やっぱりこの女は何か薬物を摂取しているに違いないとおれはさらに確信を強める。以前読んだり聞いたり、あるいは若い時分に好奇心で手を出したドラッグ類を思い浮かべ、女の姿にあてはめてみようとする。

雰囲気から言ってS系ではないだろう。マリワナか？　ハシシだろうか？　それともマッシュルーム？　Lか？　なんにしても、子持ちの主婦がいったいそんなものをどのようにして手に入れているのだろう？　いや、ひょっとしたら合法的な既製品できめる方法を彼女は知っているのかもしれない。薬屋で買って左手にさげているビニール袋の中身はそれかもしれない。

商店街の電柱にはすべて、安っぽいビニールの花が飾られていて、ところどころに備えつけられたスピーカーからは、妙に平べったい声で商店街の今日のお買い得品がアナウンスされ、聞いたことのないポップス調の曲がかかっている。愚連隊とひそかにおれが名づけている若妻集団——みな似たような髪型、似たような服装をして、同じようなベビーカーを押して何が安いだの旦那がどうのだのとわめきながら歩いている女たちとすれ違い、道端でしゃがみこみ泣き叫ぶ子どもを叱る母親を通りすぎ、下駄屋の軒先で輪を描いて話しこむ背中の丸い老婆たちをすぎ、狭い一方通行の道にねじりこむようにして走る乗用車をよけて、おれは女とつかず離れずの距離を保ちつつ進む。女は、いっさいと切り離されているように見える。アナウンスともベビーカーともつぎはぎだらけのアスファルトとも、いや、右手の先の子どもからも切り離されて、ただ一人、見知らぬ場所をさまよっているみたいに見える。

こんな人間を見たことがある。何もかもとかかわりを持たずに、ただそこに、現実という場所に一人漂って、そうしながら、自分が何からも切り離されているということにまったく気づいていないようなやつだ。

その男は小学校に向かう途中にある、神社の裏手の墓地に住んでいた。そうしてその男をおれは約一年のあいだ、飼っていた。犬を飼うみたいに、餌をやり、名前をつけ、手なずけ、飼い慣らした、おれはそう思っていた。

おれはそのとき小学校の四年で、転校してきたばかりだった。友達がおらず、だれかが友達になってくれる気配もなく、かと言って前にいた学校で仲のいい子どもがいたかといえばそんなこともなくて、ああおれは一生こうなんだろうと子どもなりに絶望していた。学校へいく道、家を出て住宅街を通って竹林を抜けて、いつもひとけのない大きな公園をすぎ、神社をすぎて廃車工場を横目に見ながら歩く三十分ほどのその道を、朝いって帰りに戻るという単純往復をくりかえしていると、なんだか絶望の渦をどんどん下降していくように思えた。

通り沿いに鳥居だけあってそこから続く細い道を進んだところにある無人の神社は、悪霊が棲んでいて足を踏みいれると取り憑かれるというくだらないうわさ話のもと、めったに子どもは寄りつかなかった。おれはときおり、登下校の際にそこに忍びこんでは、荒れた境内でしゃがみこんだり賽銭箱《さいせんばこ》に手を突っ込んだりして、永遠に思われる絶望の渦から逃げおおせた気分を味わっていた。

本殿の裏に男が棲みついていることに気づいたのは、神社で時間をやりすごすようになってすぐだった。神社と墓地のあいだに男は青い小さなテントをはって、そこで寝起きしているらしかった。醬油で煮染めたような作業着姿で、絡まりあった蛇みたいな髪を輪ゴムで縛っている男は、けれど間近で見るとずいぶん若いように感じられた。大人の年齢なんてものは当時のおれにはまったくわからなかったが、父親よりも、担任の山崎先生よりも若く見えた。

登校時間より早めに家を出ると、男はいつもテントのなかで寝ている。めったに人のこない墓地は静まりかえり、朽ちて黒ずんだ墓石は眠るように立ち並び、明けがたの金色じみた光に染められ、墓地の奥の竹林は微細な豆電球みたいにちかちか光っていた。あるときおれはテントの前に朝食の残りを詰めたタッパーを置いておいた。ウインナや、たまご焼や、トマトやロールパンなんかだ。下校時墓地にいってみると、本殿の裏、柄杓や樽が転がった水道のところに、洗ったタッパーが置いてあった。おれはあたりを見まわした。男は墓地のなか、墓石と墓石のあいだに背を丸めあぐらをかいて座り、ぼんやりと空を見ていた。おれは足を忍ばせて青いテントに近寄り、朝と同じ場所に、ティッシュでくるんだ給食の残り——バナナとコッペパン、おれの嫌いな牛乳——を置いた。

その日からおれは足繁く墓地に通いはじめた。夕食前にこっそり家を抜け出して、缶詰だの果物だのスナック菓子だのを持っていくこともあった。黒田。男におれはそう名づけた。登校時、黒田はいつもテントのなかで眠っていて、下校時、黒田は墓地の中を歩いたり、本を読んだり、薄汚いふとんを墓石に干したり、地べたに座って空を見ていたりした。おれに気づいているのかいないのか、こちらにかまうようすはまるでなかった。

餌をやりはじめてから三ヶ月ほどして、おれははじめて黒田を間近で見た。明けがた、朝食の残りをいつものようにテントの前に置くと、いきなり黒田がテントから顔を出したのだった。黒田はおれを見て、唇を横に広げてにっと笑った。目が痛くなるほどすえたにおいがし、黒田の、黄ばんだ大粒の歯が見えた。

そうしておれと黒田はたがいを認識しはじめた。明らかに黒田はおれの与える食事を待っていた。だから、おれは夕食後も家を抜け出して、我慢して食べ残したおれの夕食を彼に与えた。夕食の残りが一番豪華で、黒田もそれを一番喜んでいるように見えた。下校時、黒田が本を読んでいるとなりでおれは漫画本を読み、黒田がふとんを干している横でおれは零点に近いテスト用紙を燃やした。下校時間が以前より遅くなったのは友達ができたからだと勘違いして母親はうれしそうだった。黒田はまったくしゃべらなかった。しゃべることができないのかと思ったが、そうではないとすぐに思いなおした。黒田はしゃべることをやめたのだ。放棄したのだ。おれはそう思った。黒田とおれは、だから一言も言葉を交わさなかったが、おれは黒田を飼い慣らした気分になった。くさくて不潔でしゃべらない黒田は、おれの与える餌がなければ死んでしまうんだと思っていた。

五年にあがるころおれは処世術というのか社交性というのか、とにかく人の輪に入ることをだんだんと学びはじめ、一人二人だが友達もでき、人と遊ぶということがどんなものか知るようになり、彼らがしたり顔で連れていってくれる隠れ家や駄菓子屋は黒田のいる墓地ほど興奮的ではなかったが、それでも、そういう退屈を享受しないとおれは何か大きく道を踏み外すとうすうす理解していて、気がつくと墓地から足は遠のいていた。遠のいてしまうと、今度は時間があっても墓地へいけなくなる。餌を与えるという役割をおれは投げ出したのだ。黒田は死んでいるかもしれず、おれをうらんでいるかもしれなかった。それがこわかった。それきり墓地へいくことをやめた。墓地へいかないと、墓地へいっていたときよりずっと多くの時間、黒田のことを考えるようになった。

そんなふうにして黒田のことを考え続けて中学にあがり高校生になると、神社の裏に墓地があって、そこに浮浪者が棲みついていたこと、自分がその男を飼っていたことが、おさない空想であるかのように感じられはじめた。

高校二年の夏休み、おれは思いきって墓地にいってみた。小学校を卒業して以来足を向けたことのなかったかつての通学路を歩き、竹林がなくなっていたり公園がそれほど大きくないことに驚いたりし、頼りなげな鳥居をくぐる。改装されたのか神社は記憶のなかのそれより格段にきれいで、そういう時期だったのだろう、幾人かが墓参りにきていて墓地はにぎやかだった。黒い服を着た人々は談笑しながら墓石を磨き、あちこちの墓前にはまだ色あざやかな花が供えられ、線香の煙が夏の陽射しのなかで白く漂っていた。男がテントをはっていた場所には焼却炉があって、銀の焼却炉からは黒味がかった煙がひっきりなしに流れていた。ああやっぱり、とおれは思った。ああやっぱりあれはおれの空想だった。友達ができずいじいじと境内に腰かけて、一人の男を自分が飼うという空想を、おれは微に入り細を穿ち――それが現実味を帯びてくるほどまでに肉づけしたのに違いない。そして墓地をあとにしようとしたとき、バケツや柄杓が置いてある外水道の片隅に、見覚えのあるタッパーがひっそりと転がっているのを、おれは見つけた。まるでひからびた昆虫の抜け殻みたいに。屍骸みたいに。

ビデオ屋にはられたアニメ番組のポスターに反応して、子どもは立ち止まり女の手を引く。女はぼんやりと立ち止まり、子どもの伸ばした指の先を見ている。おもちゃみたいに小さな子どもの指の先にはドラえもんのポスターがあり、子どもはそれを見てひとしきり何か言う。女は幾度かうなずいて子どもの声に耳を傾けているが、おれにはわかっている。女が見ているのはドラえもんでものび太でもない。ガラス戸ごしのビデオ屋の店内でもなければ店内で流れている新作ビデオでもない。

女と子どもが立ち止まっているからおれとの距離はどんどん縮まる。だってだってドラえもんがねえー、こないだパパが映画をねえー。子どもの声が聞こえる。うん、うん、そうなの、へええ。女の声が聞こえる。おれは立ち止まるきっかけをつかめないまま二人を通りすぎる。

コロッケ屋でおれが勘定をすませた直後、案の定子どもと女は中島精肉店にやってくる。たまご焼は？　たまご焼はママ？　たまご焼はないのよー、うーんとね。牡蠣フライを五個、コロッケ二つ、あとそのポテトサラダ二百グラムくださいな。間の抜けた女の声が背後でする。おれは中島精肉店の向かいにある本屋で立ち読みするふりをしながら、彼女たちが肉屋から出てくるのを待つ。

家を出たときは曇っていたのに、雲の合間から青空が見えはじめている。商店街の街灯にくくりつけられたビニールの花が風にあおられてせわしなく音をたてる。女と子どもが肉屋から出てくるのが本屋のショーウィンドウごしに見え、おれはふたたびあとをつける。

八百屋で林檎《りんご》とキャベツ、ねぎと白菜を買い、お菓子屋の前で子どもに手をひかれて数秒立ち止まり、ふらついたように見える足取りで商店街を抜け、女は橋をわたる。途中ふたたび立ち止まり、欄干にもたれて川をのぞきこんでいる。バスが通りすぎ、バイクが通りすぎる。

この橋をわたったことがおれはない。橋の向こうは住宅街が広がるだけで、おれには用がないのだ。女がふたたび子どもとともに橋を歩きはじめ、それについておれも橋に足を踏みいれた瞬間、未知の場所へ向かう子どもみたいな気分を味わう。この町に、いや、この世界に未知と呼べるものなんかないととうに知っているくせに、まるで、そうだ、神社の裏で黒田を見つけたときの気分を思い出している。

間口の狭いたばこ屋があり、シャッターをおろした店があり、似たような造りの家が並び、申し訳程度の小さな公園がある。公園と向き合うようにして建つマンションに女は入っていく。リリエン・ハイムと入り口に書かれている。おれは最初からそういう目的だったようにマンション前の公園に入り、ペンキのはげた象の遊具に腰かけて、中島精肉店のコロッケを食べる。女は三階の廊下をまっすぐ進んで、一番奥の部屋に向かう。玄関前で子どもが帰りたくないとぐずる。女は半ば力ずくで子どもを部屋にひきずりこむ。扉は閉められ、あたりは静まりかえった。

一個目のコロッケを食べ終えておれは、女に対しての興味を急激に失っていることに気づく。築五年ほどの六階建てマンションの、三階の角部屋で女は、おそらくごまんといる主婦たちと似たり寄ったりの暮らしをくりかえしているに違いない。ここにいるおれとまったく同じように。ただのとろくさいあほ面が、薬物で酩酊しているように見えただけだ。女はきっと扉の向こうで、買ってきた惣菜を器に移しかえることもせず、子どもとむさぼり食っているのだろう。

けれどおれは象の遊具から立ち上がることができない。二個目のコロッケもとうに食べてしまったというのに、女が消えていった扉を凝視している。

おれは唐突なあざやかさであの墓地を思い出す。見知らぬ死者の眠る墓と、雑草のへばりついた地面と、合間から陽の帯を落とす木々に囲まれている、しゃべることも生活することも放棄した浮浪者と、入りこむべき現実の隙間を見つけられずにいる小学生の姿が、くっきりと見える。おれはリリエン・ハイムの扉を凝視しながら墓地の光景を追い、今日の夜はすき焼きにしようと唐突に思いつく。

（『トリップ』 光文社 二〇〇四・二）

角田光代《かくたみつよ》　1967—

横浜市生まれ。捜真高校を卒業後、小説家を目指し早稲田大学第一文学部へ進学。中学から大学卒業後まで演劇活動に関わっていた。在学中の一九八八年に「お子様ランチ・ロックソース」で第一一回コバルト・ノベル大賞入選（彩河杏《さいかわあんず》のペンネーム）。同名でも数作品を発表している。一九九〇年、角田光代として「幸福な遊戯」で海燕新人文学賞を受賞。一九九六年、「まどろむ夜のＵＦＯ」で野間文芸新人賞受賞。二〇〇〇〜二〇〇三年、**「橋の向こうの墓地」**（二〇〇一年一月）を含む短篇連作を『小説宝石』に連載、光文社より『トリップ』として刊行（二〇〇四年二月）。二〇〇三年に「空中庭園」で婦人公論文芸賞受賞、二〇〇五年に「対岸の彼女」で直木賞受賞、二〇〇七年に「八日目の蝉」で中央公論文芸賞を受賞、と受賞歴も多く、野間文芸新人賞など複数の選考委員を兼ねる。児童文学の作品としても「ぼくはきみのおにいさん」（一九九八年、坪田譲治文学賞）、「キッドナップ・ツアー」（一九九九年、産経児童出版文化賞フジテレビ賞、路傍の石文学賞）などがある。一見「普通」の生活を送る人々の日常にひそむ危機と違和の感覚を、平明な文体で描く。現代日本の代表的女性作家の一人である。

なあ、何が新しいんだ？

二〇〇五年度の国勢調査によれば、もっぱら「家事」を行っていると回答した三〇〜三四歳の男性は、一三、八四七人。調査票の形式から考えて、この人々は収入を伴う仕事をせず、通学もせず、また失業中でもなく、ニートやフリーターとも自己認識していない男性だと見なせる。多いのか、少ないのか。同じ年齢層の回答総数からみればこの人々はわずかに〇・三％。しかし経年的にみれば一九八〇年から九五年までの調査で〇・一％にすぎなかったものが、二〇〇〇年に〇・二％となり、〇五年には十年前の三倍に増えたともいえる。この傾向は前後の年齢層においても変わらない。こうした男性たち——「主夫」とひとまず呼ぼう——は、徐々に増えているが、その実態以上に、ここ数年で社会の中におけるその存在感や知名度は増している。新聞や雑誌で関連する記事が書かれ、本が出版され、テレビドラマが放映された。「家事労働」についての男女の分担意識は、たしかに変容している。

「橋の向こうの墓地」は、「専業主夫」になることを承諾した男の物語である。収入の上回る事実婚のパートナーから、派遣の仕事をやめ家事に専念するようもちかけられた「おれ」は、家事をもっぱらにする毎日を送ることになる。日本社会の近年の変化を反映しているという意味において、二人の始めた生活は「新しい関係」と言ってもよいだろう。

だがその新しさの内実とはいったいどういったものなのだ

ろう？「おれ」の考えるところによれば、その生活はまったく新しくもなんともなく、「ただのヒモ」の生活でしかない。「ヒモ」、つまり女性に貢がせる情夫というわけだ。この「おれ」の考えは、正しいと見てよいだろうか。

西川祐子は夏目漱石の小説「坊っちゃん」がもっていたジェンダー規範を分析するに際して、主人公の「おれ」を性転換して検討して見せた。坊っちゃんであるところの「おれ」を、「お嬢」と変え、冒頭から書き直してみたのである。もちろんその作業の過程で、さまざまな矛盾や困難が噴出し、そこにジェンダー規範が浮かび上がる。これにならい、「橋の向こうの墓地」の「おれ」を性転換してみてはどうだろう。主夫を、主婦に戻してみる――。何が新しく、何が新しくないのか、見えて来はしないだろうか。

さて、貢がれる男としての「ヒモ」に目立った形で現れるが、どのような形であれ「夫婦」が生活するには収入が必要であり、食事が必要だ。この点から興味深いのが、「浮浪者」黒田との関係だ。「養う／養われる」「貢ぐ／貢がれる」「飼う／飼われる」という、収入と食事と労働の負担をめぐる関係の変奏として、「女」と「おれ」、「おれ」と黒田の関係を検討してみてはどうだろう。たとえコミュニケーションと生活を放棄した人間であっても、いやだからこそ、他者と養い／養われるという関係を結ばずにはいられない。それはときに「飼う／飼われる」とさえ呼ばれうる権力的な関係となってしまうかもしれない。「女」の独占欲を感じた「おれ」の感覚も考えてみるべきだろう。

最後に、「洗脳」と選択について考えてみよう。二〇〇五年の日本に生きていた一三、八四七人の「おれ」たちは、やはりパートナーに「洗脳」されたのだろうか。そうであった人もいるかもしれないし、そうでなかった人もいることだろう。作中の「おれ」は主夫を選んだ自らの選択を、女の「洗脳」に起因するものとしてしか考えられなかった。彼はただ、コロッケを買う主婦に妄想をもち、「浮浪者」に自らの孤立感を重ねるだけだ。現代日本の主夫版ボヴァリスムとでもいうべき萎《しな》びた幻想とともに生きる彼には、ついに〈積極的な選択肢としての主夫〉を生きる日は来ないのかもしれない。

視点1　「橋の向こう」と「墓地」とは、なぜ「おれ」のなかで重なりあう存在なのか考える。

視点2　作品中で名指される「新しい生活」について、何が新しく、何が新しくないのか考察する。

視点3　本作品は『トリップ』という総題の連作短篇の一つである。連作全体の中で、この短篇を捉え直してみる。

〈参考文献〉宮内克代『「主夫」を選んだ八人の男たち』（メトロポリタン、一九九八）、西川祐子「『坊っちゃん』を性転換すれば」（『漱石研究』一九九九・一〇）、矢澤美佐紀「「労働」と女性文学―佐多稲子・角田光代・絲山秋子の時空」『女性文学の現在』（菁柿堂、二〇一六）

（日比嘉高）

コラム

仕事の越境、文学の越境

人は生まれた土地でのみ仕事をするわけではない。多くの人がより条件の良い仕事を求めて別の土地へと移動し、仕事が終わればまた戻ってくる。あるいはそのままその土地に居着く。近代に入り、人々の移動の自由度が増すと、この動きは活発になった。そこにチャンスがあるならば、人は国境をも軽々と越える。明治以降、多くの人々が北米や南米、朝鮮半島、「満洲」、台湾などへ、出稼ぎあるいは移民として越境した。そして今、日本にはブラジルや中国、イラン、フィリピン、インドなどさまざまな国・地域から人々が国境を越えてくる。

面白いことに、人というのはただ仕事をしているだけでは満足できない存在のようだ。移民のコミュニティには必ずコミュニケーションの道具=メディアが生まれ、そして芸術や娯楽が生まれる。たとえばハワイ、北米では早くも1890年代に日本人の居留民向けのコミュニティ新聞が複数誕生している。そこには最初期から文芸欄があった。20世紀初頭の北米で日本人がいかに生き、どう働き、何を考えていたのか。たとえばいま我々は翁久允の短篇集『移植樹』や、移民たちの投稿短歌を集めた『北米万葉集』などからうかがうことができる。

日本で生き、働く外国人や外国にルーツを持つ人々についてはどうだろうか。第二次大戦以前には、日本が植民地支配を行い、国語（日本語）教育を行った地域——朝鮮半島や台湾など——で育った人々は日本語で小説を書いた。本書収録の王昶雄「奔流」もその一つだ。戦後も金達寿、李恢成ら在日朝鮮・韓国人作家たちの作品があり、そして今さまざまな出自を持つ日本語作家たちが、多様な作品を書き始めている。本書の姉妹編『〈日本〉とは何か』に収めたリービ英雄（米国出身）の「仲間」は、家族の住む大使館を抜け出したアメリカ人の少年が、新宿の喫茶店でアルバイトをする話だ。シリン・ネザマフィ（イラン出身）の「サラム」も、イラン出身の渡日留学生が不法滞在の容疑で拘留されているアフガニスタンの少女の通訳をするため、弁護士に雇われて働くようすを描く。芥川賞作家楊逸（中国出身）も、「ワンちゃん」で中国人女性と日本人男性の国際結婚の仲介業に奔走する女性の姿を活写している。

外国にルーツを持つ人々と、隣り合わせて生き、一緒に働く社会に、日本はすでに入り込んでいる。だが、外からの視線にうつる日本社会の姿は、「日本（人）」を均質なものと想像する立場からは見えにくい。そのまなざしを理解することが相互理解のためには決定的に重要であるにもかかわらず。文学の言葉は互いの思考、感情、まなざしを理解する大切な手助けになるはずだ。（日比嘉高）

＊解説中の作家写真の出典は以下の通りです（敬称略）。なお、いずれも作品発表に近い時期に撮影された写真を使わせていただきました。

泉鏡花――『新潮日本文学アルバム22　泉鏡花』新潮社　1985・10
樋口一葉――『女たちの20世紀・100人　姉妹たちよ』集英社　1999・8
正宗白鳥――『正宗白鳥全集　第２巻』福武書店　1983・６
谷崎潤一郎――『谷崎潤一郎全集　第５巻』中央公論社　1981・９
吉屋信子――『女たちの20世紀・100人　姉妹たちよ』集英社　1999・8
葉山嘉樹――『日本現代文学全集73　葉山嘉樹・徳永直・黒島伝治集』講談社　1964・7
王昶雄――著作権継承者提供
井伏鱒二――『井伏鱒二全集　第15巻』筑摩書房　1998・3
坂口安吾――『新潮日本文学アルバム35　坂口安吾』新潮社　1986・６
庄野潤三――『現代文学大系62　島尾敏雄・庄野潤三・安岡章太郎・吉行淳之介』筑摩書房　1967・6
村上春樹――『村上春樹スタディーズ01』若草書房　1999・6
角田光代――『文藝』2005年春　河出書房新社　2005・２

執筆者紹介（五十音順、＊は編者、肩書きは 2021 年 9 月現在）

天 野 知 幸（あまの ちさ）京都教育大学教授
＊**飯 田 祐 子**（いいだ ゆうこ）名古屋大学大学院教授
大 原 祐 治（おおはら ゆうじ）千葉大学教授
大 東 和 重（おおひがし かずしげ）関西学院大学教授
五味渕典嗣（ごみぶち のりつぐ）早稲田大学教授
笹 尾 佳 代（ささお かよ）神戸女学院大学准教授
副 田 賢 二（そえだ けんじ）防衛大学校教授
永 井 聖 剛（ながい きよたけ）愛知淑徳大学教授
西 川 貴 子（にしかわ あつこ）同志社大学教授
＊**日 高 佳 紀**（ひだか よしき）奈良教育大学教授
＊**日 比 嘉 高**（ひび よしたか）名古屋大学大学院教授
光石亜由美（みついし あゆみ）奈良大学教授

文学で考える〈仕事〉の百年

発行日	2016年 9 月30日　初版第一刷 2021年 9 月10日　初版第三刷
編　者	飯田祐子 日高佳紀 日比嘉高
発行人	今井　肇
発行所	翰林書房 〒151-0071 東京都渋谷区本町1-4-16 電 話　(03)6276-0633 FAX　(03)6276-0634 http://www.kanrin.co.jp/ Eメール●Kanrin@nifty.com
装　釘	須藤康子＋島津デザイン事務所
印刷・製本	メデューム

落丁・乱丁本はお取替えいたします

ISBN978-4-87737-404-4